Ernest Dempsey
Das Geheimnis der Steine

Autor

Ernest Dempsey hat einen Bachelor of Science in Psychologie und einen Master in Schulseelsorge. Er hat seine erste Story bereits 2010 veröffentlicht, schrieb zu der Zeit allerdings hauptsächlich Songtexte für seine Rockband »Soulcrush«. Doch inzwischen hat Dempsey bereits mehrere Thriller und Abenteuerromane geschrieben, die in mehrere Sprachen übersetzt wurden. Der internationale Durchbruch gelang ihm schließlich mit seinen Archäologie-Thrillern um den ehemaligen Geheimagenten Sean Wyatt. Dempsey lebt heute in Chattanooga, Tennessee.

Ernest Dempsey

Das Geheimnis der Steine

Archäologie-Thriller

Deutsch von Wolfgang Thon

blanvalet

Die Originalausgabe erschien 2012 unter dem Titel »The Secret of the Stones (Sean Wyatt 1)« bei Enclave Books.

1. Auflage 2025
Copyright der Originalausgabe © 2012 Ernest Walter Dempsey III
Copyright der deutschsprachigen Ausgabe © 2025 by Blanvalet in der Penguin Random House Verlagsgruppe GmbH, Neumarkter Straße 28, 81673 München
produktsicherheit@penguinrandomhouse.de
(Vorstehende Angaben sind zugleich Pflichtinformationen nach GPSR)
Redaktion: Michael Rahn
Covergestaltung: © Johannes Wiebel | punchdesign, unter Verwendung von Motiven von stock.adobe.com (Nok, Евгений Кожевников, Kanisorn, The img)
Bilddetails: Mann, Wand: AdobeStock_916082697 (Nok – stock.adobe.com) / Fenster: AdobeStock_167607509 (Евгений Кожевников – stock.adobe.com) / Muster: AdobeStock_571505414 (Kanisorn – stock.adobe.com) / Texture: AdobeStock_729981553 (The img – stock.adobe.com)
HK · Herstellung: DiMo
Druck und Bindung: GGP Media GmbH, Pößneck
Printed in Germany
ISBN 978-3-7341-1433-5
www.blanvalet.de

Für meine Freundin Zena Gibson.
Ich vermisse Dich.

*»Am meisten erstreben die Menschen weder Geld noch Liebe,
sondern Unsterblichkeit.«*

       Anonym

Prolog

Der junge Cherokee-Krieger trat aus dem frühen Morgennebel und lief durch das Unterholz des Waldes. Er hielt sich gebückt und schlängelte sich rasch zwischen den Bäumen hindurch. Bei jedem schnellen Schritt knackten und knirschten Zweige und Blätter unter seinen Mokassins. Er war froh, dass er noch etwas von seiner traditionellen alten Kleidung behalten hatte. Der weiche Lendenschurz und der cremefarbene Überwurf wogen nicht viel und erleichterten die Bewegung erheblich.

Trotz seiner hervorragenden Verfassung war John Burse außer Atem. Er blieb an einer hohen Pappel stehen und riskierte eine kurze Pause. Er blinzelte mit seinen tiefbraunen Augen und suchte die Umgebung nach einem Ausweg ab, nach einem Fluchtweg. Er sog mit tiefen Atemzügen die kühle Frühlingsluft ein; der Duft von trockenem Laub und Tannennadeln stieg ihm in die Nase. Seine Befürchtungen bewahrheiteten sich, als er das Heulen und Kläffen näher kommender Hunde hörte, in das sich menschliche Stimmen mischten. Sechzig Meter hinter ihm tauchte ein Trupp von etwa einem Dutzend Männern mit drei Jagdhunden in dem Bodennebel auf.

John wusste, wie gefährlich der Auftrag war, der ihm am Abend zuvor bei einer geheimen Zusammenkunft erteilt worden war. Der Stammesrat hatte ihm eine Mission von größter Wichtigkeit anvertraut. Wenn er sich fangen ließe, hätte es nicht nur seinen sicheren Tod bedeutet; es konnte in letzter Konsequenz auch zum Untergang seines Cherokee-Stammes führen.

Mit neuer Entschlossenheit schnürte er seinen braunen Lederbeutel und setzte seinen Weg durch das Labyrinth der Baumstämme fort, wobei er sich gelegentlich nach hinten umsah. Der Trupp war noch ein ganzes Stück hinter ihm, aber bereits in guter Schussdistanz. Er hatte es kaum gedacht, als er auch schon den sattsam bekannten Knall eines Schusses hörte und in einem Baum nicht weit von ihm entfernt eine Musketenkugel einschlug. Der Schuss verfehlte ihn nur um wenige Meter. Das beschleunigte seine Schritte.

Seine schlanken Beine brannten von der Anstrengung, und seine Lunge gierte nach Luft. Die Jagd hatte ihn in Form gehalten. Oft verfolgten sein Vater und er Rehe meilenweit, nachdem sie sie angeschossen hatten. Rehe liefen selbst nach einer lebensbedrohlichen Verletzung durch eine Gewehrkugel oder einen Pfeil noch sehr weit und sehr lange. Aber heute war er der Gejagte, und die Last, die John trug, machte seine Reise noch beschwerlicher.

Erschöpft erklomm er einen kleinen Bergrücken. Auf der Kuppe geriet er plötzlich ins Straucheln und rutschte eine kleine Schlucht hinunter, bis er schließlich am Rand eines Flusses zum Stehen kam.

Er war schon oft hier gewesen. Das Gewässer war etwa vierzig Fuß breit und an der tiefsten Stelle nur etwa sechs Fuß tief. Er sah in der Ferne die Soldaten und ihre Hunde, die schnell näher kamen. Der flache Fluss schäumte und gurgelte, wo er nach einer kleinen Biegung weiter abwärtsströmte. Der junge Cherokee kannte die Gegend gut, wahrscheinlich besser als selbst die erfahrensten Soldaten. Er fasste einen Entschluss und sprang in das eiskalte, rauschende Wasser.

Der Suchtrupp sammelte sich genau dort, wo der Verfolgte in den Fluss gestiegen war. Ein Spurenleser untersuchte akribisch den Boden in Ufernähe. Die Fußabdrücke endeten dort und führten nirgendwo anders hin. Die Hunde waren unruhig, es verwirrte sie, was mit der Spur geschehen war, die sie verfolgt hatten. Für die Tiere war es, als wäre der Gesuchte einfach verschwunden.

»Cleverer Bursche«, murmelte ein wettergegerbter Offizier und spuckte einen Schwall Tabaksaft aus. Er trug goldene Rangabzeichen auf seiner dunkelblauen Armeeuniform und hatte hier offenbar das Sagen. Sein Kavalleristenhut hatte bereits ein paar Schmutzflecken, aber die markante goldene Quaste war noch deutlich zu erkennen. Der Siebentagebart in seinem Gesicht war ein Flickenteppich aus Grau und Hellbraun. Er kratzte sich im Nacken, während er über seinen nächsten Schritt nachdachte.

»Er ist ins Wasser gesprungen, Männer«, teilte er seinen Soldaten nüchtern mit. »Thompson, nehmen Sie drei Mann und die Hunde, und überqueren Sie den Bach. Gehen Sie am Ufer flussaufwärts zweihundert Fuß zurück, und suchen Sie nach Spuren, ob er herausgekommen ist. Ich gehe mit den übrigen Männern flussabwärts. Falls er im Wasser ist, kommt er nur langsam voran.«

Zehn Minuten später gelangte die Kerngruppe des Suchtrupps an einen Wasserfall. Das Wasser fiel dort siebzig Fuß in die Tiefe, wo sich die Fluten brodelnd in ein flaches Becken stürzten. Ein kleiner Hügel auf der linken Seite endete an einer steilen Kante. Der Cherokee konnte dort unmöglich entlanggegangen sein. Wegen der steilen

Klippen hätte er sich rechts halten müssen. Der Weg führte über einen kaum erkennbaren Pfad nach unten. Kühle Gischt stieg auf beiden Seiten des Wasserfalls bis zu der Stelle hinauf, an der die Männer standen.

»Sir, falls er hier heruntergesprungen ist, dürfte er das kaum überlebt haben!«, wandte ein junger Soldat ein, der im Stillen hoffte, dass sie für heute genug gelaufen waren.

Aber sein kluger Anführer wollte das nicht so einfach glauben. Dieser Cherokee war viel zu gerissen, um so weit zu kommen und sich dann einfach von einer Klippe zu stürzen. »Er ist nicht da runtergesprungen, Soldat. Männer, klettert nach unten, und sucht dort alles ab. Jemand soll in das Becken steigen und jeden Zentimeter des Bodens absuchen. Untersucht auch das umliegende Gelände. Sollte er da rausgekommen sein, will ich wissen, an welcher Stelle. Wir dürfen ihn auf keinen Fall entkommen lassen.«

Die Soldaten setzten sich in Bewegung und stiegen über den Pfad rechts vom Wasserfall hinunter. Thompsons Männer und die Hunde hatten inzwischen ihren Kontrollgang auf der anderen Seite des Baches beendet und standen am anderen Ufer auf der Höhe des Offiziers.

»Haben Sie was gefunden, Lieutenant?«

»Nein, Colonel. Gar nichts, Sir.«

»Wie weit flussaufwärts sind Sie gegangen?« Der befehlshabende Offizier blickte in die Richtung, aus der das Wasser kam.

»Dreihundert Fuß, Sir, nur um auf Nummer sicher zu gehen!«, rief Thompson.

Der Colonel runzelte die Stirn, drehte den Kopf und spuckte in die andere Richtung. Seine Augen verengten sich, und er suchte das Unterholz ab. »Gut gemacht, Lieutenant. Kommen Sie zu uns rüber, und klettern Sie dann mit den anderen nach unten. Er muss in diese Richtung gelaufen sein. Ich weiß nicht, ob er gesprungen ist, aber falls ja, müssten wir ihn schnell finden.«

»Jawohl, Sir.«

Die verbliebenen Männer und die Hunde hasteten durch das eisige Wasser auf die gegenüberliegende Seite und folgten dem kleinen Pfad in die Tiefe. Der alte Offizier schaute sich im umliegenden Wald um, konnte aber keine Spur des Cherokee entdecken. Dann machte er entschlossen kehrt und stapfte selbst den Pfad hinunter, um sich seinen Soldaten anzuschließen.

Der Gejagte wartete nervös und zusammengekauert in der Dunkelheit. Die Soldaten, die ihn verfolgten, hatten bestimmt nicht gesehen, wohin er verschwunden war. Er musste knapp ihren Blicken entgangen sein, bevor sie den Fluss erreichten. Er hatte sich vorsichtig bewegt, als er aus dem Wasser am Rand der Klippen auf der linken Seite des Wasserfalls auftauchte. Es war ein riskantes Manöver gewesen, sich zu dem von oben fast unsichtbaren Felsvorsprung hinunterzuhangeln, der zu einer kleinen Höhle hinter dem Sprühnebel des Wasserfalls führte.

In seinem Versteck konnte er die Befehle des Offiziers und die Stimmen der verwirrten Männer unter ihm kaum hören. Was gesagt wurde, war zwar wegen des rauschenden Wassers nicht zu verstehen, aber die Frustration des Trupps war unverkennbar. Er lehnte sich mit dem Rücken an den Fels und nutzte die Gelegenheit, Atem zu schöpfen. Ihm blieb nichts anderes übrig, als zu warten und die Felshöhle erst zu verlassen, wenn sie weg waren. Langsam streckte er seine Beine auf dem kalten, feuchten Stein aus und versuchte, sich zu entspannen – was angesichts der Umstände schwierig war. Er hoffte, dass sie den versteckten Vorsprung an der Klippe nicht bemerkten. Wer ihn nicht kannte, würde den schmalen Pfad dorthin wahrscheinlich übersehen.

Etwa eine Stunde war vergangen, ohne dass die Soldaten etwas gefunden hatten. Ihr befehlshabender Offizier brüllte seit fünf Minuten Befehle und war hörbar verärgert über das unerklärliche Verschwinden seiner Beute. Durch den Nebel und das herabstürzende Wasser erkannte der Cherokee die verschwommenen Gestalten der Soldaten, die sich entfernten und weiter flussabwärts liefen. Offenbar vermuteten sie, er wäre in den Wasserfall gesprungen und weiter durch das Flussbett gewatet. In der Gewissheit, dass die unmittelbare Gefahr vorbei war, legte er seinen Kopf auf den Beutel und sank in einen erschöpften Schlaf.

Der junge Krieger erwachte unvermittelt. Er musste viele Stunden geschlafen haben. Die Dämmerung hatte sich über den Wald gelegt, und schon bald würde es vollkommen dunkel sein. In der Nacht war es wahrscheinlich sicherer, um sich auf den Weg zu machen. Die Hunde würden seine Nähe zwar wittern, aber Menschen hatten eine viel eingeschränktere Sicht. Bevor er eingeschlafen war, hatte er überlegt, was er mit seiner kostbaren Last anfangen sollte. Seine Aufgabe war es, sie vor dem Zugriff der Armee in Sicherheit zu bringen. Die Regierung der Vereinigten Staaten durfte niemals etwas über den Verbleib oder den Inhalt des Beutels erfahren. Heute hätte er beinahe versagt. Wenn er sein Versteck verließ und versuchte, sich nach Westen durchzuschlagen, riskierte er es, gefangen genommen zu werden. Damit würde er alles aufs Spiel setzen, wofür Generationen seines Volkes gekämpft hatten.

Dann hatte er sich an der Stelle umgesehen, an der er saß. Nur Stammesmitglieder kannten die kleine Nische hinter dem Wasserfall. Wer sonst käme schon auf die Idee, auf den glitschigen Felsvorsprung zu klettern? Er bedachte in aller Ruhe seine Optionen und die damit verbundenen Risiken.

Er schloss die Augen und richtete ein stilles Gebet an den Großen Geist. Es gab tatsächlich nur eine einzige Möglichkeit. Er hatte den Befehl, den Beutel nach Westen zu bringen und alles zu tun, was nötig war, um ihn vor der Armee der Vereinigten Staaten zu schützen. Aber jetzt beschloss er, den Ratsbeschluss zu missachten, wusste jedoch nicht genau, ob es das Richtige war.

Vorsichtig legte er den Lederbeutel in den hintersten Winkel der Höhle und öffnete die Riemen. Sein Volk hatte gewusst, was die Regierung der Vereinigten Staaten wollte. Über ein Jahrzehnt hatten die Cherokee sich bemüht, das Vertrauen der Regierung zu erringen. Sie hatten die Lebensweise der Weißen angenommen und sogar ihre Kleidung getragen. Doch die Häuptlinge der Cherokee hatten immer gewusst, dass irgendwann Gier die Herzen der weißen Männer vergiften würde. Sie wollten Gold und taten alles, um es zu bekommen. John starrte auf das schöne gelbe Metall. In der Dämmerung wirkte es fast etwas matt.

Vorsichtig nahm er die zwei Goldbarren heraus und stapelte sie an der Wand übereinander. In der Felshöhle waren sie nur schwer zu erkennen, aber um sicherzugehen, warf er noch ein paar lose Steine über die Barren, um sie zu verdecken.

Dann kletterte er aus seinem Unterschlupf und schaute noch einmal hinein, um sich zu vergewissern, dass der Schatz durch einen flüchtigen Blick nicht zu erkennen war. *Das reicht fürs Erste*, sagte er sich. Sein Stamm würde sich hoffentlich nur ein oder zwei Jahre von hier zurückziehen müssen und dann in seine alten Jagdgründe zurückkehren. Erst danach würde er das Gold zurückholen können. Bis dahin war es hier sicher.

Er umklammerte den nun viel leichteren Beutel. Das Gewicht der schweren Goldbarren hatte ihn belastet, doch das, was sich noch in seinem Lederbeutel befand, war weitaus bedeutsamer.

Mit diesem Gedanken arbeitete er sich vorsichtig auf den Felsvorsprung hinaus und kletterte wieder zur oberen Kante des Wasserfalls, um in sein Dorf zurückzukehren. Wenn er sich beeilte, schaffte er es vielleicht gerade noch rechtzeitig, sich dem letzten Treck anzuschließen.

Einige Meilen entfernt hatte der Suchtrupp sein Nachtlager aufgeschlagen. Der alte Offizier saß allein mit einer brennenden Kerze in seinem Zelt und las einen Brief. Das Pergament trug das Siegel des Präsidenten der Vereinigten Staaten. Ein jüngerer Offizier, kaum älter als neunzehn, betrat das Zelt, räusperte sich und wartete darauf, angesprochen zu werden. Die Uniform des Lieutenants sah bemerkenswert sauber aus, wenn man die Umstände ihrer Jagd berücksichtigte.

»Darf ich sprechen, Sir?« Der junge Mann schien etwas befangen zu sein, weil er seinen Kommandanten störte, und blieb regungslos stehen, bis ihm seine Bitte gewährt wurde.

Der Colonel beendete seine Lektüre, als wäre sonst niemand zugegen, faltete den Brief zusammen und legte seine Lesebrille auf ein kleines Kästchen neben seinem Feldbett.

»Stehen Sie bequem, Charles«, befahl er schließlich und wies auf einen kleinen Hocker in der Ecke des Zeltes. »Setzen Sie sich. Was haben Sie auf dem Herzen, Junge?«

»Sir, wir verfolgen diese Rothaut schon seit drei Tagen.

Ich beschwere mich nicht, Sir. Verstehen Sie mich nicht falsch. Ich befolge selbstverständlich die Befehle, komme, was wolle. Ich bin nur neugierig: Was ist so besonders an diesem einen Cherokee? Es gibt hier im ganzen Süden jeden Tag bestimmt Dutzende, die aus den Umsiedlungstrecks flüchten. Warum machen wir uns all die Mühe, nur um diesen einen zu jagen?«

Der alte Mann lächelte, sah auf den Brief hinunter, den er gerade gelesen hatte. Er war nicht verärgert über die Frage. Vor dreißig Jahren hätte er wahrscheinlich das Gleiche gefragt, wenn er an der Stelle des Jungen gewesen wäre. Das alles musste wirklich einen seltsamen Eindruck auf die Leute machen. Und Charles' Argument war schlüssig. Er beschloss, dem Lieutenant gerade genug zu sagen, um ihn zu beruhigen, ohne alles zu verraten.

»Charles, das ist kein gewöhnlicher Cherokee. Und unser Zug ist keine gewöhnliche Abteilung. Sie alle wurden ausgewählt, um an einer Eliteoperation teilzunehmen. Diese ganze Einheit wurde nicht willkürlich zusammengewürfelt. Wir haben die Besten der Besten der US-Army ausgewählt und genauestens darauf geachtet, dass keiner von ihnen eine Familie hat, weil unsere Missionen sehr gefährlich sind. Sie sind doch ein Waisenkind, nicht wahr, Charles?«

»Ja, Sir.« In der Miene des Lieutenants zeichnete sich Verwirrung ab.

»Jeder einzelne Mann dieser Einheit hat einen ähnlichen familiären Hintergrund; und er hat ebenfalls seine militärische Ausbildung mit Bravour abgeschlossen. Jeder von Ihnen schießt besser, läuft schneller und ist erwiesenermaßen intelligenter als der Rest Ihrer Kameraden.«

Charles hörte immer noch zu. Bei den wohlwollenden

Worten des harten Befehlshabers mischte sich zwar Stolz in sein jugendliches Grinsen, aber er wusste immer noch nicht, worauf die Erklärung hinauslaufen sollte.

»Diese Einheit wurde von der obersten Behörde unseres Landes zusammengestellt, auf den persönlichen Befehl des Präsidenten. Es ist unsere Aufgabe, die nationale Sicherheit der Vereinigten Staaten von Amerika um jeden Preis zu schützen. Dieser Cherokee hat etwas bei sich, das als Bedrohung für die Sicherheit unserer Regierung und die Zukunft dieses Landes angesehen wird.«

Der Colonel ließ dem jungen Mann Zeit, das Gesagte zu verarbeiten.

»Ich darf Ihnen nicht alle Details verraten, Charles. Diese Informationen waren ausdrücklich nur für mich bestimmt. Aber weil ich es für notwendig halte, Ihre Moral zu stärken, damit wir diese Situation schnell in den Griff bekommen, kann ich Ihnen so viel verraten …«

Der junge Mann beugte sich vor, seine Aufregung wuchs.

»Die Cherokee und die anderen Stämme führen schon lange Krieg gegen uns. Aber ihre kleinen Feldzüge gegen die Vereinigten Staaten waren zum Scheitern verurteilt. Wir sind in der Überzahl, und wir verfügen über viel bessere Waffen. Zudem fangen sie sich schnell Krankheiten ein, und die Taktik ihrer Kriegsführung ist in vielerlei Hinsicht ziemlich primitiv. Bisher wurden all ihre Aufstände niedergeschlagen. Und jetzt werden die Cherokee und was vom Volk der Creek noch übrig ist, nach Westen umgesiedelt.« Er machte eine kleine Pause.

»Fast alle unsere Feldzüge gegen sie waren erfolgreich, weil ihre Attacken planlos und weitgehend unkoordiniert sind. Aber wenn es ihnen gelänge, alle Stämme zu vereinen, könnten sie stark genug werden, um uns Probleme zu bereiten. Das ist einer der Gründe, weshalb wir die Stämme voneinander trennen. Sie dürfen keinen Kontakt miteinander haben. Eine Vereinigung aller Indianerstämme könnte die Kämpfe über ein Jahrzehnt ausdehnen. Erschwerend kommt hinzu, dass es etwas gibt, das womöglich einen Schulterschluss mit den Spaniern, den Briten oder sogar den Franzosen bewerkstelligen könnte.«

»Und dieser Cherokee, den wir verfolgen, hat etwas dabei, das all das bewirken könnte?« Der junge Offizier war immer noch skeptisch.

Er erhielt nur ein Nicken als Antwort.

»Was?«

Der ältere Mann zögerte. Er hatte dem Jungen wahrscheinlich schon zu viel verraten. Aber eine weitere kleine Information würde das Engagement der Männer bei der Suche vermutlich zusätzlich anstacheln.

»Gold«, antwortete er schlicht.

Der junge Mann brauchte einen Moment, um diese Information zu verarbeiten. Er war unverkennbar enttäuscht von der Antwort und lehnte sich zurück.

»Das ist alles?«

»Das ist alles.«

»Verzeihen Sie, Sir, aber ich bezweifle ernsthaft, dass eine einzige Rothaut genug Gold mit sich herumschleppen kann, um alle Stämme zu vereinen und Verstärkung aus England, Spanien oder Frankreich heranzuschaffen.«

»Es geht nicht um das Gold, das er bei sich hat, Charles, obwohl er sicherlich eine Probe davon mit sich führt. Nein – aber er weiß, wo sich der Rest des Goldes befindet. Und genau danach suchen wir.«

»Nach einer Karte?« Das Interesse des jungen Mannes war wieder entfacht.

»Ganz genau.«

Kapitel 1

Atlanta

Frank Borringer starrte angestrengt auf den alten Text. Er ergab einfach keinen Sinn. Falls zutraf, was sein Partner ihm über die Herkunft dieses Schriftstücks erzählt hatte, wäre seine Bedeutung enorm. Er lehnte sich auf seinem Stuhl zurück und nahm die Lesebrille ab. Mit der anderen Hand wischte er über seine Augen und rieb sich die Nasenwurzel. Die geistige Anstrengung brachte ihn in seinem braunen Tweed-Blazer richtig ins Schwitzen. Er schob die Finger unter die eng sitzende hellblaue Fliege um seinen Hals und lockerte sie ein wenig.

Er fragte sich, wie lange er schon an dem Text saß. Es war leicht, die Zeit zu vergessen, wenn der Verstand bei intensiver Lektüre auf Hochtouren lief.

Die Bibliothek war bereits dunkel, nur ein paar verstreute Lampen spendeten etwas Licht. Er suchte die Bibliothek gewohnheitsgemäß zu fortgeschrittener Stunde auf, obwohl dieser fast anachronistisch anmutende Ort heutzutage vermutlich ohnehin nicht mehr viel Zulauf hatte. Seit dem Aufkommen des Internets war es möglich, fast alle Recherchen von zu Hause aus durchzuführen. Dennoch hielt Frank sich gern in Bibliotheken auf: Hier war er umgeben von Büchern, von Werken aus mehreren Jahrtausenden, und die Dokumente hier waren ganz real, er konnte sie anfassen. Ein Computer verschaffte einem die Informationen zwar ebenfalls, doch es fehlte das Gefühl der Realität.

Er hatte sich von seinen Gedanken davontragen lassen und schüttelte frustriert den Kopf. Frank Borringer war seit fünfzehn Jahren Professor für Weltgeschichte und Altertumskunde an der Kennesaw State University. In dieser Zeit hatte er Gelegenheit gehabt, als geladener Gast zahlreicher IAA-Exkursionen viele verschiedene Länder zu bereisen.

Die IAA – die International Archaeological Agency – suchte in der ganzen Welt nach antiken Artefakten, von denen nach Ansicht moderner Historiker die meisten gar nicht existierten. Der Hauptsitz der IAA befand sich erfreulicherweise nicht weit von seinem Wohnsitz in Atlanta entfernt. Die räumliche Nähe und sein Fachwissen über viele alte Kulturen und Sprachen machten ihn für viele Forschungsexpeditionen der Agency zu einem wichtigen Ansprechpartner und gefragten Teilnehmer.

In den vergangenen zehn Jahren war er im Fernen Osten, mehrmals in Europa, in Mittel- und Südamerika und im Nahen Osten gewesen, der ihn zunächst am meisten fasziniert hatte. In den letzten Jahren aber hatte sich sein Augenmerk vor allem auf sein eigenes Land gerichtet. Da er im Nordwesten Georgias aufgewachsen war, hatte er ein besonderes Interesse an der Geschichte des Landes, das heute Vereinigte Staaten von Amerika genannt wird. Frank hatte begonnen, sich schwerpunktmäßig mit der Geschichte der amerikanischen Ureinwohner zu beschäftigen, damit, woher sie kamen, auf welche Weise sie hierher gelangt waren und was sie hinterlassen hatten.

Jetzt saß er an einem Arbeitstisch in der Bibliothek der Kennesaw State University und starrte auf etwas, das ihn verwirrte und gleichzeitig in kindliches Staunen versetzte.

Er zwang sich, zurück an die Arbeit zu gehen, setzte sich die Brille wieder auf die Nase und las weiter. »Die Kammern werden deinen Weg erleuchten.«

Borringer saß allein am Tisch und starrte auf einen kleinen, kreisrunden Stein von einem Ort weit jenseits der amerikanischen Südstaaten, in den Zeichen einer längst vergessenen Schrift eingraviert waren. Diese Steinscheibe war vor einer Woche bei ihm eingetroffen. Frank hatte dem Freund, der sie geschickt hatte, versprochen, die Schrift zu analysieren, sobald er einen Moment Zeit entbehren könne. Bis gestern hatte er die Schachtel, in der der Stein geliefert worden war, nicht einmal geöffnet. Er war von sich selbst enttäuscht, weil er dieses fantastische Stück nicht schon früher betrachtet hatte. Dann lief ihm ein Schauer über den Rücken, als er den Stein umdrehte – sowohl wegen der Bedeutung des Steins als auch wegen der Botschaft, die er vermittelte. Mit größter Aufmerksamkeit betrachtete er die glatte Oberfläche.

Er war wie gebannt und konnte kaum glauben, was er da las. Ausgeschlossen. Konnte es sein, dass es diese vier Kammern wirklich gab? Er hatte sie immer für eine alte Stammeslegende gehalten, ein Märchen, wie die Geschichten vom Jungbrunnen oder über El Dorado. Aber genau wie diese mythischen Orte waren auch die Goldenen Kammern bisher nicht gefunden worden. Und doch hielt er hier ein Indiz dafür in der Hand, dass sie möglicherweise doch existierten.

Seine Gedanken schweiften in die Vergangenheit, und er erinnerte sich an das erste Mal, als er von den vier mythischen Kammern gehört hatte. Ein guter Freund hatte ihm von der Legende über das Gold der Ureinwohner im nördlichen Georgia erzählt.

Eigentlich waren es mehrere Legenden. Als Kind hatte er manche Vorfälle miterlebt, die der Idee in ihm Nahrung gaben, dass ein riesiges Lager des Edelmetalls zum Greifen nahe wäre. Aber es wurde nie gefunden – es gab stets nur Gerüchte und Geschichten. Der riesige Schatz der Ureinwohner wurde schon seit Langem als Mythos betrachtet.

Der Stein, den er jetzt in der Hand hielt, hatte die Form einer zentimeterdicken Münze und etwa einen Durchmesser von einer menschlichen Handfläche. Auf der einen Seite befand sich ein seltsames Bild, das wahrscheinlich zwei Vögel darstellen sollte. Die andere Seite war mit äußerst ungewöhnlichen Schriftzeichen versehen. Die Inschrift verwirrte auf den ersten Blick. Manche Zeichen sahen wie Hieroglyphen aus, andere wirkten wie Schriftzeichen des Althebräischen. Etliche eingekerbte Zeichen wiederum gehörten offenbar zu einer Keilschrift.

Es hatte ihn wie eine Erleuchtung getroffen, als er zu seiner Verblüffung erkannte, dass bei den Inschriften auf diesem Stein vier alte Sprachen verwendet worden waren. Diese Erkenntnis erleichterte die Übersetzung enorm. Nur … wie waren die alten Sprachen auf ein Artefakt gelangt, das zweifelsfrei von amerikanischen Ureinwohnern stammte? Diese Schriftzeichen sollten nur in den geschichtsträchtigen Regionen des Nahen Ostens zu finden sein – aber gewiss nicht vereint in einem einzigen Text.

Noch beunruhigender war jedoch das Rätsel, das der Text selbst enthielt.

Er betrachtete die beiden Briefe mit den Übersetzungen. Der eine war an seinen Freund gerichtet, der ihm das Artefakt geschickt hatte, der andere war an einen Kollegen von der IAA.

Frank warf einen Blick auf seine Uhr. Es war schon sehr

spät geworden. Er rief seine Frau an, damit sie sich keine Sorgen machte, und packte dann seine Sachen zusammen. Nachdem er alles in seiner Laptoptasche verstaut hatte, kehrte er an den Computer zurück. Es war besser, alles auszudrucken, ein paar Kopien zu machen und morgen daran weiterzuarbeiten. Der Nervenkitzel der Entdeckung verlockte ihn, länger zu bleiben und weiterzuarbeiten, aber er wusste, dass er zu Hause jetzt schon ein Donnerwetter für seine Verspätung zu erwarten hatte.

Er packte den Laptop in die Tasche mit den anderen Forschungsunterlagen und schlenderte zum Schreibtisch der Bibliothekare. Die Bibliothek hatte vor einer Stunde geschlossen, aber eine Professur war mit gewissen Privilegien verknüpft. Die Angestellten waren so freundlich, ihn abends abschließen zu lassen. Er umrundete den vorderen Tresen und nahm die Ausdrucke mit den Übersetzungen des Textes auf der Steinscheibe an sich. Er kopierte alles und verfasste einen kurzen Vermerk, dann schob er die Unterlagen in Briefumschläge und adressierte sie. Danach legte er die Briefe in den Korb für ausgehende Post, ging eilig um den Schalter herum, zur Tür hinaus, und trat auf den Bürgersteig.

Eine Herbstbrise empfing ihn, als er die Promenade hinunter zu seinem Auto ging. Er atmete tief die frische Luft ein und fühlte sich wie verjüngt. Vielleicht war es das Wetter, vielleicht seine Hoffnung, dass noch viele Generationen über seine Entdeckung sprechen würden. Vielleicht war es auch beides. Frank lächelte und bog um die Ecke des Bibliotheksgebäudes, hinter der sich der Parkplatz erstreckte.

Die Universität lag im Norden Atlantas in einem Gebiet jenseits der langgestreckten Umgehungsstraße I-285.

Kennesaw war kaum mehr als eine Schlafstadt. Nächtliche Spaziergänge waren hier unbedenklich. Dennoch sah sich Frank an diesem Abend ständig um, obwohl er nicht recht wusste, weshalb er sich verfolgt fühlte.

Frank war bei seiner Arbeit für die IAA noch nie auf Probleme gestoßen, obwohl ihm über manche ihrer Mitarbeiter einiges zu Ohren gekommen war, insbesondere über einen, der – wohin er auch geschickt wurde – stets Ärger anzuziehen schien.

Er schüttelte das beklemmende Gefühl ab, das ihn kurzfristig überkam, ging zu seinem Auto und steckte den Schlüssel ins Türschloss. Worüber sollte er sich Sorgen machen? Außer seinem Freund wusste niemand, woran er gearbeitet hatte. Außerdem befasste er sich erst seit ein paar Tagen mit dem neuen Fund.

Frank lächelte und stellte sich vor, wie er ein paar kleine Ehrungen erhielt. Vielleicht würde man ihm eine Auszeichnung für seinen Beitrag zur Enträtselung des alten Geheimnisses verleihen, wenn er mehr Informationen ausgegraben hatte. Er öffnete die Fondtür seines Wagens und ließ die Laptoptasche auf den Rücksitz fallen. Nachdem er die Tür zugeschlagen hatte, ging er zur Fahrertür und fasste gerade nach dem Türgriff, als er plötzlich Schritte hinter sich hörte. Unmittelbar gefolgt von einem stechenden Schmerz in seinem unteren Rücken.

Sein erster Impuls war, sich umzudrehen und dem Angreifer entgegenzutreten, aber er hatte kein Gefühl mehr in den Beinen und verlor im nächsten Moment jede Kontrolle darüber. Einen Moment später sackte er zu Boden. Er versuchte, nach hinten zu fassen, um nach der Einstichstelle zu tasten, aber jetzt versagten ihm auch die Arme ihren Dienst. Als er begriff, dass er gelähmt war, setzte Panik ein.

Füße mit schwarzen Schuhen traten über Borringer hinweg. Die Fondtür seiner Limousine wurde geöffnet, während er auf dem Asphalt liegend hilflos zusah. Er bemühte sich, seinen Kopf wenigstens so weit zu bewegen, dass er den Angreifer sehen konnte, aber er sah nur eine Silhouette auf der Rückbank des Autos, die seine Laptoptasche durchsuchte.

Nach einer gefühlten Ewigkeit tauchten die schwarzen Schuhe und eine schwarze Hose vor ihm auf. Dann schob sich das Gesicht des Angreifers in sein Blickfeld. Ein blonder Mann, Ende zwanzig bis Anfang dreißig, blickte gereizt auf ihn herunter.

»Wo ist es, alter Mann?«, fragte eine kalte Stimme. Sie hatte einen unverkennbar deutschen Akzent.

Vor Franks Augen verschwamm alles und begann sich zu drehen. Nebel kroch in seine Augenwinkel, schien die Taubheit seines Körpers zu überschatten.

Der Mann hob seine Stimme. »Wo ist der Stein, Professor?«

»Sie finden nie, was Sie suchen«, keuchte Borringer und kämpfte verzweifelt gegen die aufkommende Bewusstlosigkeit an.

Der blonde Mann packte den Professor am Hemd und hob ihn ein paar Zentimeter vom Boden hoch, was neue Schmerzwellen durch Franks Körper schickte.

»Ich brauche den Stein.« Der Angreifer schüttelte ihn heftig. »Wo ist er? Raus mit der Sprache«, presste er zwischen den Zähnen hervor.

»Wenn Sie ihn bislang nicht finden konnten«, keuchte er, »waren Sie auch nicht dazu bestimmt, ihn zu besitzen.«

Der feste Griff um das Hemd löste sich, und Franks schlaffer Körper fiel zu Boden. Borringers Kopf knallte auf den Asphalt und löschte jeden zusammenhängenden Gedanken aus.

Die bedrohliche Stimme kam wie aus weiter Ferne zu ihm. »Ich werde den Stein finden. Und wenn ich ihn habe, kann uns nichts mehr aufhalten.«

Doch Frank hörte die letzten Worte kaum noch, weil schon die Dunkelheit von ihm Besitz ergriff.

Kapitel 2

Atlanta

Tommy Schultz saß am kleinen Frühstückstisch seiner Küche und nippte an einem café nube. Er hatte das Getränk im Sommer auf einer Spanienreise zum ersten Mal probiert. Es ähnelte einer Latte macchiato, wurde aber mit normalem Kaffee anstatt mit Espresso zubereitet. Es enthielt mehr Milch als ein café con leche, deshalb schmeckte es nicht so bitter. Mit zufriedener, entspannter Miene genoss er das milde Röstaroma. Er hatte heute viel zu tun, aber wie arbeitsreich sein Morgen auch sein mochte – für einen guten Kaffee war immer Zeit. Das machten die Europäer seiner Meinung nach ganz richtig. Sie nahmen sich immer Zeit für Kaffee oder Tee, besonders nachmittags. Für die meisten Amerikaner war Kaffee nicht viel mehr als ein Wachmacher – etwas, das man schnell herunterstürzte. Was für ein Frevel!

Diese und andere triviale Gedanken gingen Schultz durch den Kopf, als er den letzten Rest Kaffee aus seinem Becher trank. Er betrachtete etwas enttäuscht das leere Gefäß, hätte gern noch mehr von diesem köstlichen Getränk gehabt.

Tommy stand auf und schlenderte in die Küche. Dabei richtete er sich die rot-weiß gestreifte Krawatte. Sie musste nicht perfekt gebunden sein, denn auch sein übriges Outfit war eher leger: hellbraune Chinos und ein weißes Button-up-Hemd, dazu ein Paar braune Skechers.

An dem kleinen Bistrotisch stehend, betrachtete er sich einen Moment lang im Spiegel gegenüber. Er fand nicht, dass er alt aussah. Schließlich war er erst dreiunddreißig. Aber innerlich fühlte er sich viel zu müde für jemanden seines Alters.

Unter seinen dunkelbraunen Augen fanden sich nur ein paar Fältchen, wahrscheinlich aufgrund der jahrelangen Ausgrabungen an sonnigen, heißen Orten. Wegen der Sonne kniff er immer die Augen zusammen. Und in seiner schokoladenbraunen Mähne entdeckte er nur selten ein graues Haar. Tommy lächelte über seine Eitelkeit und griff nach den Schlüsseln auf dem Tisch.

Tommy Schultz hatte vor einigen Jahren die International Archaeological Agency gegründet. Seine Eltern waren sehr wohlhabend gewesen, und als sie plötzlich bei einem Unfall verstarben, erbte Tommy alles. Seine archäologische Karriere hatte gerade erst Fahrt aufgenommen, als der Unfall passierte. Danach war er für eine kurze Zeit orientierungslos gewesen und hatte versucht, seinem Leben eine neue Richtung zu geben.

Dann kam ihm eines Abends, als er allein in einer Bar saß, die Idee für die Agency. Im Fernsehen lief gerade eine Dokumentation über Schatzsucher. Er fragte sich, wie es wohl wäre, eine Agency zu gründen, die antike Artefakte aufspürt und sie den rechtmäßigen staatlichen Stellen zurückgibt. Von diesem Moment an begann er mit den Planungen für die IAA.

Er holte tief Luft und unterdrückte eine Träne, die sich in seinem rechten Auge bildete. Es war schon mehr als ein Jahrzehnt her, dass Tommys Eltern bei dem Unfall ums Leben gekommen waren, aber von Zeit zu Zeit beschlichen ihn Erinnerungen.

Er nahm seine Computertasche vom Tisch und ging zur Tür, die in die Garage führte. Aus dem Augenwinkel bemerkte er durch das Esszimmerfenster ein Auto in seiner Einfahrt. Er blieb neugierig stehen und trat zum Fenster, um zu sehen, was es mit dem Fahrzeug auf sich hatte. Er kannte den Wagen nicht.

Es war ein riesiger Hummer, größer als die meisten Modelle, die er bisher gesehen hatte. Er fragte sich, wer sich angesichts der hohen Benzinpreise einen so großen Wagen leisten konnte. Aber seltsam, warum saß niemand drin?

Er runzelte verwirrt die Stirn und ging zur Haustür, halb in der Erwartung, den Fahrer zu überraschen, als der gerade klingeln wollte. Da schlang sich plötzlich von hinten ein Arm um seinen Hals und drückte fest zu.

Aus dem dunklen Flur trat ein großer blonder Mann in einem englischen Trenchcoat. »Hallo, Mr. Schultz.« Die Stimme hatte einen deutschen Akzent.

»Was zum …?«, begann Tommy verärgert, aber der Arm um seinen Hals drückte fester zu und schnürte ihm die Luft ab.

»Worum es geht, erfahren Sie noch. Jetzt kommen Sie erst einmal mit.«

Der große Mann nickte, und wieder drückte der Arm fester zu. Die Umgebung verschwamm. Er spürte einen kleinen Piks in seinem Arm, als eine Spritze etwas in seinen Blutkreislauf injizierte. Etwas Kaltes breitete sich in seinem Arm aus, und es dauerte nur wenige Sekunden, bis Tommy das Bewusstsein verlor.

Da er morgens ungewöhnlich früh zur Arbeit ging,

bemerkte niemand seiner Nachbarn die drei Männer, die Tommys schlaffen Körper zu dem SUV trugen und ihn im Kofferraum verstauten.

Kapitel 3

»Und wie wirkt es sich auf Ihre persönlichen Beziehungen aus, dass Sie so viel unterwegs sind? Es muss doch schwierig sein, Freundschaften oder eine Liebesbeziehung aufrechtzuerhalten. Oder ist Ihnen dieser Lebensstil vielleicht sogar lieber?«

Die Frau musterte ihr männliches Gegenüber in der kakifarbenen Hose und der olivgrünen Button-up-Jacke mit aufrichtiger Neugier, auch wenn in ihrer Bemerkung ein sarkastischer Unterton mitschwang. Sie hatte den Kopf etwas zur Seite geneigt, und ihre haselnussbraunen Augen schimmerten amüsiert. Der Lärm der Kaffeemühlen und Cappuccino-Maschinen im Hintergrund verhinderte eine peinliche Stille nach ihrer Frage.

Sean Wyatt saß etwas befangen Allyson Webster gegenüber, einer Journalistin des *Atlanta Sentinel*. Er fuhr sich kurz durch sein ungebärdiges blondes Haar, während er über ihre Frage nachdachte. Der Krach und das geschäftige Treiben der Leute, die gerade ihren Morgenkaffee genossen, trugen nicht gerade zu seiner Beruhigung bei. Allyson hatte Wyatt um ein Interview gebeten, weil sie ihm ein paar Fragen über die International Archaeological Agency stellen wollte, die treibende Kraft hinter dem Bau des Georgia Historical Center. Tatsächlich waren auch die meisten Exponate darin von IAA-Agenten entdeckt worden. Und einer dieser Agenten war an mehr Bergungsmissionen beteiligt gewesen als die meisten seiner Kollegen.

Dieser Agent war Sean, und Allyson wollte mit ihm über die Abläufe in der IAA sprechen. Nachdem sie zwei Tassen Milchkaffee bestellt hatten, zogen sich die beiden in große, gepolsterte Sessel in einer Ecke des Cafés zurück; ihr Gespräch sollte privat bleiben.

Sean hatte gezögert, Fragen zu seinem Beruf zu beantworten. Er fand nicht, dass die Öffentlichkeit etwas darüber erfahren wollte oder sollte. Sicher, es hatte ein paar dramatische Vorfälle gegeben, aber keiner davon war geeignet, sie vor den Lesern des *Sentinel* auszubreiten.

Einen Moment blickte er gedankenverloren aus dem wandhohen Fenster. In der Innenstadt von Buckhead, einem Stadtteil von Atlanta, wimmelte es von Fußgängern und Pendlern, die eilig zur Arbeit oder zu anderen dringenden Terminen unterwegs waren. Auf der anderen Seite der Peachtree Street stand eine Frau in einem cremefarbenen Kleid und starrte gebannt in ein Schaufenster, ohne auf den morgendlichen Trubel zu achten.

Er nippte an seinem Kaffee und ließ einige Sekunden verstreichen, bevor er antwortete. »Also, wenn es Sie wirklich interessiert: Es ist mir tatsächlich lieber so«, antwortete er mit einem schiefen Lächeln.

»Wirklich?« Sie kniff misstrauisch die Augen zusammen.

»Ja.«

»Wie kommt das?«

»Mein Beruf lässt sich mit Beziehungen nur schwer unter einen Hut bringen. Ich bin fast nie zu Hause. Und wenn doch, dann meistens nicht sehr lange, vielleicht ein paar Wochen am Stück. Aber genau so will ich es auch haben.«

»Sie sind also eher ein Einzelgänger?« Sie hob fragend eine Braue.

Er schnaubte leise, um sein Grinsen zu unterstreichen. »Das könnte man wohl so sagen.« Er stellte die Tasse auf den kleinen Beistelltisch zwischen ihren beiden Sesseln.

Sie erwiderte sein Lächeln. »Also gut. Wie wäre es, wenn Sie mir dann ein paar Einzelheiten über Ihre Eskapaden in Peru verraten? Was genau ist da unten passiert? Ich habe einige ziemlich interessante Dinge über dieses kleine Abenteuer gehört.«

Wieder setzte er eine etwas verlegene Miene auf. »Bestimmt war das meiste davon übertrieben. Es war eine ereignislose Reise.«

Etwas in seinen grauen Augen verriet ihr, dass er nicht die Wahrheit sagte. »Tatsächlich? Wenn ich mich recht entsinne, war die Rede von einer Auseinandersetzung mit einem südamerikanischen Drogenkartell.«

Er konnte nicht gut bluffen, das wusste er. Und sein verlegenes Herumgerutsche war wohl auch nicht hilfreich. »Miss Webster, ich weiß zwar nicht, was genau Sie gehört haben, aber ich glaube nicht, dass es von Bedeutung ist. Wir sind hingefahren, haben das Artefakt beschafft, nach dem wir gesucht hatten, und es danach den peruanischen Behörden übergeben. Eine kleine Belohnung für das Auffinden und die Rückgabe des Gegenstandes haben wir natürlich nicht ausgeschlagen.«

»Versteht sich«, sagte sie zynisch und mit unbewegter Miene. »Warum erzählen Sie mir nicht einfach, was da unten wirklich passiert ist?«

Er beugte sich dichter zu ihr. Ihr lockiges Haar duftete

nach Äpfeln, vermischt mit einem schwach süßlichen Parfüm, vielleicht Vanille. Weil sie den Kopf geneigt hielt, fielen ihre vollen braunen Locken über ihre Schulter. Es musste irgendwo eine Schule für berufstätige Frauen geben, an der sie lernten, ihr Haar so zu stylen. Sean versuchte zu ignorieren, dass sie zunehmend anziehend auf ihn wirkte, und trank rasch einen weiteren Schluck Milchkaffee.

»Tut mir leid. Ich weiß nicht, was Sie über die Expedition in Peru gehört haben wollen, aber ich versichere Ihnen, dass es wirklich nicht besonders aufregend war, abgesehen natürlich von der historischen Dimension dieser Entdeckung.«

»Sie wollen also behaupten, dass Sie dort unten nicht mit Drogenschmugglern aneinandergeraten sind und nicht von deren Anführer gefangen genommen wurden? Dass Sie nicht mit knapper Not entkommen und mit der Statue zurückgekehrt sind, nach der Sie gesucht hatten?« Sie holte tief Luft.

Sean rutschte schon wieder unbehaglich in seinem Sessel herum. »Nochmals, Miss Webster, ich möchte bei unseren Expeditionen nicht allzu sehr ins Detail gehen. Bei der Expedition nach Peru gab es gewisse Schwierigkeiten, zugegeben, aber wir haben sie alle gut überstanden. Die Peruaner haben mit Unterstützung der IAA ein außerordentlich wichtiges Artefakt aus ihrer Geschichte wiedererlangt. Wofür sie sehr dankbar waren, darf ich hinzufügen.«

Amanda begriff, dass sie ihn nicht zum Reden bringen würde, auch wenn er ganz offensichtlich etwas ausließ.

Also wechselte sie das Thema. »Stimmt es, dass Sie nach Ihrem Studium bei einer Spezialeinheit waren?«

Wieder errötete er und schien zudem einfach keine bequeme Sitzposition zu finden. Sie war gut. »Ich fürchte, diese Frage kann ich Ihnen nicht beantworten, Miss Webster.«

Die Art und Weise, wie er ihren Namen aussprach, ließ sie leicht erröten. »Und warum können Sie das nicht? Weil Sie mich dann töten müssten?«

»So ähnlich.«

»Was können Sie mir denn überhaupt erzählen?«

»Ich kann Ihnen verraten, dass die IAA für über zwanzig verschiedene Staaten verloren gegangene Artefakte wiederbeschafft hat. Wir sind weltweit tätig und suchen nach Dingen, die andere nicht finden. Man könnte sagen, wir graben dort, wo es sonst niemand tut.«

»Warum tragen Sie dann eine Waffe?« Sie deutete mit einem Nicken auf seine kakifarbene Jacke, die gerade so weit geöffnet war, dass man den Griff der Ruger Kaliber .40 sehen konnte, die er immer bei sich trug.

Er zog die Jacke hastig wieder über die Waffe. »Die gehört mir. Es gibt in der Agentur keine Dienstwaffen, wenn Sie darauf anspielen wollten. Ich habe für diese Waffe eine Lizenz, falls Sie sich das gefragt haben.«

»Ich habe mich eher gefragt, Mr. Wyatt, weshalb all die Gerüchte über geheimnisvolle Aktivitäten kursieren, in die Ihre Organisation verwickelt sein soll. Aber Sie wollen mir nicht mal einen winzigen Knochen zuwerfen.« Sie stieß missbilligend den Atem aus, und ihr Gesicht lief rot an. Seine ausweichenden Antworten waren ärgerlich.

»Was soll ich Ihnen sagen? Ich trage nicht gern Vertrauliches in die Öffentlichkeit.«

Jetzt seufzte Allyson hörbar frustriert. Dieses Gespräch war fruchtlos gewesen. Sie stopfte den Notizblock in ihre

Laptoptasche und griff beim Aufstehen nach ihrem Kaffeebecher.

»Danke für Ihre Zeit, Mr. Wyatt. Aber meine habe ich leider vergeudet. Ich entschuldige mich für die Unannehmlichkeiten.«

»Aber nicht doch«, erwiderte er hastig. »Ich wollte hier sowieso auf einen Kaffee vorbeischauen. Aber ich werde Sie wenigstens hinausbegleiten.«

»Das ist nicht nötig.«

»Ich bestehe darauf.« Er streckte höflich seine Hand aus.

Sie schüttelte sie nicht, ging einfach zur Tür. Sean folgte ihr, trat rasch um sie herum und öffnete ihr die Tür. Sie warf ihm einen wütenden Blick zu. Offenbar wollte sie sich nicht auch noch für eine solch altmodische Höflichkeit bedanken.

Trotzig marschierte sie zu ihrem viertürigen schwarzen Honda Civic und schaltete mit der Fernbedienung die Alarmanlage aus, als sie sich der Fahrertür näherte.

Wieder streckte Sean den Arm aus, um ihr die Tür zu öffnen, aber dieses Mal war sie schneller. »Nochmals danke, Mr. Wyatt. Ich wünsche Ihnen einen schönen …«

Ihre Miene veränderte sich plötzlich, als sie zwei Männer in schwarzen Anzügen bemerkte, die von der anderen Seite des Bürgersteigs auf sie zukamen. Etwa auf halbem Weg griffen sie gleichzeitig in ihre Jacken und zogen Pistolen.

Sean sah, wie sie die Augen aufriss, als sie auf die andere Seite des Parkplatzes blickte. Er reagierte blitzschnell. Sein jahrelanges Kampftraining und die Erfahrungen bei Außeneinsätzen übernahmen das Kommando. Überraschend energisch schob er Allyson auf den Vordersitz des Autos.

»Unten bleiben!«, wies er sie in knappem Befehlston an.

Mit einer weiteren fließenden Bewegung sprang er hinter die offene Autotür und drückte sie ganz nach vorne, um sich vor den beiden Bewaffneten zu schützen. Eine Sekunde später hatte er seine eigene Waffe aus der Jacke gezogen. Kugeln schlugen dumpf in die Autotür vor ihm ein und zerfetzten die Verkleidung aus Plastik und Leder.

Sie benutzten Schalldämpfer. Seine eigene Waffe würde leider nicht so diskret sein. Als er einen Blick über den Rand der Tür riskierte, sah er, dass die beiden Angreifer nur noch ein paar Meter entfernt waren.

Es gibt nur eine Möglichkeit, dieses Spiel zu gewinnen, dachte Sean. Er ließ sich auf den Boden fallen, streckte seine Waffe unter dem Auto durch und gab vier Schüsse auf die Füße und Schienbeine der sich nähernden Angreifer ab.

Der Fuß des einen Mannes explodierte in einer Masse aus schwarzem italienischem Leder und Blut. Das rechte Schienbein des anderen Mannes zersplitterte durch die Wucht des Geschosses.

Beide Angreifer sanken auf die Knie und verzerrten die Gesichter angesichts der unerträglichen Schmerzen in ihren Beinen. Der eine ließ seine Waffe fallen, der andere presste sie an seine Seite. Und beide griffen mit der freien Hand an ihre Schussverletzungen. Mehr brauchte Wyatt nicht.

Er stand auf und gab zwei weitere Schüsse ab. Der Anzugträger mit der Schienbeinverletzung fiel nach hinten um. In seine Stirn hatte eine Kugel ein schwarz-rotes Loch von der Größe eines Fünfcentstücks gestanzt. Der andere griff sich an den Hals und versuchte verzweifelt, den Blutfluss einzudämmen, der plötzlich aus seinem Körper strömte. Sein Kampf dauerte nur wenige Sekunden, bevor er nach vorne fiel.

Sean sah sich besorgt um. Auf dem Parkplatz war niemand zu sehen, aber seine Schüsse mussten bis in das Café gehört worden sein. Die Passanten auf den Bürgersteigen rannten schreiend und panisch vom Tatort weg.

Er ging zur offenen Fahrzeugtür und entdeckte Allyson zusammengerollt und verängstigt im Wagen.

»Wir müssen hier weg.«

»Was?« Sie war sichtlich geschockt.

»Sofort, Allyson.«

Er streckte die Hand aus, packte ihren Arm und zerrte sie aus dem Auto. Erneut überraschte es sie, wie viel Kraft er für einen Mann seiner Größe besaß.

Allyson starrte mit leerem Blick auf die beiden Leichen, die auf dem Asphalt lagen. »Sind sie …?«, begann sie.

»Ja«, antwortete er, bevor sie ihren Satz beenden konnte.

Er steckte seine Waffe in das Halfter zurück. An einem anthrazitgrauen 1969er Camaro, der auf dem Parkplatz nicht weit von ihnen entfernt stand, blinkten die Lichter kurz auf.

»Wir nehmen mein Auto.«

Allyson war im Moment zu verblüfft und verängstigt, um ihm zu widersprechen.

Trotz ihrer Verwirrung schossen Fragen durch ihrer beider Köpfe. Was war hier los? Warum hatten diese zwei Männer versucht, sie zu töten?

Sean öffnete die Beifahrertür und schob sie so sanft wie möglich auf den Sitz. Dann lief er rasch zur Fahrertür und warf einen letzten Blick auf den Parkplatz, bevor er sich hinter das Lenkrad schwang.

Er schob den Schlüssel ins Schloss, und der Motor sprang sofort an. Dann gab er behutsam Gas, um keine Aufmerksamkeit zu erregen, und fuhr langsam zur hinteren Ausfahrt.

Kapitel 4

Nevada

Durch ein riesiges Bogenfenster fielen die letzten Strahlen der Nachmittagssonne auf das dunkle Nussbaumparkett. Ein grauhaariger Mann mit einem faltigen, wettergegerbten Gesicht betrachtete regungslos die Berglandschaft. Einige wenige treue Anhänger kannten ihn als den Propheten, ihren Führer in einer Zeit geistiger und religiöser Schwäche. Sie mussten nicht wissen, dass er sich diesen Titel selbst verliehen hatte. Es kam nur darauf an, dass sie an das glaubten, was er sagte und tat. Er war vollkommen mit einer Aufgabe beschäftigt, von der nur wenige wussten. Auf einem großen Eichenschreibtisch klingelte ein altes Telefon, wie es vor zwanzig Jahren noch gebräuchlich war.

Der alte Mann, der in seinem Arbeitszimmer im Dunkeln saß, wurde aus seinen Gedanken gerissen und nahm den Anruf entgegen.

»Haben Sie angefangen?« Er sprach ohne Umschweife und im Befehlston.

»Ja, Sir. Alles ist an seinem Platz, so wie Sie es gewünscht haben.«

Die Stimme am anderen Ende der Leitung hatte einen fremdländischen Akzent.

»Und Sie sind sicher, dass Sie aus Schultz herauskriegen, was wir wissen wollen?«

»Hundertprozentig sicher.«

»Und Wyatt?«

»Der wird keine Probleme machen.«

»Ist er tot?«

»Nein. Aber er hat keinen Zugang zu den Informationen.«

»Warum ist er dann noch am Leben?« Der alte Mann klang verärgert.

»Machen Sie sich keine Sorgen, Sir. Der Peilsender an Wyatts Fahrzeug funktioniert. Ich kann jede seiner Bewegungen nachvollziehen.«

»Ich bin nicht besorgt. Aber ich weiß, wozu dieser Sean Wyatt fähig ist. Sie sind ja Experte in derlei Dingen, also wissen Sie ganz genau, wovon ich spreche. Wir fahren mit dem Plan fort, den Sie mir präsentiert haben, aber sollte ich zu irgendeinem Zeitpunkt das Gefühl bekommen, dass die Dinge aus dem Ruder laufen, werde ich nicht zögern, Sie von der Sache abzuziehen.« Diese Drohung wurde mit Schweigen am anderen Ende der Leitung quittiert. Dann fuhr die im Dunklen sitzende Gestalt fort: »Halten Sie mich über alle weiteren Entwicklungen auf dem Laufenden. Und Jens …«

»Sir?«

»Beseitigen Sie die Frau. Sie hat keinerlei Nutzen für uns.«

»Selbstverständlich, Sir.«

Die dunkle Gestalt in dem hohen Ledersessel legte den Hörer bedächtig auf die Telefongabel zurück und blickte wieder durch das große Arbeitszimmerfenster hinaus.

Bald, sagte er sich, *wird sich die ganze Welt verändern.*

Kapitel 5

Atlanta

Für Detective Trent Morris war der Tag bereits anstrengend genug gewesen. Er arbeitete seit sieben Uhr morgens, und jetzt wurde er zu einem Doppelmord vor einem Café in Buckhead gerufen. Wie es sich anhörte, war das alles andere als ein Routineeinsatz.

Als er am Tatort eintraf, informierte ihn einer der Mitarbeiter der Spurensicherung, die bereits vor Ort war, dass beide Opfer keine Ausweispapiere bei sich trugen. Sie waren beide männlich, muskulös und hatten dunkelbraunes Haar. Sie trugen ähnliche Anzüge und lange schwarze Mäntel. Außerdem hatten beide Sonnenbrillen getragen.

Hätte er es nicht besser gewusst, hätte Trent geschworen, dass diese Typen vom Secret Service waren. Da er jedoch nicht über einen Besuch des Präsidenten in Nord-Atlanta am heutigen Tag informiert worden war, konnte er diese Möglichkeit getrost ausschließen.

Trent Morris war eine stattliche Erscheinung und genoss bei seinen Kollegen großen Respekt. Er war mit sechs Geschwistern im Südosten Atlantas aufgewachsen. Als Ältester hatte er früh gelernt, Verantwortung zu übernehmen. Er ging zielstrebig auf das Absperrband der Polizei zu und hob seine Marke, die an einem Schlüsselband um seinen Hals baumelte, als er an dem Officer vorbeiging, der die Absperrung bewachte. Er bedankte sich bei dem Mann mit einem Nicken, als der das flatternde Band für ihn anhob. Trent atmete tief die milde Stadtluft ein. In seiner Nase mischten sich die Gerüche von Restaurants, Bäumen, Autoabgasen mit dem Zigarettenrauch von einigen anderen Detectives, die bereits am Tatort eingetroffen waren.

»Was haben wir denn hier, Will?«, wandte er sich beim Näherkommen an einen Kollegen, der neben einer Leiche kniete.

Will Hastings war vor einigen Wochen in seine Abteilung versetzt worden. Der Endzwanziger hatte frischen Wind in die Abteilung gebracht, und die Chemie zwischen ihm und dem dunkelhäutigen Trent hatte von Anfang an gestimmt. Der jüngere Polizist hatte die Attitüde eines Draufgängers, ähnlich wie Morris sie einst besessen hatte, als er in den Polizeidienst getreten war. Aber irgendetwas ließ den Jungen gereift erscheinen, und er war nicht so übereifrig wie viele Neulinge, die Trent schon erlebt hatte.

Will drehte sich um, als er seinen Namen hörte, stand auf und streifte die Latexhandschuhe ab, die er benutzt hatte. »He, Partner.« Er ließ den Blick über den Tatort schweifen. »Wenigstens hat man uns diesmal schon morgens verständigt. Normalerweise passiert so etwas immer erst am Ende einer Schicht.«

»Dachte ich auch gerade, Bro'. Also, was ist hier los?«

Trent ging zu der Leiche, die Will gerade inspiziert hatte, und blickte auf sie herab. »Wurden sie hier erledigt?«

»Sieht so aus. Die Schüsse kamen aus nächster Nähe. Allem Anschein nach von dort drüben, von dem schwarzen Auto. Der hier hat eine tödliche Kopfwunde«, er deutete auf das Opfer vor ihm. »Dem anderen Typen«, er zeigte auf den zweiten Toten, »wurde in den Hals geschossen. Es hat höchstens eine Minute gedauert, bis er tot war.« Das Opfer lag ausgestreckt auf dem Rücken, die Arme weit ausgebreitet. Der mit dem Kopfschuss lag mit dem Gesicht nach unten auf dem Asphalt. Unter ihm hatte sich eine Blutlache aus der Wunde im Hinterkopf gebildet.

»Einer ist nach vorne gefallen und der andere einfach nach hinten gekippt«, setzte Trent die Zusammenfassung seines Partners fort.

»Wissen wir denn schon, wer diese Typen sind?«

»Wir versuchen, sie zu identifizieren, aber wie gesagt, sie hatten nichts bei sich.«

»Wurden sie ausgeraubt?« Trent wollte die Sache so schnell wie möglich klären. Der Hunger setzte ihm zu. Als hätte er seinen Magen knurren gehört, kam ein junger Streifenpolizist mit einem frischen Becher Kaffee aus dem Café. »Einen Kaffee, Sir?«

»Sie haben meine Gedanken gelesen, Kyle. Danke.«

Der junge Officer schien sich über Trents Höflichkeit zu freuen und ging zu der Absperrung, um den Officer abzulösen, dem Trent bei seiner Ankunft begegnet war.

Will antwortete derweil auf die Frage. »Ich glaube nicht, dass es ein Raubüberfall war. Diese Typen hatten beide eine 9-mm-Glock bei sich. Schmauchspuren an ihren Händen deuten darauf hin, dass sie ebenfalls geschossen haben, und auf dem Boden liegen überall Patronenhülsen, die zu ihren Waffen passen.«

»Womit wurden sie erledigt?«

»Die Ballistiker haben zwar noch nichts gesagt, aber ich vermute, dass es eine 40er war oder so. Das hier sieht wie ein missglückter Anschlag aus.«

Na großartig!, dachte Trent. Das war das Letzte, was die Stadt zusätzlich zu der zunehmenden Bandengewalt gebrauchen konnte. Im Laufe der Jahre hatte Atlanta zwar einige Korruptionsfälle erlebt, aber im Großen und Ganzen hatte das organisierte Verbrechen hier nicht Fuß fassen können. Angesichts der vielen internationalen Unternehmen, die sich in der ständig wachsenden Stadt ansiedelten, gab es keinen Platz für die lokal ausgerichteten Aktivitäten der Mafia.

»Also reden wir von einer Mafiafehde? Ich meine, hatten sie es auf jemanden abgesehen, den wir kennen?«

»Das bezweifle ich. Da drüben wartet ein Zeuge. Er behauptet, er hätte alles gesehen. Seinen Worten nach waren es ein Mann und eine Frau. Der Polizeizeichner ist gerade bei ihm und fertigt ein Phantombild der beiden an. Der Zeuge hat einen starken Akzent. Klingt für mich irgendwie Deutsch, aber ich kann es nicht genau sagen.«

Trent sah zu dem Zeugen, der auf einem der Stühle auf der Terrasse des Cafés saß und äußerst entsetzt wirkte. Wahrscheinlich hatte der Mann noch nie einen Mord gesehen, geschweige denn zwei. Er war blond, um die dreißig, etwa einen Meter neunzig groß und geschätzte neunzig Kilogramm schwer. Sein Kiefer war ziemlich markant, genau wie der Rest seines Knochenbaus. Er trug eine Polizeidecke um die Schultern und beschrieb dem Zeichner gerade aufgeregt die Verdächtigen.

»Irgendeine Spur von der Tatwaffe?« Trent nahm einen Schluck von seinem Kaffee und war angenehm überrascht, dass er genau so schmeckte, wie er ihn mochte. Er hob seinen Becher und blickte zu Kyle hinüber, der die Geste mit einem kurzen Nicken und einem Winken erwiderte.

»Wir haben sie noch nicht gefunden. Ein Team durchkämmt alle Ecken und Winkel in den umliegenden Häuserblocks, aber bisher haben sie nichts entdeckt. Der Zeuge sagt, die beiden Verdächtigen seien in ein Auto gestiegen und hätten die hintere Ausfahrt genommen.«

»Ein Mann und eine Frau? Konnte der Zeuge das Auto erkennen?«, fragte Trent mit vorsichtiger Hoffnung.

»Noch besser. Es war ein 69er Camaro, silberfarben mit schwarzen Zierleisten, und der Zeuge hat sich sogar das Kennzeichen gemerkt. Die Chancen stehen also gut, dass wir die Skizzen überhaupt nicht brauchen.«

Trent konnte kaum fassen, was er da hörte. Das bedeutete, dass die Angelegenheit tatsächlich innerhalb einer Stunde erledigt sein könnte. »Habe ich dir in letzter Zeit gesagt, dass ich dich liebe?«

»Nein. Aber mir wäre es lieber, wenn du mir nachher ein Bier ausgibst.« Will erwiderte das Lächeln.

»Abgemacht. Also, zu wem gehört das Kennzeichen?«

»Der Wagen ist auf einen gewissen Sean Wyatt zugelassen. Er ist in der Nähe von Dunwoody gemeldet, im Norden der Stadt. Wir wissen noch nicht, ob er da wohnt, aber drei Einheiten sind gerade auf dem Weg dorthin, um das zu überprüfen.«

»Gut. Fahren wir auch runter und finden raus, was hier eigentlich los war.«

Die beiden Detectives drehten sich um und entfernten sich von den Opfern, die von Mitarbeitern der Spurensicherung in schwarze Leichensäcke gepackt wurden.

Trent nickte Kyle noch einmal zu, als sie unter der Polizeiabsperrung durchschlüpften und die Autotüren öffneten.

Er sah durch die Windschutzscheibe auf den Zeugen, der offenbar mit dem Zeichner fertig war; der junge Mann sah aus, als müsste er sich gleich übergeben. »Der arme Junge«, bemerkte er. »Ich wette, er kriegt diesen Anblick nie wieder aus dem Kopf.«

»Ja«, stimmte Will zu. »Manche sind für so etwas ein-fach nicht gemacht.«

Kapitel 6

Atlanta

Sean hob den Arm und betätigte kurz vor dem Ziel die Fernbedienung für das Eingangstor zu seinem Grundstück. Von der Straße aus war nur schwer zu erkennen, was die hohe Backsteinmauer mit den Rottannen dahinter verbarg, was auch der Sinn der Mauer war. Er lenkte den Wagen in die Einfahrt, als das Tor ganz zurückgefahren war. Hinter ihm schloss es sich sofort wieder.

Allyson starrte mit offenem Mund auf das Anwesen. Seit sie das Café verlassen hatte, war kein Wort mehr über ihre Lippen gekommen. Er ging davon aus, dass sie bisher in ihrem Leben mit Dingen beschäftigt gewesen war, die mit solchen Vorkommnissen wie der Schießerei auf dem Parkplatz nicht das Geringste zu tun hatten.

Große Inseln von Bäumen, Sträuchern und Blumen zierten das ganze Anwesen. Riesige Magnolien mit wächsernen dunklen Blättern schmückten den großen Innenhof. Azaleen umgaben das unbesetzte Pförtnerhaus, zusammen mit einigen jener langen Gräser, die oft auf Golfplätzen und in Vorstadtvierteln zu finden sind. Pappeln, Bradford-Birnen und sogar einige Nadelbäume standen in Reihen auf dem riesigen Hof.

Weitere Laubbäume säumten die Einfahrt auf beiden Seiten.

»Sind das Ahornbäume?« Allyson brach ihr Schweigen und bewunderte die gelungene Gartengestaltung.

»Sie haben ein gutes Auge«, antwortete Scan. Er war froh, dass sie nicht im Koma lag. »Ich habe abwechselnd unterschiedliche Sorten gepflanzt, damit die Herbstfärbung kontrastreicher ausfällt. Es gibt Silber-, Kalk- und Zuckerahorn und meinen persönlichen Favoriten, den Purpurahorn. Die Farben verändern sich bereits, aber es wird noch ein oder zwei Wochen dauern, bis sie wirklich ihre ganze Pracht entwickeln.«

»Sie sind wunderschön.« Allyson sah sich weiter um, während der Wagen die Einfahrt hinauffuhr.

»Ich liebe Pflanzen. Um mein Studium zu finanzieren, hatte ich mich um den Garten einer Familie gekümmert.«

»Ich finde das herrlich.« Sie spähte nach draußen, während sie sprach, doch ihre Stimme klang noch ganz distanziert. Wahrscheinlich ging ihr der Vorfall immer noch durch den Kopf.

»Sie haben nicht zum ersten Mal Menschen getötet, habe ich recht?«

Er hatte mit dieser Frage gerechnet und bereits überlegt, was er ihr sagen sollte und was nicht. Schließlich war sie eine Reporterin.

»Ja. Das habe ich. Aber nur in Notwehr – in Situationen, in denen es hieß: er oder ich.«

»Denken Sie oft daran? Ich meine, einem anderen Menschen das Leben zu nehmen, ist etwas ziemlich Schwerwiegendes.«

»Um die Wahrheit zu sagen, denke ich nicht allzu viel darüber nach. Ich betrachte es einfach als etwas, das getan werden musste. Es ging immer ums Überleben. Um nichts anderes. Als ich noch für die Regierung gearbeitet habe, gehörte das einfach zum Job.«

Sie hakte beim Thema Regierung nicht weiter nach, obwohl sie sichtlich neugierig war.

Am Ende der Auffahrt stand eine schöne, hellbraun gestrichene Villa. Das zweigeschossige, mediterran wirkende Haus mit dem Dach aus spanischen Ziegeln war nicht unbedingt riesig. Es hatte bestimmt nicht mehr als hundertachtzig Quadratmeter Wohnfläche. Sie hatte eigentlich ein zu der herrschaftlichen Gartenlandschaft passendes Anwesen erwartet.

Das Haus vor ihr war zwar schön, wirkte aber irgendwie bescheiden.

»Ich habe es vor sechs Jahren gekauft«, fuhr Sean fort. »Weil ich allein lebe, brauche ich kein großes Haus, aber das Grundstück gefiel mir. Ich verbringe einen Großteil meiner Freizeit hier draußen.«

»Mit Gartenarbeit?«

»Ich genieße das wirklich. Manuelle Arbeit hat etwas Befreiendes«, lautete seine ehrliche Antwort.

Er lenkte das Fahrzeug um die Rückseite des Hauses herum zu einer großen viertürigen Garage, die sich hinter und etwas unterhalb des Hauses befand. Von der Einfahrt aus nicht einsehbar, ging die Garage im rechten Winkel vom Keller ab und schien fast halb so groß zu sein wie das Wohnhaus. Als sich eines der vier hölzernen automatischen Garagentore öffnete, stellte Allyson fest, dass die Garage auf beiden Seiten Türen hatte. Das war praktisch für jemanden, der viele Autos abstellen musste. In diesem Fall waren es ein paar Autos und viele Motorräder.

Sean parkte den Wagen. Sie stiegen aus und standen inmitten einer Sammlung alter und neuer Motorräder. Allysons Blick glitt an dem Nissan Maxima vor ihr vorbei zu mindestens zwei Dutzend Motorrädern unterschiedlicher

Bauart. Es gab Straßen- und Geländemaschinen aus verschiedenen Epochen: darunter eine Harley Davidson, eine Indian, eine Buell und japanische Modelle. Auch ein paar britische Motorräder im Café-Racer-Stil standen daneben.

»Diese beiden sind meine Favoriten.« Sean sah ihr die Faszination an und nickte in die Richtung der Maschinen. »Die Norton und die Triumph. Ich liebe den puristischen Stil dieser Motorräder. Keine Verkleidungen. Keine ausgeklügelten Spezialteile. Nur das Motorrad und die Straße. So wie es sein sollte.«

»Fahren Sie sie auch, oder sammeln Sie sie nur?«

»Oh, ich bin vor allem Fahrer. Dann erst Sammler.« Er lächelte. »Ich habe kein Verständnis für diese Typen, die solche Maschinen nur sammeln. Dafür habe ich nichts übrig.« Das Garagentor begann sich hinter ihnen zu schließen, der Maxima piepte, und dann sprang der Motor an.

»Tut mir leid, dass ich nicht sofort eine Spritztour mit Ihnen machen kann, aber ich glaube, es ist besser, wenn wir nicht hierbleiben.«

»Warum nicht? Sind wir hier nicht sicher?«

»Das bezweifle ich sehr«, antwortete er unverblümt. »Ich vermute stark, dass die Polizei bald hier eintreffen wird. Außerdem mache ich mir Sorgen wegen unseres Verfolgers.«

Alisons Miene wirkte sofort gehetzt, sie drehte sich um und versuchte, aus den Garagenfenstern zu spähen.

»Keine Panik«, sagte er ruhig. »Ich bezweifle, dass wir einen Schatten haben. Aber ich bin mir ziemlich sicher, dass jemand einen GPS-Sender an meinem Camaro angebracht hat. Das ist einer von zwei Gründen, warum wir das Auto wechseln.«

»Und was ist der andere Grund?«

»Vom Café aus habe ich einen Mann bemerkt auf dem Parkplatz, der in einem Lexus saß. Die Scheiben waren getönt, sodass ich ihn nicht gut erkennen konnte. Zuerst dachte ich, er wartet nur auf jemanden. Aber als wir wegfuhren, saß er immer noch da. Es sah fast so aus, als versuchte er, unbeteiligt zu wirken. Er hatte sogar eine Zeitung aufgeschlagen und sich darin vertieft. Das kam mir nach dem ganzen Herumgeballere seltsam vor.«

»Glauben Sie, dass er die Nummernschilder gesehen hat?«

»Ich glaube, er hat sie schon vorher notiert. Ich habe hier in der Werkstatt einen Satz gefälschter Kennzeichen, die auf einen sehr alten Freund registriert sind. Sie sind am Nissan angebracht, und ich hoffe, dass uns das etwas Zeit verschafft. Die Polizei wird hierherkommen, mein Auto finden und mein Haus durchsuchen, das ganze Programm.«

»Ein typischer Tag im Leben des Sean Wyatt, was?« Ihr Sarkasmus war irgendwie süß.

»Die Cops tun nur ihre Pflicht – glaube ich zumindest. Sie werden aus meinem Haus nichts mitnehmen. Ich hoffe nur, dass sie alles so lassen, wie sie es vorgefunden haben.«

»Wird Ihr Haus öfter durchsucht?«

Er ignorierte die Frage. »Machen Sie sich keine Sorgen. Wir werden das alles regeln, und Sie sitzen in null Komma nichts wieder im Büro an Ihrem Schreibtisch, verlassen Sie sich darauf. Aber ich habe gerade zwei Männer getötet, und falls dieser Typ im Lexus etwas damit zu tun hatte, könnte es sein, dass wir momentan nicht auf der richtigen Seite des Gesetzes stehen. Nennen Sie es ein Bauchgefühl.«

Seine Worte beruhigten sie offensichtlich nicht besonders.

Er ging rasch zu dem Auto. »Wir sollten aufbrechen. Ich zeige Ihnen alles gern ein anderes Mal.«

Es erstaunte sie, dass er unter solchen Umständen noch flirten konnte. Sie folgte ihm, und er öffnete ihr die Beifahrertür.

»Versprochen?«, fragte sie kokett, als sie auf den Beifahrersitz rutschte. Offenbar hatte sie die beiden Toten für den Moment verdrängt.

Er lächelte sie an und gab sich Mühe, sich seine Besorgnis nicht anmerken zu lassen. Konnte er ihr trauen? Kaum kreuzte sie auf, wurde auf ihn geschossen. War ihre Angst echt oder gespielt? Er konnte es noch nicht sagen, aber es war schon sonderbar, dass sie in einem Moment vor Angst erstarrte und im nächsten bereit war, in sein Auto zu springen und mit ihm loszufahren. Ein normaler Mensch hätte vielleicht eher zu fliehen versucht.

Plötzlich schrie sie aus Leibeskräften.

In den schwarz getönten Scheiben sah Sean eine schnelle Bewegung.

Er reagierte sofort. Er ging geschmeidig in die Knie, um dem schwingenden Ellbogen auszuweichen, der auf seinen Nacken gezielt hatte. Dann rammte er die Faust in die Leiste des Angreifers. Dessen schmerzerfülltes Stöhnen bestätigte ihm, dass er die verwundbarste Stelle getroffen hatte.

Der Angreifer trug einen schwarzen Pullover, krümmte sich und taumelte auf Sean zu. Der trat rasch zur Seite, zu einer Sammlung von Gartengeräten an der Garagenwand.

Der Mann brauchte zu lange, um sich zu erholen. Sean schnappte sich eine Schaufel und schmetterte deren Blatt in das Gesicht des Eindringlings. Der überrumpelte Angreifer krachte bewusstlos auf den Boden der Garage.

Sean ließ die Schaufel fallen und sprang zu Allyson ins Auto. Die hatte die Szene mit offenem Mund beobachtet.

»Wir müssen schleunigst verschwinden.« Seine Stimme duldete keinen Widerspruch.

»Wollen Sie ihn einfach liegen lassen?«

»Allerdings.«

Der schwarze Maxima raste über eine andere, deutlich kürzere Zufahrt auf der Rückseite des Grundstücks. Sie führte zu einem kleinen, dunklen Wald aus Kiefern und Eichen. Ein weiteres Tor im Schutz der Bäume war bereits geöffnet, und Sean bog auf eine ruhige Vorstadtstraße ein.

Kapitel 7

Atlanta

Trent Morris war alles andere als glücklich. Der Haftbefehl für Sean Wyatt war schnell ausgestellt und ihnen schon zugestellt worden, weil Will ihn telefonisch angefordert hatte. Die Polizei traf kurz darauf am Haus der Verdächtigen ein. Es hatte nur wenige Minuten gedauert, um auf das Grundstück zu gelangen, aber sie fanden dennoch nur ein leeres Haus und eine Garage voller Motorräder und Autos vor. Der gesuchte Wagen stand auch da, verlassen, und die Motorhaube war noch warm. Sie mussten sie knapp verpasst haben.

Die Spurensicherung nahm sich das Auto gerade vor, montierte Verkleidungen ab und checkte den Unterboden, während eine andere Gruppe im Haus eine ähnlich gründliche Durchsuchung durchführte. Aber Trent wusste bereits, dass sie dort nichts finden würden. Vermutlich hatten die Verdächtigen das Haus nicht einmal betreten. Sie waren hergekommen, hatten das Auto stehen lassen, waren wahrscheinlich in ein anderes gestiegen und genauso schnell wieder verschwunden, wie sie gekommen waren.

Will betrat die Garage durch die Tür, die direkt vom Haus hineinführte. Ihn schien die ganze Situation ebenfalls zu nerven. »Hast du was gefunden?«

Ein frustrierter Blick reichte ihm als Antwort. »Sie müssen ein paar Minuten, bevor wir eingetroffen sind, verschwunden sein. Sie kamen her, wechselten die Autos und waren schon wieder weg.«

Will steuerte weitere Details bei. »Im Haus ist alles in Ordnung. Ich glaube, sie sind nicht mal reingegangen.«

»Das habe ich vermutet.« Trent sah sich um. »Nach was für einem Auto suchen wir jetzt?«

»Keine Ahnung.«

Ein Beamter mit Latexhandschuhen untersuchte gründlich den Kofferraum, während ein anderer auf dem Vordersitz saß und den Kopf unter das Armaturenbrett des Camaros reckte.

»Was soll das heißen, keine Ahnung? Wenn sie die Autos getauscht haben, muss das andere Auto auch auf Wyatt zugelassen sein. Das ist doch sein Haus, oder?« Irgendetwas stimmte hier nicht. Was Trent zunächst für eine einfache Ermittlung gehalten hatte, entpuppte sich allmählich als etwas sehr viel Komplizierteres.

»Ja«, antwortete Will. »Das wäre einleuchtend. Aber das einzige Auto, das auf Wyatts Namen läuft, ist dieser Camaro. Die Motorräder wurden ebenfalls schon gecheckt.« Er deutete vage auf die Motorradsammlung.

»Sind alle da?«

»Soweit wir wissen.« Sein Ton war entschlossen. »Sie sind bestimmt in einem Auto weggefahren, aber wir wissen nicht, in welchem – wir haben weder Farbe noch Kennzeichen, wir haben gar nichts.«

Trent sah sich in der Garage um, als hoffte er, über irgendeinen Hinweis zu stolpern. »Fahren wir zurück ins Revier. Ich will mehr über diesen Kerl herausfinden.«

Die beiden Detectives gingen durch das Garagentor zu ihrem Auto, als plötzlich der junge Techniker der Spurensicherung auftauchte, der mit dem Kopf unter dem Armaturenbrett verschwunden war. »Detective Morris?« In seiner Stimme schwang eine Mischung aus Neugierde und Aufregung mit. »Ich habe da etwas gefunden.«

Will und Trent blieben stehen und drehten sich um. »Was haben Sie?« Trent ging zu dem Camaro zurück. Der Polizist kniete auf dem Fahrersitz und hielt etwas in seiner weiß behandschuhten Hand.

»Sieht aus wie ein GPS-Sender, Sir.«

»Das ist keiner von uns«, sagte Trent und untersuchte das Gerät. Es war winzig, etwa so groß wie eine Centmünze, und ähnelte einer kleinen Batterie, wie man sie zum Beispiel in Armbanduhren verwendete.

Will trat näher, um sich den Fund anzusehen. »Vom FBI ist das auch nicht, glaube ich.«

»Nein. Und warum sollte jemand von denen dort einen Sender anbringen?« Trent hatte sich schon vorher über diesen ganzen Fall gewundert, aber jetzt war er völlig verblüfft. Ein Archäologe der IAA und die Reporterin einer Lokalzeitung töteten auf einem Parkplatz zwei Unbekannte, flüchteten zu Wyatts Haus, stiegen in ein Auto, das nicht offiziell geführt wurde, und hinterließen dafür ein Auto mit einem Peilsender. Die ganze Sache war äußerst merkwürdig.

In seinem Kopf drehten sich die Zahnräder. Schließlich brach Trent das Schweigen, weil der Techniker mit dem Peilsender und Will ihn ansahen, als warteten sie auf eine Erleuchtung. »Ihr Jungs bringt das hier zu Ende. Ich fahre ins Büro zurück.«

»Was hast du vor?«, wollte Will wissen.

»Ich will herausfinden, wer dieser Sean Wyatt ist.«

Kapitel 8

Nevada

Der alte Mann saß ruhig im Innenhof seines prächtigen Anwesens. Ein Bediensteter brachte ihm eine Kanne mit frischem Kaffee und ein Stück Tiramisu. Er bedankte sich bei dem jungen Mann, der wieder durch die große Eichendoppeltür verschwand, durch die er eingetreten war. Nachdem er die braune Flüssigkeit in eine graue Tasse gegossen und einen Schuss Sahne und Zucker hineingegeben hatte, lehnte er sich zurück und genoss das Aroma.

Es war schon einige Stunden her, seit er etwas von Jens Ulrich gehört hatte, und das war beunruhigend. Seit Beginn der Operation hatte sich sein Mitarbeiter jeden Tag bei ihm gemeldet, um ihn über seine Fortschritte zu informieren. Vielleicht hatte er doch den falschen Mann für diesen Auftrag ausgesucht.

Eine leichte Brise wehte über den Innenhof. Zwei Schmetterlinge flatterten von einem kleinen Busch auf und ließen sich auf einem anderen nieder. Das Summen einer Biene, die in der Nähe um eine Blume kreiste, signalisierte, dass der Frühling jetzt richtig Einzug gehalten hatte.

Er stellte die kleine Tasse auf dem Bistrotisch ab und blickte verärgert auf seine Bulgari-Armbanduhr. Warum ließ Ulrich ihn so lange warten?

Wie aufs Stichwort klingelte das Handy in seiner Jackentasche. Er setzte sich ein wenig aufrechter hin, obwohl ihn niemand sehen konnte, und nahm das Gespräch an. »Ich mag es nicht, wenn man mich warten lässt.«

»Entschuldigen Sie die Unannehmlichkeiten, Sir. Ich war …« Er machte eine Pause. »… beschäftigt.«

»Das ist schon in Ordnung. Es ist …« Er war sich nicht sicher, ob der jüngere Mann am anderen Ende der Leitung merkte, dass sein Auftraggeber nicht annähernd so gelassen war wie die anderen Arbeitgeber, die er in der Vergangenheit gehabt hatte. »Es ist nur so, dass wir diese Angelegenheit schnell und diskret erledigen müssen. Deshalb macht es mich nervös, wenn Sie sich nicht melden.«

»Bei allem Respekt, Sir, ich werde für das, was ich tue, ausgezeichnet bezahlt. Es gibt etliche Menschen auf der ganzen Welt, die gerne meine Dienste in Anspruch nehmen würden. Sie hätten zweifellos den Anstand, abzuwarten, bis die Arbeit erledigt ist, ohne dass ich mich jeden Tag melden muss.« Sein Ton klang etwas gereizt. »Sie haben mich beauftragt, die Sache zu erledigen, und das werde ich auch tun. Habe ich mich klar ausgedrückt?«

Die konfrontative Direktheit des jüngeren Mannes wirkte auf ihn kalt und sogar leicht bedrohlich. Er galt in der Tat als jemand, mit dem man sich nicht anlegen sollte. Dennoch erwartete er einen gewissen Respekt von dem Mann. »Warum ist Wyatt noch am Leben?«

Am anderen Ende der Leitung herrschte eine kurze Pause. »Woher wissen Sie das?«

»Weil ich nichts Anderslautendes gehört habe. Aber die Polizei fahndet nach ihm. Versprechen Sie sich davon einen Nutzen?«

Vielleicht war dieser alte Mann doch nicht so dumm. »Unsere Pläne haben sich geändert, Sir. Er könnte sich für uns noch als nützlich erweisen.«

»Schön, dass Sie mich deswegen konsultiert haben.« Der alte Mann kämpfte gegen seine Wut an, dachte einen Moment nach und sagte dann: »Na gut, dafür habe ich Sie ja engagiert. Sie denken schnell, und Sie haben den Ruf, dass Sie bisher immer erfolgreich waren. Es ist besser, wenn ich nicht weiß, was Sie mit Wyatt vorhaben. Sagen Sie mir einfach Bescheid, wenn Sie die Karte haben.«

»Danke, Sir. Mehr verlange ich nicht. Die Karte wird schon sehr bald in Ihrem Besitz sein, das versichere ich Ihnen.«

Die Verbindung wurde beendet, und der alte Mann schob das Handy wieder in seine Tasche. Er hielt einen Moment inne und blickte gedankenverloren zu dem Berg hinauf, in dessen Schatten die Villa lag. »Das will ich stark hoffen«, murmelte er schließlich und aß einen Bissen von seinem Dessert.

In Atlanta legte Ulrich sein Handy auf die Mittelkonsole des schwarzen Lexus IS 250. Der Motor brummte leise, als er den Wagen durch die Seitenstraßen von Buckhead manövrierte.

Er wandte sich zu dem Mann um, der versucht hatte, Wyatt in seinem Haus zu überfallen. Der Söldner betastete immer noch seinen Kiefer, der einen heftigen Schlag mit der Schaufel abbekommen hatte.

»Es war nicht meine Schuld. Ich hatte keine Ahnung, dass Wyatt so schnell reagiert.« Er hatte gespürt, wie sein Chef ihn anstarrte, und seine Reaktion auf den Blick hatte wie die Antwort eines Grundschülers geklungen, der bei einem groben Unfug ertappt worden war.

»Ich hatte Sie gewarnt und Ihnen eingeschärft, vorsichtig zu sein. Sie haben nicht zugehört.«

»Ich sagte doch, es tut mir leid. Es wird nicht wieder vorkommen.«

Der Fahrer sah ihn an. »Das stimmt«, sagte er kalt. Bevor der Mann auf dem Beifahrersitz begriff, was vorging, gab es eine Rauchwolke, begleitet von dem trockenen Husten eines Schalldämpfers. Im ersten Moment sah das Loch im Kopf des Mannes wie ein schwarzer Punkt aus. Augenblicke später sickerte eine dunkelrote Flüssigkeit aus der Wunde, und der Kopf kippte leblos gegen das Fenster. Die leeren Augen starrten an die Decke. Ulrich hielt den Wagen neben einer Kirche in der Vine Street an. Schnell schob er die Leiche aus dem Auto auf den Bürgersteig. Einen Moment später fuhr er schon wieder die Straße hinunter. Sein Blick fiel auf einen kleinen Blutfleck auf dem Beifahrersitz. In der Rückschau war er froh, dass er die Lederausstattung genommen hatte. Blut konnte man leichter von Leder als von Stoff entfernen.

Ulrich wischte den Fleck mit einem Papiertaschentuch weg. Als er zufrieden war, warf er es einfach aus dem Fenster, fuhr weiter und folgte dem pulsierenden Punkt auf dem LCD-Bildschirm des Navis, der ihm die Bewegungen seiner Beute zeigte.

Kapitel 9

Atlanta

Detective Morris starrte gereizt auf seinen Computer. Er hatte sich stundenlang durch Dokumente gewühlt und internationale Datenbanken durchsucht, um etwas über Sean Wyatt zu finden. Aber nichts, was er gefunden hatte, deutete auf etwas Ungewöhnliches hin. Der Mann hatte für die IAA weltweit Missionen ausgeführt, aber in den Jahren, bevor er dort seinen Job angetreten hatte, war er offenbar ein Geist gewesen.

Sean war nicht allzu weit nördlich in der Nähe von Chattanooga, Tennessee, geboren und aufgewachsen und hatte dort eine kleine private Highschool besucht. Seine Eltern lebten noch immer in der Gegend und genossen ihren Ruhestand auf den vielen schönen Golfplätzen der Region. Diesen Luxus ermöglichten ihnen nicht zuletzt Zuwendungen aus Seans sechsstelligem IAA-Gehalt.

Nach der Highschool hatte Wyatt an der University of Tennessee in Knoxville einen Bachelor-Abschluss in Psychologie erworben und vier Jahre später seinen Master in Archäologie gemacht. Normalerweise dauert ein Masterstudiengang nur zwei bis drei Jahre, aber die Studenten hatten bis zu sechs Jahre Zeit, um alle notwendigen Kurse zu absolvieren. In dieser Zeit war Wyatt laut den Unterlagen bei einem örtlichen Geschäftsmann als dessen Privatgärtner angestellt gewesen. Auch das war nicht ungewöhnlich. Er hatte weder Ehefrau noch Kinder. Nicht mal eine Freundin. Er war ein klassischer Einzelgänger. Was vielleicht die Vorliebe für Motorräder erklärte.

Trent lehnte sich auf seinem schwarzen Kunstlederstuhl zurück und kratzte sich am Kopf. Die blau-weiß gestreifte Krawatte, die er getragen hatte, lag schon lange auf einem Papierstapel. Er beugte sich wieder vor, holte tief Luft und zog die Akte Tommy Schultz heran.

Schultz hatte Wyatt in der Highschool kennengelernt. Ihre gemeinsame Liebe zu Sport und Geschichte und ein ähnlicher Sinn für Humor führten dazu, dass sie nahezu unzertrennlich waren. Mit Ausnahme der Fälle, in denen die Lehrer sie mit Gewalt voneinander trennen und in entgegengesetzten Ecken des Klassenzimmers unterbringen mussten.

Wie sich herausstellte, besaßen die Eltern von Schultz ein ansehnliches Vermögen, das sie aber geheim gehalten hatten. Bei ihrem bescheidenen Lebensstil hätte niemand vermutet, dass sie so viel Geld besaßen. Das Haus der Familie Schultz war eher durchschnittlich, und Tommys Eltern fuhren auch keine schicken Autos. Oberflächlich betrachtet, schien Luxus für sie ein Fremdwort zu sein. Doch als seine Eltern unerwartet starben, erbte er eine Summe von mehr als achtzehn Millionen Dollar. Dank einer klugen Finanzberatung und geschickter Investitionen war dieses Kapital in weniger als einem Jahrzehnt auf etwas über vierzig Millionen Dollar angewachsen.

Thomas Schultz gründete mehrere gemeinnützige Organisationen, von denen die International Archaeological Agency die wichtigste war. Aufgrund ihrer fast unbegrenzten Mittel hatte die 2001 gegründete IAA in den ersten sieben Jahren ihres Bestehens eine beeindruckende Anzahl unschätzbar wertvoller Artefakte geborgen. Die Entdeckung des Sahara-Tempels gehörte zu ihren faszinierendsten Erfolgen. Inmitten eines schier endlosen Dünenmeers gelang es der IAA, diese, wie Fachleute glaubten, altägyptische Priesterakademie auszugraben. In Südamerika entdeckte die IAA eine alte Inka-Stadt, die sich in einem Teil des Regenwaldes befand, in dem es, wie bis dahin angenommen, keine frühen Zivilisationen gegeben hatte.

Der vielleicht größte Erfolg der IAA war jedoch der wahrhaft erstaunliche Fund, den sie im letzten Jahr gemacht hatten. Vor der Küste von Alabama wurde ein Schiff aus dem frühen zwölften Jahrhundert geortet. Es war ein Ereignis, das die Historikerwelt zum Beben brachte. Natürlich behaupteten die meisten Gelehrten, es wäre falsch datiert worden oder vielleicht europäischen Ursprungs. Das Schiff einer Nation, die mit dem technologischen Fortschritt der Seefahrt nicht hatte Schritt halten können. Nach intensiven Untersuchungen und Analysen wurde jedoch bestätigt, dass das Wrack tatsächlich über achthundert Jahre alt war.

So lief es immer. Wann immer irgendein Beweis auftauchte, der die Fachwelt erschütterte, wartete ein Heer von sogenannten Experten nur darauf, diese Fakten zu vertuschen, zu diskreditieren oder einfach in den Boden zu stampfen. Es war für diese Leute schlicht undenkbar, dass die Geschichte, wie die Welt sie bis zu diesem Zeitpunkt kannte, falsch hätte sein können.

Je mehr Detective Morris über die IAA herausfand, desto stärker faszinierte sie ihn. Es handelte sich nicht um ein Institut, das die Welt nach bekannten archäologischen Stätten oder Artefakten absuchte. Anscheinend hatte sich diese Agency darauf spezialisiert, Dinge aufzuspüren, die zuvor den Augen der Welt und der Historiker entgangen waren.

Nur ergab das alles in diesem Fall überhaupt keinen Sinn. Diese beiden Männer, Sean und Thomas, waren keine Mörder. Und Trent war sich ziemlich sicher, dass das auch für Allyson galt. Sie war eine angesehene Journalistin: jung, mit einer treuen Fangemeinde, aber nicht so bekannt, dass sie einfach ihren derzeitigen Job hätte hinschmeißen und verschwinden können. Ihrer Akte nach zu urteilen, hätte das absolut nicht gepasst.

Er legte den Papierstapel auf seinen Schreibtisch und stand auf, streckte sich und dehnte seinen Rücken. Außer ein paar Streifenpolizisten, die sich im Pausenraum unterhielten, war niemand mehr im Gebäude. Trent beneidete diese Jungs nicht. Er hatte vor langer Zeit auch diesen Job gemacht. Es gab einige Viertel in Atlanta, die er während seiner Dienstzeit als Streifenpolizist lieber gemieden hatte. Als Detective konnte er sich jetzt den Luxus leisten, erst dann aufzutauchen, wenn das Verbrechen begangen und ein Sicherheitsbereich abgesperrt worden war. Zu oft hatte man auf ihn geschossen, und einmal hatte man ihn sogar getroffen. Zum Glück hatte die Kugel nur seine Seite gestreift, aber ein paar Zentimeter weiter rechts und …

Er schüttelte den Gedanken ab und ging in den Pausenraum, um sich eine Tasse von dem Gebräu zu holen, das auf dem Revier als Kaffee durchging. Die Officers unterbrachen ihre Unterhaltung und grüßten ihn höflich. »'n Abend, Detective.«

»Wie schmeckt der Kaffee, Jungs?«, antwortete Trent.

»So wie immer«, meinte einer lachend. »Besch…eiden.«

»Ja, eines Tages spendiere ich uns mal etwas Anständiges.« Er goss eine Tasse des dampfenden schwarzen Gebräus in einen Pappbecher. Nachdem er die viel zu heiße Glaskanne wieder auf den Automaten gestellt hatte, öffnete er die Tür des Hängeschranks darüber. »Kaffeeweißer ist auch keiner mehr da, Sir«, sagte der Officer, der bis jetzt geschwiegen hatte.

So ein Mist. Sein verzweifelter Blick auf die heiße Flüssigkeit in dem Becher ließ erkennen, dass er tatsächlich in Erwägung zog, sie in den Abfluss zu kippen. »Ich habe zufällig gehört, wie Sie sich über einen Mord unterhalten haben, als ich hereinkam. Diese Sache an der Uni. Gibt es schon was Neues diesbezüglich?«

»Sie meinen diesen Professor, der umgebracht wurde? Es gibt noch keine Neuigkeiten, Sir.« Diesmal antwortete der Größere der beiden.

»Wurde die Mordwaffe schon gefunden?« Trent trank einen Schluck von dem Kaffee und verzog das Gesicht.

»Keine Spur. Es soll aber ein großes Messer gewesen sein.« Der kleinere Polizist streckte sich und nahm einen mit Schokolade überzogenen Doughnut aus einer Schachtel auf dem Tresen.

Das war Trent nicht neu. »Was hat dieser Kerl noch mal an der Uni unterrichtet?«, fragte er zerstreut. Er versuchte, seine Gedanken von dem Fall zu befreien, der ihn in den letzten acht Stunden so in Anspruch genommen hatte.

»Antike Sprachen und Kulturen. Er hielt wohl ziemlich unkonventionelle Geschichtsvorlesungen. Und hat viel mit der IAA zusammengearbeitet. Anscheinend war er Experte für …«

Trent unterbrach ihn, als eine rote Lampe in seinem Kopf aufleuchtete.

»Sagten Sie, er hat für die IAA gearbeitet?«

»Ja, ich glaube schon. Das stand jedenfalls in seinem Lebenslauf.«

»Wer ist an dem Fall dran?«

»Thompson, glaube ich. Warum?« Der große Polizist nahm sich ebenfalls einen Doughnut.

»Ach, reine Neugier.« Trent warf den noch fast vollen Becher in den Mülleimer und verließ eilig den Pausenraum. »Danke, Männer.«

»Gerne.« Die beiden Streifenpolizisten machten sich wieder über ihre Doughnuts her.

Kapitel 10

Atlanta

Sean war ein paar Stunden lang durch die Außenbezirke der Stadt gefahren, während er überlegte, was er tun sollte. Er hielt an irgendeinem Drive-in-Burgergrill an und kaufte für Allyson und sich etwas zu essen. Er war es nicht gewohnt, so neben sich zu stehen.

Diese zwei Angriffe innerhalb von fünfundvierzig Minuten hatten ihm und seiner Beifahrerin einiges zu denken gegeben. Das Läuten des Handys in seiner linken Brusttasche unterbrach seine Gedanken.

Er fischte das Gerät aus seiner Tasche und warf einen Blick auf das Display. Es war die Vorwahl von Atlanta, aber die Nummer selbst war ihm nicht bekannt. Normalerweise vermied er es, Anrufe von unbekannten Nummern anzunehmen, aber nach den jüngsten Zwischenfällen beschloss er, es zu riskieren.

»Wyatt«, meldete er sich.

»Sean Wyatt?«, fragte die Stimme am anderen Ende.

»Ja. Wer spricht da?«

»Mr. Wyatt, hier ist Detective Trent Morris von der Polizei in Atlanta. Wir möchten, dass Sie vorbeikommen und ein paar Fragen beantworten.«

Das hörte sich nicht gut an. »Fragen? Was für Fragen?«

»Mr. Wyatt«, sagte der Detective am anderen Ende der Leitung, »wir haben Grund zu der Annahme, dass Sie heute Nachmittag in Buckhead in einen Doppelmord verwickelt waren.« Er hielt inne. »Wenn Sie nicht freiwillig kommen, können wir Sie natürlich auch abholen.«

»Tut mir leid, Detective, aber da muss ich Sie enttäuschen. Schließlich haben die beiden Kerle vor dem Café zuerst auf uns geschossen.«

»Mir scheint, als hätten Sie die Situation mehr als angemessen gemeistert.« Trents Tonfall änderte sich. »Hören Sie, Mr. Wyatt, wir müssen herausfinden, was genau passiert ist. Höchstwahrscheinlich könnten wir Sie ohnehin nicht länger als dreißig Minuten festhalten, bevor Ihre Anwälte Sie wieder herauspauken. Also bitte, beantworten Sie meine Fragen. Haben Sie eine Ahnung, wer die Männer waren, die Sie getötet haben?«

»Nein.«

Einen Moment herrschte eine Pause auf der anderen Seite. »Was wissen Sie über das Verschwinden von Mr. Thomas Schultz?«, fragte der Detective dann.

»Wovon reden Sie da?« Sean war sofort besorgt.

»Vor etwa vierundzwanzig Stunden ist Ihr Freund Thomas Schultz verschwunden. Wir hatten gehofft, Sie könnten uns Hinweise geben. Normalerweise«, fügte er hinzu, »würde jemand, der erst seit so kurzer Zeit vermisst wird, bei uns keine Alarmglocken läuten lassen. Aber Schultz wollte gestern eine Pressekonferenz über einen seiner jüngsten Funde abhalten. Er ist dort nicht erschienen.«

Tommy hatte Sean von seiner Entdeckung erzählt und angekündigt, dass er die Einzelheiten auf einer Pressekonferenz im Georgia Historical Center verkünden wollte.

Und jetzt erzählte ihm dieser Polizist, dass sein Freund verschwunden war?

»Ich nehme an, Sie waren schon bei Tommy zu Hause?«, wollte Sean wissen.

»Natürlich, wir haben auch jetzt noch Leute dort. Es gab keinerlei Hinweise auf ein gewaltsames Eindringen. Und nichts deutet auf einen Kampf hin. Wer auch immer Schultz entführt hat, kannte ihn oder wurde von ihm selbst eingelassen. Und das deutet beides auf Sie, Mr. Wyatt.«

Sean begriff, dass der Detective versuchte, ihn in der Leitung zu halten, damit sie seinen Standort ermitteln konnten. Er schätzte, dass sie noch etwa dreißig Sekunden brauchten, bevor sie ihn lokalisiert hatten. »Ich wusste nicht, dass Tommy verschwunden ist. Aber ich finde ihn, das verspreche ich Ihnen.« Dann kam er wieder auf die Schießerei vor dem Café zu sprechen.

»Die beiden Männer auf dem Parkplatz kamen wie aus dem Nichts. Ich habe keine Ahnung, warum sie uns angegriffen haben oder was sie wollten. Sie haben unvermittelt das Feuer eröffnet. Etwa zwanzig Minuten später habe ich einen dritten Kerl bei mir zu Hause außer Gefecht gesetzt, aber ich bezweifle, dass er noch dort ist.«

»Bei Ihnen zu Hause?«

»Ja, ich glaube aber nicht, dass ich ihn getötet habe«, fügte Sean rasch hinzu. »Hören Sie, Trent, ich will nicht unhöflich sein, aber ich muss weiter.«

»Sean, warten Sie!«, rief Trent aufgebracht. »Was wissen Sie über den Borringer-Mord?«

Wyatt unterbrach das Gespräch. Borringer-Mord? Hatte er richtig gehört? Sean war ein paar Wochen lang nicht in der Stadt gewesen und hatte nichts davon gehört. Er hatte mit Frank Borringer ein paarmal zusammengearbeitet. Der Mann gehörte zu den führenden Experten für alte, tote Sprachen. Der Professor war einer der wenigen

Menschen auf der Welt, die sumerische und althebräische Texte entschlüsseln konnten. Für die Universität von Kennesaw war er ein echter Glücksgriff gewesen.

Und er sollte tot sein? Ermordet?

Diese Fülle neuer Informationen war beunruhigend. Sein bester Freund war entführt worden. Frank war offenbar tot. Dazu kamen noch die zwei Mordanschläge auf ihn selbst.

Er hatte keine Ahnung, was hier vor sich ging, aber er würde es herausfinden.

Er lenkte den Wagen in eine Seitenstraße und änderte den Kurs.

Allyson spürte Seans Besorgnis.

»Was ist denn los?«, fragte sie. Sie zitterte wie eine Drogensüchtige am zweiten Tag ihres Entzugs.

»Das war ein Detective von der Polizei von Atlanta. Wir … ich soll dorthin kommen, um ein paar Fragen über die beiden Typen zu beantworten, die ich heute erschossen habe.«

»Gut. Vielleicht können sie uns helfen.«

»Das glaube ich eher nicht. Stattdessen bin ich mir ziemlich sicher, dass sie mich verdächtigen und nicht als Opfer sehen.«

»Aber es war Selbstverteidigung. Ich war dabei. Ich könnte als Zeugin für Sie aussagen.« Ihre Miene wirkte flehend.

Sean hatte kein gutes Gefühl dabei, dass er sie so unvermittelt in diese chaotischen Ereignisse hineingezogen hatte. Höchstwahrscheinlich verdächtigte die Polizei auch sie, zumindest der Mittäterschaft.

»Der Detective sagte außerdem, dass Tommy Schultz verschwunden ist und dass ein Professor, mit dem wir ein paarmal zusammengearbeitet haben, ermordet aufgefunden wurde. Sie glauben, dass ich etwas damit zu tun habe.«

»Ihr Freund von der IAA? Was sollen wir denn jetzt tun?« Ihre grünen Augen wirkten so unschuldig.

»Wir müssen Tommy finden.«

»Und wie sollen wir das anstellen?«

»Woran auch immer Tommy gearbeitet hat, er muss Dr. Borringer hinzugezogen haben. Das ist die einzige Verbindung, die ich zwischen den beiden sehen kann.«

»Wissen Sie, woran er gearbeitet hat?«

»Nur, dass es etwas mit seiner Suche nach einem alten Schatz der amerikanischen Ureinwohner zu tun hatte. Etwas mit den sogenannten *Goldenen Kammern*. Er hat mir ein paarmal davon erzählt, aber ich habe mich nie wirklich dafür interessiert. Es kam mir vor wie eines dieser Märchen vom sagenhafte El Dorado.«

»Und wo fahren wir jetzt hin?« Der Schock nach den Ereignissen des Tages schien sich bei Allyson in entschiedene Entschlossenheit verwandelt zu haben.

Dieses Mädchen war härter, als es aussah, dachte Sean.

»Zum Haus von Dr. Borringer. Wenn Tommy mit Frank an etwas gearbeitet hat, weiß seine Frau vielleicht etwas darüber.«

Die graue Limousine bog in eine weitere Straße ab und kreuzte die Interstate in Richtung West-Atlanta.

Kapitel 11

Blue Ridge Mountains

Tommy versuchte aus Leibeskräften, sich aus dem Holzstuhl zu befreien, an den er mit dicken Seilen gefesselt war. Er befand sich in einem Arbeitszimmer, aus dessen Fenster er auf ein offenbar ziemlich großes Anwesen blickte.

Der große Hof rund um das Hauptgebäude endete abrupt an einem dichten, hügeligen Wald. Der Raum, in dem er gefangen gehalten wurde, lag bestimmt drei Stockwerke hoch. Falls er sich in einem Wohnhaus befand, musste es ziemlich groß sein.

Er verdrehte den Kopf und nahm seine nähere Umgebung genauer in Augenschein. Der Raum hatte ein dunkles Nussbaumparkett, und am anderen Ende gab es eine Tür mit Rundbogen. Er konnte nicht um die Ecke herum blicken, aber dahinter lag bestimmt eine große Diele. Beide Seiten des Raumes wurden von Bücherregalen flankiert, die bis zu der Stelle reichten, an der die Decke in ein kuppelförmiges Glasdach überging. Eine Bibliotheksleiter bot Zugang zu den oberen Bücherregalen. Das große, quadratische Fenster direkt vor Tommy war von cremefarbenen Stores umrahmt. Es war riesig und gewährte einen fantastischen Blick auf das Grundstück und darüber hinaus.

Er rutschte mit dem Stuhl herum, an den er gefesselt war, und stellte fest, dass er sich hinter einem großen Schreibtisch befand, der farblich zu dem dunklen, satten

Kakaoton des Fußbodens passte. Wer auch immer der Schurke sein mochte, der ihn entführt hatte, er hatte auf jeden Fall einen guten Geschmack. Auf dem Schreibtisch zeigte der LCD-Breitbildschirm abwechselnd Fotos von europäischen Städten. Direkt neben ihm schien ein sehr viel bequemer aussehender lederner Schreibtischsessel mit hoher Rückenlehne seine nicht ganz so bequeme Sitzgelegenheit förmlich zu verspotten. Auf der anderen Seite des Schreibtischs standen zwei kleinere Stühle für Gäste. Das alles erweckte den Anschein, als wäre dieses Arbeitszimmer eher eine Art Büro.

Tommy verschob den Stuhl noch einmal, um sich einen besseren Überblick zu verschaffen, und ruckelte sich näher an das Fenster heran.

»Ich hoffe, die Aussicht gefällt Ihnen, Mr. Schultz«, meldete sich aus der Richtung der offenen Tür unerwartet eine Stimme. Sie hatte einen ausländischen Akzent.

»Sie würde mir bestimmt sehr viel besser gefallen, wenn ich nicht an diesen unbequemen Stuhl gefesselt wäre.« Selbst in dieser misslichen Lage hatte Tommy seinen Sinn für Humor nicht verloren. »Es wäre mir ehrlich gesagt lieber gewesen, wenn Sie mich an dieses Ungetüm da gefesselt hätten.« Er deutete mit einem Nicken auf den Schreibtischstuhl aus Leder.

»Ich bitte um Verzeihung.« Der blonde Mann verbeugte sich leicht. »Es ist sehr bedauerlich, Sie auf diese Weise gefangen halten zu müssen. Aber leider ist es notwendig.«

»Und warum, wenn ich fragen darf?«

»Sie haben den größten Teil der letzten zehn Jahre damit verbracht, nach etwas Bestimmtem zu suchen. Obwohl Sie mehrmals Hinweise gefunden hatten, war für

Ihre Forschungen nichts so aufschlussreich wie das, was Sie vor einigen Wochen entdeckt haben.«

»Ich habe keine Ahnung, wovon Sie reden.« Tommy vermutete, dass der Typ von der Steinscheibe wusste. Er war froh, dass sie sich nicht in seinem Besitz befand.

Der Blonde stand bis jetzt höflich da und hielt die Hände hinter dem Rücken verschränkt. Er trug einen europäisch geschnittenen Anzug, und seine etwas schrille, bunte Krawatte musste vor etwa drei Jahrzehnten in Mode gewesen sein. Was sie heute vermutlich zu einem höchst angesagten Accessoire machte.

»Es gibt keinen Grund, mir etwas zu verheimlichen«, erwiderte der Mann. »Wir wissen von der Steinscheibe. Und wir wissen auch, dass Sie mit Dr. Borringer von der Universität von Kennesaw in Kontakt standen. Sie haben ihm etwas geschickt, das Sie nicht entziffern konnten.«

Bis jetzt traf dieser Typ mit jeder seiner Behauptungen ins Schwarze. »Frank und ich sind Kollegen. Ich konsultiere ihn regelmäßig für meine Arbeit. Aber ich weiß wirklich nicht, von welcher Steinscheibe Sie sprechen«, log er.

»Sie wollen es weiter leugnen?« Der Fremde schüttelte den Kopf, schnalzte missbilligend und ging zum Schreibtisch. Dort beugte er sich vor, legte beide Hände mit den Handflächen nach unten auf die Tischplatte und sah Tommy direkt in die Augen. »Mr. Schultz, es wäre besser für Sie, wenn Sie uns einfach sagen, wo der Stein ist. Sobald wir ihn haben, lasse ich Sie gehen. Außerdem brauchen wir die Übersetzungen, die Dr. Borringer Ihnen gegeben hat.«

Tommy hatte nicht die geringste Ahnung, ob Frank überhaupt schon mit der Arbeit an der Übersetzung begonnen hatte, und erst recht nicht, ob er schon damit fertig war. Er war schon drauf und dran, diese Information weiterzugeben, beschloss dann aber, sie für sich zu behalten. »Und für Sie wäre es besser, wenn Sie nicht so knallbunte Krawatten tragen würden.«

Die Bemerkung brachte seinen Entführer etwas aus der Fassung. Er sah an sich herunter, dann richtete er sich auf und setzte wieder seine eisige Miene auf. »Sie halten sich für witzig?«

»Sie sollten mich erst mal in einer Bar erleben!«

»Gut, Mr. Schultz, ich frage mich, ob Sie das auch lustig finden.« Er nahm eine Fernbedienung von der Schreibtischplatte und schaltete damit einen 20-Zoll-Flachbildfernseher ein, der in einer Ecke unmittelbar unter der Kuppeldecke an der Wand befestigt war.

Auf dem Bildschirm erschien die Aufnahme einer Überwachungskamera. Tommy blieb fast das Herz stehen. Sie zeigte das Haus von Seans Eltern. »Sie Mistkerl …!«

»Aber, aber«, unterbrach ihn der blonde Mann. »Den Wyatts wird nichts geschehen. Dafür brauchen Sie mir nur zu helfen, das zu finden, was ich suche.«

Tommy zerrte erneut an dem Seil. Offenbar war derjenige, der die Seile verknotet hatte, ein verdammt guter Pfadfinder gewesen. Sie gaben keinen Millimeter nach. »Wagen Sie es ja nicht, sie anzufassen.«

»Oh, wir werden sie auch nicht anfassen, Mr. Schultz. Sie werden nur Opfer eines höchst bedauerlichen Unfalls. Viele unschuldige Menschen sind im Laufe der Jahrhunderte bei Konflikten gestorben. Millionen haben in Religionskriegen ihr Leben gelassen. Und unsere Mission ist quasi ein moderner Kreuzzug. Sie wurde von Gott gesegnet.« Er legte den Kopf schief, als spräche er mit einem

Grundschulkind. »Und wenn Opfer verlangt werden, wer wären wir wohl, sie zu verweigern?«

Sein Tonfall war der eines religiösen Fanatikers im Körper eines Wahnsinnigen. Diese Kombination war sehr gefährlich und ließ das Lächeln auf seinem Gesicht noch beunruhigender wirken.

»Ich habe solche Reden schon häufig gehört«, erwiderte Tommy barsch. »Verrückte wie Sie hat die Welt schon zu Dutzenden überlebt. Und immer, wenn sie sich für ihre Taten verantworten müssen, wählen sie den leichtesten Ausweg.«

Der junge blonde Mann blieb wie angewurzelt stehen. Ein finsteres Lächeln umspielte sein Gesicht. »Sie vergleichen mich mit den Hitlers und Napoleons der Geschichte?« Er beugte sich zu Tommy und senkte seine Stimme fast zu einem Flüstern. »Hätten diese Männer besessen, was wir suchen, sähe die Welt vielleicht ganz anders aus.« Er richtete sich wieder auf, bevor er fortfuhr: »Was nur beweist, dass es ihnen nicht bestimmt war, es zu besitzen.«

»Die Wyatts sind gute Menschen und haben nichts mit alldem hier zu tun.« Tommy hielt einen Themenwechsel für angebracht.

»Womit haben sie nichts zu tun, Mr. Schultz?«

Tommy wurde klar, dass er sich womöglich selbst in die Bredouille gebracht hatte. Vielleicht aber hatte er sich und den Wyatts auch nur etwas Zeit verschafft.

»Also gut«, lenkte er zögernd ein. »Ich tue, was Sie verlangen. Aber lassen Sie die beiden Wyatts aus dem Spiel.« Seine Worte hatten einen verzweifelten Unterton.

»Ob ihnen etwas geschieht, hängt ganz davon ab, ob wir Erfolg haben.« Er trat jetzt um den Schreibtisch herum und beugte sich dicht zu Tommy herunter. Er roch nach einem intensiven und wahrscheinlich furchtbar teuren Eau de Cologne. Ein sadistisches Grinsen breitete sich auf seinem Gesicht aus. »Also dann, erzählen Sie mir alles.«

»Wie soll ich Sie nennen?«

Der Mann richtete sich steif auf und schien zu überlegen, welche Konsequenzen es haben könnte, wenn sein Gefangener seinen Namen wüsste. »Ich habe schon viele Namen gehabt«, antwortete er dann. »Sie dürfen mich Jens Ulrich nennen.«

Kapitel 12

Atlanta

Der Campus der Kennesaw State University lag etwa zwanzig Minuten nordwestlich des Stadtzentrums von Atlanta, direkt an der I-285. Einige der arroganteren Bürger der Stadt blickten auf alle herab, die außerhalb der sie umgebenden Ringstraße lebten. *Wie dumm, so zu denken*, sagte sich Trent. Trotz der raumgreifenden Zersiedelung war die Gegend nordwestlich von Atlanta schön geblieben. Nur eine Ausfahrt von der Universität entfernt war rings um ein Einkaufszentrum eine kleine Stadt gewachsen.

Noch beeindruckender war die Universität. Die im Vergleich mit anderen Hochschulen recht junge Kennesaw State University war erst 1963 gegründet worden. In nur vierzig Jahren war der Campus zur drittgrößten Bildungseinrichtung des Bundesstaates herangewachsen und hatte inzwischen über sechzehntausend Studenten. Die jüngste Erweiterung war das bemerkenswerte Studentendorf, das in den letzten drei Jahren errichtet worden war.

Eine Uni, die noch vor zehn Jahren keinerlei Studentenunterkünfte bieten konnte, verfügte jetzt über eines der schönsten Wohnheime des Landes. Trent wäre selbst gern wieder ein Studienanfänger am College gewesen. Die Steingebäude mit üppigem Stuckarrangement wurden von Ziegeldächern gekrönt. Die Promenaden und gepflasterten Wege, die von einem Wohnblock zum nächsten führten, waren nach europäischem Vorbild gestaltet, mit Brunnen in der Mitte kleiner Plätze, Cafés und einem kleinen Campus-Laden.

Die Uni rühmte sich eines der besten Baseball-Förderprogramme des Landes. Außerdem hatte die KSU in der NCAA[1] Division II nationale Titel im Frauenfußball und im Männerbasketball gewonnen – bemerkenswerte Leistungen in so kurzer Zeit.

Trent betrachtete seine Umgebung, als er auf dem asphaltierten Weg in Richtung Bibliothek ging. Er wohnte nah an der Universität, aber die Zeit für die Fahrt dorthin schwankte je nach Tageszeit. Von sieben Uhr morgens bis zehn Uhr morgens sowie von fünfzehn Uhr nachmittags bis zwanzig Uhr abends brauchte er mehr als eine Stunde, um von zu Hause hierher zu gelangen. Zu den anderen Zeiten benötigte er nur eine Viertelstunde. Er hasste den dichten Verkehr. Die Stadt hatte sich ins Zeug gelegt, um so viele Fahrbahnen wie möglich zu schaffen, die das Verkehrsproblem auf ein Minimum reduzieren sollten – aber nur mit geringem Erfolg. Atlanta war erst vor Kurzem als die Stadt mit dem dichtesten Verkehr in Amerika bezeichnet worden.

Er bog um die Ecke eines der älteren Gebäude auf dem Campus und fuhr auf den Parkplatz der Bibliothek. Direkt vor dem Gebäude wehte eine Flagge auf halbmast. Ihm war aufgefallen, dass auch einige andere Flaggen auf dem Campus zu Ehren des Verstorbenen auf halbmast standen. Der Tatort war längst gereinigt worden, und an der Stelle, wo sich der Mord ereignet hatte, hatten die Menschen

---

[1] National Collegiate Athletic Association

Blumen und Kerzen niedergelegt. In der Bibliothek herrschte wieder reger Betrieb, wenngleich sie um diese Zeit noch nicht von Studenten in Besitz genommen wurde, die dringend ihre Hausarbeiten und Projekte fertigstellen wollten. Natürlich hatten die Bibliotheken seit dem Aufkommen des Internets einen Teil ihrer Attraktivität eingebüßt. Wer heute ein Thema recherchieren wollte, brauchte nur eine Suche bei den bekannten Suchmaschinen zu starten. Scheinbar unendliche Mengen von Wissen aus allen Epochen waren auf Knopfdruck verfügbar. Die antiquierten Bibliotheken voll muffiger alter Bücher wurden von Laptops bei Barnes & Noble[2] oder in den zahllosen Cafés mit kostenlosem WLAN ersetzt.

Wenn er über solche Dinge nachdachte, fühlte sich Trent ziemlich alt. Er war zwar erst achtunddreißig, aber die Zeit, in der das Internet noch nicht existierte, als es noch keine E-Mail gab und die Menschen keine Handys hatten, kam ihm so weit entfernt wie die Antike vor.

All diese Dinge gingen ihm durch den Kopf, und er lächelte schwach, als er die Tür zum Haupteingang aufdrückte. Die Bibliothek war nicht sehr groß. Sie war eines der ersten Gebäude, die in der Gründungszeit des Colleges während der ersten Bauphase in den 1960er-Jahren errichtet worden waren.

Offenbar hatte man sie nur bei Bedarf erweitert. Er ging zum Tresen, wo eine Bibliothekarin, eine kleine rothaarige Frau, damit beschäftigt war, Bücher zu stempeln. Sie schien etwa Mitte vierzig zu sein. Als er an den Schalter trat, wandte sie ihre Aufmerksamkeit von den Büchern ab

---

[2]   US-amerikanische Buchhandelskette

und dem großen Mann sichtlich afroamerikanischer Herkunft im Trenchcoat vor ihrem Tresen zu.

»Kann ich Ihnen helfen, Sir?« Lächelnd legte sie ihre Arbeit beiseite.

Trent setzte ebenfalls ein höfliches Lächeln auf. »Vielleicht, Ma'am.« Er zog seine Dienstmarke aus der Jacke und klappte sie auf. »Ich bin Detective Trent Morris. Ich hoffe, dass mir hier jemand ein paar Fragen beantworten kann.«

»Dann bin ich wohl die Person, mit der Sie sprechen sollten. Ich bin die Bibliothekarin.« Sie hielt inne. »Aber ich dachte, die Polizei hätte ihre Ermittlungen bereits abgeschlossen.«

»Hat sie auch.« Da das nicht sein Fall war, musste er etwas vage bleiben. »Ich bin nur vorbeigekommen, um ein wenig nachzuhaken. Sie wissen schon, um mich zu vergewissern, dass alles wieder normal läuft. Das ist ein neuer Kundenservice, den das Revier anbietet. Um das Image der Polizei zu verbessern, Sie verstehen schon.«

Offensichtlich kaufte sie es ihm ab und lächelte. »Gut, ich weiß zu schätzen, dass Sie sich um uns kümmern. Allmählich geht alles wieder seinen Gang, aber es wird noch lange dauern, bis der Schock überwunden ist.« Ihre Augen schienen sich auf den Teppich drei Meter vor ihr zu richten. »Dr. Borringer war hier sehr beliebt. Viele Leute kannten ihn. Es ist wirklich ein großer Verlust für die Universität und für die wissenschaftliche Gemeinde.«

»Sie haben ihn nicht zufällig an dem Abend gesehen, als er starb, oder?«

Sie senkte den Kopf, blickte auf den Schreibtisch hinunter, und in ihren Augenwinkeln bildeten sich zwei Tränen. »Doch. Und zwar kurz bevor ich Feierabend hatte.«

»Es tut mir leid, dass ich Ihnen das noch einmal zumuten muss. Bitte verzeihen Sie …«

»Das ist schon in Ordnung«, unterbrach sie ihn, »wirklich. Ich hatte Dr. Borringer einen Schlüssel anvertraut. Es war üblich, dass er länger blieb, um an seinen Projekten zu arbeiten, also habe ich ihm einfach erlaubt, selbst abzuschließen, wenn er fertig war. Abgesehen von der Person, die ihn umgebracht hat, war ich wohl die letzte Person, die Frank vor seinem Tod gesehen hat.«

Trent ließ ihr einen Moment Zeit, diesen Gedanken zu verarbeiten.

Dann fuhr er fort: »Wissen Sie zufälligerweise, woran er an jenem Abend arbeitete?«

Sie wischte sich mit einem Taschentuch aus einer griffbereiten Schachtel über die Augen und schniefte leise. »Das weiß ich nicht. Dr. Borringer war häufig hier. Wir konnten nur raten, woran er jeweils gearbeitet hatte.«

Irgendwo im Obergeschoss heulte ein Staubsauger. Die Uhr an der Wand zeigte 19:08. Auf dem Weg zur Bibliothek hatte er Will angerufen, um herauszufinden, ob er etwas über den Mord in Erfahrung gebracht hatte. Nach dem, was er gehört hatte, gab es weder Verdächtige noch Spuren. Außer Wyatt.

Nach einem Blick auf ihr Namensschild nahm er das Gespräch wieder auf. »Darcy, richtig?«

»Ja.«

»Ich weiß es zu schätzen, dass Sie sich die Zeit genommen haben, mit mir zu sprechen. Ich wollte mich nur kurz überzeugen, dass alles hier so läuft, wie man es unter diesen Umständen erwarten kann.« Er schob seine Visitenkarte über den Tresen. »Bitte lassen Sie mich wissen, wenn ich irgendetwas für Sie tun kann oder wenn Ihnen etwas Ungewöhnliches auffällt, von dem Sie meinen, dass wir es wissen sollten.«

Das Lächeln kehrte in ihr Gesicht zurück. »Danke. Das mache ich.«

»Es war mir ein Vergnügen, Ihre Bekanntschaft zu machen.« Er verabschiedete sich und ging durch die Metalldetektoren und Glastüren hinaus. Es war ein Schuss ins Blaue gewesen, mit der Hoffnung verknüpft, irgendeine Verbindung zwischen den Morden herstellen zu können. Trotzdem, etwas nagte an der Schwelle zu seinem Unterbewussten, als er die Betonrampe hinunterging, die zum Parkplatz führte.

»Detective!« Die Stimme kam aus dem Eingang der Bibliothek. Eine junge Frau in Jeansrock und weißer Bluse stand in der geöffneten Tür. »Warten Sie einen Moment!« Die Brünette ging eilig auf ihn zu. Er hatte keine Ahnung, was dieses Mädchen von ihm wollen konnte. »Ich heiße Emily Meyers«, sagte sie, als sie ihn erreichte. »Ich habe Dr. Borringer ab und zu bei einigen seiner Projekte geholfen.«

Trent sah sie an. »Haben Sie schon mit einem der anderen Officer gesprochen, die hier waren?«

»Nein, Sir.« Sie senkte den Kopf. »Ich hatte Angst, mit ihnen zu reden. Eigentlich habe ich keine Informationen, die ich für hilfreich halte.« Ihre Miene wirkte schuldbewusst. »Das heißt, bis ich Sie vor einer Minute mit Miss Darcy reden hörte.«

»Sie wissen, woran Dr. Borringer gearbeitet hat?«, fragte Trent.

»Ganz genau kann ich das nicht sagen, nein. Ich war nur eine Assistentin. Aber ich habe am Tag, bevor er starb, für ihn gearbeitet. Er ließ mich eine Menge hieratischer Vergleiche anstellen. Pardon … das hat mit antiken Schrift-systemen zu tun, hauptsächlich Altägyptisch. Alles sehr verwirrendes Zeug. Dr. Borringer hat nie durchblicken lassen, woher er diese Texte hatte, aber ich weiß zumindest, dass in dem, woran er arbeitete, Altägyptisch, Sumerisch und Althebräisch eine Rolle spielten.«

»Sie haben also in der Nacht, in der er starb, nicht für ihn gearbeitet?«

Ein trauriger Ausdruck überschattete ihr Gesicht. »Nein. Dr. Borringer hatte mir gesagt, dass er fast fertig sei und mich an diesem Abend nicht brauche. Ich habe mich mit ein paar Freunden zum gemeinsamen Lernen in einem Café getroffen und bin dann nach Hause gegangen.«

Trent war etwas verstimmt. »Und Sie hielten es nicht für nötig, das der Polizei zu erzählen?«

Sie hob ihren Blick. »Ich war nicht hier, als die Polizis-ten das erste Mal kamen. Aber ich habe hier in der Biblio-thek gearbeitet, als der große blonde Officer vorbeikam.«

»Ein großer blonder Polizist?« Trent kannte alle seine Kollegen, und auf keinen von ihnen passte diese Beschrei-bung.

»Ja, ich habe zufällig aufgeschnappt, dass er viele Fragen stellte, die Sie auch gestellt haben. Ich glaube, er stellte sich als Joergenson oder so vor. Er sprach irgendwie sonderbar, sehr bedächtig. Ich könnte es nicht mit Bestimmtheit sagen, aber mir war, als hätte er einen ausländischen Ak-zent gehabt.«

Joergenson? Diesen Namen hörte er zum ersten Mal, und er kannte keinen Officer im Revier, der keinen breiten Südstaatenakzent hatte.

»Was genau wollte dieser blonde Officer denn wissen?«

»Er nervte die Bibliothekarin mit seinen Fragen, wo

Dr. Borringer am häufigsten recherchierte, welchen Computer er benutzte, welche E-Mails er an diesem Tag verschickt haben könnte. Solche Sachen eben.«

»Was hat sie ihm gesagt?«

»Ich weiß es nicht genau, aber es klang, als wüsste sie nicht allzu viel über die Arbeit des Professors. Joergenson war anscheinend sehr unzufrieden damit, dass sie so wenig wusste. Er stürmte aus der Bibliothek und fegte beim Gehen absichtlich einen Stapel Bücher vom Tresen.« Das Mädchen blickte nachdenklich zu Boden. »Ich glaube, er hat nicht gefunden, wonach er gesucht hat.«

»Wissen Sie denn, wonach er suchte?« Irgendetwas an dem Verhalten des Mädchens ließ ihn vermuten, dass sie mehr wusste, als sie zugeben wollte.

Sie blickte auf. »Nein, eigentlich nicht.«

»Eigentlich nicht? Was genau wissen Sie?«

»Ich glaube, dass Dr. Borringer bei diesem Projekt jemandem von der IAA einen Gefallen tun wollte. Ich bin mir ziemlich sicher, dass er die Übersetzung nicht für sich selbst angefertigt hat.«

Bingo. »Sie erinnern sich nicht zufällig an den Namen der Person bei der IAA, der er diesen Gefallen tun wollte, oder?«

Sie kniff die Augen zusammen, als sie versuchte, sich an den Namen zu erinnern. »Ich glaube, es war ein gewisser Thomas oder so …«

»Thomas Schultz?«, sprang er ihr zu Hilfe.

»Ja, genau so hieß er«, sagte sie. »Ich erkenne den Namen wieder.«

Es gab also tatsächlich eine Verbindung. »Danke, Miss Meyers. Sie waren eine große Hilfe.«

»Gern geschehen.« Sie drehte sich um und wollte zurück

in die Bibliothek gehen, während er sich in die entgegengesetzte Richtung wandte.

»Detective?«, rief sie erneut.

»Ja?« Er drehte sich um und hielt inne.

»Ich bekomme doch keinen Ärger, nur weil ich nicht mit diesem Officer Joergenson gesprochen habe, oder?«

»Keine Sorge, darum kümmere ich mich«, gab er zurück, entfernte sich ein paar Schritte von dem Mädchen und bog dann im Laufschritt um die Ecke.

Die Geschichte ergab zwar noch keinen Sinn, aber jetzt hatte er eine Verbindung. Der Sinn würde sich schon später einstellen. Wer war dieser Joergenson? Es klang, als wäre noch jemand in dieses Durcheinander verwickelt. Doch jetzt dachte er nur daran, der IAA-Zentrale einen Besuch abzustatten und zu versuchen, mehr über Schultz und vor allem über Wyatt herauszufinden.

Kapitel 13

Atlanta

Sean Wyatts karbonschwarzer Maxima fuhr in eine Park-lücke vor dem Haus der Borringers. Allyson und er stiegen aus und sahen sich um. Das Viertel wirkte abgesehen von dem typischen Hundegebell in der Ferne trist und verlas-sen. Sean vermutete, dass die Vorstädter sich ihre extrava-ganten nächtlichen Brettspiel-Turniere für die Wochenen-den aufsparten. Für ihn wäre das kein Leben gewesen.

Die meisten seiner Collegefreunde hatten diese Rich-tung in ihrem Leben eingeschlagen und die endlosen Par-tys und den nachtaktiven Lebensstil gegen Minivans mit Fußbällen an der Heckscheibe und Familienabende mit erbaulichen Fernsehsendungen eingetauscht. Für Leute, die sich früher noch zu spontanen Trips an den sechs Stunden entfernten Strand überreden ließen, bestand Spontaneität jetzt in einem Ausflug zum örtlichen Fast-Food-Spielplatz, auf Firmenkosten versteht sich. Und wenn es nachts mal richtig spannend werden sollte, gönnte sich das Paar vielleicht einen kurzen Abstecher in die nächste Videothek, um einen Film auszuleihen. Aber seit dem Aufkommen der Streaming-Dienste fiel auch diese *Unbequemlichkeit* weg, weil es gar nicht mehr nötig war, die Kinder ins Auto zu verfrachten und vor die Tür zu gehen.

Sean traf einige dieser Leute noch gelegentlich, wenn sie ausnahmsweise einmal einen Babysitter fanden. Dann bombardierten sie ihn mit den immer gleichen lästigen Fragen: »Wann wirst du endlich sesshaft? Willst du denn gar keine Kinder? Ist es nicht allmählich an der Zeit, dass du heiratest?«

Seine Antworten waren immer direkt und keine Spur sensibel. Obwohl er nicht im Geringsten gefühlskalt war, ging das Thema Ehe und Familie Sean einfach auf die Nerven. Er wies immer darauf hin, dass er einfach im Internet einen spannenden Film finden konnte, wenn ihm nach Kino zumute war. Wollte er essen gehen, stieg er in sein Auto und fuhr zu dem Restaurant seiner Wahl. Freiheit, erwiderte er dann immer, sei viel besser als Windeln wechseln oder diese nervigen Kindersendungen im Fernsehen sehen zu müssen.

Und er hörte stets die gleichen Gegenargumente. »Willst du deinen Namen nicht vererben?«, hieß es dann zum Beispiel. Worauf er ihnen stets versicherte, dass es genug Wyatts auf der Welt gebe, die sich dieses Problems annehmen könnten.

Er war kein Einzelgänger, nur so eine Art Insel. Vielleicht hatte er bisher einfach nicht das richtige Mädchen getroffen. Zu den schlimmsten Nervensägen zählte sein Vater, der ständig herumnörgelte, dass Sean seinen Eltern Enkelkinder vorenthalte. Das war zwar lästig, brachte ihn aber auch immer ein wenig zum Lachen. Sein Vater warf ihm vor, dass er einfach zu egoistisch sei, was Sean mit voller Überzeugung eingestand. Sein Vater führte auch immer ein anderes Argument an. »Willst du denn wirklich keine Kinder? Damit du im Alter jemanden hast, der sich um dich kümmert?«

Sean hielt es nicht für nötig, auf die Absurdität dieses Arguments hinzuweisen. Die Gespräche endeten immer damit, dass sein Vater ihn nicht begriff und Sean sich damit abfinden musste, den älteren Mann frustriert zurückzulassen. Das Bedürfnis, sich fortzupflanzen, besaß der jüngere Wyatt einfach nicht, oder vielleicht ignorierte er es einfach.

Jetzt stand er mitten in einer Siedlung, die sicherlich der Sehnsuchtsort der klassischen Kleinfamilie gewesen sein musste. Es war wie eine aktualisierte Version einer Fernsehserie aus den 1950er-Jahren. Allyson unterbrach seine Gedanken. »Ist es dieses Haus?« Sie zeigte auf ein zweistöckiges Haus im Ranch-Stil, das in der langweiligen Standardhaussiedlung wie ein Fremdkörper wirkte.

»Ja.« Er stieg aus dem Wagen und marschierte forsch den Pfad zur Haustür hinauf. Allyson folgte ihm etwas weniger zuversichtlich.

Dort, wo er das Wohnzimmer vermutete, und in einigen anderen Fenstern im Obergeschoss brannte noch Licht. Als er sich der Veranda näherte, sah er, dass drinnen ein Fernseher lief. »Sieht aus, als wäre sie noch wach«, bemerkte Allyson.

»Sie wird wahrscheinlich eine längere Zeit nicht mehr gut schlafen«, sagte er mitfühlend.

Als die beiden an die Tür traten, erschien eine Katze in der Glasscheibe des Türrahmens. Das Tier schaute die Besucher an, als wäre es der Butler, der die Gäste empfängt. Sean klingelte, und wenige Augenblicke später öffnete sich die Tür einen Spalt.

Eine Frau, den grauen Strähnen in ihrem dichten braunen Haar nach zu urteilen etwa Mitte fünfzig, lugte knapp unter einer eingehakten Sperrkette durch die Öffnung.

»Ja, bitte?« Ihre Stimme klang angestrengt, als kostete es sie Mühe zu sprechen und dabei auch noch halbwegs freundlich zu klingen.

»Mrs. Borringer, mein Name ist Sean Wyatt. Ich war Mitarbeiter Ihres Mannes. Wäre es in Ordnung, wenn meine Kollegin und ich kurz reinkommen?«

»Sie waren ein Freund von Frank?«, fragte sie misstrauisch.

»Nein, Ma'am«, antwortete er. »Ich bin ihm ein paarmal begegnet und habe mich gelegentlich mit einigen Fragen an ihn gewandt. Ich arbeite für die IAA.«

»Ich weiß, für wen Sie arbeiten, Mr. Wyatt. Mein Mann hatte großen Respekt vor Ihnen. Ich hatte schon gehofft, Sie würden irgendwann vorbeikommen. Bitte, treten Sie ein.« Ihr leichter englischer Akzent war stärker geworden, als sich ihre Stimmung zu heben schien.

Sie löste die Kette und öffnete die Tür weit. »Bitte entschuldigen Sie die Unordnung; nach dem … Vorfall letzte Woche gab es eine Menge zu tun.«

Mrs. Borringer trat zur Seite, um die beiden Besucher einzulassen. Sie war leger gekleidet, trug eine kakifarbene Hose und ein Sweatshirt mit dem Logo der Atlanta-Braves.

»Bitte, nur zu, treten Sie ein.« Sie schloss die Tür und verriegelte sie hinter ihnen, dann führte sie die Neuankömmlinge in das Wohnzimmer mit Kamin. »Nehmen Sie Platz.« Die Lady des Hauses deutete auf eine sehr weich aussehende Couch. Die Einrichtung ließ sich wohlwollend als zusammengewürfelt beschreiben. Von außen hatte das Haus den typisch amerikanischen Ranch-Stil, doch das Innere wirkte eher wie eine Moschee oder Synagoge als eine Wohnung. Es gab nur wenige Möbelstücke, abgesehen von einem Tisch aus dunklem Walnussholz, der zu dem Parkett im Wohnzimmer und in den Fluren passte. Die Wände waren mit verschiedenen religiösen Symbolen und Bildern aus unterschiedlichen Religionen dekoriert. Es schien, dass jede Wand einer anderen alten Kultur oder Religion gewidmet war.

»Sie haben hier wirklich eine sehr interessante Sammlung, Mrs. Borringer.« Allyson brach das sprichwörtliche Eis mit ihrem etwas ambivalenten Kompliment.

»Danke, meine Liebe.« Die Frau lächelte aufrichtig. »Frank hat stets alle Religionen und Kulturen respektiert und ihren Beitrag zur Weltgeschichte zu schätzen gewusst.« Sie verlor sich für einen Moment in ihren Gedanken und kehrte dann zurück. »Er glaubte, wir hätten alle denselben Ursprung und dass die einstige gemeinsame Sichtweise im Laufe der Jahre verzerrt und verändert wurde. Aber in jeder Religion, in jedem kulturellen Glaubenssystem sei immer noch ein Teil der Wahrheit vorhanden.« Sie stand auf und fragte die beiden Besucher, ob sie einen Kaffee wollten. »Ich selbst trinke keinen mehr, es ist zu spät für mich. Das Zeug würde mich bis zum Morgen wach halten. Aber ich kann Ihnen gern eine Kanne aufsetzen, wenn Sie mögen.« Sie sah sie erwartungsvoll an.

Ihr großzügiges Lächeln war unwiderstehlich. »Das wäre sehr nett, wenn es Ihnen nicht zu viel Mühe macht«, antwortete Sean.

Die Frau lächelte ihn an. »Überhaupt nicht, Sean.«

Sie sprach mit ihm, als ob sie ihn schon seit Jahren kennen würde.

Während sie in der Küche herumhantierte, stellte er ihr weiter Fragen. »Wissen Sie, woran Ihr Mann in den letzten Wochen vor seinem Tod gearbeitet hat?«

Sie hörten, wie eine Kanne mit Wasser gefüllt wurde und Geschirr klapperte, bevor sie antwortete.

»Ich weiß nicht, woran er gearbeitet hat.« Nach einer

Pause fuhr sie fort: »Die Polizei ist zweimal hier vorbeigekommen und hat mich beide Male dasselbe gefragt.«

»Es tut mir leid, Mrs. Borringer. Ich wollte nicht …«

»Oh, ist schon gut, mein Lieber. Ich weiß, dass Sie das nicht wollten.«

Allyson lächelte sie an, als sie mit einem kleinen Teller mit Keksen durch die Küchentür kam.

Mrs. Borringer erwiderte das Lächeln. »Ja«, begann sie, »ich bezweifle, dass diese inkompetenten Officer jemals die Verbrecher finden werden, die dem armen Frank das angetan haben. Er hatte keine Feinde, hat nie jemandem etwas Böses zuleide getan.« Ihre Miene wurde entschlossener. »Mein Mann war ein guter Mensch in einer Welt voller schrecklicher Menschen. Und ich fürchte, dass wir vielleicht nie erfahren werden, wer ihn uns genommen hat.« Anstatt zusammenzubrechen, schien sich eine Art Wut in ihr Verhalten eingeschlichen zu haben.

Sean interessierte sich für die Rolle der Polizei in dieser ganzen Angelegenheit. Allyson hatte sich einen Keks genommen, knabberte daran und hörte aufmerksam zu. »Sie sagten, die Polizei wäre mehrmals hier vorbeigekommen?«, fragte er, als er das Gefühl hatte, dass die Lady bereit war, ihm zu antworten.

Sie fuhr mit einem Ruck hoch. »Ja, o ja«, betonte sie. »Es kam mir seltsam vor, dass die Ermittler, die mich besuchten, jedes Mal andere Leute waren.«

Jetzt wurde Sean hellhörig. »Wie sahen sie denn aus, Mrs. Borringer, die beiden Detectives?«

Ein leicht verwirrter Ausdruck erschien auf ihrem Gesicht. »Der erste Officer war sehr höflich. Er dürfte knapp einen Meter achtzig groß gewesen sein, hatte dunkles Haar und war ein Weißer.« Dann schweiften ihre Gedanken zu den Details ab. »Der zweite Polizist war sehr viel größer, fast zwei Meter oder so, und blond. Er trug einen Trenchcoat, doch ich konnte erkennen, dass er ziemlich muskulös war. Aber er war ungeduldig und nicht sehr freundlich. Den anderen Officer mochte ich lieber.« Ihre Worte klangen wie die eines Kindes, das über seinen Lieblingskuchen spricht.

Allyson und Sean hatten ihre Kekse aufgegessen. »Dieser zweite Mann, hat er sich ausgewiesen?« Seans Neugier war geweckt.

Die ältere Frau warf ihm einen bestätigenden Blick zu. »Ja. Er stellte sich als Detective Joergenson vor.« Sie stand auf und ging zurück in die Küche, um den Kaffee zu holen. »Sahne oder Zucker?«, fragte sie die beiden durch die offene Tür.

»Beides«, antworteten sie gleichzeitig.

»Als er ankam«, fuhr sie fort, während alle in ihren Tassen rührten, »zeigte er seine Marke und seinen Ausweis vor. Natürlich habe ich so etwas noch nie gesehen. Sie waren wohl echt, nehme ich an. Ich habe mich an das gehalten, was ich im Fernsehen gesehen hatte. Aber er war ein aufdringlicher junger Mann, das kann ich sagen. Er hat im oberen Büro alle Sachen von Frank durchwühlt und auch sonst so ziemlich alles durchsucht.«

»Haben Sie bemerkt, ob er etwas mitgenommen hat, als er ging?«

»Nein. Ich habe aufgepasst, dass nichts wegkam. Frank war das Opfer, also gab es keinen Grund, bei ihm etwas zu beschlagnahmen.« Sie setzte sich nachdenklich hin. »Ich glaube, der Mann hat sowieso nicht gefunden, was er gesucht hat. Nachdem er hier alles auf den Kopf gestellt hatte, löcherte er mich mit Fragen. Seine Fragen kamen mir erst im Nachhinein seltsam vor.«

»Was genau hat er denn gefragt?«

Sie kam mit einem silbernen Tablett zurück, auf dem zwei große Milchkaffeetassen standen. »Nun, er schien sich sehr für Franks Arbeit zu interessieren. Während Detective Thompson ernsthaft darüber nachdachte, wer es auf meinen Mann abgesehen haben könnte, stellte Detective Joergenson nur Fragen zu seinen Projekten und zu den Personen, die ihm vielleicht dabei geholfen hatten.« Sie schwieg kurz. Dann fuhr sie fort: »Es war fast so, als wäre ihm überhaupt nicht daran gelegen, Franks Mörder zu finden.«

Allyson und Sean warfen sich einen interessierten, kurzen Blick zu, bevor sie ihre übergroßen Kaffeetassen mit einem höflichen Dankeschön entgegennahmen. Sean schaute wieder zu der Lady, die nun nachdenklich auf ihre im Schoß gefalteten Hände starrte.

»Hatte dieser Mann zufällig irgendwelche Narben oder vielleicht einen auffälligen Akzent – etwas, das ihn von anderen unterscheidet?«

Ihr Kopf neigte sich ein paar Zentimeter nach rechts. »Wissen Sie, jetzt wo Sie es erwähnen ... Irgendwie hat er etwas seltsam gesprochen. Ich habe mir zuerst nicht viel dabei gedacht, aber einige seiner Worte schienen fast zu kontrolliert zu klingen, so als würde er versuchen, einen Akzent zu verbergen.« Sie hielt einen Moment inne und merkte sichtlich, dass in diesem ganzen Szenario etwas nicht stimmte. »Aber warum sollte er so etwas ...?«

»Mrs. Borringer«, warf Sean ein, bevor sie zu Ende sprechen konnte. »Ich glaube nicht, dass dieser Kerl ein Officer war.«

Die Aussage verblüffte sie, obwohl es auch für sie immer offensichtlicher zu werden schien.

»Ich verstehe das nicht.«

»Anfang der Woche wurde mein Freund Tommy Schultz entführt. Er hatte mit Ihrem Mann an einem Projekt gearbeitet.«

Ihre Miene wirkte jetzt verwirrt. »Tommy war vor ein paar Wochen hier.« Sie schaute nachdenklich zu Boden. Die arme Frau hatte in der letzten Woche zu viel durchgemacht. »Und Sie meinen, dass dieser Joergenson etwas mit dem Mord an meinem Mann und mit Tommys Verschwinden zu tun haben könnte?«

»Ich weiß nicht, Mrs. Borringer.« Er beugte sich näher zu ihr und stellte seine Tasse auf dem Holztisch ab, der zwischen ihnen stand.

»Können Sie uns etwas darüber sagen, woran Frank gearbeitet hat? Oder worüber Tommy und er gesprochen haben? Wenn wir herausfinden können, woran er gearbeitet hat, können wir vielleicht Tommy finden. Und wenn wir ihn finden, finden wir möglicherweise auch den Mörder Ihres Mannes.«

Ihr Gesichtsausdruck wechselte von verwirrt zu entschlossen. Ihr Blick wirkte auf die beiden Besucher fast ein wenig beängstigend. »Ich kann nicht mit Sicherheit sagen, was Frank gefunden hat, aber ich weiß, wonach er suchte.« Die ältere Frau stand auf und ging zur Treppe auf der anderen Seite des Raumes. »Und ich weiß vielleicht auch, wo wir finden können, wonach Sie suchen.« Sie lächelte und forderte die beiden mit einer Geste auf, ihr zu folgen.

Sean und Allyson wechselten einen skeptischen Blick.

Kapitel 14

Blue Ridge Mountains

»Also, Mr. Schultz, die Sache läuft jetzt folgendermaßen.« Ulrich umkreiste den großen Schreibtisch wie eine Raubkatze, die um ihre Beute schleicht. »Sie sagen mir also, dass Sie nicht wissen, wo diese Kammer ist.« Er blieb direkt vor Tommy stehen und sah mit einem fast mitleidigen Blick auf ihn herab. »Sie werden es herausfinden.«

»Warum finden Sie das nicht selbst heraus?«

Ulrich lehnte sich zurück und grinste bösartig. Dann schlug er Tommy mit der flachen Hand hart ins Gesicht. Tommy verzog überrascht von dem ansatzlosen Schlag sein Gesicht. »Provozieren Sie mich nicht, Mr. Schultz.«

Schmerz und Wut durchfluteten Tommy. »Das war überflüssig«, stieß er zwischen den Zähnen heraus.

»Kommen Sie, Mr. Schultz!« Die Stimme klang irgendwie noch unheimlicher. »Ich weiß, worauf Sie gestoßen sind. Und ich weiß auch, dass Sie mit Dr. Borringer an der Übersetzung des Codes gearbeitet haben.«

Tommy schwante Übles. »Woher wissen Sie … Was haben Sie mit Frank gemacht?« Er zerrte erneut an den Fesseln, aber er konnte kaum atmen, geschweige denn sich befreien. Draußen blitzte es, und nicht weit entfernt grollte Donner.

»Zerbrechen Sie sich über Dr. Borringer nicht den Kopf. Wichtig ist, dass ich weiß, woran Sie beide gearbeitet haben«, betonte Ulrich.

»Wenn Sie Frank etwas angetan haben, werde ich …«

»Sie werden diese Kammer für mich finden, oder Sie und die Wyatts sind morgen um diese Zeit tot!« Jetzt wurde Ulrich zum ersten Mal richtig wütend. Das Gesicht des blonden Mannes war rot angelaufen, und er spannte den Kiefer an, als er weitersprach. »Sie haben den Stein von Akhanan gefunden! Aber Sie konnten den Code nicht entschlüsseln. Also haben Sie den Stein Borringer übergeben, dem versiertesten Experten für alte Sprachen im ganzen Südosten.«

Ulrich beruhigte sich wieder und wischte sich mit dem Zeigefinger eine Schweißperle von der Stirn. »Ganz recht, ich weiß, dass Borringer den Code auf der Rückseite des Steins entziffert hat. Leider ist es mir nicht gelungen, seine Ergebnisse oder den Stein selbst zu finden. Sie können das alles sehr viel unkomplizierter machen, wenn Sie mir sagen, wie der Code lautet.«

»Sie werden mich so oder so umbringen«, sagte Tommy aufgebracht. »Frank haben Sie doch auch ermordet, stimmt's?« Seine Stimme bebte vor Wut.

»Ich tue, was notwendig ist.« Ulrich klang entschlossen. Er richtete sich auf und ging zum Fenster. »Manchmal muss man für das Allgemeinwohl Opfer bringen.«

»Ersparen Sie mir Ihr selbstgerechtes Gerede. Frank hatte eine Frau, Sie verd…«

»Mr. Schultz!«, unterbrach Ulrich ihn scharf. »Für Dr. Borringer können Sie jetzt nichts mehr tun.« Er wartete einen Moment, kostete die Situation geradezu aus, bevor er fortfuhr: »Vielleicht tröstet es Sie, dass er, zu meinem Bedauern, recht schnell gestorben ist. Die Klinge steckte wohl etwas zu tief in seinem Rücken.«

Der Stuhl knirschte, als Adrenalin durch Tommys Körper rauschte. Dennoch gaben weder das Seil noch das Holz nach. Augenblicke später entspannte sich sein Körper, erschöpft von der vergeblichen Anstrengung. Sein Gesicht lief rot an. Er blickte zu Boden, und ein drohendes Lächeln erschien auf seinem Gesicht. Ruhig und sachlich sagte er: »Ich werde Sie umbringen.«

»Ach, Mr. Schultz, das bezweifle ich ernsthaft. Angesichts der momentanen Situation würde ich eher auf das Gegenteil setzen.« Ulrich war vom Fenster zurückgekommen und hatte sich vor seinem Gefangenen aufgebaut, der völlig außer sich zu sein schien. Dann trat er hinter Tommy und zog eine Pistole aus einem Schulterhalfter, das unter seiner Jacke verborgen gewesen war. Eine Sekunde später hielt er ein großes Messer in der anderen Hand. »Sie werden genau das tun, was ich Ihnen sage.«

»Ich weiß nicht, was der Code bedeutet, Sie Dreckskerl! Frank hatte alles. Ich habe ihm den Stein und all die anderen Unterlagen ausgehändigt, an denen ich gearbeitet hatte. Er wollte mir die Sachen zurückgeben, wenn er fertig war. Ich weiß nicht einmal, ob er überhaupt schon angefangen hat, daran zu arbeiten.« Seine verzweifelte Aufrichtigkeit war überzeugend.

Natürlich konnte der Mann, der ihn gefangen hielt, nicht überprüfen, ob es der Wahrheit entsprach. Er konnte ebenso gut davon ausgehen, dass Tommy log.

»Spielen Sie keine Spielchen mit mir.« Ulrich trat dicht an ihn heran, hob das Messer und fuhr mit dem Lauf der Pistole über die Schneide.

»Warum sollte ich Ihnen weismachen, dass ich die Unterlagen nicht habe? Denn wenn das zutrifft, wäre ich doch nutzlos für Sie. Es sei denn …«

»Es sei denn, was?«, beendete der Mann Tommys Satz.

»Es gibt eine Möglichkeit …« Seine Gedanken überschlugen sich förmlich. Tatsächlich hatte er den größten Teil seiner Arbeit an Borringer übergeben, einschließlich des Steins selbst. Falls Sean den Stein irgendwie in die Finger bekommen und die Hinweise zusammensetzen konnte, konnte Tommy vielleicht eine Spur von sprichwörtlichen Brotkrümeln hinterlassen, die darauf hindeuteten, wohin diese Spur führte. Es wäre jedoch ein ziemlich großes *Falls*, wenn man bedachte, dass Sean kaum wusste, woran er gearbeitet hatte. Und es war zweifelhaft, dass es ihm gelingen würde, herauszufinden, woran Borringer gearbeitet hatte, falls Frank tatsächlich schon mit der Übersetzung begonnen hatte. All das schoss Tommy durch den Kopf, während der blonde Mann ihn abwartend anstarrte. Es war weit hergeholt, aber es war seine einzige Chance.

»Also?«

»Der Stein ist nur der erste Hinweis. Es war ein glücklicher Zufall, dass ich ihn gefunden habe.« Er räusperte sich, als Ulrich ihm einen warnenden Blick zuwarf, damit er aufhörte herumzudrucksen. »Aber ich habe eine Kopie von dem Stein gemacht. Wenn wir an die Kopie kommen, kann ich vielleicht selbst etwas davon entziffern. Aber trotzdem weiß ich nicht, ob ich die Ergebnisse hinreichend deuten kann, um zum nächsten Hinweis zu gelangen. Deshalb habe ich ihn ja Borringer übergeben.«

»Der nächste Hinweis?« Ulrich lehnte sich ein wenig zurück und entspannte sich. Sein Blick wirkte nicht mehr bedrohlich, sondern fragend.

»Ja. Der Legende nach gibt es einen Pfad, der bewältigt werden muss. Nur wer sich der Aufgabe als würdig erweist, kann den Code deuten und den Weg zu den vier Kammern finden.«

»Woher wissen Sie das?«

»Durch ein Rätsel, auf das ich vor ein paar Jahren gestoßen bin. Es war auf eine Tierhaut geschrieben. Ein alter Mann hat es in einer Höhle auf seinem Grundstück gefunden. Er sagte, die Haut sei an einer hoch gelegenen Stelle versteckt und mit Steinen und Mörtel versiegelt worden, um sie trocken zu halten. Sie wurde auf Anfang des 19. Jahrhunderts datiert. Ich bin mir ziemlich sicher, dass der Stein das Rätsel und den Standort des nächsten Hinweises enthielt, aber ich musste ihn zu Borringer bringen, damit er den Rest herausfindet. Gott weiß, ob er es geschafft hat oder nicht.«

Ulrich sah nachdenklich aus dem Fenster. Er legte das Messer auf den Schreibtisch und bewegte sich langsam auf einen der Stühle zu, die vor seinem gefesselten Gefangenen standen. Regen prasselte auf das Glas, als das Gewitter die Villa erreichte. Wieder störte Donner die angespannte Stille.

Tommy konnte sehen, wie die Zahnräder im Kopf des Mannes arbeiteten. Und ihn zu einer Frage führten. »Warum konnten Sie nicht den gesamten Code entschlüsseln?«

Tommy hatte diese Frage erwartet. Glücklicherweise hatte er bisher nicht lügen müssen, und er musste auch jetzt nicht damit anfangen. Das hob er sich für später auf. »Der Text auf der Rückseite des Steins besteht aus einer Kombination verschiedener Sprachen. Ein großer Teil davon ist hieratisch, wovon ich etwa fünfzig Prozent entziffern konnte. Die anderen Teile sind uraltes Hebräisch und eine Keilschrift, die ich beide nicht entziffern kann. Somit konnte ich nur etwa ein Drittel des Rätsels entschlüsseln.«

Ulrich schlug die Beine übereinander. »Wo ist diese Kopie des Steins?«

»Bei mir zu Hause.«

Ulrich war nicht dumm. Er sah Tommy skeptisch an. »Sie wollen, dass ich zu Ihrer Wohnung fahre? Damit die Polizei mich sofort verhaften kann, zumindest als verdächtige Person.«

»Das ist mir zumindest in den Sinn gekommen.« Wenigstens hatte er seinen Sinn für Humor noch nicht verloren. »Aber es ist trotzdem die Wahrheit. Ich habe eine Kopie davon in meinem Arbeitszimmer gelassen. Wenn ich lügen würde und Sie dort keine Kopie finden würden, würden Sie mich umbringen, sobald Sie merken, dass das eine Lüge oder ein Trick war.«

»Das stimmt«, bestätigte Ulrich unverhohlen.

»Hören Sie, ich weiß nicht, für wen Sie arbeiten, und es ist mir auch egal.« Trotz der Umstände gelang es Tommy, ruhig und sachlich zu reden. »Im Moment interessiert mich nur, dass die Wyatts nicht sterben – und ich hoffentlich auch nicht – und dass ich Sie möglichst niemals wiedersehe. Wenn ich Ihnen dafür helfen muss, die Goldenen Kammern zu finden, können Sie auf mich zählen.«

Ulrich blieb ruhig sitzen und wog seine Optionen ab. Er betrachtete Tommy mit einem durchdringenden Blick. Dann wandte er den Kopf nach links und sah zu einem Stapel ledergebundener Bücher, der einige Meter entfernt neben dem Schreibtisch lag. Einige Bände waren typisch für das Arbeitszimmer einer wohlhabenden Person. Ein paar einfach gebundene Erstausgaben standen in den Regalen, dazwischen einige neuere, die offenbar kaum berührt worden waren. Tommy bezweifelte, dass jemand auch nur einen Blick hineingeworfen hatte. Ebenso fragte er sich, ob dieses Haus Ulrich gehörte. Es sah so aus, als lebte hier eine viel ältere Person. Seiner Erfahrung nach war eine solche

Einrichtung das Ergebnis jahrelangen Anhäufens von Besitztümern. Man probierte moderne Stile aus oder jagte dem Mainstream hinterher, bis man sich später unweigerlich für etwas Klassischeres entschied. Ulrich hatte das Messer vom Schreibtisch genommen und strich damit gedankenverloren über seine Handfläche.

»Für einen Mann, der an einen Stuhl gefesselt ist, sind Sie wirklich sehr vernünftig. Und Sie wissen, dass ich Sie töte, wenn Sie mich anlügen. Aber woher wollen Sie wissen, dass ich das nicht tun werde, sobald ich die Goldenen Kammern gefunden habe?«

Tommy schluckte schwer. Dieser Gedanke war ihm auch schon gekommen. »Warum sollten Sie das tun? Wenn Sie die Kammern gefunden haben, können Sie überall auf der Welt untertauchen. Selbst wenn ich die Polizei informierte, wäre nicht einmal Interpol in der Lage, Sie zu finden. Mit dem Reichtum, den Ihnen die Kammern verschaffen würden, könnten Sie für immer sorgenfrei leben.«

Offenbar genügte Ulrich diese Antwort, einstweilen jedenfalls. »Also gut.« Er legte das Messer wieder auf den Schreibtisch. »Wenn Sie versuchen, mich zu hintergehen, werden Sie und die Wyatts sterben. Haben Sie das verstanden?«

Tommy nickte.

»Ihr Haus wird bestimmt bewacht.«

»Ich bezweifle, dass sie mehr als einen Mann dafür abgestellt haben. Und der überwacht sicherlich nur den Vordereingang. Sie können hinten parken und sich durch den Nachbargarten hineinschleichen.«

Tommy hoffte zwar, dass mehr als ein Officer dort sein würde, aber realistisch betrachtet, wurde das Haus vielleicht überhaupt nicht überwacht. Trotzdem musste er wenigstens so tun, als würde er dem Kerl helfen, um sein Misstrauen zu zerstreuen. Ulrich war skrupellos – er würde ihn bei der geringsten Provokation töten. Und er wollte um jeden Preis vermeiden, die Wyatts in Gefahr zu bringen. Also blieb ihm momentan nichts anderes übrig, als mitzuspielen und zu hoffen, dass Sean versuchte, die Hinweise zu entschlüsseln.

Die ruhige und vernünftige Art, mit der Tommy sprach, schien Ulrich zu überzeugen. »Gut, ich fahre zu Ihrem Haus und hoffe für Sie, dass es keine Falle ist. Falls doch, versichere ich Ihnen, dass den Wyatts kein schneller Tod vergönnt sein wird.« Er warf einen Blick zu dem Messer auf dem Schreibtisch. »Im Gegenteil, es würde sehr lange dauern, bis sie erlöst wären.«

Kapitel 15

Atlanta

Sean und Allyson folgten Mrs. Borringer die mit Teppich ausgelegte Treppe hinauf in einen Flur, dessen Wände mit Familienfotos und Erinnerungen an vergangene Zeiten dekoriert waren. Die Borringers hatten zwar keine eigenen Kinder, aber an Verwandten mangelte es ihnen bestimmt nicht. Es gab jede Menge Fotos von Jungen und Mädchen, bei denen es sich vermutlich um Geschwister oder Cousins handelte.

Ein paar schon recht alt wirkende Schwarz-Weiß-Fotos zierten die Wand, darunter ein Hochzeitsfoto. In der Ecke dieser Aufnahme war mit verblasster schwarzer Tinte ein Datum eingetragen. Es war der zwanzigste Juni neunzehnhundert… irgendwas. Die letzten beiden Jahreszahlen konnte er nicht entziffern.

»Ein Foto meiner Eltern an ihrem Hochzeitstag«, antwortete sie auf Seans fragenden Blick Richtung Wand. »Das ist mein Lieblingsfoto.« Sie lächelte, irgendwo in den Winkeln der Zeit verloren.

Sie gingen weiter den Flur entlang bis zur letzten Tür auf der rechten Seite. Die Tür war offen und führte in ein kleines Büro. Es war bescheiden möbliert und mit ein paar einfachen Schwarz-Weiß-Naturfotos in dunklen Holzrahmen dekoriert. Der Schreibtisch war tiefschwarz, wirkte aber weder zeitgemäß noch trendy. Er hätte fast als Antiquität durchgehen können. Ein Laptop stand auf der Tischplatte. Ein paar Briefe, wahrscheinlich Rechnungen, und eine einsame Kerze leisteten dem ausgeschalteten Rechner Gesellschaft.

Neben dem Schreibtisch stand ein Bücherregal, ebenfalls schwarz. Nur wenige Bücher füllten die Regalfächer: *Die Bibel*, *Die Thora*, *Der Koran* und einige Bücher über antike Mysterien. Inmitten der Sammlung spiritueller und historischer Werke befand sich ein Buch, das irgendwie fehl am Platz wirkte. Eine Sammlung mit Kurzgeschichten und Gedichten von Edgar Allan Poe. Er galt zwar als amerikanischer Klassiker, fiel aber neben den anderen Werken etwas aus dem Rahmen. »Ihr Mann muss das Studium der Religionen wirklich sehr geliebt haben«, brach Sean erneut das Schweigen. Der frisch verwitweten Frau war es sicherlich nicht leichtgefallen, einen Raum wieder zu betreten, in dem ihr Mann einen großen Teil seiner Zeit verbracht haben musste.

»Ja«, erwiderte sie. »Er liebte es, bei Kerzenlicht zu lesen. Manchmal haben wir es unten gemeinsam getan, aber wenn ich zu Bett ging, kam er hierher und las weiter. Er war unermüdlich auf der Suche.«

»Auf der Suche?«, fragte Allyson.

»Auf der Suche nach Gott, mein Lieber. Mein Mann akzeptierte die traditionellen Gottesvorstellungen nicht: Ein alter Mann mit weißem Haar im Himmel! Er wollte wissen, wer oder was Gott wirklich ist.«

»Das klingt nach einer ziemlich schweren Aufgabe«, bemerkte Sean.

»Die meisten Menschen glauben ihr Leben lang das, was ihnen im Kindesalter eingetrichtert wurde. Mein Mann hat niemals blind akzeptiert, was ihm mitgegeben wurde. An eine höhere Macht zu glauben, war ihm zu trivial. Und er konnte die rein mathematische Unwahrscheinlichkeit, dass nur der Zufall eine Welt voller Arten hervorbringen konnte, nicht nachvollziehen. Deshalb fiel es ihm leicht, an einen Schöpfer zu glauben. Die komplizierte Art und Weise, in der Organismen funktionieren und sich verhalten, ist ein ausgeklügeltes System, vor dem Frank den größten Respekt hatte.«

»Er glaubte also, dass es einen Gott gibt, und war sich nur nicht sicher, welcher der richtige ist?«, erkundigte sich Allyson.

»Nicht ganz, Sean.« Mrs. Borringer betrachtete liebevoll die Bücher im Regal. Ihre graublauen Augen wirkten müde.

»Wissen Sie, Frank glaubte, dass in jeder Religion ein kleines Stück Wahrheit steckt. Zu einem bestimmten Zeitpunkt, vor Tausenden von Jahren, lebten wir alle am selben Ort. Die meisten Menschen kennen ihn als Eden. Von dort aus mutierte und veränderte sich die Auffassung von Gott, während sich die Erdbevölkerung im Laufe der Jahre immer weiter vom Epizentrum entfernte. Die vielen verschiedenen Geschichten, die Sie im *Koran*, in der *Bibel* und in der *Thora* lesen können, haben ihren Ursprung vermutlich in einer ursprünglich einzigen Wahrheit. Sogar sämtliche heidnische Religionen enthielten diese Fragmente der Wahrheit.«

»Wie eine dieser Teambuilding-Übungen«, warf Sean ein. Allyson und Mrs. Borringer bedachten ihn mit einem ähnlich verwirrten Blick. »Das habe ich einmal auf dem College mitgemacht«, erläuterte er. »Unser Professor stellte die Klasse von etwa fünfundzwanzig Leuten im Kreis auf. Dann ging er zu einer Person und forderte sie auf, das, was er ihr sagen würde, für die nächste Person in der Reihe zu wiederholen. Nachdem er der Person das Geheimnis ins Ohr geflüstert hatte, lehnte sich diese Person zur Seite und flüsterte es dem nächsten Studenten in der Reihe zu. Dieser Vorgang wurde wiederholt, bis auch der letzte Student die Botschaft des Professors gehört hatte. Dann fragte er den letzten Studenten, wie der Satz lautete. Obwohl es so ähnlich klang wie das, was er der ersten Person in der Reihe gesagt hatte, war der Satz, den er der ersten Person ins Ohr geflüstert hatte, innerhalb weniger Minuten zu etwas ganz anderem mutiert.«

»Das ist genau das, was mein Mann über die Ur-Religion dachte«, lächelte sie ihn an. »Ich bin mir nicht sicher, was Sie suchen, aber wenn es etwas zu finden gibt, dann hier, in diesem Raum.« Ihre vage Geste umfasste den Schreibtisch und das gesamte Zimmer.

Die beiden Gäste wechselten einen verwirrten Blick. Sean sprach aus, was sie dachten: »Hat die Polizei diese Sachen nicht durchsucht?«

»Sie kamen her und durchsuchten alles. Die erste Gruppe von Beamten ging sehr respektvoll mit Franks Sachen um. Sie waren gründlich, haben aber alles so gelassen, wie sie es vorgefunden haben.«

Ihre liebenswerte Miene verfinsterte sich: »Aber dieser Officer Joergenson war das genaue Gegenteil. Er hat alles durchwühlt und überall Bücher herumliegen lassen. In der Garage hat er ein noch größeres Chaos angerichtet. Er hat unsere Mülleimer durchwühlt und den Müll überall auf dem Boden verteilt. Das Haus war ein einziges Durcheinander, als der Kerl endlich verschwunden ist.«

Sean war mehr und mehr davon überzeugt, dass dieser Joergenson ein anderer war, als er zu sein vorgab. Polizisten konnten manchmal gefühllos sein, aber nicht zu einer alten Lady, deren Mann gerade brutal ermordet worden war. Nein, selbst die schlimmsten Idioten in Blau wussten, wie man sich in einer solchen Situation zu benehmen hatte. Er war kein Polizist, hätte sich aber trotzdem fast für sie entschuldigt. Im letzten Moment besann er sich.

»Es hat mehrere Stunden gedauert, bis alles wieder an seinem Platz war«, fuhr Mrs. Borringer fort, »aber es hat mir die Gelegenheit verschafft, einige schöne Erinnerungen wachzurufen.«

Diese Frau gehörte definitiv zur »Das Glas ist halb voll«-Fraktion.

Ihre Augen kehrten von diesen Erinnerungen in die Gegenwart zurück. »Mr. Wyatt, Sie und die junge Lady dürfen sich die Sachen meines Mannes ansehen, wenn Sie wollen. Ich vertraue Ihnen. Wenn Sie finden, was Sie suchen, können Sie es behalten.«

»Wenn wir etwas finden …«, wiederholte er verblüfft.

»Können Sie es behalten«, wiederholte sie für ihn. »Was auch immer Sie finden, hilft Ihnen hoffentlich, Tommy und den Mörder von Frank zu finden.« Sie lächelte wieder und verschwand durch die Tür und im Flur.

»Kann sie uns nicht einfach sagen, wonach wir suchen und wo es ist?«, fragte Allyson seufzend.

Sean musste lächeln. Manchmal waren Historiker im sozialen Umgang etwas unbeholfen. Er nahm an, dass dieses Paar keine Ausnahme bildete. Solche Leute verbrachten ihr ganzes Leben mit der Erforschung und Analyse des Lebens anderer Menschen aus vielen verschiedenen Kulturen und Epochen. Das wirkte sich zwangsläufig auf die zwischenmenschlichen Fähigkeiten eines Menschen aus. Er fragte sich unwillkürlich, ob Mrs. Borringer mehr wusste, als sie zugeben wollte. Sean dachte über die Ereignisse der letzten vierundzwanzig Stunden nach. Er musste seinem Freund helfen. Aber offensichtlich beschränkte die Lady ihre Hilfe darauf, ihm zu verraten, dass der erste Schritt zur Lösung dieses Rätsels irgendwo in diesem Raum beginnen könnte.

»Wonach suchen wir?«, unterbrach Allyson seinen Gedankengang.

»Wenn ich das wüsste.« Er begann, sich die alten religiösen Texte anzusehen, blätterte durch die Seiten und suchte nach so etwas wie einem Lesezeichen, das jemand anders übersehen haben könnte.

Auch Allyson sah einige Sachen des Professors durch. Sie gesellte sich zu Sean am Bücherregal und nahm die Ausgabe von Poes Werken in die Hand. Sie schlug das Buch auf und sah sich das Inhaltsverzeichnis an. »Der Untergang des Hauses Usher«, »Der Rabe«, »Die schwarze Katze«, »Der goldene Käfer« und eine Fülle anderer Geschichten und Gedichte. Von einigen hatte sie gehört, aber an viele konnte sie sich nicht erinnern. Die meisten wurden im Schulunterricht vermutlich nie behandelt. Sie blätterte durch ein paar Seiten, entdeckte aber nichts, was sich als Hinweis deuten ließ.

»Vielleicht ist hier nichts.« Sie streifte ihn leicht, als sie weiter die Bücher durchblätterte.

Die Berührung ihrer Haut jagte ihm einen Schauer über den Rücken. Er sah auf und lächelte sie an. »Es tut mir leid, dass ich Sie in diese Sache hineingezogen habe.« Sein Blick war aufrichtig.

Sie lächelte ihn an. »Ich gestehe, dass ich es nicht sonderlich mag, wenn auf mich geschossen wird.« Nach einer kurzen Pause setzte sie hinzu: »Aber das wird eine tolle Story für die Zeitung.«

Er lachte, schüttelte dann amüsiert den Kopf und setzte seine Suche fort.

Zehn Minuten vergingen, und noch immer hatten die beiden nichts gefunden, was darauf hingedeutet hätte, dass Dr. Borringer daran gearbeitet hatte. Es fühlte sich allmählich nach einer Sackgasse an.

Allyson holte ihn aus seinen trüben Gedanken. »Ich verstehe nicht viel von Poe, aber ich glaube nicht, dass er etwas über die Goldenen Kammern wusste.« Sean ließ sich auf dem Schreibtischstuhl nieder, während sie die Seiten durchblätterte und dabei durch den kleinen Raum wanderte.

»So, wie es aussieht, gibt es hier nichts, das uns weiterhilft«, brach er einige Minuten später das Schweigen. Wenn hier etwas zu finden gewesen wäre, hätten die Polizei oder Joergenson es sicherlich schon entdeckt. Er hoffte, dass es nicht Letzterer war. Es schien überhaupt keine Hinweise zu geben, und langsam machte sich Frustration breit. Ohne einen Ansatzpunkt hatten sie keine Chance, Tommy zu finden.

Allyson drehte sich gerade vom Fenster um, als sie plötzlich abrupt stehen blieb. Sie hob den Kopf und grinste Sean an.

»Was?« Er legte neugierig den Kopf auf die Seite.

Zu ihrem Lächeln gesellte sich ein Nicken. »Ich glaube, ich weiß, wo wir suchen müssen.«

Sie trat an den Schreibtisch und legte das Buch auf die glänzende schwarze Oberfläche. »Haben Sie jemals ›Der entwendete Brief‹ gelesen?« Sie griff nach den Umschlägen auf dem Schreibtisch.

»Nicht, dass ich wüsste. Aber mein Englischunterricht in der Highschool liegt schon weit zurück.«

»In dieser Geschichte versucht Poes Hauptfigur, eine entscheidende Information vor der Polizei und ein paar Ganoven zu verstecken. Die Beamten und andere Ermittler kommen und stellen sein Haus auf den Kopf, aber sie werden nicht fündig. Irgendwann nehmen sie das ganze Haus auseinander – aber ohne Erfolg. Schließlich kommt der Freund des Protagonisten vorbei und fragt ihn, wo er den Brief versteckt hat. Der zeigt ihm einen offen herumliegenden Briefstapel mit gewöhnlichen Rechnungen und Korrespondenzen. Wenn ich mich richtig erinnere, hatte sich der Protagonist der Geschichte sogar besonders viel Mühe gegeben, um den Brief alt und unwichtig aussehen zu lassen.«

»Im Grunde genommen hat er ihn also einfach offen herumliegen lassen, sodass jeder ihn sehen konnte. Deshalb hat niemand ein Geheimnis dahinter vermutet. Entweder war er ziemlich gerissen oder richtig dumm.«

»Ja«, antwortete sie und zog einen sehr gewöhnlich aussehenden Brief aus dem kleinen Stapel. »Sean, wie lautet Ihr zweiter Vorname?«

»Matthew. Warum?« Er runzelte misstrauisch die Stirn.

»Weil ich glaube, dass wir gerade gefunden haben, wonach wir suchten.«

Kapitel 16

Blue Ridge Mountains

Ulrich parkte den Wagen etwa einen halben Block vor Tommys Haus parallel zur Straße. Den Archäologen gefesselt mitzunehmen, wäre zu kompliziert gewesen. Es schien das Vernünftigste zu sein, ihn in der Obhut seiner Mitarbeiter zurückzulassen.

Als er sich dem Haus näherte, hielt sich Ulrich dicht an den Nachbarhäusern. Falls irgendwelche Polizisten vor Ort waren, hatten sie höchstwahrscheinlich an der Vorder- und der Rückseite des Hauses Posten bezogen. Er schlich um die hintere Veranda des ersten Hauses herum und achtete darauf, gebückt und im Schatten zu bleiben. Drinnen lief eine spätabendliche Krimiserie auf einem riesigen Flachbildfernseher.

Ulrich erreichte die Ecke und arbeitete sich bis zu dem Haus vor, das direkt neben dem von Schultz lag. Dort kauerte er sich hinter einen Holzzaun neben ein kleines Tor und wartete. Er griff hoch und löste vorsichtig den Riegel, wobei er sich bemühte, keine Geräusche zu machen. Er durfte auf keinen Fall einen Hund aufschrecken. Glücklicherweise ließ sich keiner blicken.

Ulrich hielt sich dicht an der Rückwand und näherte sich seinem Ziel. Er erkannte die Silhouette eines Uniformierten, der auf der hinteren Veranda stand und eine Zigarette rauchte. Blutige Amateure! Jeder Idiot hätte den

Officer schon von Weitem sehen können. Der Mann ging hin und her, offensichtlich gelangweilt von seiner Aufgabe. Als er sich in die entgegengesetzte Richtung drehte, glitt Ulrich geduckt unter die Veranda. Zum Glück lag die Veranda etwa einen Meter fünfzig hoch. Grillen veranstalteten zwar ihre nächtlichen Konzerte, aber ihr Zirpen war nicht laut genug, um andere Geräusche zu übertönen. Um ins Haus zu gelangen, musste er allerdings den Posten ausschalten. Ihn umzubringen, war nicht unbedingt nötig, es würde vielleicht genügen, ihn bewusstlos zu schlagen. Ulrich zog es jedoch vor, keine potenziellen Probleme zu hinterlassen. Er tötete schon lange, und im Laufe der Jahre hatte er sich darin als recht geübt erwiesen.

Über ihm, durch die Ritzen des Holzes sichtbar, blieb der Officer stehen, drehte sich um und ging langsam wieder in die Richtung, aus der er gerade gekommen war. Ulrich nutzte die Gelegenheit, lief zur Treppe und huschte mit großen Schritten hinauf – vorsichtig, um nicht zu stolpern. Der Polizist hatte Pech, weil keines der Bretter auch nur leise knarrte. Das lange Messer drang von hinten in seinen Hals ein, bis die Spitze aus seiner Kehle herausragte. Ein ekelerregendes Gurgeln war das einzige Geräusch, das er von sich gab, bevor er auf die Verandadielen sank. Der Schock stand ihm in seine toten, großen Augen geschrieben. Ein Schwall von Blut strömte aus der Wunde, lief zwischen den Ritzen des Holzes hindurch und tropfte auf den Boden darunter.

Ulrich wischte die Klinge am Hemd des Mannes ab und vergewisserte sich dann, dass niemand direkt hinter der Tür stand. Die Luft war rein und die Tür nicht verschlossen. Wäre er dreißig Minuten später aufgetaucht, hätte er die Wache vermutlich auf der Couch schlafend vorgefunden, während im Fernseher ein Sportsender lief.

Vorsichtig öffnete er die Tür und schlüpfte in das Zimmer, offenbar ein Esszimmer. Das Haus war dunkel, nur in der Küche brannte eine Neonröhre, die einen fahlen Schein in die angrenzenden Räume warf. Ulrich schlich über den Dielenboden und bog um die Ecke des Esszimmers. Durch das vordere Fenster erkannte er die Silhouette des anderen Officers, der nicht mitbekommen hatte, was seinem Partner gerade widerfahren war. Ulrich glitt lautlos die Treppe hinauf und stand in Tommys Arbeitszimmer.

Er musste sich beeilen. Es war nur eine Frage der Zeit, bis dem anderen Officer auffallen würde, dass sich sein Partner nicht regte. Schultz hatte gesagt, auf seinem Schreibtisch läge ein Umschlag mit allem, was er benötigte.

Ulrich suchte den Arbeitsplatz danach ab. Herzukommen, war ein großes Risiko gewesen. Er hatte Glück, dass selbst die besten Polizisten Atlantas nicht gut genug ausgebildet waren, um ihm das Wasser reichen zu können. Aber hätten hier mehr Beamte Wache gehalten, wäre es vielleicht brenzlig geworden.

Ein Stapel Briefe lag am Rand des Schreibtisches. Er legte das Messer auf der schwarzen Holzplatte ab, hob die Kuverts auf und ließ sie durch seine behandschuhten Finger gleiten, ohne zu wissen, wonach er suchte. Als er am Ende des Stapels ankam, hatte er außer gewöhnlicher Werbung und Abrechnungen verschiedener Dienstleister nichts entdeckt. Frustriert ließ er das Bündel neben sein Messer auf die Schreibtischplatte fallen.

War er doch hereingelegt worden? Er hatte die Möglichkeit in Betracht gezogen, dass Schultz ihn hergeschickt hatte, weil er damit rechnete, dass Polizei anwesend sein würde. Vielleicht hatte der Archäologe Ulrichs Fähigkeiten unterschätzt. Doch sein Gefangener wäre sicherlich nicht so dumm, darauf zu vertrauen, dass die Polizei ihn so einfach überwältigen könnte. Nein. Das Gesuchte musste hier sein. Er nahm die Umschläge wieder in die Hand und checkte sie noch genauer. Nach etwa der Hälfte des Stapels verharrte er bei einem Brief, der ihm merkwürdig vorkam. Er war von einem Finanzinstitut, von dem er noch nie gehört hatte. Zugegeben, es gab eine Million Finanzberater da draußen, aber dieser Brief war der einzige, der geöffnet worden war. Alle anderen waren noch verschlossen. Achtlos ließ er die anderen Sendungen fallen und zog ein Stück Papier aus dem ausgefransten Kuvert. Am Ende des Schreibens erkannte er den Namen des Professors, den er ein paar Nächte zuvor getötet hatte. Es war ein Brief von Dr. Borringer – mit der Übersetzung der Schriftzeichen auf der Scheibe, die Schultz in Nord-Georgia gefunden hatte. Die Worte blieben rätselhaft: »Die Kammern werden deinen Weg erleuchten.« Ein Schauer lief ihm über den Rücken, als er die letzten Worte las. Das musste es sein.

Plötzlich ertönte unten ein Geräusch. Die Haustür wurde geschlossen.

Ulrich schob den Brief in eine Tasche seiner schwarzen Cargohose und ging zur Tür des Arbeitszimmers. Unten hörte er die Schritte einer Person, die offenbar nicht ahnte, was bereits geschehen war und noch geschehen würde. Als sich der Officer in Richtung Küche bewegte, ging Ulrich dicht an die Wand gedrückt rasch ein paar Stufen hinab. Auch wenn dieser Streifenpolizist keine Chance gegen ihn hatte, zog er es vor, das Überraschungsmoment zu nutzen, wann immer das möglich war. Diese Strategie hatte ihm schon mehrmals die Haut gerettet.

In der Küche öffnete sich die Kühlschranktür, und das Licht durchflutete die Küche.

»He, Billy!« Die schroffe Stimme des Officers ließ Ulrich auf der untersten Treppenstufe erstarren. »Der Kerl hat ein paar Dosen Cola kalt gestellt. Willst du eine?«

Der Südstaatenakzent war eine Beleidigung für Ulrichs europäische Ohren. Der bedauernswerte Beamte war circa einen Meter fünfundsiebzig groß und hatte es wohl nicht einmal ins Juniorteam der Uni-Auswahl geschafft. Wie es aussah, brachte er nach Ulrichs Schätzung bestimmt satte hundertfünfzehn Kilogramm auf die Waage. Er beobachtete, wie der rundliche Mann in den Kühlschrank langte und zwei Dosen aus der unteren Schublade nahm. Als sein Partner auf der Veranda nicht antwortete, rief er erneut: »He, Billy! Willst du was trinken?«

Schweigen antwortete ihm.

Der Polizist stellte die Dosen ab und schlenderte ins Esszimmer, wo sich die Tür zur hinteren Terrasse befand. »Verdammt noch mal, Billy! Wenn du schon wieder mit dem Handy herumfummelst, trete ich dir …« Der Beamte brach mitten im Satz ab und erstarrte, als er durch die Glastür auf der anderen Seite den Körper am Boden liegen sah. »Was zum … Billy?« Panik verzerrte seine Gesichtszüge, als er nach der Schiebetür griff.

Plötzlich spürte er, wie etwas Schmales und Kaltes über seinen Hals glitt.

Mit fleischigen Händen umklammerte der Polizist seine Kehle, röchelte, drehte sich um und sah sich einem großen blonden Mann gegenüber, der ein Messer in der Hand hielt. Blut strömte aus der aufgeschlitzten Arterie an seinem Hals, und er konnte den Blutstrom mit seinen Fingern kaum eindämmen. Die glasigen Augen des Polizisten trübten sich schnell, und der Raum begann sich zu drehen. Schließlich stürzte der schwere Mann zu Boden, Rumpf und Kopf fielen gegen die Glastür.

Nach wenigen Sekunden kippte der Kopf leblos auf eine Schulter.

Ulrich blieb stehen und sah zu, wie der letzte Funke Leben aus dem Mann sprudelte. Dann drehte er sich um und eilte zur Vorderseite des Hauses, während er das Messer wieder in der Jackentasche verstaute. Er schloss ruhig die Haustür und trat auf den Bürgersteig dieser ruhigen Vorstadtstraße, ohne zu bemerken, dass ihn ein Augenpaar aus einer schwarzen, in der Nähe geparkten Luxuslimousine beobachtete.

Kapitel 17

Atlanta

Allyson reichte Sean den Umschlag. »Die Ehre gebührt Ihnen.« Sie strahlte ihn an wie ein Kind, das gerade das letzte Osterei gefunden hatte.

Der Brief, den er ihr aus der Hand nahm, sah von außen wie ein gewöhnliches Schreiben an eine Finanzberatungsfirma aus. Die Männer, die Borringers Haus nach einem entscheidenden Hinweis durchsucht hatten, hatten es offenbar für einen normalen, alltäglichen Brief gehalten.

Sie konnten nicht wissen, dass es diese Firma, an die der Brief adressiert war, gar nicht gab. Die einzige Person, die mit den Initialen etwas anfangen konnte, betrachtete in diesem Moment das Kuvert. Auf dem Umschlag stand als Empfängeradresse *SMW-Finanzberatung*.

Sean starrte darauf. »Sehr clever«, stellte er beeindruckt fest. »Ein gefälschter Brief mit meinen Initialen, das würde so schnell niemandem auffallen.«

Allyson lächelte stolz.

Er öffnete den Umschlag und zog den Inhalt heraus. Es war jedoch nicht die Übersetzung eines alten Codes, womit Sean gerechnet hatte, sondern ein Brief, den Dr. Borringer ihm geschrieben hatte.

Die beiden sahen sich verwirrt an. »Woher wusste er, dass Sie herkommen?« Allyson schien seine Gedanken zu lesen.

»Keine Ahnung.« Sean war genauso verwirrt.

Sie überflogen den Brief, nachdem er ihn auf dem Schreibtisch ausgebreitet hatte.

Hallo, Sean. Wenn Sie das lesen, haben sich meine Befürchtungen bewahrheitet. Aber damit, dass Sie diesen Brief gefunden haben, ist schon der erste Schritt getan. Der Trick in Edgar Allan Poes »Der entwendete Brief« ist gar nicht so schlecht.

Kürzlich hat mir unser gemeinsamer Freund Thomas Schultz ein höchst interessantes Artefakt geschickt, das er im Norden Georgias entdeckt hatte. Wie wir beide wissen, hat Thomas seit einiger Zeit diskret, aber mit bemerkenswertem Interesse in diesem Gebiet und in anderen Regionen des Staates danach gesucht.

Bevor er mich um Hilfe bat, ahnte ich aber nicht, wie weit seine Suche vorangeschritten war. Ich hoffe, dass meine Antwort seinen Erwartungen gerecht wird. Anscheinend hat noch jemand anderes von dem Artefakt erfahren und mich beobachtet, seit es in meinen Besitz gelangt ist. Zuerst dachte ich, wenn ich die Übersetzung aufschiebe, als wäre sie unwichtig, würde mein Verfolger den Schluss ziehen, dass es sich nur um einen x-beliebigen Fund von einer Ausgrabung irgendwo auf der Welt handeln könnte. Diese Strategie ist aber nicht aufgegangen. Die Person ist mir weiterhin gefolgt und hat jeden meiner Schritte beobachtet. Dass dieser Fremde und seine Mitstreiter nicht versuchten, die Steinscheibe zu stehlen, lässt darauf schließen, dass sie mich genauso brauchten wie Thomas, damit ich sie übersetze.

Es gibt nur noch zwei andere Personen auf der Welt, denen ich zutraue, diese Übersetzung ausführen zu können, so selten sind diese Sprachen und ihre Kombination auf der Scheibe.

Als ich dann die Arbeit nicht länger aufschieben konnte,

machte ich mich daran, das Sprachengemisch auf der Rückseite des Steins zu übersetzen. Ich war höchst erstaunt, als ich feststellte, dass vier verschiedene Schriften in die antike Scheibe eingraviert wurden. Jede dieser Sprachen ist für sich allein schon selten, aber dass sie alle in einem einzigen Text kombiniert sind, ist äußerst rätselhaft. Es hat mich viele lange Stunden gekostet, die Kombination von Wörtern und Sätzen zusammenzufügen. Fast noch verwirrender als die Sprachen sind die Bilder auf der Vorderseite des Artefakts.

Schließlich ist es mir gelungen, die Botschaft auf der Rückseite zu entziffern. Sie erwies sich als interessant, aber nicht sehr hilfreich.

Dann wurde mir klar, dass die Inschrift auf dem Stein nur ein Teil der Botschaft war. Der Text der Rückseite steht in direkter Verbindung mit den bildhaften Hinweisen auf der Vorderseite. Selbst für jemanden wie mich, der in alten Sprachen bewandert ist, war es anfangs sehr schwierig, die Bedeutung der eingravierten Szenerie zu verstehen.

Auf der Vorderseite der Scheibe sind zwei Vögel abgebildet. Sie hocken auf einer Art Sitzstange und schauen sich gegenseitig an. Zwischen den Vögeln ist eine Trennlinie, die wie ein Pfahl aussieht. Ich war mir nicht sicher, was das Bild bedeutet, und habe seine genaue Bedeutung auch jetzt noch nicht herausgefunden. Ich bedauere, dass ich Ihnen nicht weiterhelfen kann. Aber was die Botschaft auf der Rückseite betrifft, können Sie und Thomas vielleicht das Rätsel lösen, das ich nicht knacken konnte. Ich habe die Übersetzung auf einem separaten Zettel beigelegt. Ich wünsche Ihnen und Ihrem Freund bei diesem Vorhaben viel Glück. Ich hoffe nur, dass meine Befürchtungen sich als haltlos erweisen, und wenn nicht, dass anderen erspart bleibt, was mir dann wohl widerfahren sein dürfte.

Mit freundlichen Grüßen
Frank Borringer

Sean las zwar den Brief zu Ende, war aber kein bisschen schlauer als vorher. Dann legte er das Schreiben respektvoll auf den

Schreibtisch und nahm das zweite Stück Papier aus dem Umschlag. Die Nachricht war seltsam:

Uralte Steine werden deinen Weg und die Streitwagen des Himmels markieren. Der Rabe und die Taube werden dich auf deiner Reise nach Hause begleiten. Der Schlüssel liegt bei den heiligen Knochen. Gehe jeden Schritt bewusst und schließe die Kammern auf, denn sie werden dir den Weg zur Ruhestätte der Menschheit erleuchten.

»Also gibt es diese Kammern tatsächlich«, flüsterte Sean ehrfürchtig.

»Was soll das bedeuten?« Allyson war verwirrt.

»Ich weiß es nicht.« Seans Blick glitt zu der Zeichnung eines runden Objekts auf dem Blatt. Er musterte die Vorderseite und dann die Rückseite und betrachtete prüfend die winzigen Gravuren mit ihren bemerkenswerten Details. Die Abbildung zweier Vögel, die einander zugewandt waren, war ebenso merkwürdig wie der rätselhafte Text. Sie schienen tatsächlich auf einer Art Geländer zu sitzen, und zwischen ihnen befand sich etwas, das wie ein senkrecht stehender Stab aussah.

»Ich habe keine Ahnung, was ›die Ruhestätte der Menschheit‹ bedeuten könnte. In dem Brief von Dr. Borringer hieß es, dass die Rückseite und das Bild auf der Vorderseite sich ergänzen und auf dasselbe hinweisen.«

»Der Stein zeigt also den Weg zu den Kammern. Was enthalten diese Kammern?«

»Ich nehme an, die Person, für die dieser Stein bestimmt war, kennt die Antwort darauf. Aber diese Kammern scheinen noch nicht das endgültige Ziel zu sein.« Sean war diese letzte Erkenntnis gerade erst gekommen.

»Thomas Schultz hat also schon jahrelang danach gesucht?« Allyson betrachtete erneut die Übersetzung. Sie konnte sich keinen Reim darauf machen, was das alles zu bedeuten hatte.

»Ich würde sagen, einer der Vögel ist ein Rabe und der andere eine Taube, aber sie sehen sich ziemlich ähnlich.« Er betrachtete die medaillonförmige Skizze genauer. Dann fiel ihm auf, dass er ihre Frage noch nicht beantwortet hatte: »Ja. Tommy sucht schon seit Längerem nach den Goldenen Kammern von Akhanan. Ich würde sagen, diese Briefe hier sprechen sehr deutlich dafür, dass sie existieren. Zumindest genügten diese Informationen Dr. Borringer als Beweis für ihre Existenz. Und er wurde wegen dieses Wissens ermordet, also war er vermutlich auf einer heißen Spur.« Seine Finger fuhren über die rätselhaften Worte auf dem Papier.

Sie beugte sich über seine Schulter, ihr duftendes Haar fiel ihm leicht in den Nacken, und ihr Atem kitzelte seine Haut. Sean war für einen kurzen Moment abgelenkt. Es war schon lange her, dass er eine romantische Begegnung gehabt hatte. Bedingt durch seinen Job, hielt er sich viel im Ausland auf, und wenn er zu Hause war, dann nie sehr lange. Beides machte es schwierig, Leute kennenzulernen, geschweige denn eine Beziehung zu führen. Für einen Moment verirrten sich seine Gedanken in die Vergangenheit … Aber er konnte es sich nicht erlauben, daran zu denken. Jedenfalls jetzt nicht.

»Es wäre wirklich schön, wenn wir wüssten, wonach wir suchen«, meinte sie. Sie ahnte von seinen Empfindungen offenbar nicht das Geringste.

»Wir wissen genau, was wir suchen«, korrigierte er sie. »Ich weiß nur nicht, wo wir es finden können. Aber ich habe einen Freund, der vielleicht etwas Licht in dieses Rätsel bringen kann.«

»Ja?« Sie hob den Kopf und sah ihn neugierig an. »Wen?«

»Ein Kumpel von mir arbeitet im Etowah-Indian-Mounds-Nationalpark. Er wohnt in der Nähe des Parks, etwas außerhalb von Cartersville. Die Fahrt dorthin dürfte knapp vierzig Minuten dauern. Ich kenne niemanden, der so viel über die Geschichte der amerikanischen Ureinwohner weiß wie dieser Mann. Er hat mit Sicherheit Geschichten gehört, die es nie in die Geschichtsbücher geschafft haben, und genau so etwas brauchen wir.«

Seine Gedanken überschlugen sich. Könnte dies der erste brauchbare Hinweis auf die sagenumwobenen Goldenen Kammern sein?

»Dieser Freund von Ihnen ist doch kein durchgeknallter Verschwörungstheoretiker, oder?« Sie warf ihm einen amüsierten, aber skeptischen Blick zu.

»Nein ... na ja, nicht direkt. Er ist schon ganz in Ordnung. Wir werden nicht auf Ufo-Jagd gehen, falls Sie das denken.« Sean lächelte sie beruhigend an.

Unten klingelte es an der Tür, und ihr Lächeln wich besorgten Mienen. Schnell schnappte sich Sean die Briefe, schob sie in die Innentasche seiner Jacke und ging zur Tür. Allyson lehnte sich an seinen Rücken, als er um den Türstock spähte.

Sie sahen, wie Mrs. Borringer die Haustür öffnete. Sean versuchte, die Männerstimme auf der anderen Seite der Tür zu verstehen. Es hörte sich an, als ob der Mann sich als Polizist ausgab. Er überlegte, ob es sich um den geheimnisvollen Joergenson handeln könnte, aber seine Frage wurde im nächsten Moment beantwortet, als ein Schwarzer in einer hellbraunen Jacke durch die Tür trat, seinen Dienstausweis zusammenklappte und in eine Jackentasche schob.

Frau Borringer bot ihm höflich etwas zu trinken an. Die

alte Lady behandelte anscheinend alle Besucher wie Freunde. Sean wandte sich von der Tür ab. »Wir müssen von hier verschwinden«, flüsterte er. »Das ist bestimmt Detective Morris von der Polizei in Atlanta, der mich vorhin angerufen hat. Wenn er auch nach Hinweisen sucht, wird er dieses Zimmer sehen wollen.«

»Wie können wir verschwinden, ohne dass er uns sieht?«

»Mrs. Borringer spricht immer noch mit ihm.« Sean hielt einen Moment lang inne, um sich zu vergewissern, dass er recht hatte. Dann flüsterte er: »Wir gehen durch den Flur ins Schlafzimmer. Er hat keine Veranlassung, dort nachzusehen.«

Allyson nickte zustimmend. Sean spähte wieder seitlich um die Türöffnung. Unten sprach der Detective über die Forschungen von Dr. Borringer. Lautlos gingen die beiden durch den Flur in das große Schlafzimmer. Als sie es betraten, stellten sie fest, dass es viel geschmackvoller eingerichtet war als das restliche Haus mit all seinem Krimskrams.

Die Wände waren in einem warmen Braunton gehalten. Es gab hölzerne dunkle Nachttische und eine Kommode. In der Ecke stand ein großer Eichenschrank mit kunstvollen Schnitzereien von Blumen- und Waldmotiven auf der Vorderseite.

Sean deutete auf das angrenzende Badezimmer, und die beiden huschten zu der offenen Tür. Draußen im Flur wurden die Stimmen von Detective Morris und Mrs. Borringer lauter, als sie die Treppe hinaufstiegen.

Sean versteckte sich in einem Winkel des Badezimmers und streckte den Kopf vor, um in den Flur blicken zu können.

»Hier bewahrte Ihr Mann alle seine Forschungsergebnisse auf?«, wollte der Detective wissen.

»Ja, Sir.« Sie beantwortete die Fragen des Mannes auf die gleiche höfliche Weise, wie sie zuvor Sean geantwortet hatte.

»Was machen die beiden da?« Allyson konnte die Spannung kaum ertragen.

Sean gab ihr mit dem Finger ein Zeichen, still zu sein, während die beiden in dem Arbeitszimmer verschwanden und offenbar den Schreibtisch untersuchten. Ein paar Minuten verstrichen. Plötzlich tauchte der Detective wieder in der Tür auf.

Sean zog rasch den Kopf zurück und duckte sich hinter die Badezimmertür. Hoffentlich hatte der Mann ihn nicht gesehen!

Er hörte, wie der Polizist eine Bemerkung über das hübsch eingerichtete Schlafzimmer machte, in das er offenbar einen Blick geworfen hatte. Von Seans und Allysons Anwesenheit schien er nichts zu ahnen, denn er unterhielt sich immer noch mit Mrs. Borringer über die Arbeit ihres verstorbenen Mannes. Die Stimmen entfernten sich wieder, als die beiden die Treppe hinuntergingen.

Sean und Allyson verließen ihr Versteck im Badezimmer und gingen zur Tür, die in die Diele führte. Im Erdgeschoss begleitete Mrs. Borringer Detective Morris gerade zur Tür. Er bedankte sich für ihr Entgegenkommen und bat sie, ihn anzurufen, falls ihr noch etwas einfiele, das er wissen sollte.

Sean und Allyson hörten, wie die Haustür ins Schloss fiel, sahen sich an und atmeten erleichtert auf. Sie hatten Glück gehabt, dass sie nicht erwischt worden waren.

»Wir sollten besser hier verschwinden«, sagte er.

»Keine Einwände meinerseits«, stimmte sie zu. Sie verließen das Schlafzimmer.

Kapitel 18

Cartersville, Georgia

Die graue Limousine raste auf dem Weg nach Cartersville über die Interstate. Alle paar Minuten warf Sean einen Blick in den Rückspiegel, um sich zu überzeugen, dass ihnen niemand folgte. Ein paarmal glaubte er, ein Auto entdeckt zu haben, das sich auffällig verhielt, aber dann bog das Fahrzeug ein paar Minuten später an einer Ausfahrt ab. Er wäre längst nicht mehr am Leben, wenn er unvorsichtig gewesen wäre, und sie hatten guten Grund, die Leute, mit denen sie es zu tun hatten, für äußerst gefährlich zu halten.

Obwohl Sean das Schlimmste vermutete, sagte ihm sein Bauchgefühl, dass es seinem Freund momentan noch gut ging.

Allyson schien seine Gedanken lesen zu können. »Ich bin sicher, dass Tommy noch lebt.« Ein aufrichtiges Lächeln begleitete ihre hoffnungsvollen Worte.

Er schätzte ihren Optimismus. Und er war sich selbst ebenfalls ziemlich sicher, dass sein Freund noch am Leben war. Trotz seiner Bedenken ... »Das wäre nur logisch. Hätten die Entführer seinen Tod gewollt, hätten sie ihn längst umgebracht – wie Frank.« Sean vertrieb den Gedanken mit einem Kopfschütteln. »Nein, sie brauchen ihn noch.«

»Aber wofür?«

»Ich kann mir nur vorstellen, dass Tommys Entführer

die Hinweise nicht selbst entziffern können. Ihm trauen sie es vermutlich zu. Er weiß über die Goldenen Kammern mehr als jeder andere auf der Welt. Wenn jemand Hilfe bei der Lösung dieses Rätsels bräuchte, wäre Tommy genau der Richtige.«

Er setzte den Blinker und überholte einen Minivan mit einem Fußball-Aufkleber an der Heckklappe.

»Ich verstehe das nicht«, spann Allyson ihre Gedanken weiter. »Wenn es diese Goldenen Kammern wirklich gibt, warum hat sie dann noch niemand gefunden? Es muss doch schwer sein, vier riesige Goldene Kavernen über so viele Jahrhunderte geheim zu halten.«

»Eigentlich nicht. Sehen Sie es doch einmal so: Jeden Tag gibt es irgendwo auf der Welt eine neue archäologische Entdeckung. Man macht ganze Städte ausfindig, die einst blühende Metropolen der antiken Welt waren. Kulturen, die plötzlich verschwunden waren, werden unter dem Boden gefunden, über den jeden Tag Menschen gehen.«

»Kann sein.« Sie dachte über das Argument nach und lächelte, war aber noch nicht gänzlich überzeugt.

Er warf ihr einen neckenden Blick zu. »Ich will ja nur sagen, dass es da draußen eine Menge Dinge gibt, die noch nicht gefunden wurden. Deshalb existiert die IAA.«

»Verstehe ich das richtig? Sie suchen überall auf der Welt nach historischen Artefakten, von denen niemand sonst weiß, dass es sie überhaupt gibt. Das trifft doch so weit zu?«

»Ja.«

»Aber Ihre Organisation macht auch noch andere Sachen, oder?«

Sean sah sie an und war froh, dass er ihr nicht die ganze Geschichte erklären musste. »Ja«, sagte er, als er den Maxima in eine Ausfahrt steuerte. »Wir leisten eine Menge gemeinnütziger Arbeit, aber eine unserer Hauptaufgaben liegt im Bildungssektor.«

Er bog von der Ausfahrt nach rechts auf eine zweispurige Straße ab, die in das Vorgebirge von Nordwest-Georgia führte.

»Sie besuchen Schulen und halten Vorträge über antike Schätze und all das?«

Er lachte leise. »Manchmal. Die Kinder hören solche Geschichten gern. Wenn man in eine Schule geht und den Kids von den Entdeckungen erzählt, die wir gemacht haben, beißen sie meist an und begeistern sich für Geschichte.«

»Schätze zu suchen, findet jeder aufregend«, antwortete sie.

»Ja, natürlich. Doch der wichtigere Teil unserer Bildungsarbeit ist der Aufbau des Georgia Historical Centers.«

»Es war schon eine beeindruckende Leistung, dafür mitten in der Innenstadt von Atlanta ein Grundstück zu ergattern.« Die Reporterin in ihr kam zum Vorschein.

»Ja, wir hatten einige großzügige Spender.«

»Wie zum Beispiel Thomas Schultz?«

Er warf ihr einen neugierigen Blick zu, antwortete aber nicht.

»Ach, kommen Sie. Jeder weiß, dass Schultz eine Menge Geld von seinen Eltern geerbt hat. Kurz danach haben Sie beide die IAA gegründet und das Grundstück in der Nähe des Centennial Olympic Park gekauft. Das ist alles kein Geheimnis.«

»Wir haben von verschiedenen Personen substanzielle Spenden erhalten. Mehr will ich dazu nicht sagen. Natürlich gab es auch großzügige Zuschüsse für das Projekt.«

»Ich finde es großartig, dass Sie die unbekannte Geschichte der Welt, insbesondere die des Staates Georgia, so stark in den Vordergrund stellen.«

»Das war ein wirklich cooles Projekt. Die Kinder im ganzen Bundesstaat haben dadurch etwas über die Geschichte des Landes gelernt, in dem sie leben. Tommy sucht schon seit Langem nach den Goldenen Kammern von Akhanan. Ein Fund dieser Größenordnung würde die gesamte Region in den Fokus rücken. Bis vor Kurzem haben Historiker die Geschichte der amerikanischen Ureinwohner in diesem Land für weniger bedeutsam gehalten als die europäische oder asiatische Geschichte. Wenn wir hier im Südosten eine Verbindung zu den Kammern von Akhanan finden könnten, würde sich das alles ändern. Die Weltgeschichte selbst müsste umgeschrieben werden.« Die Leidenschaft, mit der er seinen Vortrag hielt, war mitreißend.

Allyson bewunderte ihn dafür. Wenn ihre Geschichtsprofessoren am College ihre Vorträge mehr wie Sean Wyatt gehalten hätten, hätte sie im Unterricht vielleicht ein bisschen besser aufgepasst. Manchmal sehnte sie sich nach einem Beruf, der ihr besser gefiel. Der Journalismus hatte sicherlich einige positive Seiten, aber es gab Zeiten, in denen sie ihren Job hasste. Lange Stunden in einem Verschlag im Großraumbüro konnten selbst den eifrigsten Reporter in den Wahnsinn treiben.

Als sie bemerkte, dass sie ihn bereits einige Sekunden zu lang angeschaut hatte, löste sie ihren Blick von ihm und richtete ihn auf die vorbeiziehende dunkle Landschaft. Sean ließ sich nicht anmerken, ob er ihren Blick bemerkt hatte. Nur das Brummen des Automotors war zu hören. Jenseits der Straße, kurz hinter den fernen Blue Ridge

Mountains, lugte der Mond hinter der dunklen Silhouette des Gebirgszugs hervor.

»Was für ein schöner Anblick«, brach sie die Stille.

Er lächelte und nickte. »Ich liebe diese Gegend. Ich war schon an vielen Orten auf der ganzen Welt, aber der Südosten der USA hat einfach etwas ganz Besonderes.«

»Sind Sie bei allem, was Ihr Leben betrifft, so leidenschaftlich, Sean Wyatt?« Sie lachte.

Er dachte einen Moment lang nach, ließ sich die Frage durch den Kopf gehen und antwortete dann: »Ich habe keine besondere Meinung, was Katzen anbetrifft.«

Sie lachte schallend. »Was? Katzen? Wie um alles in der Welt kommen Sie denn darauf?«

»Ich meine ja nur, dass ich weder Fan noch Gegner bin, was Katzen anbetrifft. Ich könnte mir eine zulegen oder auch nicht.« Er zuckte mit den Schultern und lächelte sie leicht ironisch an. »Sie haben gefragt.«

Sie lachte weiter, während das Auto über die Landstraße rauschte.

Kapitel 19

Blue Ridge Mountains

Tommy saß an einem Tisch in der Ecke einer riesigen Küche. Seine Fesseln waren verschwunden und durch zwei Aufpasser ersetzt worden. Seit zwei Stunden saß er dort und wartete. Worauf, wusste er nicht. Ulrich war kurz nach dem Verhör aufgebrochen, um aus Tommys Haus das zu holen, was er angeblich benötigte.

In dem Brief von Dr. Borringer hatte es keine Deutung der verschlüsselten Sätze gegeben. Es war nichts weiter als die Übersetzung der alten Sprachen, die kombiniert worden waren, um jeden in die Irre zu führen und zu verwirren, der versuchte, den Text zu entziffern.

Ein nervöser Schauer lief Tommy über den Rücken, als er an die Konsequenzen dachte. Was würden seine Entführer tun, wenn er das Rätsel auf dem Stein nicht entschlüsseln konnte? Wahrscheinlich würden sie sich seiner ebenso rasch entledigen, wie sie es mit Frank getan hatten. Offenbar hatten sie keine Skrupel, zu töten.

Er dachte an seinen Freund Sean und fragte sich, wo er in diesem Moment wohl sein mochte. Dann unterdrückte er entschlossen seine Unsicherheit und Angst. Er musste cool bleiben.

Er versuchte, die versteinerte Maske seiner Aufpasser zu durchbrechen. »Haben Sie in der Highschool auch Football gespielt?«

Sie starrten ihn nur weiter an, kalt und unbewegt. »Nein?«, fragte Tommy. »Das hätten Sie aber tun sollen«, fuhr er fort. »Ich kenne eine Menge Coaches, die Sie liebend gern im Angriff oder in der Verteidigung gehabt hätten.«

Immer noch keine Antwort.

Nach ein paar Momenten eisigen Schweigens und Nachdenkens startete Tommy einen neuen Versuch: »Sprecht ihr überhaupt Englisch?« Sie antworteten immer noch nicht. »Könnte mir einer von Ihnen wenigstens ein Glas Wasser holen? Ich bin verdammt durstig.«

Endlich bekam er eine Reaktion auf seine Worte. Der Größere der beiden drehte seinen Kopf leicht nach links zu dem etwas kleineren Mann und nickte in Richtung des Spülbeckens. Dann starrte der halslose Koloss den Gefangenen weiter an, während der andere Aufpasser zur Spüle ging und ein Glas aus einem der Hängeschränke nahm. Nachdem er das Glas am Wasserhahn gefüllt hatte, stapfte er zum Tisch zurück und stellte es vor Tommy hin.

»Danke.« Er war wirklich dankbar und versuchte, so natürlich wie möglich zu wirken. Der kleinere Aufpasser nahm wieder den Platz ein, an dem er zuvor gestanden hatte.

Tommy nahm einen großen Schluck Wasser und stellte das Glas auf den Tisch zurück. »Sind Sie von hier?«

Aber mehr Interaktion war von den beiden Wachen offenbar nicht zu erwarten.

»Genau«, fuhr er fort, als hätten sie geantwortet, »ich bin in der Nähe von Atlanta aufgewachsen. Habe mein ganzes Leben in dieser Gegend verbracht. Es gefällt mir hier. Es gibt keinen Ort auf der Welt, an dem ich lieber sein würde.« Doch sein freundliches Benehmen schien die eisige Fassade der beiden Anzugträger nicht zu durchdringen. »Manche Leute beschweren sich über die hohe Luftfeuchtigkeit, aber mir macht sie nichts aus. Ich sage immer, wenn schon Hitze, dann wenigstens eine feuchte Hitze …«

Schweigen.

»Und Musik? Mögen Sie Musik? Warten Sie, lassen Sie mich raten. Techno? Sie sehen so aus, als würden Sie darauf stehen. Ich? Ich mag so ziemlich alles. Rock, Bluegrass, sogar etwas von diesem Euro-elektro-Zeug.«

Tommy blickte von einem Wächter zum anderen und wartete. »Haben Sie schon mal von Jimmy Buffet gehört?«, versuchte er es dann noch einmal.

Dieses Mal wurde die ausbleibende Antwort von dem Lärm der Doppeltüren am anderen Ende der Küche begleitet, die aufgestoßen wurden. Ulrich war zurückgekehrt. In der Hand hielt er einen Brief.

»Ich glaube, hier habe ich etwas, das Sie brauchen, Mr. Schultz.« Er sprach zwar berechnend, aber nicht drohend.

»Oh, gut«, antwortete Tommy eher sarkastisch. »Sie haben es gefunden. Ich war mir nicht sicher, ob es noch da ist, wo ich es gelassen hatte, weil die Cops nach der Entführung bestimmt alles durchsucht haben.«

»Die Polizei war sehr entgegenkommend.« Das bösartige Lächeln von vorhin zeichnete sich wieder auf dem blassen Gesicht ab.

Tommy war sich nicht sicher gewesen, was passieren würde, wenn Ulrich das Dokument abholte. Er hatte darauf gehofft, dass die Officers den blonden Ausländer festnehmen würden, der unbefugt in sein Haus eindrang.

In dem Fall wären möglicherweise auch seine eigenen Überlebenschancen gesunken.

Diese beiden Schlägertypen in den schwarzen Anzügen hatten wahrscheinlich den Befehl gehabt, eine vorgegebene Zeit auf die Rückkehr ihres Chefs zu warten und ihn zu exekutieren, falls der bis dahin nicht wieder zurück war. Deshalb empfand er eine Mischung aus Erleichterung und Enttäuschung, als Ulrich zum Tisch ging und den Umschlag hinlegte.

»Überrascht es Sie, dass ich zurückgekommen bin?«, fragte er sarkastisch.

»Nein«, antwortete Tommy schnell. »Ich habe mich nur gefragt, warum Sie so lange brauchten.« Er deutete auf die beiden Handlanger. »Wir haben uns gerade über Jimmy Buffet unterhalten, als Sie hereingeplatzt sind.«

Ulrich richtete sich auf und warf einen kurzen Blick auf seine Helfer, die geradeaus starrten. Die Miene des Kleineren der beiden wirkte etwas entgeistert.

»Die Zeit für Ihre kleinen Witzeleien und Spielchen ist vorbei, Mr. Schultz.« Ulrich beugte sich vor und legte den Mund dicht an Tommys Ohr. »Sie haben vierundzwanzig Stunden Zeit, um dieses Rätsel zu lösen. Wenn Sie bis dahin keine Resultate vorweisen können, werde ich Ihnen einen Daumen amputieren und Ihnen alle zwei Stunden weitere Gliedmaßen abnehmen, bis nur noch ein Torso mit Kopf von Ihnen übrig ist.«

Das alte Gefühl der Angst überkam Tommy. »Wie soll ich das denn schaffen? Seit Jahrhunderten versuchen Menschen, das Rätsel zu lösen, und Sie verlangen von mir, dass ich es an einem Tag schaffe? Ich habe nicht einmal geschlafen.«

»Das ist nicht mein Problem. Ich habe Ihnen besorgt, was Sie brauchen. Erledigen Sie die Aufgabe.« Er drehte sich um und sprach in einer anderen Sprache zu den Wachen. Tommy konnte nicht verstehen, was es war. Dann ging Ulrich wieder zu den Doppeltüren, durch die er kurz zuvor gekommen war, und breitete dramatisch die Arme aus, als er beide gleichzeitig aufstieß.

Tommy flüsterte tonlos: »Dann lege ich wohl einfach mal los.« Er verbarg seine Panik hinter seinem typischen trockenen Zynismus. »Von euch ist nicht einer zufällig Experte für dreitausend Jahre alte tote Sprachen?«

Sie sahen sich an und schüttelten dann beide gleichzeitig den Kopf.

»Hätte mich auch gewundert.«

Kapitel 20

Atlanta

Trent Morris stand steif da, bestürzt über den Anblick, der sich ihm bot. Er hatte einen Arm quer vor die Brust gelegt, den Ellbogen des anderen darauf gestützt und das Kinn auf die Faust gelegt, während er zusah, wie die Leute von der Spurensicherung am Tatort Fotos machten und mit Handschuhen geschützt nach Beweisstücken suchten.

Der Anruf hatte ihn um 22:30 Uhr erreicht, kurz nachdem er nach Hause gekommen war. Er war so erschöpft gewesen, dass er unterwegs noch einen Abstecher zu einem Drive-in machen musste. Der Fall, der als Entführung begonnen hatte, hatte sich dramatisch entwickelt und bisher drei Menschen das Leben gekostet.

Jetzt starrte er ungläubig auf den blutigen Tatort. Der beleibte Körper eines Polizeibeamten lag in einer Lache aus geronnenem Blut gekrümmt an der Glasschiebetür. Auf der Veranda war die Spurensicherung damit beschäftigt, akribisch nach Hinweisen zu suchen.

Frustriert und wütend rieb sich Trent die vom Schlafmangel geröteten Augen. »Weiß schon jemand, wie das hier passiert ist?«

Die Leute von der Spurensicherung hielten kurz inne und sahen ihn mit ausdruckslosen Blicken an.

»Klar. Habe ich mir gedacht.« Bisher gab es keine heiße Spur und keine Verdächtigen. Er drehte sich um und ging langsam in Richtung Küche, wobei er darauf achtete, nichts zu berühren. Er schob sich an weiteren Mitarbeitern der Spurensicherung vorbei und ging dann die Treppe hinauf. Als er das Arbeitszimmer betrat, stand Will mit einem Schreibblock in der Hand in der Mitte des Raums und machte sich eifrig Notizen. Ein anderer Ermittler leuchtete die Wände auf der Suche nach Blut mit einem UV-Licht ab.

»He, Partner«, begrüßte der Jüngere Trent mit einem aufgesetzten Lächeln, das seine Aufgewühltheit kaschieren sollte. »Eine verdammte Schweinerei, hm?«

»Ja.« Trent fuhr sich mit der Hand durch sein kurzes Haar. »Hast du hier schon irgendwas gefunden?«

»Nichts Konkretes. Aber ich glaube, der Kerl, der unsere Jungs da unten erledigt hat, war hier, weil er irgendwas in diesem Raum gesucht hat.«

»Hast du eine Ahnung, worum es sich gehandelt haben könnte?«

»Nein. Aber die Abdrücke auf dem Teppich lassen darauf schließen, dass kürzlich jemand hier gewesen ist. Anscheinend hat das, was die Person gesucht hat, da drüben auf dem Schreibtisch gelegen. Jedenfalls ist sie dorthin gegangen. Ich weiß nicht, was es gewesen sein könnte oder ob sie überhaupt etwas gefunden hat. Ich weiß nur, dass die Fußabdrücke nirgendwo anders als zwischen Schreibtisch und Tür zu finden sind.« Will zog mit seinem Bleistift eine Linie von der Tür bis zum Arbeitsplatz an der gegenüberliegenden Wand durch die Luft.

»Sie hat weder in den Büchern noch im Schrank nachgesehen?«

»Sieht nicht danach aus.«

»Das heißt, wer hier reingekommen ist, wusste ganz

genau, was er suchte und wo er es finden konnte.« Trents Gedanken überschlugen sich.

Will sprach aus, was er dachte. »Du meinst, es ist einer von diesen Typen, die Schultz entführt haben?«

»Genau.« Er drehte sich zur Tür des Arbeitszimmers um und betrachtete die Abdrücke, die von der Tür bis zum Schreibtisch verliefen.

»Aber warum ist er das Risiko eingegangen hierherzukommen? Er muss doch gewusst haben, dass jemand das Haus bewacht oder zumindest beobachtet.«

»Das kann nur eines bedeuten, Will. Entweder steht die Person höllisch unter Druck, oder es handelt sich um jemand sehr Gefährlichen. Ich vermute Letzteres.«

»Wonach suchen wir? Nach einem Ex-Militär? Oder nach ausländischen Diensten?«

»Ich weiß es nicht. Aber höchstwahrscheinlich sind es Profis. Und sie schrecken nicht vor einem Mord an Polizisten zurück.«

»Glaubst du, es war einer von diesen Kerlen, die den Professor an der KSU umgebracht haben?«

Trent nickte. »Anzunehmen. In beiden Fällen waren die Tatwaffen Messer. Außerdem kannten sich Schultz und Borringer. Ich bezweifle, dass das ein Zufall ist.«

Er wechselte das Thema. »Haben die Nachbarn etwas gesehen?« Trent ahnte bereits, wie die Antwort lauten würde. Dieser Killer würde nicht zulassen, dass er von Passanten gesehen wurde.

»Nein. Die meisten Leute hier haben schon geschlafen.«

Nicht im Geringsten überrascht, ging Trent zum Schreibtisch. Ein Stapel Briefumschläge und irgendwelche unwichtigen Broschüren lagen neben einem schwarzen Computerbildschirm. Trent hob den Stapel Briefe auf, ohne darauf zu achten, dass er mögliche Spuren verwischte. Er blätterte die Korrespondenz durch, fand nichts Interessantes und legte die Papiere wieder dahin zurück, wo er sie weggenommen hatte.

Keine Zeugen. Keine Fingerabdrücke. Keine Waffe. Kein Motiv. Der Mörder erschien wie ein Geist. Plötzlich drehte sich Trent um und trat an die Wand gegenüber dem Bücherregal. Ein paar Bilderrahmen zierten die mokkabraune Fläche. Vor allem ein Foto erregte seine Aufmerksamkeit. Es war ein Bild von Thomas Schultz und seinem Freund Sean Wyatt. Es zeigte die beiden Männer bei einer archäologischen Ausgrabung. Jeder von ihnen hielt eine Statue in der Hand. Das Foto war nicht datiert, aber wie es aussah, musste es etwa fünf oder sechs Jahre alt sein. Vorsichtig nahm Trent das Bild vom Haken, um es genauer zu betrachten. Dann drehte er es um und betrachtete die Rückseite. Dort stand etwas geschrieben. *Mobile Bay, AL. 2003. Statuen der Mississippi-Kultur.*

Will riss ihn aus seinen Gedanken. »Hast du da etwas gefunden?«

Trent war einen Moment wie gebannt, doch dann kehrte er in die Gegenwart zurück. »Vielleicht. Auf jeden Fall müssen wir dringend mit diesem Sean Wyatt reden.«

»Glaubst du, er steckt dahinter?«

»Keine Ahnung, wie schon gesagt. Aber überleg mal. Wer wusste sonst noch, woran Schultz arbeitete, und wer hätte die Bedeutung seiner Arbeit überhaupt erfasst? Wer hier eingebrochen ist, schien genau gewusst zu haben, was er suchte und wo er danach suchen musste. Und Sean Wyatt war ein Elitesoldat. Zudem ist er die einzige Spur, die wir momentan haben.«

Will dachte einen Moment über diese Theorie nach

und bestätigte: »Du hast recht. Wir müssen Wyatt finden.«

»Genau.« Trent setzte sich plötzlich in Bewegung und legte das Foto achtlos auf den Schreibtisch. Während Will und er schnell die Treppe hinunter und nach draußen gingen, zückte er sein Handy. Er suchte die Nummer heraus, die er vorhin gespeichert hatte, und drückte die Ruftaste. Die beiden Männer traten aus der Haustür und gingen zum Bürgersteig, als das Telefon am anderen Ende der Verbindung sofort auf Wyatts Mailbox schaltete.

Trent bemühte sich um einen ruhigen Tonfall: »Sean, hier spricht Detective Morris. Rufen Sie mich bitte zurück, sobald Sie Zeit haben. Wir haben gerade neue Informationen über die Entführung von Schultz erhalten und benötigen Ihre Hilfe. Danke.«

Er klappte das Handy zu und schob es in die Hosentasche, während er die Tür seines Dienstwagens, eines Dodge Charger, öffnete.

»Was soll ich tun?« Will stand auf dem Bürgersteig. Er hielt den Notizblock noch in der Hand.

»Sorg dafür, dass hier alles korrekt abgewickelt wird. Ich bezweifle zwar, dass die Spurensicherung noch etwas finden wird, aber bleib vorsichtshalber noch etwas hier. Ruf mich an, falls sie etwas finden, und wenn nicht, ruf mich trotzdem an.«

»Und was ist mit Wyatt?«

»Ich werde es noch ein paarmal versuchen. Aber ich rechne nicht damit, dass er rangeht.« Dann fügte er hinzu: »Fahr anschließend nach Hause, und ruhe dich aus. Ich fürchte, morgen wird wieder ein langer Tag.«

Kapitel 21

Cartersville

Sean und Allyson standen auf der Veranda eines imposanten Blockhauses. Die Fahrt von der Interstate zu dem Holzhaus hatte nur etwa fünfzehn Minuten gedauert, aber es fühlte sich an, als wären sie hier mitten im Nirgendwo. Über ihnen glitzerten mehr Sterne am schwarzblauen Himmel, als Allyson seit Langem gesehen hatte. Die Geräusche der Natur erfüllten die Nacht: Grillenzirpen, Froschgequake und die Rufe nachtaktiver Vögel. Es roch nach einer Mischung von Laubhölzern und Kiefern.

Sie atmete tief durch, ließ die sie umgebende Natur in ihre Lunge und ihren Geist dringen. Der Stress der haarsträubenden Ereignisse dieses Tages fiel langsam von ihr ab. Im Haus brannte Licht, aber Sean musste ein paarmal klopfen, bis sie Schritte hörten, die sich der Tür näherten. Irgendwo im Haus bellte und heulte ein Hund, um die nächtlichen Besucher anzukündigen.

Einen Moment später drehte sich der Türknauf, und die schwere Holztür öffnete sich knarrend. In der Öffnung stand ein kleiner Mann mit wachen Augen und struppigem Bart, der sie forschend anstarrte. Eine unordentliche Mähne braunen Haars umwucherte sein rundes Gesicht. Einzelne graue Strähnen durchzogen seinen Bart. Das Flanellhemd und die Jeans des Mannes vervollständigten seinen Holzfällerlook. Er schien Mitte vierzig zu sein.

Keine drei Sekunden, nachdem er realisiert hatte, wer vor ihm stand, umarmten Sean und der kleinere Mann sich freundschaftlich und schulterklopfend.

»Sean Wyatt! Wo zum Teufel hast du denn die ganze Zeit gesteckt?« Die Stimme war fröhlich und hatte einen starken Südstaatenakzent.

»Ich hatte zu tun, Mac«, antwortete Sean lächelnd und ließ seinen Freund los. »Was dagegen, wenn wir reinkommen?«

»Was dagegen? Kommt rein.« Er trat zur Seite, um die beiden hereinzulassen, und schloss die Tür. »Und wer ist deine Freundin?«

»Allyson, das ist Joe ›Mac‹ McElroy, Joe, ich möchte dir Allyson Webster vorstellen. Sie ist Journalistin beim *Atlanta Sentinel*.«

Sie nahm ihre Hand aus der Jackentasche und hielt sie ihm hin. »Freut mich, Sie kennenzulernen. Sie haben wirklich ein wunderschönes Haus.« Ihr Blick schweifte durch das Wohnzimmer, das sie gerade betreten hatten.

»Danke.« Joe sah sich in dem komplett aus Holz gebauten Raum um. Das Blockhaus war rustikal und schlicht, mit Ausnahme des Flachbildfernsehers neben dem Kamin und eines Computerarbeitsplatzes an einem Fenster.

»Der Boden ist sehr viel älter als der Rest des Hauses«, erklärte er. »Er stammt aus einer alten Strickerei in Chattanooga, Tennessee. Sie wollten das Gebäude abreißen, also habe ich die Stadt gefragt, ob ich vorher den Bodenbelag herausnehmen darf.«

Er streckte die Arme über die gesamte Breite des Raumes aus. »Damals hatte ich noch keinen Platz, um ihn zu verlegen. Ich wusste einfach schon immer, dass ich so eine Hütte besitzen wollte, also habe ich die Dielen eingelagert, bis ich mit dem Bau begonnen habe.«

»Sehr cool.« Sie wirkte beeindruckt.

In dem bärtigen Gesicht blitzte ein Lächeln auf. »Und das hier ist Roger.« Er zeigte auf einen Bluetick Coonhound, der sich gerade neben dem Eingang auf den Boden hatte fallen lassen.

Der Hund war an den Besuchern offenbar nicht mehr interessiert und legte den Kopf auf die Dielen.

»Joe«, kam Sean zum Thema ihres Besuchs, »ich will deine Idylle nicht ruinieren, aber wir brauchen deine Hilfe.«

Das Lächeln wich nicht vom Gesicht des Mannes. »Hilfe?«, fragte er. »Sean Wyatt braucht meine Hilfe?« Er lachte amüsiert.

»So ist es.« Seans ernster Ton wirkte ernüchternd.

Joe spürte das und deutete zu den Sofas. »Setzt euch und erzählt, was los ist. Auf mich kannst du immer zählen, Sean. Wollt ihr etwas trinken? Kaffee? Wasser? Limonade?«

»Ein Kaffee wäre toll«, antwortete Sean.

Allyson nickte zustimmend.

Während die zwei auf der voluminösen braunen Couch Platz nahmen, ging ihr Gastgeber in die an das Wohnzimmer angrenzende Küche. Sie hörten, wie er dort das Wasser in einen Kessel laufen ließ. Einen Moment später erschien er wieder in der Küchentür und setzte sich ihnen gegenüber auf eine kleinere braune Couch.

»Der Kaffee ist gleich fertig.« Joe legte seine Arme über die Rückenlehne des Sofas und fuhr fort: »Also schieß los, was kann ich für euch tun?«

»Tommy wurde entführt, Mac.« Sean sah keinen Sinn darin, um den heißen Brei herumzureden. »Wir wissen nicht, wer ihn entführt hat, aber wir sind ziemlich sicher, dass es mit einem Fund zu tun hat, den er letzte Woche gemacht hat.«

Das Grinsen auf Joes Gesicht erlosch schlagartig, und der Blick seiner freundlichen blauen Augen wechselte in einem Sekundenbruchteil von entspannt zu besorgt. Er nahm die Arme von der Rückenlehne der Couch, verschränkte sie, stützte die Ellbogen auf die Knie und beugte sich aufmerksam vor.

»Entführt? Aber warum …? Wurden schon irgendwelche Forderungen gestellt?«

»Ich glaube nicht, dass es um Geld geht. Die Polizei hat noch keinen Kontaktversuch registriert. Nein …« Sean unterbrach sich mitten im Satz, griff in seine Jacke und holte den Brief hervor, den sie im Haus der Borringers gefunden hatten. »Wir nehmen an, sie versuchen, die Goldenen Kammern zu finden.«

Sean streckte seinem Freund den Brief hin, der ihn neugierig entgegennahm.

»Die Goldenen Kammern?« Er machte große Augen und hob seine Brauen. »Ich hatte schon vermutet, dass Tommy danach sucht. Und du sagst, er hat etwas gefunden?« Joe fing an, den Brief zu lesen, während Sean antwortete.

»Ja. Dieser Brief ist von Dr. Frank Borringer von der KSU. Offenbar benötigte Tommy Franks Hilfe bei der Entschlüsselung des Fundstücks.«

»Ach? Ich habe Frank schon lange nicht mehr gesehen. Wie geht es ihm?«

»Er ist tot«, antwortete Sean unverblümt, fast kalt.

Joes Blick zuckte vom Brief hoch. »Was? Tot? Was ist passiert?«

»Dr. Borringer wurde vor ein paar Tagen vor der Bibliothek der Kennesaw State University ermordet.« Sean fuhr nach einer winzigen Pause fort: »Anscheinend weiß keiner, wer es getan hat. Aber offenbar suchte der Mörder etwas. Wir glauben, dass es etwas mit den Informationen in diesem Brief zu tun hat.«

»Wo hast du das gefunden?« Joe wedelte mit dem Brief durch die Luft. Allyson hatte das Gefühl, etwas zum Gespräch beitragen zu müssen, und nutzte die Gelegenheit. »In Franks Büro. Der Brief lag auf seinem Schreibtisch.«

»Und die Polizei hat ihn nicht gesehen?«

»Nein«, erwiderte sie. Sie war froh, in das Gespräch einbezogen zu werden.

»Er lag zwar offen da, aber er war als Schreiben an einen Finanzberater getarnt. Wer den Schreibtisch von Dr. Borringer durchsuchte, muss gedacht haben, dass es nicht wichtig ist.«

»Ah. Wie in *Der entwendete Brief*, was?«

Sie legte den Kopf schräg und hob erstaunt die Brauen. Joes literarisches Wissen beeindruckte sie.

»Wieso sollte ein Landei nicht auch Poe lesen?« Er warf ihr einen ironischen Blick zu, den sie mit einem Lächeln quittierte.

»Franks Tod ist wirklich ein Jammer«, fuhr Joe ernst fort. »Er war ein guter Mann. Ich sollte Gretchen bald besuchen.« Er setzte die Lektüre des Briefes fort, während sich im Raum eine fast andächtige Stille ausbreitete.

Nach einigen Minuten legte er das Papier auf den Couchtisch aus Hickoryholz. »Interessant«, kommentierte er nachdenklich.

Sean hatte sich so lange zurückgehalten, wie er konnte. »Also, was hältst du davon?«

Joe antwortete mit einer Gegenfrage. »Was weißt du über die Goldenen Kammern?«

»Nicht viel. Es ist eine dieser Legenden, die nicht zum Mainstream gehören. Es gibt nur eine Handvoll Menschen auf der Welt, die überhaupt von diesem Mythos gehört haben. Tommy weiß mehr darüber als jeder andere Mensch, den ich kenne.«

Das breite, verschmitzte Lächeln kehrte auf Joes Gesicht zurück. »Also …«, er machte eine kleine Pause, »da wäre ich mir nicht so sicher.«

Allyson und Sean wechselten einen zufriedenen Blick. Hier waren sie offenkundig an der richtigen Adresse.

Kapitel 22

Blue Ridge Mountains

Der fahle Schein des Laptops beleuchtete die Ecke der Küche, in der Tommy saß. Frustration und Erschöpfung standen ihm ins Gesicht geschrieben.

Er hatte in den letzten fünf Stunden mit wenig Erfolg an der Übersetzung von Dr. Borringer gearbeitet.

Tommy hatte unermüdlich im Internet recherchiert und alle Wörter der Übersetzung miteinander verglichen, aber bis jetzt hatte er nichts gefunden. Dieses Rätsel ließ sich mit einer einfachen Suche über eine Suchmaschine nicht knacken.

Die beiden Wachen behielten abwechselnd den Computerbildschirm im Auge, um zu verhindern, dass ihr Gefangener versuchte, eine E-Mail abzusetzen. Ihre Wachsamkeit hatte sich als unerschütterlich erwiesen, weshalb er gezwungen war, einfach weiterzuarbeiten und darauf zu hoffen, dass sich irgendwann etwas ergeben würde.

Er schaute auf seine Uhr und konnte kaum glauben, wie spät es bereits war. Er war schon lange wach, und seine Beine fühlten sich taub an, weil er so lange gesessen hatte. »Leute, ich muss mich einmal kurz strecken. Geht das in Ordnung für Sie?«

Der halslose Aufpasser nickte und stellte sich schräg hinter den Gefangenen. Tommy streckte die Arme über dem Kopf aus und versuchte dann, sich zu bücken und seine Zehen zu berühren, um für ein paar kurze Momente die Durchblutung seiner Beine in Schwung zu bringen. Nach einer kurzen Pause ging der verkrampfte Albtraum weiter, in dem er den größten Teil des Abends gefangen gewesen war.

Der Gesang einer Nachtschwalbe auf einem Baum vor dem Küchenfenster ertönte in der Dunkelheit. Mit fortschreitender Stunde war jedes kleine Geräusch zu einer Ablenkung geworden. Gedanken an Schlaf verwirrten Tommys Geist und brachten ihn durcheinander. Seine Augen bettelten darum, sich schließen zu dürfen, während die Schläfrigkeit in sein Gehirn sickerte. Wieder sang der Vogel seine Melodie und kommunizierte mit einem anderen Vogel in einem unsichtbaren Baum im Wald. Tommy ließ seinen Blick vom LCD-Bildschirm auf die Fensterscheibe und darüber hinaus schweifen. Der Nachthimmel draußen war klar, und die Sterne funkelten hell am schwarzen Firmament. Er stand wieder auf, diesmal presste er das Gesicht an die glatte, klare Fensterscheibe. Der mit der Bürstenfrisur machte ein gequältes Gesicht, als der andere Aufpasser zu seiner Schicht antrat. Zum ersten Mal, seit er an diesem Ort angekommen war, hörte Tommy einen der Männer sprechen.

»Was hat das zu bedeuten?« Ein deutlicher Akzent, der wie Russisch klang, ließ die Worte streng und vorwurfsvoll klingen.

Der andere Aufpasser sagte nichts. Er trat nur verlegen zur Seite und wandte den Blick ab.

Tommy drehte sich zu dem Mann um, der gerade gesprochen hatte. »Er hat nur erlaubt, dass ich mir die Beine vertrete«, sagte Tommy. »Ich habe die ganze Nacht hier vor dem Computer gesessen.«

»Hinsetzen und weitermachen.« Unverblümt und auf den Punkt gebracht – diesem Typen fehlte eine Menge sozialer Kompetenz. Er richtete seinen wütenden Blick auf den unterwürfigen Aufpasser, der seine Aufgabe offenbar nicht korrekt erfüllt hatte. Danach wechselten die beiden einige Worte in einer anderen Sprache. Tommy war sich jetzt sicher, dass es Russisch war. Der Wortwechsel war kurz und endete damit, dass der erste Aufpasser mit einem niedergeschlagenen Gesichtsausdruck zustimmend nickte.

»Hören Sie, Mann. Ich mache keine Witze. Meine Beine wurden taub, und ich musste mich kurz strecken.«

»Gehen Sie wieder an die Arbeit, und halten Sie den Mund! Mr. Ulrich kommt bald zurück, und wenn er sieht, dass Sie herumstehen und nicht arbeiten, ist das gar nicht gut.«

Tommy dachte für eine Sekunde über die Worte des Riesen nach. Er schaute wieder aus dem Fenster in den Himmel und sagte dann: »Können wir bitte einfach nur für dreißig Sekunden nach draußen gehen? Ich werde müde, und ich brauche frische Luft. Ich kann nicht ewig so arbeiten.«

Der Aufpasser blickte zu dem anderen, der in den letzten Stunden Wache gehalten hatte und immer noch verlegen in der Frühstücksecke hockte. Stur schüttelte er wieder den Kopf, wie bei einem Kind, das verbotenerweise nach einem Keks greift.

»Hören Sie, Mann«, flehte Tommy, »ich werde nicht versuchen, hier abzuhauen. Wohin sollte ich auch gehen? Wenn Sie wollen, dass ich dieses Rätsel löse, müssen Sie mir ein bisschen Spielraum geben. Ich kann weit besser arbeiten, wenn ich meinen Kreislauf wieder in Gang bringen kann.«

Nach einigem Nachdenken gab der Wächter schließlich nach, da sie offenbar selbst glaubten, dass es nichts schaden könnte, ihren Gefangenen für ein oder zwei Minuten nach draußen zu lassen. »Wir geben Ihnen eine Minute draußen. Aber wenn Sie Dummheiten machen, schieße ich Ihnen ins Knie.« Der humorlose Gesichtsausdruck des Mannes verriet Schultz, dass er nicht lange fackeln würde.

»Danke«, sagte Tommy mit einem gequälten Lächeln.

Die drei ließen den Laptop auf dem Bistrotisch zurück und gingen durch einen mit Bildern vollgehängten Flur. Es waren alles Fotografien von mehr oder weniger berühmten Orten aus der ganzen Welt: Der Markusdom in Venedig, die Fassade des Tempels von Edfu in Ägypten, ein griechischer Tempel, an dessen Namen er sich nicht erinnern konnte, der ihm aber bekannt vorkam. Als die Gruppe den Korridor nach links verließ, gelangte sie in einen großen Vorraum. Selbst in der Dunkelheit konnte Tommy erkennen, dass der Raum gediegen eingerichtet war. Vor den Fenstern, die fast drei Meter hoch waren, hingen Vorhänge. In der Mitte des Raumes standen zwei hochlehnige, lederbezogene Rauchersessel, die so platziert waren, dass die Sitzenden den Blick auf die Hügellandschaft unter ihnen genießen konnten, während sie vielleicht über das Auf und Ab der globalen Finanzmärkte diskutierten.

Der unterwürfige Aufpasser stapfte schnell zu den Flügeltüren, die auf einen Innenhof hinausführten. Als sie über die Schwelle und in die Nacht traten, umfing sie die erfrischende, kühle Herbstluft.

»Sie bleiben hier«, sagte der größere Wachmann und verschränkte bedrohlich die Arme.

Tommy tat, wie ihm geheißen, und blieb am Geländer der großen Holzterrasse stehen, auf die sie gelangt waren.

Wieder streckte er Arme und Beine, um den Blutkreislauf in seinen Gliedern anzuregen.

Mehrere tiefe Atemzüge, die seine Lunge mit der belebenden Nachtluft füllten, halfen ebenfalls.

Der Vogel, den er zuvor gehört hatte, musste einen Freund gefunden haben, denn jetzt zwitscherten zwei von ihnen fröhlich in den dunklen Silhouetten der Bäume. Tommys Blick schweifte höher, über die Baumkronen hinaus in den dunklen Himmel. Der Anblick so vieler Sterne beruhigte ihn immer auf eine seltsame Weise. Angesichts des unermesslichen Universums kam er sich klein vor und wusste doch, dass die Rolle, die er spielte, ein wichtiger Teil eines größeren Plans war.

Er überlegte, wo Sean gerade sein könnte, und hoffte, dass sein Freund nach ihm suchte. Sie hatten zusammen so viel durchgemacht … natürlich war Wyatt auf der Suche nach ihm. Tommy hätte unter umgekehrten Vorzeichen dasselbe für seinen Freund getan. All diese Dinge gingen ihm durch den Kopf, als er unverwandt den wie Diamanten funkelnden Sternenhimmel über ihm betrachtete.

Plötzlich kreuzte nur für eine Sekunde eine Sternschnuppe den Horizont, bevor sie sich auflöste. Tommy drehte sich zu den beiden Aufpassern um und sagte sarkastisch: »Wünscht euch was, Männer.«

Sie sahen einander verwirrt an, da sie den blitzenden Meteor offensichtlich nicht gesehen hatten. Der größere sagte nur: »Die Zeit ist um. Gehen Sie wieder an die Arbeit.«

Tommy wollte sich gerade umdrehen und mit den beiden massigen Männern zurück ins Haus gehen, als ihm etwas einfiel. Er hielt in der Bewegung inne und wandte den Kopf wieder zum Himmel. »Ich hab's!« Seine Aufregung überraschte sogar ihn selbst.

»Was denn?«, fragte der kleinere Wachmann und handelte sich damit den nächsten strafenden Blick seines Vorgesetzten ein.

»Die Streitwagen des Himmels! Haben Sie die Sternschnuppe gesehen?« Tommys Begeisterung verdrängte seine Müdigkeit, aber er klang vor Aufregung zusammenhanglos, als wäre er übergeschnappt.

Diesmal packte der größere Mann Tommy am Arm und zerrte ihn zum Haus zurück. Der Kerl war ein Koloss, und Tommy hatte die Kraft des Aufpassers tatsächlich noch unterschätzt.

Als sie ihre Geisel durch die Doppeltür zurückdrängten, warf Tommy einen letzten Blick in den Himmel. Wieder leuchtete ein kosmischer Gesteinsbrocken, als er durch die Dunkelheit schwebte, und löste sich dann auf. Als er rückwärts an den Armen gezogen wurde, setzte er sich nicht zur Wehr. Stattdessen begann er zu lachen.

Während der ganzen Zeit, die er mit der Suche nach den Kammern verbracht hatte, hatte Tommy angenommen, dass sich diese Kammern irgendwo anders auf dem Planeten befinden müssten und dass es ein Irrtum wäre, darauf zu hoffen, der großartige Fund warte in der Nähe.

Sicher, überall in Georgia waren Hinweise verteilt, aber ein Schatz von solch erstaunlicher Bedeutung konnte sich unmöglich hier befinden.

Dennoch waren andere wie de Soto und Ponce de León davon überzeugt gewesen, dass sich die Goldenen Kammern irgendwo im Süden der Vereinigten Staaten befanden. Jetzt, nach so vielen Jahren der Suche, klärte sich das Rätsel. Und in Tommy keimte der schwache Glaube, dass vielleicht, wenn auch nur vielleicht, de Soto die ganze Zeit recht gehabt hatte.

Denn ihm fiel jetzt nur ein einziger Ort ein, auf den die Beschreibung, die das Rätsel lieferte, zutreffen konnte. Und er hoffte, dass Sean zu demselben Schluss kommen würde.

Kapitel 23

Cartersville

Nachdem er sie mit Kaffee versorgt hatte, ließ Joe seine Gäste für ein paar Minuten allein im Wohnzimmer zurück, ohne zu erklären, wohin er ging. Als er zurückkam, wirkte seine Miene düster, und er hielt etwas in seinen schwieligen Fingern. Er öffnete die Hand und enthüllte etwas, das die beiden Besucher in Erstaunen versetzte.

»Ist es das, wofür ich es halte?« Sean traute seinen Augen nicht.

»Das ist es.«

»Aber wie bist du an dieses Stück gekommen?«

»Ich habe erst heute ein Paket von Frank erhalten. Es enthielt diesen Stein.« Joe reichte die Scheibe vorsichtig an Sean weiter.

Er sprach weiter, während Sean den Stein untersuchte. »Als du mir sagtest, dass Frank ermordet wurde, war ich richtig geschockt. Frank und ich kannten uns schon sehr lange. Aber falls Frank den Code auf diesem Stein entschlüsseln konnte, könnte das der erste Schritt gewesen sein, um den unglaublichsten Schatz der Geschichte zu finden. Und falls jemand von der Existenz dieses Steins erfahren hat und weiß, dass Frank daran arbeitete, könnte das sehr gut seine Ermordung und Tommys Verschwinden erklären.«

Sean und Allyson betrachteten immer noch den uralten medaillonförmigen Stein.

»Was weißt du über diese geheimnisvollen Kammern, Joe?« Sean sah zu seinem Freund hoch. Er wollte alles erfahren.

Joes lebhafter Blick verlor sich kurz in der Ferne, dann schaute er Sean an und setzte ein breites Grinsen auf. »Das erzähle ich dir gerne. Aber zuerst möchte ich wissen, wie viel du darüber weißt.« Er wedelte spielerisch mit seinen rauen Fingern in Richtung Sean.

»Na schön«, antwortete der zögernd. Er warf einen Blick auf Allyson und sah dann wieder in das neugierige Gesicht, das ihn aus ein paar Metern Entfernung anstarrte. »Die meisten Legenden besagen, dass sieben Priester ihre Gemeinden in Spanien verließen, als sie von den Mauren angegriffen wurden. Niemand weiß, wann genau das passiert ist, aber es könnte irgendwann zwischen 800 und 1000 nach Christus gewesen sein. Diese Priester segelten gen Westen und errichteten eine Stadt aus Gold, El Dorado, Cibola oder wie auch immer sie genannt wurde. Über die Jahrhunderte, von etwa 1150 nach Christus bis in die Gegenwart, haben Forscher nach dieser verlorenen Stadt gesucht. Francisco Coronado war vielleicht der berühmteste Entdecker, der sie finden wollte. Cortez soll geglaubt haben, sie würde in Mexiko liegen. De Soto dagegen hat unermüdlich im Südosten der Vereinigten Staaten danach gesucht. Auch Ponce de León hat den Ort angeblich aufspüren wollen. Natürlich ist de León vor allem für seine Suche nach dem Jungbrunnen bekannt, aber manche sagen, dass dies nur einer von zwei Gründen war, weshalb er in die Neue Welt kam.«

Joe McElroy lächelte über die letzte Aussage.

»Jedenfalls wurde die verschollene Stadt nie gefunden, weshalb sie von der Geschichtswissenschaft als bloßer

Mythos abgetan wurde. Für die meisten Historiker ist sie das immer noch.« Als er geendet hatte, trank er einen Schluck von seinem dampfenden Kaffee.

»Und man tut auch gut daran, sie als Mythos zu betrachten«, ergriff jetzt McElroy das Wort. »Obwohl die Legende ursprünglich ein europäisches Volksmärchen war, stellten die Indianer fest, dass sie die Eindringlinge wenigstens vorübergehend friedlich stimmen konnten, wenn sie diese Geschichte ausschmückten und ihnen Hoffnungen machten, eine Stadt von unvorstellbarem Reichtum finden zu können.«

Joe trank ebenfalls einen Schluck Kaffee und fuhr dann fort: »Es existiert aber auch noch eine andere Legende, auf die Tommy und eine Handvoll anderer Forscher gestoßen sind, die zwar gewisse Ähnlichkeiten aufweist, sich aber in bestimmten Details unterscheidet.«

Allyson saß stumm da, das war überhaupt nicht mehr ihr Fachgebiet. Sie konnte nur noch staunend und gebannt zuhören.

»Und das ist eine Geschichte, die ich für weitaus realistischer halte«, fügte Joe hinzu.

Sean nickte und fuhr fort: »Manche Forscher, darunter Tommy, glauben, dass der Kern der Geschichte über einen großen Goldschatz an verschiedenen Orten der Wahrheit entspricht. Für sie stellt sich nicht die Frage, ob das Gold existiert oder nicht. Die Frage lautet vielmehr, wo und an wie vielen Orten. Diese Forscher glauben den Teil der Legende nicht, in dem von sieben goldenen Städten die Rede ist. Sie glauben ebenso wenig, dass sieben Priester nach Westen segelten, um der Verfolgung durch die Mauren zu entkommen, oder dass es überhaupt Europäer waren, die diese mystischen Orte erschaffen haben.«

»Aber wer dann, wenn es nicht die Europäer waren?«
Allyson erwärmte sich immer mehr für das Thema.

»Die Ureinwohner Amerikas«, antwortete Sean nüchtern. »Aber in ihren Legenden wurden einige Fakten verdreht oder ausgelassen, weil die weißen Siedler die wahren Lagerstätten niemals finden sollten. Zu keiner Zeit existierten sieben Städte, die aus Gold gebaut waren, aber einer Zahl begegnete Tommy immer wieder und an vielen Orten im ganzen Südosten der Vereinigten Staaten. Im Laufe seiner jahrelangen Forschungen über die verlorenen Goldstädte stieß er immer wieder auf die Zahl Vier. Er fand in alten Siedlungen der Ureinwohner viele Hinweise darauf, dass es vier Lagerstätten oder Kammern gab. Es handelte sich folglich um vier goldene Räume, die von den Ureinwohnern erbaut worden waren, und nicht um sieben Städte, die europäische Siedler errichtet hätten.«

»Wofür haben sie diese Goldenen Kammern denn benutzt?«, fragte Allyson.

»Das ist der Punkt – niemand weiß es mit Bestimmtheit«, erwiderte Sean. »Es gibt ein paar Theorien, aber keine ist wirklich überzeugend. Sie wurden vermutlich für alte Zeremonien oder Rituale verwendet. Der materielle Wert von Gold spielte für die amerikanischen Ureinwohner kaum eine Rolle. Für sie war es eher ein heiliges Metall als ein Zahlungsmittel.«

»Vielleicht kann ich an dieser Stelle für etwas Aufklärung sorgen«, unterbrach Joe.

Sean stellte seine Tasse ab und spitzte aufmerksam die Ohren. Er war froh, nicht mehr der Alleinunterhalter zu sein, und glaubte, dass Joe McElroy mehr Licht in die aktuelle Situation bringen würde, als er es je könnte.

Der ältere Mann machte ein Gesicht, als würde er gleich

platzen. Er begann mit den Worten: »Seit etwa fünfzig Jahren kursieren in der Gegend Legenden, die sich immer wieder um dasselbe Thema drehen: das Gold der Ureinwohner.« Nach einer kurzen Pause fuhr Joe fort: »Ihr werdet diese Geschichten in keinem Geschichtsbuch finden. Wahrscheinlich sind es sogar eher Familiensagas als lokale Legenden.« Während er sprach, ließ er seine Blicke dramatisch zwischen Sean und Allyson hin und her wandern, während er seine Zuhörer aufmerksam musterte.

»Das meiste habe ich von meinem Vater gehört – es sind Geschichten, die ihm wiederum Freunde oder Verwandte erzählt haben. Die erste Geschichte soll sich nicht allzu weit von hier entfernt zugetragen haben, oben in den Bergen. Dort gibt es einen kleinen Fluss, der zu einem Wasserfall führt. Dieser Wasserfall ist etwa zwanzig Meter hoch. Vor etwa dreißig Jahren kletterte ein Bergsteiger die Wand hinter dem Wasserfall hoch. Ich weiß nicht, wie man das hinkriegt, ohne auf den nassen Felsen auszurutschen, aber dieser Mann hat es geschafft. Er war fast schon ganz oben, als er den Rand einer niedrigen Höhle erreichte. Er zog sich also auf den Vorsprung und kroch in die dunkle Öffnung. Dort fiel sein Blick auf etwas sehr Merkwürdiges, das in einer Ecke des schmalen Raums auf dem Boden lag. Er hatte einen kleinen Stapel Goldbarren entdeckt.«

McElroy ließ seinen Zuhörern Zeit, um das zu verdauen, was er für einen Höhepunkt hielt. »Der Kletterer hob einen der schweren Barren auf und brachte ihn näher an den Rand der Felswand, damit er besser erkennen konnte, was er gefunden hatte. Im Licht entdeckte er merkwürdige Zeichen, die in die glänzenden Goldbarren geritzt waren.«

Allyson und Sean sahen einander überrascht an. »Was für Zeichen?«, fragte sie fasziniert.

»Zeichen aus einem alten, an Hieroglyphen erinnernden Schriftsystem der Ureinwohner, das aus einer Kombination von Symbolen und Bildern bestand«, antwortete er. »Natürlich durfte der Mann das gefundene Gold nicht behalten, weil er es auf öffentlichem Grund entdeckt hatte.«

Sein Tonfall war zynisch.

Sean lachte. »Natürlich.«

»Allerdings.« Joe stimmte in das Lachen ein. »Man kann wohl behaupten, dass die Ureinwohner recht hatten, unserer Regierung nicht zu trauen.« Er trank seinen Kaffee aus und stellte den leeren Becher auf die Tischplatte. »Legende Nummer zwei umspannt etwa zweihundert Jahre und enthält viele faszinierende Andeutungen.« Er besann sich kurz.

»Gegen Ende des achtzehnten Jahrhunderts, um 1790, lebte in der Nähe von Chatsworth in Georgia ein wohlhabender Cherokee-Geschäftsmann namens James Vann. Er war eine einflussreiche Persönlichkeit, ein Anführer der Cherokee-Nation, und betrieb eine der einträglichsten Plantagen im ganzen Bundesstaat. Im Jahr 1804 schloss er den Bau eines eleganten Backsteinhauses auf seinem großen Anwesen ab. Bis heute ist es die am besten erhaltene historische Stätte in Georgia.«

Joe stand auf und ging zum Kamin. Das Feuer, das zuvor noch kräftig gelodert hatte, war heruntergebrannt und knisterte nur noch. Er nahm ein neues Holzscheit vom Stapel neben der Feuerstelle und legte es in die Glut, bevor er die Holzkohle mit einem eisernen Schürhaken bearbeitete. Die beiden Besucher wirkten wie Kinder am Lagerfeuer, die Abenteuergeschichten lauschten. Er fuhr fort: »Für einen Cherokee führte James Vann ein Leben im Wohlstand, bis er 1809 unter mysteriösen Umständen ermordet wurde.«

»Ermordet?«, fragte Allyson.

»Ja. Ermordet. Der Mörder wurde nie gefasst, und niemand kennt das Motiv. Sicher, es gab Verdächtige. Rivalisierende Cherokee-Anführer, eifersüchtige weiße Siedler, sogar sein Sohn Joseph zählte zu den Verdächtigen.«

»Sein Sohn?«, fragte Sean.

»Genau. In der Tat profitierte sein Sohn am meisten vom Tod seines Vaters. Als James starb, erbte Joseph den ganzen Besitz. Und in den dreißig Jahren nach dem Mord wurde Joseph noch wohlhabender als sein Vater. Er besaß mehr Land und hatte mehr Reichtum angehäuft als jeder andere Stammesangehörige, vielleicht sogar der ganzen Cherokee-Nation.«

Allyson sah ihn neugierig an. »Aber was hat das mit der jetzigen Situation zu tun?«

Joe lächelte. »Dazu komme ich gleich. Im Jahr 1838 ordneten Andrew Jackson und die Bundesregierung die Umsiedlung aller Cherokee-Indianer an. Sie wurden gezwungen, nach Oklahoma zu ziehen. Die Creek waren bereits zehn Jahre zuvor in separate Reservate im Westen umgesiedelt worden.«

»Der Pfad der Tränen«, murmelte Sean leise. Es war eines der düstersten und verabscheuungswürdigsten Ereignisse in der Geschichte Amerikas.

Joe nickte. »Das gehört zum Schrecklichsten, was unsere Regierung in der Geschichte unseres Landes den Ureinwohnern angetan hat. Männer, Frauen und Kinder wurden gezwungen, kaum genügend ausgerüstet und mit wenig Nahrung versorgt, durch den strengen Winter zu marschieren.« Er blickte zu Boden, als würde ihn der Gedanke an die düstere Geschichte tief berühren. »Es war eine so seltsame Wendung der Ereignisse. In den 1830er-Jahren gab es etwa siebzehntausend Cherokee im westlichen Georgia. John Ross, der Oberhäuptling der Cherokee-Nation, kämpfte fast drei Jahrzehnte lang erbittert gegen die Umsiedlungspläne. Es gab sogar weiße Kongressabgeordnete, die die Umsiedlung zu verhindern versuchten. Am bekanntesten war der Kongressabgeordnete Davy Crockett aus Tennessee. Crockett ruinierte seine politische Karriere, als er sich auf die Seite der Cherokee stellte, und wir alle wissen, was kurz darauf mit ihm geschah.« Joe hielt in seinem Vortrag inne und ließ sich wieder auf die Couch plumpsen.

»Ich verstehe nicht, wie die Regierung der Vereinigten Staaten so etwas tun konnte«, sagte Allyson mitfühlend.

»Es war eine seltsame Aneinanderreihung von Ereignissen«, seufzte Joe. »Zehn Jahre vor der Umsiedlung der Cherokee wurden die Creek ihres Landes beraubt, als einer ihrer respektiertesten Anführer, Häuptling McIntosh, den Vertrag von Indian Springs unterzeichnete. Die US-Regierung brauchte nur diese Unterschrift, um die Creek umzusiedeln. Weniger als ein Jahr später wurde McIntosh tot aufgefunden, erstochen von einem seiner eigenen Gefolgsleute.« Er breitete die Hände aus.

»1832 gab es eine Spaltung unter den Cherokee. John Ross führte die Mehrheit an, aber es gab eine kleine Gruppe von etwa fünfhundert Stammesmitgliedern, die drei andere Anführer unterstützten: Major Ridge, seinen Sohn John und Elias Boudinot. Diese drei Männer trafen sich hinter dem Rücken von John Ross und dem Rest der Cherokee-Nation mit dem Kongress und erklärten sich per Unterschrift als Stammesvertreter mit dem Umsiedlungsgesetz einverstanden. Mehr brauchten Andrew Jackson und die Bundesbehörden nicht. Daniel Webster und

Henry Clay, zwei Senatoren und bemerkenswerte Personen der Zeitgeschichte, plädierten dafür, das Gesetz nicht zu ratifizieren. Trotzdem wurde es verabschiedet, und General John Wool erhielt den Befehl, in das Land der Cherokee vorzustoßen. Wool war jedoch ein ehrenwerter Mann und wusste, dass so eine Aktion moralisch verwerflich war. Er weigerte sich und trat von seinem Posten zurück. Sein Ersatzmann, General Winfield Scott, rückte dann mit siebentausend Soldaten an und erledigte die Aufgabe.«

Er schüttelte den Kopf. »Fast ein Drittel aller Cherokee, darunter auch die Frau von John Ross, starb auf dem Weg nach Oklahoma im bitteren Winter 1838 – 1839.« Joe lachte grimmig: »Ironischerweise wurden die drei Männer, die den Echota-Vertrag unterzeichneten, der die Umsiedlung erst ermöglichte, später auf die gleiche Weise ermordet wie McIntosh zehn Jahre zuvor von den Creek.«

Allyson sah ihn perplex an. »Warum sollten die Cherokee überhaupt umgesiedelt werden?«

Joey lehnte sich zurück, schlug die Beine übereinander und faltete die Hände. »Das ist eine ausgezeichnete Frage. Die Cherokee hatten sich im Grunde in die Gesellschaft der Vereinigten Staaten integriert. Sie lebten in Häusern, die wie die Häuser der Weißen angelegt waren, sie kleideten sich nach der europäischen Mode und hatten ein Regierungssystem, das einer Demokratie ähnelte. Die Cherokee waren ein zivilisierter Bestandteil Amerikas. Aber die weißen Siedler hatten etwas entdeckt, wonach Eroberer und Entdecker jahrhundertelang gesucht hatten.«

»Gold«, warf Sean ein.

»Du hast es erfasst. Man fand eine Goldader im heutigen Dahlonega, etwa eine Autostunde von hier entfernt.

Nach dieser Entdeckung brauchte die junge Regierung keinen weiteren Grund. Um ihr Vorgehen zu rechtfertigen, behauptete sie natürlich, die Gegend sei überbevölkert, aber in Wahrheit wurden diese unschuldigen Menschen brutal ermordet oder wie Tiere aus ihren Häusern getrieben, damit die Suche nach noch mehr Gold fortgesetzt werden konnte.«

»Und nachdem die Goldvorkommen in Dahlonega gefunden worden waren, wurde die Legende von El Dorado immer glaubwürdiger«, schlussfolgerte Sean.

»Bingo«, antwortete Joe und legte seine Arme über die Rückenlehne der Couch. »Und die Legende bekam neue Nahrung. Das müsst ihr euch noch anhören. Als mein Vater noch ein kleiner Junge war, spielte er mit ein paar Freunden in den Wäldern, die sich circa fünfundvierzig Fahrminuten nordöstlich von hier befinden, etwa zehn Meilen vom Haus der Vanns entfernt. Sie liefen in den Hügeln herum, als sie plötzlich auf eine Höhle stießen. Jungs sind unerschrocken, also beschlossen die drei, hineinzugehen und sich umzusehen. Was sie entdeckten, hat sie umgehauen. Die Höhle war nicht natürlich, sondern von Menschenhand in den Fels geschlagen worden. In der Mitte der riesigen Kammer stand ein großer Steintisch. Als sich die Augen der Jungen an die Dunkelheit gewöhnt hatten, konnten sie an der Wand direkt unter der Decke Inschriften im Stein erkennen, die sich über den ganzen Raum erstreckten.«

Allyson sah ihn verblüfft an. »Was waren das für Inschriften? Was bedeuteten sie?«

»Also, die Jungen liefen in die Stadt zurück und erzählten ihren Eltern, was sie gefunden hatten. Dann führten die Kinder ihre Familien zur Höhle und zeigten ihnen ihre seltsame Entdeckung. Zur näheren Untersuchung wurden ein paar sogenannte Experten hinzugezogen, darunter ein alter Cherokee, der vor Jahrzehnten in die Gegend zurückgekehrt war. Er wurde eingeladen, weil man hoffte, dass er die Schrift auf dem Stein entziffern könnte.« Er lachte leise.

»Als der alte Mann die Inschrift las, machte er große Augen und wirkte plötzlich sehr besorgt. Er drängte die Familien, schnell wegzugehen, und behauptete, dass alle in großer Gefahr seien. Nachdem sie die Höhle verlassen hatte, stand die Gruppe ratlos vor dem Eingang. Mein Großvater und mein Vater waren beide dabei. Mein Großvater fragte den alten Cherokee, was die Inschrift bedeutete und was so gefährlich sein sollte. Der Cherokee antwortete düster: ›Da steht, dass der weiße Mann niemals unser Gold nehmen wird und dass jeder, der es versucht, sterben muss.‹«

»Wie war das gemeint?«, unterbrach Sean die Erzählung. »Was sollte sie umbringen?«

»Keine Ahnung. Ich weiß nur, dass der Alte zu Tode erschrocken war. Es muss etwas ziemlich Schlimmes gewesen sein.«

»Und wie ging es dann weiter?«, wollte Allyson nun wissen.

»Alle gingen nach Hause und telefonierten herum, Allyson. Viele Einheimische wollten die Stätte ausgraben und zur Untersuchung der Höhle Archäologen heranziehen. Seltsamerweise wurde das gesamte Gebiet etwa eine Woche später von den Behörden abgesperrt. Noch seltsamer ist, dass im Jahr darauf in der Nähe ein Damm gebaut und das Gebiet geflutet wurde. Die Höhle befindet sich heute irgendwo auf dem Grund des neu entstandenen Carter-Sees.«

»Was ist aus dem Cherokee-Übersetzer geworden? Ist er länger dageblieben?«, fragte Sean.

»Er starb ein paar Monate später – angeblich an einem Herzinfarkt oder etwas Ähnlichem. Ich kann mich nicht erinnern. Es ist vielleicht ein seltsamer Zufall, aber der Bursche war alt, also musste es wohl irgendwann passieren, schätze ich.«

Stille senkte sich über den Raum, als alle die Fakten und die seltsame Kette von Ereignissen rekapitulierten. Plötzlich unterbrach das Klingeln eines Telefons in der Küche die Stille und schreckte alle drei auf. »Ich sollte rangehen. Wahrscheinlich ist es Evelyn. Sie ist heute Abend zu ihrer Mutter gefahren. Ich bin gleich wieder da. Braucht ihr noch etwas?«

»Nein, alles in Ordnung, Mac«, antwortete Sean für beide, als sein Freund aufsprang und in Richtung Küche ging.

Sie konnten hören, wie er im Nebenzimmer ans Telefon ging. »Hallo, Darling.« Dann begann er ein Gespräch darüber, dass sie die Nacht bei ihrer Mutter verbringen wollte.

Sean drehte sich zu Allyson um, während er sich noch tiefer in die weichen Sofapolster sinken ließ. »Was halten Sie davon?«

»Die ganze Geschichte ist faszinierend. Es gibt eine Menge zu verdauen.« Sie blickte nachdenklich in ihre leere Tasse.

Er konnte nicht anders, als sie einen Moment lang zu betrachten. Als sie den Kopf hob, fühlte er sich ertappt und wandte den Blick ab.

Er knüpfte an ihr Gespräch an. »Ja, ich hoffe nur, dass Joe uns helfen kann, Tommy zu finden.«

»Was hast du über mich gesagt? Habe ich da gerade meinen Namen gehört?« Ihr Gastgeber kehrte mit einem Lächeln im Gesicht ins Wohnzimmer zurück. Sean war froh, dass sein Freund zurückgekommen war, bevor die Situation zwischen ihm und Allyson noch peinlicher wurde.

Die Journalistin lächelte. »Sean sagte gerade, wenn uns jemand bei der Suche nach Tommy helfen könnte, dann Sie.«

Joes Miene wurde ernst. »Wir werden ihn finden, Leute, und herausbekommen, wer hinter alldem steckt.« Er nickte seinem Freund zuversichtlich zu. Wieder senkte sich eine nachdenkliche Stille über den Raum, bevor Allyson von Neuem das Wort ergriff. »Wie ging es mit Joseph Vann und seiner Familie weiter, als die Cherokee nach Oklahoma umgesiedelt wurden?«

»Schön, dass Sie sich daran erinnern.« Joe ließ sich auf seinen Platz auf der Couch zurückfallen. »Vann und seine Familie sind nach Oklahoma gezogen und haben da weitergemacht, wo sie aufgehört haben. Natürlich hatten sie ihr Land in Georgia verloren. Es muss jedoch angemerkt werden, dass die erzwungene Zwangsumsiedlung den Vanns nicht annähernd so sehr geschadet hat wie dem Rest der Cherokee-Bevölkerung. Die Familie hatte in Oklahoma fast so viel Erfolg wie in Georgia.«

»Wie ist das möglich? War Joseph einfach nur ein besserer Geschäftsmann als seine Stammesgenossen?«, erkundigte sich Sean neugierig.

»Das könnte sein. Genaues weiß man nicht, aber die Geschichte der Vanns hat ein interessantes Ende. Hundertzwanzig Jahre später, im Jahr 1958, wurde das Haus der Vanns in eine offizielle historische Stätte umgewandelt. Etwa ein Jahr später betraten eines Tages vier dunkelhäutige Männer das alte Herrenhaus. Der Kurator des Parks bot ihnen eine Führung an, aber sie blieben stumm, gingen einfach an ihm vorbei und direkt zum Kamin. Der Park Ranger beobachtete, wie die Männer sich hinknieten und ein paar Ziegelsteine von der Rückseite des Kamins entfernten. Wie gebannt sah er zu, als die Fremden in das Loch griffen und Goldbarren aus einem Geheimfach dahinter holten.«

»Solche Goldbarren wie die am Wasserfall?« Allyson konnte ihre Neugierde kaum zügeln.

»Genau die gleichen und auch mit ähnlichen Gravuren. Vermutlich sahen die Symbole, die der Ranger sah, als die Männer hinausgingen, so wie die Symbole aus, die in der Höhle hinter dem Wasserfall entdeckt wurden.«

Sean hatte eine Zwischenfrage: »Du glaubst also, dass die Vanns bei ihrem Aufbruch etwas von dem Gold bei sich hatten?«

»Es wäre durchaus denkbar, denn wie hätten sie sonst den Lebensstandard aufrechterhalten können, den sie gewohnt waren?«

Allyson blieb skeptisch. »Wenn die Vanns tatsächlich einen Haufen Cherokee-Gold hatten, wie haben sie es dann nach Oklahoma transportiert, ohne dass es von der Armee beschlagnahmt wurde?«

»Sie sind wirklich eine großartige Journalistin, Miss Webster, denn Sie stellen genau die richtigen Fragen.« Joe zwinkerte ihr zu, woraufhin sie errötete.

»Ja, ein größerer Goldtransport wäre schwierig gewesen und zwar nicht nur, weil die Armee nichts davon mitbekommen durfte, sondern auch aus logistischen Gründen. Sie hatten nur wenige Planwagen und standen mit Sicherheit unter ständiger Bewachung durch die Soldaten, die sie nach Westen eskortierten.«

»Aber wie haben sie es dann angestellt?« Sie hatte sich aufgerichtet und war bis an die Kante des Sofas vorgerückt.

»Ich glaube, dass das meiste Gold hier in Georgia blieb und an einem geheimen Ort versteckt war. Nur ein paar Auserwählte konnten alle Hinweise deuten, die zu den größeren Lagerstätten führten. Trotzdem müssen die Cherokee einen ansehnlichen Teil des Schatzes mitgenommen haben, als sie nach Westen zogen.«

»Okay.« Sie wurde ungeduldig, also wiederholte sie ihre Frage. »Wie haben sie so viel Gold transportiert, ohne erwischt zu werden?«

McElroy sammelte die leeren Kaffeetassen ein und machte sich mit ihnen auf den Weg in die Küche. »Verratet mir doch erst mal, ihr beiden. Was wisst ihr eigentlich über die Mormonen?«

Kapitel 24

Blue Ridge Mountains

Tommy saß trotzig mit verschränkten Armen am Frühstückstisch. Seine beiden Aufpasser flankierten ihn nervös und verunsichert. Seit der Hüne Ulrich angerufen und ihn gebeten hatte, sofort zur Villa zurückzukehren, waren etwa dreißig Minuten vergangen. Nachdem er wieder ins Haus gezerrt worden war, hatte Tommy nur eine Website über untergegangene Zivilisationen aufgerufen und von da an keinen Finger mehr gerührt. Er blieb stur sitzen, bis sie ihren Chef angerufen hatten.

»Sie sollten lieber nicht versuchen, mit uns zu spielen«, drohte der kleinere Aufpasser in seinem kaum verständlichen Akzent.

Tommy antwortete mit einem sarkastischen Grinsen, das den Mann noch mehr provozierte.

Plötzlich ertönte Hundegebell aus einem anderen Teil des Gebäudes. Wenige Augenblicke später stürmte der große blonde Mann durch die Tür. Er war in einen teuren Anzug gekleidet und sah aus, als wäre er gerade den Seiten eines Modemagazins entstiegen.

»Meine Güte, Mann!« Tommy lachte. »Kommen Sie gerade von einer Hochzeit oder so? Ist es nicht etwas spät für so ein elegantes Outfit?«

Ulrich ignorierte die Frage und ging zielstrebig zum Tisch. Er blieb ein paar Meter entfernt stehen, zog eine schwarze Pistole aus der Tasche und richtete sie auf den unverschämten Gefangenen. »Warum arbeiten Sie nicht?«

Dass eine Waffe auf ihn zielte, schien Tommy von Mal zu Mal weniger zu beunruhigen. Offenbar gewöhnte er sich allmählich daran. »Stecken Sie die Knarre wieder ein, Mann. Das fehlte gerade noch, dass Sie aus Versehen den Mann umlegen, der gerade herausgefunden hat, wo der nächste Hinweis ist.« Er blieb gelassen, als Ulrich ihn aus eisblauen Augen fixierte, um herauszufinden, ob er die Wahrheit sagte.

Ulrich ließ die Waffe nicht sinken. »Wenn Sie mich an-lügen, weil Sie darauf bauen, dass Ihnen jemand zu Hilfe kommt, muss ich Sie enttäuschen.«

Unbeirrt drehte Tommy den Laptop so, dass der Mann mit der Waffe das Display sehen konnte.

»Track Rock in der Nähe von Brasstown Bald«, sagte er triumphierend.

Ulrich ließ die Waffe ein wenig sinken, während er auf den Computerbildschirm starrte, wo Fotos von großen Felsblöcken mit merkwürdigen eingeritzten Symbolen und Zeichen zu sehen waren. Die riesigen Steine waren von groben Stahlgittern umgeben. »Was ist das?«, fragte Ulrich mit finsterer Miene. Aber seine Stimme klang etwas weni-ger bedrohlich.

»Was Sie da sehen, ist ein Ort namens Track Rock«, er-klärte Tommy und fügte hinzu: »Das ist die einzige Stelle, die infrage kommt.«

»Sind Sie sicher?« Die Waffe senkte sich noch ein wenig mehr, obwohl der Gangster nach wie vor wachsam blieb.

»Und ob ich mir sicher bin, Mann.«

»Was macht Sie so sicher, dass es der richtige Ort ist?«

»Okay, ich erkläre es Ihnen«, sagte Tommy. Er klang

erschöpft. »Erstens habe ich die ganze Nacht mit den Kosmonauten-Zwillingen hier herumgehockt und jeden verdammten Ort der Welt abgegrast.« Die beiden Russen sahen sich an und zuckten ratlos mit den Schultern. »Und zweitens müssen Sie das Umfeld des Rätsels miteinbeziehen.«

»Und das wäre?« Ulrich trat um die Tischkante und beugte sich näher an den Monitor. Die Waffe hing jetzt wenig bedrohlich an seiner Seite herab.

Tommy war zwar etwas irritiert, weil ihm dieser Mann so auf die Pelle rückte, aber er sprach trotzdem weiter: »Das Rätsel behauptet doch, dass die Steine den Weg des Suchenden und den der Streitwagen des Himmels markieren, richtig?«

Er erhielt nur ein kurzes Nicken zur Antwort.

»Richtig … Also, wir sind kurz nach draußen gegangen …«

Ulrichs Kopf ruckte zu den Wachen herum, und seine Augen blitzten vor Wut. Die beiden Untergebenen versuchten erst gar nicht, sich zu entschuldigen. Sie standen nur da und bemühten sich, wie Profis zu wirken.

»Immer mit der Ruhe«, verteidigte Tommy sie. »Ich wurde müde und konnte die Augen nicht mehr offen halten. Ich habe sie nur gebeten, kurz mit mir an die frische Luft zu gehen. Die beiden waren die ganze Zeit bei mir.«

Seine Erklärung schien Gnade zu finden, und Ulrichs Aufmerksamkeit richtete sich wieder auf das eigentliche Thema. Tommy machte weiter. »Wir waren also draußen, und ich habe eine Sternschnuppe gesehen. Da bin ich auf die Antwort gekommen.«

»Eine Sternschnuppe?« Ulrich klang verwirrt.

»Ja, eine Sternschnuppe. Sie wissen doch, was das ist –

ein Meteorit? Wenn er in der Erdatmosphäre verglüht, bildet sich ein Lichtstreifen.«

Ein weiteres Nicken zeigte Tommy, dass der Mann begriffen hatte, wovon er sprach. »Wie dem auch sei ... jedenfalls wurde mir klar, was die Streitwagen des Himmels zu bedeuten hatten. Die wahre Bedeutung dieses Ausdrucks findet sich in unterschiedlichsten heidnischen Mythologien. Streitwagen galten nicht nur als mächtige Waffen, sondern auch als Prunkwagen für Auserwählte. Könige und Generäle verwendeten sie nicht nur als Fortbewegungsmittel, sondern auch als sichtbaren Ausdruck ihrer Überlegenheit. In vielen alten Kulturen galt es als besondere Ehre, zum Streitwagenkorps einer königlichen Armee zu gehören. So war es nur natürlich, dass die Priesterschaft jener Epochen ihre Götter mit denselben Symbolen der Macht ausstatten wollte, wie sie hochrangigen Menschen zukamen. Denken Sie an Kinder, die im alten Ägypten aufwachsen und eine Sternschnuppe durch den Himmel blitzen sehen. Wahrscheinlich wurde den Kindern erzählt, dass es einer ihrer Götter auf seinem Streitwagen sei, der einem Menschen auf der Erde zu Hilfe kam. Das war eine bessere Geschichte als die vom Weihnachtsmann.«

»Interessant, Mr. Schultz. Aber was hat das alles mit dem Ort zu tun, den Sie mir auf dem Computer zeigen?«

»Es hat eine ganze Menge damit zu tun.« Er deutete auf den Bildschirm. »Brasstown ist der einzige Ort auf dem Kontinent, an dem es auch nur annähernd etwas gibt, das der Beschreibung aus dem Rätsel entspricht.«

»Inwiefern?«

»In diesem Teil der Welt gibt es nirgendwo sonst große Steine, auf denen nach Ansicht vieler Historiker ein bedeutendes Himmelsereignis aufgezeichnet worden ist.« Er hob die Hände.

Dann deutete er mit einer Hand auf den Computerbildschirm, um das Bild zu beschreiben, das der Mann darauf sah. »Diese Symbole hier sind Sternbilder. Aber alles andere, was hier auf den Felsen zu sehen ist, stellt eine Anomalie dar. Die einzige Erklärung dafür wäre so etwas wie ein Meteoritenschauer. Es scheint, als hätten die frühen Siedler in diesem Land das Bedürfnis verspürt, dieses Ereignis zu dokumentieren.«

»Wo befindet sich dieser Ort, Brasstown?«

»Brasstown ist weiter oben in den Blue Ridge Mountains, eine gute Stunde Fahrt nordöstlich von hier.«

Ulrich schien darüber nachzudenken, was Tommy vorgetragen hatte. Schultz war ein renommierter Historiker, ein Experte für antike Kulturen. Sicherlich hatte er die Antwort auf das Rätsel gefunden. Trotzdem zögerte er noch. »Was ist mit den Vögeln in dem Rätsel, mit dem Raben und der Taube? Haben Sie dafür eine Erklärung?«

Tommy überlegte kurz, ob er sich zu den Vögeln eine Geschichte ausdenken sollte, aber dann beschloss er, fürs Erste bei der Wahrheit zu bleiben. »Ehrlich gesagt, nein. Ich könnte mir höchstens vorstellen, dass der Rabe und die Taube ein eigenständiges Teil des Puzzles sind.«

»Unabhängig von dem anderen?« Es war ein gutes Zeichen, dass sein Entführer nicht allzu verärgert über das Ausbleiben einer Antwort war.

»Ja. Wissen Sie, im Laufe der Geschichte hatten die meisten Rätsel, Karten, Felszeichnungen oder was auch immer eines gemeinsam: die Dualität. Zumindest hatten alle Rätsel, die mir jemals untergekommen sind, diese Eigenschaft. Entweder hat ein Rätsel mehr als eine Bedeutung, oder es handelt sich um zwei separate Rätsel, die zu einem zusammengefasst wurden.«

»Und was sollen wir Ihrer Meinung nach jetzt tun?«

Endlich bekam Tommy ein bisschen Respekt. »Ich würde sagen, wir fahren nach Brasstown und sehen uns dort um. Vermutlich finden wir da etwas, das uns die Richtung weist.«

Ulrich saß eine Minute lang da und überlegte, was er tun sollte. »Machen Sie den Wagen klar«, sagte er schließlich zu dem kleineren Aufpasser.

Der Mann nickte und verließ schnell den Raum.

»Ich hoffe für Sie, dass Sie recht haben, Mr. Schultz.« Er hob die Waffe wieder, bis der kalte schwarze Lauf fest gegen Tommys Schläfe drückte. »Denn wenn Sie irgendeine unbedachte Nummer abziehen wollen, wissen Sie hoffentlich, was Ihnen blüht.«

Kapitel 25

Cartersville

»Mormonen?«, platzte es aus Sean heraus. »Was haben die denn mit der Sache zu tun?«

Joe sah von Sean zu der Journalistin, als Allyson Seans Gedankengang fortsetzte: »Genau. Sie meinen doch die Heiligen der Letzten Tage ... diese Mormonen?«

»Genau die.«

»In Ordnung«, schaltete sich Sean wieder ein. »Klär uns auf.«

Wieder verfiel ihr Gastgeber in die Rolle des passionierten Geschichtenerzählers. »Versteht ihr, zur gleichen Zeit, als die Cherokee nach Westen zogen, musste auch die neu gegründete und heftig angefeindete Mormonenkirche ins Exil gehen. Ihr Gründer Joseph Smith war zusammen mit seinem Bruder von einem bewaffneten Lynchmob ermordet worden. Als Brigham Young und andere Kirchenführer die Erfahrung machen mussten, dass ihre Gemeinschaft wegen ihres unkonventionellen Glaubens vielfach angefeindet wurde, kamen sie zu dem Schluss, dass es für sie und ihre Gemeinschaft das Beste wäre, nach Westen und an einen Ort zu ziehen, an dem sie ihren Glauben frei praktizieren könnten. Genau das taten sie.«

»Mit Westen meinen Sie Utah?« Allyson wusste ein wenig über die Geschichte der Mormonenkirche. Eine ihrer besten Freundinnen gehörte den Heiligen der Letzten Tage an.

»Letzten Endes, ja. Genau deshalb gibt es jetzt in Utah so viele aktive Mitglieder wie nirgendwo sonst auf der Welt. Dort befinden sich ihr Hauptquartier und auch ihr großer Tempel.« Joe kam jetzt so richtig in Fahrt. »Zu Beginn ihrer Wanderung lebten sie jedoch zeitweise im Mittleren Westen und ließen sich vorübergehend auch in Missouri und Oklahoma nieder.«

Sean musste unterbrechen. »Moment mal … Oklahoma?« Er hielt eine Sekunde inne und überlegte. »Willst du damit sagen, dass die Mormonen den Cherokee geholfen haben, ihr Gold nach Westen zu bringen?«

»Genau das meine ich. Man muss sich nur die Geschichte beider Gemeinschaften ansehen, um zu verstehen, dass das nicht nur plausibel, sondern verdammt wahrscheinlich ist!«

»Wirklich? Glaubst du wirklich, die Mormonen wären das Risiko eingegangen, den Ureinwohnern beim Transport all ihres Goldes zu helfen?« Sean konnte dieser neuen Theorie nichts abgewinnen. »Was hätte sie davon abhalten sollen, es den Behörden zu übergeben oder einfach für sich zu behalten?«

»Sieh dir die Fakten an, mein Freund. Zum einen haben die Ureinwohner nicht alles auf einmal genommen oder an einen einzigen Ort gebracht. Mit Sicherheit wissen wir nur, dass es unauffindbar blieb, seit die Cherokee aus der Region vertrieben wurden. Tatsache Nummer zwei: Wenn das Gold tatsächlich hier war, und davon gehen wir aus, hätten die Indianer es unmöglich ohne fremde Hilfe abtransportieren können. Wer wäre dafür besser geeignet gewesen als eine christliche Glaubensgemeinschaft, die selbst nichts zu verlieren hatte?« Er sah Sean abwartend an.

»Die Mormonen konnten im Großen und Ganzen

kommen und gehen, wie es ihnen gefiel«, fuhr er dann fort, »und sich um die Cherokee kümmern, ihnen mit ihren Heilkünsten helfen oder ihnen sonst beistehen. Die Soldaten, die die Ureinwohner eskortierten, wären nie auf die Idee gekommen, dass die *unschuldigen* Kirchenmitglieder den Ureinwohnern helfen würden, ihr Gold aus dem Süden zu schmuggeln. Es war die perfekte Tarnung …«

»Aber«, unterbrach Allyson ihn, »woher wussten die Cherokee, dass sie den Mormonen vertrauen konnten? Ich meine, woher hätten sie wissen sollen, dass ausgerechnet *diese* Christen, die ihnen helfen, nicht einfach das Gold nehmen und sich aus dem Staub machen würden?«

»Wieder eine ausgezeichnete Frage, Allyson.« Er hob anerkennend den Finger. »Zunächst einmal war John Ross, der Führer der Cherokee-Nation, mit mehreren Mormonen persönlich befreundet. Er hatte deren religiöse Lehre sogar kurz studiert, als er in Washington, D.C., war. Einige Kongressabgeordnete hatten davon gesprochen, dass die Mormonengemeinschaft die wahre christliche Moral des Landes gefährde. Ross wusste also ein wenig über ihr Glaubenssystem.«

Joe öffnete eine Wasserflasche, die er aus der Küche mitgebracht hatte, setzte sie an den Mund und trank einen Schluck. Nachdem er den Deckel wieder aufgeschraubt hatte, fuhr er fort: »Eine der interessantesten Ideen, die die Kirche der Heiligen der Letzten Tage in die Welt gesetzt hat, ist die, dass die amerikanischen Ureinwohner der verlorene Stamm Israels wären und immer noch seien.«

Sean und Allyson sahen einander an und richteten ihre Blicke dann wieder auf McElroy. Jetzt ergriff Sean das Wort. »Der verlorene Stamm Israels?«

»Ja. Sie glaubten, dass die Cherokee einem verschollenen

Stamm von Israeliten angehörten, verschollenen Juden, wenn man so will. John Ross wusste von diesem Glauben. Er wusste auch von den Schwierigkeiten, die diese Gruppe radikaler Christen hatte. In einem letzten, verzweifelten Versuch, das alte Stammesvermögen zu retten, setzte er sich mit einigen Führern der Mormonenkirche in Verbindung und schlug ihnen einen Handel vor.«

»Was für einen Handel?«, wollte Allyson wissen.

Sean nickte: »Ja, die Cherokee waren doch wohl kaum noch in der Position, mit irgendjemandem einen Deal abzuschließen – egal ob Christ oder nicht.«

»Stimmt, aber man sollte die religiösen Werte der Eiferer nicht unterschätzen. Die Mormonen schätzten die Ureinwohner sehr. Sie behandelten sie geradezu wie lebende Heilige.« Er stand auf, ging zum Kamin und schürte die Flammen mit dem schmiedeeisernen schwarzen Schürhaken. »Und vergessen wir nicht«, redete er dann weiter, »dass die Cherokee etwas besaßen, wonach sich jede Kirche der Welt verzehrt: Geld.«

»Du behauptest also, dass die Mormonen dabei geholfen haben, direkt vor der Nase der Bundesregierung Millionenwerte in Form von Gold zu verbergen?« Sean war immer noch skeptisch.

»Ganz genau. Aber da ist noch etwas, das ihr über die Beziehung zwischen der Mormonenkirche und den amerikanischen Ureinwohnern wissen solltet.«

»Und das wäre?«

»Beide brauchten einander. Die Ureinwohner wurden wie Tiere behandelt, und die Mormonen waren Ausgestoßene. Ohne die Mormonen hätten noch weniger Cherokee die Reise nach Westen überlebt, und sie wären auch nicht in der Lage gewesen, ihren Schatz zu bergen. Die Mormonen wären ihrerseits auf ihrem weiteren Weg nach Westen von den anderen Stämmen aufgerieben worden, wenn sie nicht etwas besessen hätten, das ihnen eine sichere Passage ermöglichte.«

»Was meinen Sie mit diesem letzten Satz?« Allyson war verblüfft. »Was besaßen die Mormonen, womit sie sich vor anderen Stämmen schützen konnten?«

Joe ließ sich nicht beirren. »Betrachtet nur die Aufzeichnungen all der weißen Siedler, die nach Westen zogen. Es gibt buchstäblich Hunderte von Berichten über Indianerangriffe auf die Planwagentrecks. Das gehört zum Allgemeinwissen. Aber es gibt keinen einzigen dokumentierten Angriff eines Stammes auf einen mormonischen Siedler oder eine Gruppe von Mormonen. Was glaubt ihr wohl, warum das so ist?«

Wieder sahen Allyson und Sean einander fragend an.

Joe beantwortete die Frage selbst. »Erinnert ihr euch an die Geschichten über die Goldbarren, die hier in der Gegend kursieren? Ich hatte sie euch erzählt. Auf jedem Barren war doch ein Symbol, wisst ihr noch?«

Sie nickten beide.

»John Ross versprach den Anführern der Mormonen eine sichere Passage, wenn sie dieses Symbol auf ihren Wagentrecks mitführten und es allen Stammesvölkern zeigten, denen sie begegnen.«

»Es gab also ein universelles Symbol, das jeder Stamm im Lande kannte und respektierte?« Sean war immer noch nicht überzeugt.

»Wirf einen Blick in die Geschichtsbücher, mein Junge. So etwas kann ich mir nicht ausdenken. Es gab keinen einzigen dokumentierten Indianerangriff auf mormonische Siedler, niemals. Das ist doch merkwürdig, oder?«

»Das Gold, das die Mormonen schmuggelten, bewahrte sie also davor, von Indianerstämmen angegriffen zu werden?« Sean verstand immer noch nicht, wie das hatte funktionieren können.

»Das Gold war gar nicht so wichtig. Aber jeder Stamm respektierte das Symbol, das auf dem Gold eingraviert war.«

»Und welches Symbol soll das bitte gewesen sein?«

Joe lächelte, als er antwortete: »Dasselbe, das auf dieser Steinscheibe abgebildet ist.«

Kapitel 26

Atlanta

Der Klingelton am anderen Ende der Leitung ertönte noch einmal, dann schaltete sich der Anrufbeantworter ein. Trent hatte schon dreimal vergeblich versucht, Sean Wyatt auf dem Handy anzurufen. Entweder ignorierte Sean seine Anrufe, oder er befand sich an einem Ort mit schlechtem Empfang. Letzteres bezweifelte er allerdings.

Müde und frustriert hatte Trent den Tatort des Doppelmordes verlassen und gehofft, wenigstens mit Wyatt sprechen zu können. Der Piepton des Anrufbeantworters folgte der kurzen Ansage.

»Hallo, Mr. Wyatt. Hier ist Trent Morris von der Polizei in Atlanta. Rufen Sie mich bitte zurück, sobald Sie diese Nachricht abgehört haben. Ich habe noch ein paar Fragen an Sie. Ich wüsste Ihre Hilfe sehr zu schätzen. Danke.«

Er klappte sein Handy zu und warf es auf den leeren Beifahrersitz. Als auf der Interstate rechts vor ihm seine Ausfahrt näher kam, wechselte er von der mittleren auf die rechte Fahrspur. Die Müdigkeit machte ihm zu schaffen, und seine Augenlider wurden von Sekunde zu Sekunde schwerer.

Zum Glück gab es um diese Zeit nur wenig Verkehr. Er nahm die Ausfahrt, die ihn nach Hause führte.

Als er an der Ampel abbog, kam ihm ein Gedanke. Er

griff wieder zum Telefon und drückte die Kurzwahl. Sekunden später meldete sich jemand: »Mordkommission.«

Er erkannte die Stimme am anderen Ende der Leitung. »Lynch, hier spricht Trent Morris. Sie müssen mir einen Gefallen tun. Sind Sie beschäftigt?« Er stellte sich vor, wie der junge Detective allein an seinem Schreibtisch saß, während der Rest der Abteilung längst in den Feierabend verschwunden war.

»Nein, Trent. Sie wissen doch, wie das läuft. Ich sitze hier eigentlich nur rum und spiele Solitaire. Was gibt's?«

»Ich unterbreche Sie nur ungern«, erwiderte er lachend, denn er erinnerte sich, dass er vor zehn Jahren das Gleiche getan hatte. »Ich möchte, dass Sie sich für mich etwas ansehen.«

»Schießen Sie los.«

»Finden Sie heraus, welche Bekannten Sean Wyatt außer Thomas Schultz noch hat. Ich versuche herauszukriegen, wo dieser Typ heute hingefahren sein könnte.«

»Sie wollen, dass ich nach Leuten suche, die er kennt, vorzugsweise hier im näheren Umkreis?« Der junge Polizist war schnell von Begriff. Trent gefiel das.

»Ja. Und sehen Sie nach, ob Sie Informationen über abgehende Flüge von Hartsfield International bekommen können.« Er fügte hinzu: »Ich weiß, dass die IAA ein eigenes Flugzeug besitzt, aber es könnte sein, dass sie einen kommerziellen Flug gebucht haben. Das ist zwar unwahrscheinlich, aber überprüfen Sie es trotzdem.«

Am anderen Ende der Leitung herrschte für einen Moment Stille, da Lynch damit beschäftigt war, alles zu notieren, was sein Boss wissen wollte. »In Ordnung, Sir. Gibt es sonst noch etwas?«

»Ich glaube, das reicht fürs Erste.« Dann fiel ihm noch

etwas ein. »Ach, Lynch, überprüfen Sie, ob seine Fahrzeuge mit einem GPS-Sender ausgestattet sind. Vielleicht haben wir Glück und können ihn auf diese Weise lokalisieren.«

»Okay. Sonst noch was? Pommes? Milkshake?«

Trent rang sich ein weiteres Lachen ab. »Nein. Das wäre dann alles.«

»Sir, wenn ich fragen darf, warum interessieren Sie sich so sehr für den Aufenthaltsort von Sean Wyatt? Glauben Sie, er könnte etwas mit der Schultz-Entführung zu tun haben?«

Er fand, dass er den jüngeren Officer ruhig ein bisschen einweihen sollte, also antwortete er: »Das könnte sein. Besorgen Sie mir einfach so schnell wie möglich die Informationen. Haben Sie meine Handynummer?«

»Ja, Sir. Direkt vor der Nase.«

»Gut. Rufen Sie mich an, wenn Sie etwas haben.«

»Okay.«

»Ach, und Lynch …?«

»Ja?«

»Erzählen Sie niemandem davon. Ich bin mir nicht sicher, was hier vor sich geht, aber ich möchte nicht, dass zu viele Leute wissen, wo wir herumschnüffeln.«

»Zehn vier.« Lynch benutzte das Kürzel für »Verstanden«, vermutlich, um dem Gespräch etwas Dramatik zu verleihen.

Trent legte auf, als er den Wagen in seine Einfahrt lenkte. Ein paar Augenblicke später stolperte er durch die Tür wie ein Betrunkener nach einem Saufgelage. Er legte seine Schlüssel wie jedes Mal auf den Küchentisch. »Was für ein Tag«, seufzte er und machte sich auf den Weg ins Schlafzimmer, ohne auch nur ein Licht einzuschalten. Dort ließ er sich auf sein Bett fallen und versank in der weichen Matratze.

Kapitel 27

Cartersville

Allyson hatte skeptisch die Augen zusammengekniffen.

»Es gibt noch etwas, das ihr über die Beziehung der Mormonen zu den Cherokee und den anderen Stämmen bedenken solltet«, fuhr Joe unbeirrt fort. »Ich erwähnte doch, dass sie die amerikanischen Ureinwohner für den verlorenen Stamm Israels hielten.«

»Was hat es mit diesem verlorenen Stamm auf sich?« Davon hatte Allyson anscheinend noch nie etwas gehört.

Sean wandte sich ihr zu und erklärte es. »Die *Kirche Jesu Christi der Heiligen der Letzten Tage* glaubt, dass die Ureinwohner Amerikas eigentlich ein verlorener Stamm Israels aus biblischer Zeit waren. Obwohl es in der Bibel nur ein paar vage Hinweise auf diesen Stamm gibt, glaubten die Gründerväter der Kirche fest daran.«

Joe nickte zustimmend. »Joseph Smith, der Gründer der Mormonenlehre, behauptete, dass eines Tages im Wald ein Engel zu ihm kam und ihm auftrug, ein Loch zu graben. Der Engel versprach ihm eine erstaunliche Entdeckung, wenn er tat, wie ihm geheißen. Smith berichtete, dass er schließlich einige goldene Platten mit seltsamen Inschriften fand. Auf diesen Platten befanden sich angeblich die verlorenen Schriften über das Wirken Christi in Amerika.«

»Und wo sind diese goldenen Platten geblieben?«, wollte Allyson wissen.

»Das weiß niemand«, antwortete Joe. »Tatsächlich behauptete Smith, dass nur er allein sie sehen durfte. Viele Leute trauten seiner Behauptung nicht. Andere glaubten ihm nicht, weil ihnen moralisch anrüchige Dinge über ihn zu Ohren gekommen waren. Aber es gab auch viele, die ihm glaubten und seine neuen Ideen unterstützten. So ist in groben Zügen die Kirche der Heiligen der Letzten Tage entstanden.«

Jetzt wurde das Bild ein wenig klarer. Doch weder Sean noch Allyson waren wirklich überzeugt.

Joe merkte, dass sie unschlüssig waren, also lieferte er sein Hauptargument. »Ob die Mormonen das Richtige glauben oder nicht, ist für uns unerheblich, wisst ihr? Es zählt nur, dass sie die amerikanischen Ureinwohner im Grunde fast so verehrten, als wären sie Götter unter den Menschen. Einige Kirchenmitglieder glaubten sogar, dass die Ureinwohner eigentlich Engel seien.«

Sean wiederholte es, um sicherzugehen, dass er es verstanden hatte. »Wenn die Anhänger der Kirche den Ureinwohnern oder mutmaßlichen Engeln halfen, war ihnen der Lohn Gottes gewiss?«

»Korrekt.« Joe lächelte, als er ihren Mienen ansah, dass sie es begriffen hatten.

»Nun, das letzte Puzzleteil ist auch das erste Teil«, fuhr er fort. »Ihr seht, alles führt uns wieder zu den vier Goldenen Kammern. Tausende haben ihre ganze Kraft aufgeboten und sind dabei umgekommen, sie haben gesucht und Opfer gebracht, um die verlorenen Kammern von Akhanan zu finden. Ich würde sagen, dass ihr zwei wahrscheinlich näher dran seid als irgendjemand seit zweitausend Jahren. Doch bevor ihr den letzten Schritt tun könnt, müsst ihr erfahren, warum es die Kammern überhaupt gibt.«

»Hattest du nicht gesagt, sie seien von den ursprünglich hier lebenden Ureinwohnern für Zeremonien genutzt worden?«, fragte Sean.

»Nein.« Joe grinste übers ganze wettergegerbte Gesicht. »Ich habe nur gesagt, dass die anderen es glauben. Der Grund, warum sie wirklich existieren, liegt sehr viel tiefer.«

Er drehte sich um und wandte sich dem Computer zu. »Was glaubt ihr, wie die Ureinwohner Amerikas diesen Kontinent erreicht haben?«

Die Gäste warteten ab, weil sie nicht wussten, ob die Frage rhetorisch gemeint war. Sean versuchte sich schließlich an einer Antwort. »Nach den gängigen Theorien der Geschichtswissenschaft über die Ankunft der amerikanischen Ureinwohner sind sie hoch oben in der Beringsee über eine Eisbrücke gekommen.« Er sah keine Veranlassung, weitere Fragen zu stellen, denn er hatte das Gefühl, dass die Antworten ohnehin nicht lange auf sich warten lassen würden.

»Richtig«, bestätigte Joe mit einem verschmitzten Gesichtsausdruck.

»Aber Tommy hat das nie geglaubt«, fuhr Sean fort. »Als wir uns vor einigen Jahren darüber unterhielten, musste ich ihm auch recht geben. Diese Geschichte ergibt nicht viel Sinn.«

»Und warum?«

Allyson beugte sich vor, um besser hören zu können.

»Nun, es wären selbst in einer Eiszeit extrem niedrige Temperaturen nötig gewesen, um solche Mengen von Meerwasser gefrieren zu lassen, dass die beiden Landmassen miteinander verbunden gewesen sein könnten.«

»Gutes Argument.« Joe trank einen Schluck von seiner frischen Tasse Kaffee. »Und es ist kaum anzunehmen, dass

Sibirien damals besiedelt war oder dass die Menschen in dieser Region eiszeitliche Temperaturen überlebt hätten. Außerdem wäre die Überquerung einer Eisbrücke auch mit vielen Gefahren verbunden gewesen. Es ist sehr viel wahrscheinlicher, dass die Ureinwohner, die sich in diesem Teil der Welt niederließen, auf einem anderen Weg dorthin gelangt sind als über eine Eisbrücke.«

An diesem Punkt konnte Allyson nicht mehr an sich halten und schaltete sich ein. »Was genau wollen Sie damit sagen? Wenn die Ureinwohner nicht auf diese Weise hierhergekommen sind, wie haben sie es dann fertiggebracht?«

»Sean, willst du das übernehmen, oder soll ich?« Joes Stimme war im Verlauf des Gesprächs immer lebhafter geworden.

»Du bist der Experte.« Wyatt forderte seinen Freund mit einer Handbewegung auf, weiterzumachen.

»Zuerst müssen wir uns fragen, was eine Gruppe von Menschen überhaupt dazu motivieren konnte, aus einem weit entfernten Land hierherzukommen.« Er wartete eine Sekunde, bevor er fortfuhr: »Im Laufe der Geschichte hat es viele Gründe gegeben, warum Menschen ihre Heimat verließen. Einer der Hauptgründe ist politische Verfolgung. Schließlich sind die Vereinigten Staaten entstanden, weil die Kolonisten aus Europa Religionsfreiheit wollten. Deswegen haben sie ihre Schiffe beladen und sind nach Westen gesegelt.«

»Wollen Sie damit sagen, dass schon die Ureinwohner herkamen, um religiöser Unterdrückung zu entkommen?«, unterbrach Allyson ihn ungläubig.

»Ganz und gar nicht«, erklärte Joe schnell, bevor er zu seinem nächsten Punkt überging. »Ein anderer Grund, weshalb Menschen ihr Heimatland verließen, war historisch betrachtet oft die Absicht, ihre Reiche zu vergrößern. Die Vergrößerung des Reiches war eine Notwendigkeit. Dieser angeblich göttlichen Bestimmung zu folgen, war im Grunde seit Anbeginn der Zeit das Ziel jeder großen Nation.«

»Waren die amerikanischen Ureinwohner also Siedler eines transatlantischen Reiches?«, fragte sie weiter.

»Sie haben es erfasst. Und es wird euch umhauen, wenn ihr erfahrt, aus welchem Reich sie kamen.« Joe blickte zu Sean und dann wieder zu Allyson. »Und das Verrückte ist, dass der wichtigste Hinweis seit fast viertausend Jahren hier in unserem Vorgarten herumliegt.«

Er wandte sich wieder dem Computer zu und rief eine Website auf, die allem Anschein nach Informationen über die Geschichte der amerikanischen Ureinwohner enthielt. Nachdem er ein paar Begriffe eingegeben hatte, öffnete sich eine neue Seite mit der Überschrift *Fort Mountain*. »Und das hier ist richtig faszinierend. Sean, ich weiß, dass du schon davon gehört hast.«

Wyatt nickte zustimmend.

Joe zeigte zum Bildschirm, auf dem das Foto einer Felsenfestung zu sehen war. »Diese Steinmauer auf einem Bergkamm in der Nähe der Stadt Chatsworth in Georgia erstreckt sich über eine Länge von 240 Metern. Es ist keine Mauer, wie wir sie gewohnt sind. Es wurde kein Mörtel verwendet, sondern die Felsen wurden einfach aufeinandergeschichtet.«

»Welchem Zweck diente sie?«, erkundigte sich Allyson.

»Genau das ist das Besondere daran. Es ist, als hätten wir hier unser eigenes Stonehenge. Jahrzehntelang ist es niemandem gelungen, ihren Zweck zu enträtseln. Der Verteidigung diente sie jedenfalls nicht, denn sie ist einfach nur eine grade Mauer, mehr nicht.« Er deutete auf den Computerbildschirm und zeigte den beiden eine grafische Darstellung der Mauer, die sich wie eine krumme Schlange über den Bergkamm zog. »So eine Mauer baut niemand, der sich verteidigen will. Da es an den Seiten keine Klippen oder Abgründe gibt, hätte der Feind einfach um sie herumlaufen können, um auf die Rückseite zu gelangen.«

»Dann muss sie eine zeremonielle Bedeutung gehabt haben«, schlussfolgerte Sean.

»Das ist eine der Theorien. Manche Historiker glauben, dass die Mauer wie ein Tempel für einen Sonnenkult genutzt wurde. Da sie sich von Osten nach Westen erstreckt, vermuten sie, dass sie errichtet wurde, um den Lauf der Sonne zu verfolgen.« Er hob die Brauen.

»Andere stellten die Hypothese auf, dass es sich um einen heiligen Vermählungsort für frisch verheiratete Cherokee handelt. Nach dieser Hypothese verbrachten die Paare dort die erste Nacht ihrer Ehe.«

Er hielt inne, vergrößerte die Darstellung und fuhr fort: »Eine weitere Besonderheit dieser Stätte sind die zwei Dutzend Gruben, die sich an der Mauer entlangziehen. Die meisten Experten stimmen darin überein, dass sie im Laufe der Jahrhunderte durch Plünderungen oder Ausgrabungen entstanden sind.«

»Lass mich raten«, sagte Sean. »Das glaubst du aber nicht. Oder?«

Joe lächelte zu ihm hoch. »Natürlich nicht, mein Freund. Also gut, zurück zur Mauer, genau hier siehst du ihren Umriss aus der Vogelperspektive.« Sein schrundiger Finger zeichnete auf dem Bildschirm den Verlauf der Mauer nach. »Als ich das zum ersten Mal gesehen habe, ist mir ihre Form völlig entgangen. Ich habe erst gemerkt, was es ist, als ich etwas auf einer anderen Website recherchiert habe.« Er öffnete ein neues Browserfenster und tippte die Webadresse der altägyptischen Sammlung des Britischen Museums ein.

Sean wollte gerade fragen, warum er ihnen etwas über Ägypten zeigte, als es ihn plötzlich wie ein Donnerschlag traf. Auf der Startseite des Museums war der exakte Verlauf des Nils abgebildet. Seine Augen wurden groß, als er erkannte, was sein Freund damit andeuten wollte. »Nein«, stammelte er. »Das ist nicht möglich …!« Er verstummte ungläubig.

»Es ist nicht nur möglich, es ist auch genau das, für was du es hältst.«

Allyson kannte sich mit der Geografie Ägyptens nicht aus und schien nicht zu verstehen, worauf Joe hinauswollte. Um sicherzugehen, dass beide wirklich begriffen, was sie sahen, drehte Joe die Darstellung der Mauer von Fort Mountain vertikal. Dann schob er die Grafik vom Verlauf der Mauer in einem Bildverarbeitungsprogramm halbtransparent über die Karte vom Verlauf des Nils. Beide waren fast deckungsgleich.

Plötzlich begriff sie die Bedeutung. »Aber ich verstehe das nicht. Warum sollte diese Mauer in Nord-Georgia mit dem Verlauf des Nils übereinstimmen?«

Joe sah sie aus braunen Augen geduldig an. »Weil Ägypter diese Mauer errichtet haben, Allyson.«

Kapitel 28

Nevada

Das antike schwarz-goldene Telefon klingelte laut. Der alte Mann fragte sich, wer es wagte, ihn zu dieser nächtlichen Stunde anzurufen.

Ungehalten wälzte er sich auf den Rücken und zog mühsam den Hörer von der Gabel, worauf das schrille Gebimmel verstummte. »Hallo«, antwortete er mit schläfriger Stimme.

»Sir, die Dinge entwickeln sich wie geplant.«

Sofort war seine Schläfrigkeit verflogen. »Lagebericht.«

»Wir stehen bereit, Sir.« Nach einer Pause fragte er: »Wie soll ich weitermachen?«

Nachdem er einige Augenblicke nachgedacht hatte, antwortete er: »Warten Sie bis zum Morgen. Dann beseitigen Sie das Problem. Auf Landstraßen passieren ständig Unfälle.« Der letzte Satz war eine kaum kaschierte Anweisung.

»Es gibt noch … andere Faktoren.«

Die Antwort kam prompt. »Sie sind entbehrlich.«

»Verstanden.« Die jüngere Stimme am anderen Ende klang effizient und methodisch. »Was ist mit … dem anderen Aktivposten?«

»Erst einmal nur beobachten.« Der alte Mann hatte seine Brille vom Nachttisch genommen und sie sich auf die Nase gesetzt. Er würde ohnehin in den nächsten paar

Stunden kein Auge mehr schließen können. »Sie sind dafür verantwortlich, dass alles nach Plan verläuft.«

»Ja, Sir.«

»Wenn der andere Aktivposten irgendwelche Sperenzien macht, wissen Sie, was zu tun ist.«

»Selbstverständlich, Sir.«

»Muss ich sonst noch etwas wissen?« Es wurde Zeit, dieses nächtliche Gespräch zu beenden.

»Im Moment nicht, Sir.«

»Gut.« Er legte wieder auf. Mit beiden Händen rieb er sich die Augen unter der metallumrandeten Brille. Alles verlief nach Plan ... bis jetzt. Dennoch wusste er, dass mittlerweile gefährliche Elemente im Spiel waren und dass man alles akribisch planen musste.

Er war so nahe dran. Man durfte nichts für selbstverständlich nehmen.

Kapitel 29

Cartersville

Sean schwirrte der Kopf. Was hatte er nicht alles in der letzten Stunde erfahren! Er hatte geduldig zugehört, als Joe über regionale Legenden und Details der amerikanischen Geschichte dozierte, von denen kaum jemand wusste. Aber all das verblasste im Vergleich zu diesem letzten kleinen Indiz, das ihm präsentiert worden war.

»Was bedeutet das alles, Mac?«, fragte er jetzt.

Joe hatte sich zu Sean und Allyson umgedreht. Sie standen ein paar Fuß von ihm entfernt und waren noch ganz unter dem Eindruck des gerade Gehörten. Er lächelte, aber seine Worte klangen ernst. »Kurz gesagt, die alten Ägypter waren die ersten echten Siedler der Neuen Welt. Nach meinen Berechnungen kamen sie zwischen 3000 und 2500 vor Christus.«

»Aber wie?« Sean konnte es nicht fassen. »Versteh mich nicht falsch, ich glaube nicht, dass Christoph Kolumbus der Erste war, der hierher gesegelt ist, aber ausgerechnet die Ägypter?«

»Das ist viel wahrscheinlicher, als mitten in der kältesten Periode der Erdgeschichte eine Eisbrücke zu überqueren. Meinst du nicht auch?« Er wandte sich wieder dem Computer zu und gab den Begriff »altägyptische Seefahrt« in das Suchfenster ein. Einen Moment später öffnete sich auf dem Bildschirm ein Artikel, in dem ein renommierter Ar-

chäologe die Entdeckung einer antiken ägyptischen Hoch-
seeflotte beschrieb.

»Ihr habt doch bestimmt von diesem bemerkenswerten
Fund gelesen«, fragte Joe etwas anzüglich.

Sean und Allyson schüttelten die Köpfe, sie wussten
nicht, was ihr Gastgeber meinte.

»Wirklich nicht? Es überrascht mich, wie dir das entge-
hen konnte, Sean.« Joe warf seinem Freund einen gespielt
vorwurfsvollen Blick zu. »Wie dem auch sei, diese Entdeckung hat zwei faszinierende Aspekte. Erstens: Der Fundort der Schiffe liegt mitten in der Wüste. Zuerst hat niemand verstanden, warum dort antike Boote liegen.«

»Vielleicht waren es in Wahrheit alte Grabstätten«, spekulierte Sean.

»Das könnte sein«, stimmte Joe zu. »Nur haben sie keine
Artefakte gefunden, die normalerweise als Grabbeigaben
dazugehörten. Heute weiß man, dass sich in diesem Gebiet
vor Tausenden von Jahren ein riesiger Meeresarm tief in
das Land gegraben hatte. Die zweite interessante Tatsache
war, dass die Schiffe in der Wüste nicht wie andere in
Ägypten entdeckte Boote aussahen. Bis zu ihrer Entdeckung war man allgemein davon überzeugt, dass die Alt-
ägypter nur den Nil und die Küste des Roten Meeres be-
fahren haben. Diese Schiffe waren jedoch hochseetauglich,
für weite Strecken konzipiert und aus wesentlich stabilerem
Material gebaut als die Boote aus Schilfrohr und Pech, die
im Süßwasser Verwendung fanden.«

»Davon habe ich sogar schon gehört«, meldete sich Al-
lyson zu Wort. »Aber ich arbeite ja auch für eine Zeitung.«
Sie war sich allerdings über die Schlussfolgerung nicht im
Klaren, bis Seans Freund fortfuhr.

»Sie müssen begreifen«, erklärte er, »dass dies die einzige

Theorie ist, die einen Sinn ergibt. Und hier habt ihr den Beweis direkt vor Augen.« Joe rief das Bild mit den übereinandergelegten Darstellungen der Mauer von Fort Mountain und des Nils auf. »Und falls ihr immer noch nicht überzeugt seid … erinnert ihr euch an die Gruben, von denen ich erzählt habe und die scheinbar wahllos in der Nähe der Mauer verteilt sind?«

Sean nickte, während Allyson nur zuhörte.

Joe zeigte am Computerbildschirm auf einige kleine Punkte entlang der Steinmauer. »An jeder Stelle, an der sich eine der Gruben befindet, gibt es auch auf der Karte des Nils einen Punkt. Anfangs dachte ich, dass es vielleicht nur wahllos verteilte Feuerstellen seien. Aber als ich genauer hinsah, erkannte ich, dass jeder einzelne Punkt entlang des Flusses den Standort eines altägyptischen Tempels oder einer Stadt markierte. Ziemlich cool, was?« Er drehte seine leeren Handflächen nach außen, als hätte er gerade einen Zaubertrick vollbracht.

Was ihnen hier präsentiert wurde, war wahrhaftig erstaunlich. Sean hatte jedoch noch Bedenken. »Ich sehe die Ähnlichkeit zwischen der Mauer und dem Fluss. Und ich verstehe auch, was du meinst«, antwortete er. »Aber Ägypter aus dem dritten Jahrtausend vor Christus hier in Amerika? Ich weiß nicht, Mac.«

»Okay. Vergessen wir für zwei Sekunden die Mauer, und betrachten wir die Ähnlichkeiten zwischen den Kulturen. Was viele Leute übersehen, ist, dass die Bauweise der Pyramiden der Ureinwohner Ähnlichkeiten zur Bauweise der ägyptischen Pyramiden aufweist.«

Allyson mischte sich ein: »Moment mal. Ich weiß, dass es in Mexiko und Mittel- und Südamerika Pyramiden gibt, aber so etwas haben wir hier in den Staaten nicht.«

»*En contraire.*« Joes Südstaaten-Akzent verlieh den französischen Worten ein amüsantes Timbre. »Hier in Georgia gibt es an drei verschiedenen Stellen Pyramiden.«

»Und warum habe ich dann noch nie davon gehört?« Allyson sah ihn unverhohlen skeptisch an.

»Sean, du weißt doch bestimmt, wovon ich rede«, antwortete er und richtete den Blick auf seinen Freund.

»Eigentlich …«, begann Wyatt, »hat er recht. Wahrscheinlich haben Sie wenigstens von einem der drei Standorte hier in unserem Staat gehört. Der Etowah Indian Mounds Nationalpark – in dem Joe arbeitet – liegt nur ein paar Meilen von hier entfernt. Dann gibt es noch Kolomoki unten im Südwesten Georgias und Okmulgee etwas südlich von hier in Zentral-Georgia.«

»Ich weiß von diesen Dingern in Etowah, aber sind das nicht nur große Erdhügel? Ich dachte immer, die Ureinwohner hätten dort nur ihre Toten begraben oder so etwas.« Sie war immer noch nicht überzeugt.

Joe genoss die Interaktion und war froh, eine Minute lang nur Beobachter zu sein.

»Nicht ganz«, antwortete Sean. »Archäologen wurde niemals gestattet, die Gebiete vollständig zu untersuchen, aber mithilfe von Bodenradar und anderen Methoden konnten wir belegen, dass sich unter der Erde Pyramiden aus Stein und pulverisiertem Schotter verbergen, die denen in Mittelamerika nicht unähnlich sind.« Er sah Allyson an. »Wenn man die Hügel von Weitem oder aus der Luft betrachtet, kann man die Pyramidenform deutlicher erkennen.«

Während er sprach, rief Joe eine Website mit Fotos von den Pyramiden auf. Er zeigte darauf, damit sie sich selbst ein Bild machen konnte, während sie darüber sprachen.

»Unglaublich.« Sie flüsterte unwillkürlich.

»Ja«, antwortete ihr Gastgeber. »Das kann man wohl sagen.«

Sean spielte für einen Moment den Advocatus Diaboli. »Unglaublich … abgesehen von der Tatsache, dass die Pyramiden von Gizeh und die meisten anderen in Ägypten als letzte Ruhestätten genutzt wurden. Die Pyramiden der westlichen Hemisphäre dienten hauptsächlich den Ritualen der Staatsreligion.« Er führte den Gedankengang unverblümt weiter. »Wenn sie vom selben Volk erbaut wurden, wären sie dann nicht auch für denselben Zweck genutzt worden?«

»Du hast völlig recht«, antwortete Joe. »Aber bei Ausgrabungen an vielen der neu entdeckten Pyramiden in Mittelamerika sind große Grabkammern entdeckt worden. In ihnen lagen die sterblichen Überreste mutmaßlicher Priester und Könige.«

Nach einer Minute nachdenklichen Schweigens fragte Sean: »Wie lange weißt du das alles schon?«

»Ich wusste einiges davon bereits, bevor ich angefangen habe, im Nationalpark zu arbeiten. Das war überhaupt der Grund, warum ich den Job angenommen und bei der Forstverwaltung gekündigt habe. Als ich auf die Legenden stieß und die Ähnlichkeiten erkannte, musste ich das einfach tun.«

»Sie sagten, es gebe noch andere Indizien, die dafürsprechen?«, hakte Allyson nach.

»Auf jeden Fall«, bestätigte Joe. »In den erwähnten Gebieten waren die Dörfer und Städte der Cherokee und der alten Mississippi-Kultur genauso angelegt wie die in Theben, Luxor, Hathor und so weiter. Eine weitere interessante Tatsache ist, dass die Ureinwohner Amerikas Totempfähle verwendeten, die einigen Strukturen in Ägypten sehr ähnlich sind, nur dass sie hier hauptsächlich aus Holz gefertigt wurden. Und nicht zuletzt waren die Götter, die die alten Nilbewohner verehrten, exakt den Tieren sehr ähnlich, die bei den amerikanischen Ureinwohnern in höchstem Ansehen standen.«

Sie war immer noch ein wenig verwirrt über das, was die beiden Männer sagten, aber nach allem, was sie bisher erzählt hatten, war sie überzeugt. »Und was hat das mit der Suche nach Thomas Schultz und den Goldenen Kammern zu tun?«

»Ich mag sie«, kommentierte Joe an Sean gewandt. »Sie ist direkt. Ich hasse es auch, lange um den heißen Brei herumzureden.« Er zwinkerte Sean zu und fuhr fort: »Ich vermute, der Entführer Tommys versucht, die Goldenen Kammern von Akhanan zu finden, denn das wäre der bedeutendste Schatzfund seit Tutanchamuns Grabmal. Es handelt sich um eine recht beträchtliche Menge Gold, und wie die Geschichte zeigt, sind die Menschen bereit, für Gold fast alles zu tun.« Er nickte.

»Es wird erzählt, dass Prinz Akhanan die frühen ägyptischen Entdecker entsandte, um hier ein neues Reich zu gründen. Und Gold verehrten die Ägypter als mächtig und heilig. Für sie hatte das gelbe Edelmetall eher einen spirituellen als einen materiellen Wert. Natürlich wurde diese Sichtweise im Laufe der Zeit durch Gier und den Tauschwert von Gold verzerrt. Aber ursprünglich glaubte man, Gold besäße übernatürliche Kräfte, und sah es als Geschenk der Götter an.«

Joe hielt eine Sekunde inne, um die Information sacken zu lassen, bevor er fortfuhr: »Wisst ihr, welchen Grund diese ersten Siedler gehabt haben könnten, riesige goldene Räume zu bauen?«

Seine Besucher starrten einen Moment lang gedankenverloren auf den Boden. »Mein erster Gedanke wäre«, antwortete dann Sean, »dass ein solches Bauwerk als ein Symbol der Stärke potenziellen Neuankömmlingen oder Feinden die Macht ihres Stammes vor Augen führen sollte.«

»Und …?« Joe war noch nicht zufrieden.

»Und dass sie nicht nur ein starkes Volk, sondern auch von den Göttern gesegnet waren, was die Mengen von Gold bewiesen, die sie besaßen. Dahinter stand vielleicht die Überlegung, dass kein Feind es wagen würde, eine Stadt anzugreifen, die von den Göttern beschützt wurde.«

»Sehr gut, mein Freund. Beides sind hervorragende Argumente. Aber es gibt noch zwei weitere Gründe für diese Räume. Einer der Gründe, die wir von alldem ableiten können, ist die Absicht, religiöse Kontrolle auszuüben. Die Altvorderen wussten, dass alles im Chaos versinken würde, falls es ihnen nicht gelang, die Menschenmassen in irgendeiner Form zu kontrollieren. Ein altes Sprichwort besagt: ›Wer das Gold besitzt, bestimmt die Regeln.‹ Aber hinter dem Gold steht auch noch eine andere Macht.«

Joe kehrte wieder an den Schreibtisch zurück, seine Finger flogen über die Tastatur. »Ich bin ein großer Fan des History Channels, wisst ihr. Ich kann gar nicht genug davon kriegen.« Er drehte sich kurz um und grinste Allyson an. Auf dem Bildschirm erschien die Website des History Channels. Nach der Eingabe einiger Suchbegriffe erschienen unter der Überschrift »Antike Technologie der Bundeslade« mehrere Bilder von goldenen Kisten.

Allyson legte verwundert den Kopf auf die Seite. »Das sieht ja aus wie die Bundeslade aus dem Indiana-Jones-Film! Erzählen Sie mir nicht, dass Sie danach suchen.«

Joe musste lachen. »Ganz und gar nicht, Miss Webster.

Aber ich glaube, dass die Technologie, die hinter der Lade steckt, bei unserer Suche eine Rolle spielen könnte.« Er deutete auf den Bildschirm.

»Vor ein paar Monaten habe ich im History Channel eine Sendung über die Funktionsweise der Bundeslade gesehen. Ich war fasziniert, als sie über die Konstruktion und den Zweck der Bundeslade sprachen. Viele Christen auf der ganzen Welt glauben, dass Moses sie entworfen hat. Aber wie die Sendung zeigte, vergessen diese Leute, wo Moses mindestens ein Jahrzehnt seines Lebens verbrachte, bevor er in die Wüste zog.«

»Am Hofe des Pharaos«, sagte Sean, der sich an das Alte Testament erinnerte.

»Genau«, sagte sein alter Freund und lächelte ihn an. »Im Laufe der Jahrhunderte wurden in ägyptischen Tempeln und Grabstätten viele solcher Laden entdeckt. Bis vor Kurzem glaubte man, sie dienten nur als Getreidespeicher. Aber wie im History Channel bereits erwähnt, steckt hinter den goldenen Kästen eine erstaunliche Technik. Hat einer von euch im Buch Genesis von der Macht der Bundeslade gelesen?«

Sie zuckten beide mit den Schultern. »Vielleicht vor langer Zeit«, sagte sie. Sie sah ihn völlig ausdruckslos an.

»Nun, das ist wirklich faszinierend.« Joe ließ sich von ihrer Gleichgültigkeit nicht erschüttern. »Es gibt mehrere Fälle, in denen das Volk Israel Zeuge der großen Macht der Bundeslade wurde: Usa wurde auf der Stelle getötet, als er sie berührte, um zu verhindern, dass sie von einem Wagen fiel; die Mauern von Jericho stürzten vor ihr ein; und die Philister wurden von einer Art Krankheit befallen, nachdem sie den Israeliten die Kiste gestohlen hatten. In der Sendung des History Channels hieß es, die erstaunliche

Kraft der Bundeslade rühre daher, dass sie im Grunde ein Supraleiter für statische Elektrizität sei. Forscher entdeckten, dass es bestimmte Punkte auf der Erdoberfläche gibt, an denen sich mehr von dieser elektrischen Energie sammelt als an anderen Orten. Es ist kein Zufall, dass sich die meisten Hotspots für diese geostatische Energie dort befinden, wo ägyptische Tempel gebaut wurden. Es scheint, als hätten die Ägypter einen Weg gefunden, diese Form natürlicher Elektrizität nutzbar zu machen. Zu welchem Zweck – das ist immer noch ein Rätsel.«

Allmählich dämmerte es Sean. »Diese Laden wurden also von den ägyptischen Herrschern entworfen, um das Volk mit der Zurschaustellung elektrischer Macht einzuschüchtern. Den normalen Bürgern mussten die *Blitze*, die sie erzeugten, wie eine Demonstration göttlicher Macht erscheinen.«

»Ganz genau«, stimmte Mac zu.

Jetzt begann auch Allyson, den Zusammenhang zu erkennen. »Glauben Sie, dass diese Goldenen Kammern ähnlichen Zwecken dienten?«

Joe schüttelte den Kopf. »Ich weiß es nicht, ehrlich gesagt. Aber ich weiß, dass die Ägypter ein weitaus größeres Verständnis von Gold und seiner Verwendung in der Wissenschaft hatten, als wir es uns je hätten träumen lassen. Wenn sie vier Goldene Kammern gebaut haben, muss es zwei Gründe dafür gegeben haben.«

»Zwei Gründe?« Allyson musterte ihn neugierig.

»Ganz eindeutig.« Joe nickte amüsiert. »Wenn wir eine Kammer finden, sollten wir auch die nächste finden können.«

»Und warum?«, fragte sie.

Er senkte etwas die Stimme. »Der andere Grund, warum diese Kammern gebaut wurden, ist, dass sie den Weg nach Hause weisen sollten.«

Kapitel 30

Cartersville

McElroys Hund hob kurz den Kopf und wandte ihn Richtung hintere Veranda. Seine braunen Ohren zuckten. Wahrscheinlich hörte er einen Waschbären oder ein anderes nachtaktives Tier im Wald. Ein paar Sekunden später verlor er das Interesse und legte den Kopf wieder auf den Boden.

»Nach Hause?«, fragte Sean. »Du meinst Ägypten? Dieses Zuhause?«

Joe hatte ihnen in der letzten Stunde eine enorme Menge an Informationen präsentiert, die sich auf eine Weise zusammengefügt hatten, wie Sean es sich niemals hätte träumen lassen.

»Ägypten«, bestätigte Joe und nickte.

»Die Kammern sind also so etwas wie Wegweiser?« Es war mehr eine Feststellung von Allyson denn eine Frage.

»Ja. Und wenn man die erste Kammer findet, sollte sie einen Hinweis enthalten, der zur nächsten Kammer führt und so fort, bis man schließlich die letzte Kammer erreicht hat.«

Er bückte sich und kraulte den Hund hinter den Ohren. Der legte wohlig den Kopf etwas schräg. »Die Menschen, die die Standorte der Kammern festgelegt haben, hätten natürlich mühelos den Weg in die Heimat gefunden. Was nur bedeuten kann, dass ihnen befohlen wurde, erst nach einer bestimmten Zeit zurückzukehren.«

»Aber der festgelegte Zeitpunkt wie auch der Heimweg sind schon in der Antike in Vergessenheit geraten«, stellte Sean fest.

»Bis jetzt.« Joe hatte die Steinscheibe in die Hand genommen und betrachtete sie fasziniert. »Erstaunlich, dass so ein bemerkenswerter Schatz jahrtausendelang verborgen bleiben konnte, ohne dass jemand auch nur in seine Nähe gekommen ist.«

Allyson unterbrach seine Gedankengänge. »Und wie geht es jetzt weiter?«

Er antwortete, ohne zu zögern. »Wir werden natürlich das Rätsel lösen«, sagte er. »Dafür seid ihr doch hergekommen.«

Joe nahm das Blatt Papier zur Hand und überflog noch einmal die Zeilen. Er fuhr mit dem Finger über einige Passagen, dann blickte er von der Seite auf. »Es ist so einfach, und doch ist es unfassbar schwer zu verstehen.«

»Hast du eine Idee, was das bedeuten könnte?« Sean hatte gehofft, dass sein Freund etwas zu den Schlüsselwörtern des Hinweises sagen konnte.

»Eigentlich nicht.« Dann korrigierte er sich. »Gut, das mit den Kammern finde ich einleuchtend. Diesen Teil verstehen wir«, er lachte kurz. »Aber der Rabe und die Taube ... die Streitwagen des Himmels ... die Steine? Das alles wirkt ziemlich willkürlich.«

Allyson seufzte. Sie musste wirklich eine Menge Informationen verarbeiten.

Sie ging zur Hintertür der Hütte und blickte durch das große Fenster auf eine dunkle Terrasse. Gleich hinter dem kleinen hinteren Garten begann ein dichter Wald. Am Waldrand standen knorrige uralte Bäume, die im schwachen Licht des Hauses so gespenstisch still wirkten wie in einem Horrorfilm.

»Was dagegen, wenn ich mal kurz rausgehe, Leute? Mein Gehirn braucht eine Pause.«

Die beiden Männer waren vom Anblick der Scheibe so gebannt gewesen, dass sie nun aufgeschreckt zu ihr sahen. »Sicher«, antwortete Joe, »nur zu. Sehen Sie sich ruhig um.« Er winkte kurz und wandte sich danach sofort wieder dem runden Stein in seiner anderen Hand zu.

Allyson schob die Glastür zur Seite und trat auf die Terrassendielen. Sofort umfingen sie die Geräusche des Waldes, und wie bei ihrer Ankunft sog sie genussvoll die süßen Düfte der Natur ein. Über die Lichtung, auf der sich das Haus befand, wölbte sich der wolkenlose Himmel.

Der Blick hinauf war absolut atemberaubend. Da kein Mond schien, konnte man unendlich viele Sterne am Firmament funkeln sehen. Sie überquerte die Veranda, blieb am Geländer stehen, drehte sich um, lehnte sich mit dem Rücken dagegen und schaute einfach nur in den Himmel.

Das Leben in einer Großstadt wie Atlanta brachte viele Vorteile mit sich, aber es war auch sehr cool, mitten im Nirgendwo zu sein. Die alltäglichen Dinge schienen sich einfach in nichts aufzulösen. Von der augenblicklichen Situation abgesehen. Die war alles andere als alltäglich. Sie ertappte sich dabei, wie sie darüber nachdachte, welche Entdeckung ihnen bevorstand. Wie würde so eine Goldene Kammer überhaupt aussehen? Die Ereignisse der letzten zwanzig Stunden überstiegen ihr Fassungsvermögen. Trotzdem verspürte sie im Moment eine gewisse Ruhe.

War sie vielleicht ein verkappter Action-Junkie? Oder hatte sie eine geheime Leidenschaft für Geschichte, der sie bisher noch nie nachgegeben hatte? Und es schoss ihr noch ein Gedanke durch den Kopf, den sie aber schnell wieder verdrängte.

Eine Sternschnuppe huschte durch den schwarzen Himmel und riss sie aus ihren Gedanken. Es dauerte nur ein paar Sekunden, bevor sie verglühte. Allyson schloss die Augen, so wie sie es als Kind immer getan hatte, wenn sie eine Sternschnuppe gesehen hatte. Abrupt öffnete sie sie wieder, als sie hörte, wie sich die Schiebetür öffnete.

Anscheinend hatten die beiden Männer beschlossen, ihr Gesellschaft zu leisten und ebenfalls etwas frische Luft zu schnappen.

»Was haben Sie denn so getrieben?«, erkundigte sich Sean neugierig.

»Nichts. Ich habe nur eine Sternschnuppe beobachtet«, antwortete sie ohne langes Nachdenken.

»Haben Sie sich etwas gewünscht?« Joe lächelte verschmitzt.

»Natürlich«, sagte sie und erwiderte das Grinsen.

»Und was haben Sie sich gewünscht?« In Seans Stimme lag ein flirtender Unterton.

»Das darf ich doch nicht sagen. Sonst erfüllt sich der Wunsch nicht.« Sie drehte sich um und stützte sich mit dem Ellbogen auf das Holzgeländer.

Die drei standen auf der Veranda und starrten hinauf in das unendliche Universum. Sternbilder und zufällige Sternhaufen fügten sich zu einem komplizierten kosmischen Teppich zusammen.

»Ja«, brach Joe die Stille. »Man kann hier wirklich eine Menge Sternschnuppen beobachten. Keine Stadtlichter, die alles überstrahlen. In einer klaren Nacht wie heute sieht man pro Stunde bestimmt ein halbes Dutzend.«

»Das ist es!«, rief Sean plötzlich.

»Was?«, fragten die beiden anderen unisono. Sie waren bei seinem unvermittelten Ausruf heftig zusammengefahren.

»Die Sternschnuppen!«, stieß Sean hervor. »Die Streitwagen des Himmels. Seht ihr?« Er breitete die Arme weit
aus, um seiner Frage Nachdruck zu verleihen.

Allyson schaltete nicht gleich, aber Joe kapierte es sofort.

»Ich fasse es nicht, mein Junge, aber ich glaube, da könntest du richtigliegen. Darauf wäre ich nicht gekommen.«

Sean erklärte Allyson, was er meinte. »Meteore oder
Sternschnuppen, wie wir sie nennen, wurden in der Antike
manchmal als die Streitwagen der Götter bezeichnet. Es gibt
eine ganze Reihe von Mythen, in denen eine Gottheit, die
den Menschen auf der Erde einen Besuch abstatten will,
dafür eine Sternschnuppe verwendet. Streitwagen waren allgemein bekannt, also haben die Menschen, die diese Mythen erzählten, sie für die Zuhörer einfach als erklärendes
Detail in die Geschichte eingebaut.«

»Oh«, sagte Allyson, als er fertig war. »Ich verstehe. So
wie die Darstellungen griechischer Götter, die auf einem
Streitwagen fahren.«

»Genau!«, antworteten die beiden Männer unisono.

»Aber was hat die antike Mythologie mit Goldenen
Kammern in den Vereinigten Staaten zu tun?« Sie stemmte
die Hände in die Hüften. Offenbar erfasste sie immer noch
nicht den Zusammenhang.

Sean wandte sich an seinen Gastgeber. »Mac, sieh auf
deinem Computer nach, ob hier in Amerika jemals ein be-
deutender Meteoritensturm dargestellt wurde. Ich spreche
von Höhlenzeichnungen, Runen in Felsen, was auch immer
du finden kannst.«

Joe war schon auf dem Weg zur Tür. »Schon erledigt,
mein Junge.« Immer noch ratlos, folgte Allyson den beiden
zurück zum Computer. An seinem Platz vor dem Kamin
hob der Hund neugierig den Kopf.

Joe tippte eifrig verschiedene Suchbegriffe ein, um einen Hinweis darauf zu finden, wohin sie als Nächstes gehen sollten. Nach zehn Minuten ergebnisloser Suche hatte er eine Erleuchtung. »Ich glaube, ich weiß, wo der nächste Hinweis ist«, sagte er und blickte vom Bildschirm hoch. »Habt ihr schon einmal von Brasstown Bald oder Track Rock gehört?«

Allyson schüttelte den Kopf, während Sean nickte. »Ich glaube schon. Aber ich war noch nie da. Meinst du, es hat etwas mit dem hier zu tun?«

»Ja. Da gibt es ein paar große Felsbrocken mit sehr seltsamen Markierungen. Das sind uralte Petroglyphen.« Joe war wieder in seinem Element.

»Was meinen Sie mit seltsam?« Allyson wollte nicht außen vor gelassen werden.

»Die Felszeichnungen dort sind absolut einzigartig. Es gibt auf der Welt keinen einzigen dokumentierten Fund von Höhlenzeichnungen oder Felsbildern, die auch nur annähernd dem ähneln, was auf diesen Steinen zu sehen ist.« Er hob den Finger, um seinen Worten Nachdruck zu verleihen. »Und das Rätsel verlangt, dass wir genau danach suchen sollen: nach ›alten Steinen‹. Und es deutet auch an, dass diese Steine nicht nur den Weg zu den Kammern weisen, sondern auch den Weg der Streitwagen des Himmels beschreiben. Eine Theorie, die ich völlig vergessen hatte, besagt, dass die Markierungen auf den Felsbrocken am Track Rock tatsächlich Aufzeichnungen himmlischer Ereignisse sind. Das muss einfach der Ort sein, der uns zeigt, wohin wir als Nächstes gehen müssen.«

»Wie sollen wir die Symbole entziffern, wenn es auf der Welt nichts Vergleichbares gibt?« Sean hasste es, seinen Enthusiasmus dämpfen zu müssen.

»Keine Ahnung. So weit bin ich noch nicht gekommen.«
Joe sah sie beide ernst an. »Wir müssen es versuchen. Wir
nehmen meinen Wagen und fahren gleich morgen früh los«,
sagte er, während er aufstand und sie zu einem der freien
Schlafzimmer führte. »Wenn ihr wollt, könnt ihr zwei heute
Nacht hier schlafen.«

»Ich nehme die Couch«, erklärte Sean.

»Das müssen Sie nicht.« Allyson sah ihn lächelnd an. »Ich
beiße schon nicht.«

»Die Couch ist völlig okay. Ich könnte schnarchen, und
ich will Sie nicht wach halten.«

Joe beobachtete den Wortwechsel mit offenem Mund.
»Mir ist es egal, was ihr macht oder wo ihr schlaft. Ich hau
mich jetzt erst mal aufs Ohr. Wir haben morgen einen langen Tag vor uns.«

»Mac«, wechselte Sean das Thema, »du musst nicht mitkommen.« Noch während er sprach, sah Sean die Reaktion
im Blick seines Freundes. Joe McElroy würde sich nicht
davon abhalten lassen, zu sehen, wohin der nächste Hinweis
führte. Der Mann hatte anscheinend mehr Zeit damit verbracht, als Sean gedacht hatte, nach den vier Kammern zu
forschen und so viel wie möglich über sie in Erfahrung zu
bringen.

Sie waren ganz sicher zum richtigen Mann gekommen.
»In Ordnung«, lenkte Sean ein. »Aber sag deiner Frau nicht,
dass ich das zulasse. Sie hat ja sowieso Bedenken, wenn du
mit mir unterwegs bist.« Sean grinste ihn provozierend an.

»Ja, weil du mich immer in Schwierigkeiten bringst«,
lachte Joe. »Glaubst du, ich möchte, dass sie erfährt, was wir
vorhaben? Sie würde völlig durchdrehen. Ich bin nur froh,
dass sie heute Abend bei ihrer Mutter ist. Sonst würde sie
mir jetzt schon die Hölle heißmachen.«

»Klingt, als hätten Sie eine gute Beziehung«, sagte Allyson sarkastisch.

»Oh, ich liebe meine Frau«, antwortete er. »Sie will nur nicht, dass ich etwas Verrücktes tue.«

»Wie kommt sie nur darauf, dass du so etwas tun würdest?« Jetzt war Sean an der Reihe, sarkastisch zu sein.

»Und warum habe ich das Gefühl, dass hier gerade Insider-Witze gerissen werden?«, murrte Allyson.

Die beiden alten Freunde tauschten vielsagende Blicke, dann machte Joe sich auf den Weg in sein Schlafzimmer. »Das ist eine ganz andere Geschichte, teure Lady«, antwortete er.

»Ja«, fuhr Sean fort, »die wir ein andermal erzählen, vielleicht.«

»Ich hasse Insider-Witze!«, erklärte Allyson schmollend und schlug Sean die Tür des Schlafzimmers vor der Nase zu.

Er konnte sich ein Lachen nicht verkneifen. »Dann gute Nacht.« Er grinste immer noch, als er fünf Minuten später auf dem Sofa in den Schlaf sank.

Kapitel 31

Atlanta

Detective Morris erwachte aus dem tiefsten Schlaf, den er je erlebt hatte. Die Sonne strahlte durch das Schlafzimmerfenster seiner Wohnung, und seine Augen mussten sich erst an das helle Licht gewöhnen.

Auf dem Nachttisch klingelte sein Handy und führte beim Vibrieren einen seltsamen Tanz auf der harten Oberfläche auf. Er griff danach und warf einen Blick auf die Nummer des Anrufers, um zu sehen, wer ihn zu so früher Stunde weckte. Es war eine Nummer, die er nicht kannte.

»Morris«, meldete er sich schläfrig.

Die Stimme am anderen Ende der Leitung klang sehr müde. »He, Trent. Ich bin's, Lynch.«

»Haben Sie die ganze Nacht gearbeitet?« Der Klang von Lynchs Stimme weckte seine Lebensgeister.

»Ja. Ich bin eigentlich schon auf dem Heimweg. Ich wollte Sie aber um diese Zeit nicht von einem Telefon im Department aus anrufen. Ein paar Ohren zu viel, wenn Sie wissen, was ich meine.«

Kluges Kind. Dass Mobiltelefone strenger überwacht würden als Festnetzanschlüsse, war ein weitverbreiteter Irrglaube. Wenn Mobiltelefone abgehört wurden, dann fast immer die von Verdächtigen, die die Polizei bereits auf dem Schirm hatte. Die Leitungen im Büro konnten jedoch ständig angezapft werden. Trent hatte Lynch gebeten, niemanden wissen zu lassen, woran er gerade arbeitete, und bisher hatte sich der junge Detective daran gehalten. In der vorangegangenen Nacht hatte ein einfacher nächtlicher Anruf alles ins Rollen gebracht. Lynch war gründlich – und vor allem loyal, was noch wichtiger war.

»Gut, was haben Sie für mich, Lynch?«

»Einiges«, antwortete er prompt. »Erstens meldete Hartsfield, dass der IAA-Jet im Hangar steht und zwar schon seit fast einer Woche. Außerdem haben alle Fluggesellschaften bestätigt, dass bei ihnen kein Sean Wyatt an Bord gegangen ist. Es wäre immerhin möglich, dass er einen falschen Pass oder andere Dokumente benutzt hat, die auf einen Decknamen ausgestellt sind, aber das bezweifle ich.«

»Woraus folgt, dass er das Land wahrscheinlich nicht verlassen hat.« Ein gutes Zeichen, aber der Flüchtige konnte praktisch überall sein. »Was haben Sie noch herausgefunden?«

»Es gibt zwar vereinzelt Personen, mit denen er sich ab und zu trifft, aber er ist im Grunde ein Einzelgänger. Ich schätze, wenn man die meiste Zeit seines Lebens in fremden Ländern nach uralten Artefakten sucht, hat man kein allzu schillerndes Privatleben.«

Trent rieb sich das Gesicht. »Also außer Schultz keine echten Partner? Keine Freundin? Nichts?«

»Nein, nichts.« Die Stimme am anderen Ende der Leitung hielt inne. »Aber was die Freundin betrifft, könnte es einen Grund geben.«

»Wieso, was meinen Sie?«

»Vor einigen Jahren – Wyatt ging noch aufs College – hatte er einen Motorradunfall. Seine Freundin saß auf dem Sozius. Sie starb noch am Unfallort. Er hat nur ein paar

Schrammen und blaue Flecken davongetragen. Das lässt einen bestimmt zeit seines Lebens nicht mehr los.«

Das war eine neue Information. »Was war das für ein Unfall?«

Lynch war froh, dass er nach der durchwachten Nacht wenigstens etwas zu berichten hatte. »Anscheinend sind sie auf dem Weg ins Kino über eine stark befahrene Kreuzung gefahren. Irgendein Idiot ist bei Rot über die Ampel gerast und hat das Motorrad erfasst.«

Trent stellte sich die Szene vor. »Wieso wurde Wyatt nicht schwerer verletzt?«

»Einer dieser seltsamen Zufälle. Das Auto verfehlte nur knapp sein linkes Bein, erwischte dafür aber seine Freundin voll. Wyatt wurde etwa sieben Meter durch die Luft geschleudert, verließ den Unfallort aber nur mit leichten Verletzungen. Dem Polizeibericht zufolge war sie auf der Stelle tot.«

»Oje. Das ist hart.«

»Ja«, fuhr Lynch nach einem weiteren Gähnen fort. »Wyatt hat das College jedenfalls beendet und ist danach für ein paar Jahre verschwunden, wie Sie sicher wissen.«

Das wusste Trent allerdings. »Und der Mann hat keine Verbindung zu anderen Menschen?«

»Nein. Außer zu einem Kerl oben in Cartersville. Er ist Park Ranger in diesem Etowah Indian Mound Nationalpark. Ich habe ein paar Fotos gefunden, auf denen beide abgebildet sind, und ihn überprüft. Er heißt Joe McElroy und ist ungefähr Mitte fünfzig. Er und seine Frau haben da oben eine Blockhütte im Wald, etwa zwanzig Minuten vom Park entfernt.«

Trent war sofort hellwach. »Haben Sie die Adresse dieser Hütte?« Jetzt klang er keine Spur mehr verschlafen.

»Ja … ich hab sie gleich.« Einen Moment lang wurde es still. Trent nahm an, dass der Polizist am anderen Ende der Verbindung damit beschäftigt war, einen kleinen Haufen Papiere auf dem Beifahrersitz zu durchsuchen. Ein paar Sekunden später meldete sich Lynch wieder. »Kann ich loslegen?«

Trent notierte sich die Adresse schnell auf einem Notizblock. »Muss ich sonst noch etwas wissen?«

»Nein. Ich glaube aber nicht, dass dieser McElroy bei dieser Sache mitgemischt hat. Er hat gestern den ganzen Tag im Park Dienst geschoben.«

»Haben Sie das überprüft?«

»Selbstverständlich.« Der junge Detective sagte das, als wäre das ganz normale Routine. Ein guter Mann.

»Soweit ich das beurteilen kann«, fuhr Lynch fort, »hätten Sie bei McElroy wahrscheinlich die größte Chance.«

»So sieht's aus«, stimmte Trent zu, während er aus dem Bett stieg und sich auf den Weg ins Bad machte. Nach einer kurzen Dusche würde er nach Norden aufbrechen.

»Soll ich eine Streife zur Hütte von McElroy schicken?« Lynch unterbrach Trents Gedankengänge.

»Nein. Ich bin schon unterwegs. Und Sie legen sich jetzt mal hin und schlafen eine Runde.«

»In Ordnung. Tut mir leid, dass ich nicht mehr finden konnte, Sir.«

»Sie haben Ihre Sache gut gemacht, Lynch. Danke.« Trent beendete das Gespräch und ging in die Dusche.

Danach trocknete er sich hastig ab und kleidete sich rasch an. Ein paar Minuten später war er aus der Tür und fuhr in seinem Auto die Straße entlang Richtung Interstate.

Kapitel 32

Blue Ridge Mountains

Der Highway von Cartersville zur archäologischen Stätte von Track Rock Gap schlängelt sich kurvenreich durch die Blue Ridge Mountains. In den wärmeren Monaten kommen viele Motorradfans in die Gegend, um die spektakuläre Strecke mit einer fantastischen Aussicht auf die Berge zu genießen. Der Herbst bietet in dieser Gegend mit rot, orange und gelb gefärbtem Laub leuchtende Farben wie nirgends sonst im Land.

Nachdem sie die Blockhütte verlassen hatten, erreichten Joe, Allyson und Sean im hellen Schein der Morgensonne bereits nach 35-minütiger Fahrt die Bergregion. Joe war etwas früher aufgestanden und hatte für seine Gäste ein sättigendes Frühstück aus Pfannkuchen zubereitet. Ohne auch nur einen Gedanken an Völlerei zu verschwenden, hatte er Eier, eine Schüssel mit frischem Obst, heißen Ahornsirup und Truthahnwurst zu den Pfannkuchen vorbereitet.

Allyson und Sean hatten sich heißhungrig auf die köstliche Mahlzeit gestürzt und sie geradezu verschlungen. Sie waren ausgehungert gewesen, weil sie seit dem Frühstück vom Vortag nichts mehr gegessen hatten. Sean hatte auf der weichen Couch gut geschlafen, nachdem er darauf bestanden hatte, dass Allyson das Gästebett nahm.

Den größten Teil der Fahrt hatten sie schweigend verbracht; die drei waren entweder zu müde zum Reden oder noch im Frühstückskoma. Nachdem sie eine Weile aus dem Fenster auf die vorbeiziehende Landschaft geschaut hatten, unterbrach Allyson die Stille. »Nochmals vielen Dank für das Frühstück, Joe. Es war fantastisch.«

»Nichts zu danken.« Er grinste sie von der Seite an.

Joe steuerte den Truck weiter durch das Land, das von den Einheimischen gern »God's Country« genannt wurde. Beim Anblick der atemberaubenden Szenerie ringsum konnten die Insassen des Trucks gut verstehen, warum. »Ich frage mich, warum nicht mehr Leute diese Gegend besuchen«, bemerkte Allyson.

»Wir haben schon viele Touristen, aber dieser Park ist eben nicht so populär wie die Nationalparks im Westen und Nordosten. Ich kann allerdings nicht behaupten, dass mich das stört«, antwortete Joe. »Ich mag die Ruhe hier oben. Zu viel Trubel könnte die Schönheit der Gegend beeinträchtigen.«

»Das kann ich mir vorstellen«, gab sie zu und ließ den Blick wieder über die sanften Hügel und Täler tief unter ihr schweifen.

Auf der Rückbank des Trucks hörte Sean seit einigen Minuten seine Sprachnachrichten ab. Er wunderte sich, dass Detective Morris mehrmals versucht hatte, ihn zu erreichen. Morris hätte diesen Wink mit dem Zaunpfahl doch kapieren müssen.

Als Joe in den Rückspiegel schaute, bemerkte er Seans nachdenklichen Gesichtsausdruck. »Was ist los, Mann? Alles klar bei dir?«

»Ja«, Sean klappte sein Handy zu, »ich höre nur meine Nachrichten ab.«

»Bist du sicher, dass alles okay ist?«

»Alles okay. Ein Detective aus Atlanta hat ein paarmal angerufen. Er sagt, er will mir ein paar Fragen stellen.« Sean starrte auf sein Handy. »Keine Ahnung, was das zu bedeuten hat.«

Allyson drehte sich um. »War es derselbe Typ, mit dem Sie neulich gesprochen haben?«

»Ja.«

Joe wirkte ernst. »Ob er wohl schon etwas über die Leute herausfinden konnte, die Tommy entführt haben?« Sein ländlicher Akzent trat durch den ernsten Tonfall seiner Frage noch deutlicher hervor.

»Das könnte sein«, überlegte Sean laut. »Oder er denkt immer noch, ich hätte etwas mit seinem Verschwinden zu tun.«

»Ich kann mir nicht vorstellen, dass dieser Polizist ernsthaft glaubt, Sie wären darin verwickelt. Schließlich ist Tommy Ihr bester Freund.«

McElroy hörte schweigend zu. Er interpretierte die Anrufe so wie Sean, denn diese Erklärung war einleuchtend. Die Vorstellung, dass die Polizei wahrscheinlich nach ihnen suchte, veranlasste ihn, etwas schneller zu fahren.

»Ja, sicher«, sagte Sean entschlossen. »Aber im Moment bin ich wohl der Hauptverdächtige für die Polizei. Das bedeutet, wir müssen diese Sache durchziehen, damit wir Tommy finden. Und den, der dahintersteckt.«

Joe wurde allmählich immer nervöser. Vielleicht wurde er ja paranoid, weil er von der Polizei gesuchten Freunden half, aber er hätte schwören können, dass die silberne Limousine hinter ihnen sie verfolgte.

Allyson hatte sich wieder umgedreht und blickte nach vorne auf die Straße. »Also ich glaube nicht, dass Sie als

Verdächtiger infrage kommen«, verkündete sie in einem endgültigen Tonfall.

Sean schätzte das Vertrauen, das sie in ihn setzte, aber er wollte das Gespräch lieber nicht vertiefen. Es war wahrscheinlich besser, wenn er einige der anderen Indizien nicht erwähnte, über die die Polizei unweigerlich gestolpert sein musste. Das wichtigste Indiz dürfte sicherlich sein, dass Sean nach Tommys Tod die Kontrolle über die gesamte IAA und das damit verbundene enorme Vermögen erben würde.

Für Detective Morris fiel das höchstwahrscheinlich stärker ins Gewicht als alles andere.

Als Sean nach vorn blickte, sah er, dass Joe nervös war. Er beugte sich vor und legte die Hand auf die Schulter seines Freundes. »Was ist los mit dir?«

McElroy blickte immer wieder in die Rückspiegel. Die Limousine, von der er sich verfolgt fühlte, war näher gekommen und lag nur noch wenige Autolängen hinter ihnen.

Sean brauchte nicht auf eine Antwort zu warten. Der Blick seines Freundes verriet ihm auch so, was vor sich ging. Als er sich umdrehte, tauchte plötzlich ein schwarzer Pistolenlauf, der von einer behandschuhten Hand gehalten wurde, aus dem Beifahrerfenster des silbernen Fahrzeugs auf.

Sein Verstand schaltete sofort um, und sein jahrelanges Training übernahm das Kommando. »Runter!«, rief er Allyson zu, die die Gefahr, die von dem Auto hinter ihnen ausging, ganz sicher noch nicht bemerkt hatte. Sean packte ihren Kopf und drückte ihn nach unten.

»Was soll das?«, schrie Allyson, empört über sein ruppiges Verhalten. Dann sah sie, dass er die Waffe aus seiner

Jacke zog. Sie blickte gerade in den Seitenspiegel, als das Glas explodierte. Die plötzliche Explosion entlockte ihr unwillkürlich einen Schrei.

»Unten bleiben!«, befahl Sean. Diesmal gehorchte sie widerstandslos. Die nächste Kugel traf die Heckklappe des Pick-ups. Dann schlugen zwei Kugeln in die Heckscheibe ein und erzeugten ein Spinnennetz in dem Sicherheitsglas.

Joe sagte kein Wort. Er konzentrierte sich auf die kurvige Straße vor ihm. Er wechselte mit dem Truck kreuz und quer die Fahrspuren, um den Angreifern das Zielen zu erschweren. Bei der Verfolgungsjagd erreichten beide Fahrzeuge Geschwindigkeiten, die in den engen Serpentinen der Bergstraße ziemlich gefährlich waren. Die Leitplanken an der Seite des Highways sahen nicht so aus, als könnten sie ein paar Tonnen Metall vor dem Sturz in den Abgrund bewahren.

Sean ließ sein Fenster herunter, drehte sich zur Seite und stützte sich mit einer Schulter an der Vorderseite der Tür ab. Mit zwei ausgestreckten Armen feuerte er eine Salve auf die Verfolger ab. Einige Projektile durchschlugen die Motorhaube, und andere trafen die Windschutzscheibe. Der Fahrer des Wagens verlangsamte das Tempo etwas und fuhr, anstatt den Wagen ruhig zu halten, nun selbst in Schlangenlinien, wie Joe einige Sekunden zuvor.

»Hast du sie erwischt?«, rief Joe, als Sean sich wieder hinsetzte, das leere Magazin auswarf und geübt ein neues einlegte.

»Nein.« Seans Atmung hatte sich kaum verändert. Er hatte es gerade ausgesprochen, als die nächsten Salven in den Truck hämmerten.

Allyson blieb vorn auf dem Beifahrersitz in Deckung. Sie wusste nicht, was sie tun sollte.

Sean rutschte über die Sitzbank auf die andere Seite und ließ auch da das Fenster herunter. Er schob die Waffe aus der Öffnung und drückte erneut ab. Diesmal feuerte er auf den Schützen. Der Außenspiegel zerbarst, aber offenbar hatte er auch den Mann getroffen. Die behandschuhte Hand mit der Waffe verschwand plötzlich, und der Beschuss aus der silberfarbenen Limousine brach ab.

Sean setzte sich wieder gerade hin und rief Joe zu: »Mac, ich habe eine Idee!«

»Will ich sie hören?« Eine weitere Salve von Projektilen schlug in den Truck ein, ein Schuss verfehlte Joe nur um Zentimeter und durchschlug die Windschutzscheibe. Er reagierte, indem er den Truck nach rechts lenkte.

»Wenn ich es dir sage, trittst du auf die Bremse und lässt sie auffahren!«

»Wie bitte? Bist du wahnsinnig?!« Er riss ungläubig die Augen auf.

»Tu es einfach«, beharrte Sean.

»In Ordnung«, murmelte Joe. Dann hob er die Stimme: »Aber du kaufst mir einen neuen Truck!«

Ohne die Bemerkung zu erwidern, lehnte sich Sean wieder aus dem hinteren Fenster auf der Fahrerseite, gab dieses Mal aber nur einzelne Schüsse auf das Auto ab. Dann drehte er den Kopf. Der Fahrtwind blies ihm kräftig ins Gesicht. Joe lenkte den Wagen so schnell um eine scharfe Kurve, dass er auf die Gegenspur geriet; die Fliehkraft schleuderte Sean fast aus dem Fenster. Die Straße wurde gerade, aber etwa hundert Meter weiter wartete schon die nächste Kurve.

»Mac, bremse kurz vor der Kurve!«

Joe erwiderte nichts. Das war auch nicht nötig. Sean schob seinen Körper wieder aus der Öffnung und gab ein paar Schüsse ab.

»Festhalten, Mann!«, rief Joe. Er sah zu Allyson, die sich auf den Aufprall vorbereitete.

Joe stieg in die Eisen. Sean stemmte sich gegen die Rückenlehne des Sitzes, als der Truck ruckartig an Geschwindigkeit verlor.

Der Fahrer der Verfolger hatte nicht mit der waghalsigen Aktion gerechnet und riss das Fahrzeug zur Seite, um dem bremsenden Pick-up auszuweichen.

Rasch drehte sich Sean in dem Fenster und ließ einen Kugelhagel auf den nun ungeschützten und aus dem Gleichgewicht geratenen Schützen im vorbeifahrenden Auto los. Karmesinrote Flüssigkeit quoll aus seinem Hals, als er durch das Fenster zurückrutschte und hilflos nach den Wunden griff.

Plötzlich krachte ein weiterer Schuss, der offenbar vom Vordersitz des Trucks gekommen war. Sean sah, dass das Projektil den Fahrer in die Schulter getroffen hatte, und der Mann riss in einer reflexartigen Reaktion das Lenkrad nach links.

Die schwachen Leitplanken boten der Wucht des rasenden Fahrzeugs keinen Widerstand. Für einen kurzen Moment knirschte Metall auf Metall, als das Auto über den Rand der Bergstraße kippte und aus dem Blickfeld verschwand.

Joe brachte den Wagen zum Stehen. Er wirkte etwas verlegen.

Sean blickte mit verblüffter Miene auf die vordere Sitzbank. Allyson lag auf dem Schoß seines Freundes, hatte die Arme aus dem Fenster gestreckt und hielt eine 9-Millimeter-Glock in den Händen.

»Journalistin, ja?«, fragte er und zog eine Augenbraue hoch.

Sie war gerade dabei, sich von Joe zu lösen, der sie mit offenem Mund anstarrte.

»Okay.« Sie schob ihre Pistole zurück in ein verdecktes Jackenholster. »Ich habe vielleicht ein paar Details ausgelassen.« Sie zuckte mit den Schultern und lächelte kokett.

Sean schüttelte nur den Kopf. »Sie meinen wohl eher alle wichtigen, was?« Er konnte sich ein Lachen nicht verkneifen, als er die Tür öffnete.

Die drei verließen das von Kugeln durchlöcherte Fahrzeug und traten zu der durchbrochenen Leitplanke. Gleich dahinter fiel eine Klippe steil ab. Etwa hundertfünfzig Meter unter ihnen zeigte der Unterboden des qualmenden Wagens in den Himmel.

»In den Filmen fliegen die Autos doch nach solch einem Crash akrobatisch durch die Luft, oder?«, fragte Joe verächtlich.

»Ja.« Aber Sean lächelte nicht. Er schob seine Waffe wieder in das Holster unter seiner Jacke.

Allyson stand ruhig da und blickte den Berghang hinunter auf das Autowrack.

Joe war noch sehr verwirrt. »Ich glaube, Sie schulden uns eine Erklärung, junge Lady.«

Sean drehte sich um und musterte sie ebenfalls. »Ganz recht«, stimmte er zu, »für wen genau arbeiten Sie?«

»Ich arbeite für dieselbe Firma, für die Sie früher einmal gearbeitet haben, Sean.« Ihr Verhalten hatte sich entschieden verändert. Sie wirkte plötzlich nicht mehr verletzlich, sondern unerschütterlich.

»Sie arbeiten für Axis?« Sean zog skeptisch eine Braue hoch.

»Ja. Tut mir leid, dass ich Sie anlügen musste. Es ging nicht anders.«

»Ich bin es gewohnt, dass Frauen mich anlügen«, antwortete er sarkastisch.

»Ich hatte meine Befehle. Und die Erlaubnis, Sie aufzuklären, falls die Situation es erfordert.«

»Ich hatte die beiden im Griff«, sagte Sean und deutete auf die Überreste der Limousine in der Schlucht.

Sie lächelte und neigte ein wenig den Kopf. »Ich dachte nur, ein bisschen Unterstützung könnte nicht schaden. Sie brauchen mir nicht zu danken.«

Er lachte und schüttelte den Kopf. »Wow. Und das war alles, ja?«

»Ich möchte nicht stören«, unterbrach Joe ihr Gespräch, »aber wir sollten hier verschwinden.«

Das sahen die beiden auch so und gingen wieder zum Truck. Joe blickte ein letztes Mal zurück auf das Loch in der zerfetzten grauen Leitplanke. Dann stieg er in das Fahrerhaus und ließ den Motor an.

Sean setzte sich wieder auf die Rückbank und schloss die hintere Tür. »Und heißen Sie wirklich Allyson Webster?«, fragte er sie.

Sie sah ihn neckend an und grinste frivol. »Vielleicht.«

Kapitel 33

Blue Ridge Mountains

Normalerweise konnte Tommy in Autos nicht gut schlafen.

Bei Flugreisen, in Bussen und meist auch in Zügen fiel es ihm schwer, sich richtig auszuruhen. In der letzten Stunde hatte er auf der Rückbank des Hummers geschlafen wie ein Stein. Leider war das Nickerchen jetzt vorbei.

»Aufwachen, wir sind da.« Bei dem starken Akzent fuhr Tommy unsanft hoch.

Im ersten Moment des Aufwachens hatte er gehofft, dass der Mann namens Ulrich nur die Fantasiegeburt eines Albtraums war. Doch jetzt wurde ihm klar, dass dem nicht so war. »Wo, da?«, fragte er immer noch im Halbschlaf.

»Track Rock«, erinnerte ihn Ulrich. Er saß auf dem Beifahrersitz. Er hatte hier zwar das Sagen, zog es aber offenbar vor, chauffiert zu werden. Vielleicht wollte er aber auch nur den Gefangenen selbst im Auge behalten, weil er dem Aufpasser nicht traute, der neben Tommy auf der Rückbank saß.

»Ah ja. Richtig.« Er tat, als hätte er es vergessen. »Gibt es hier in der Nähe zufällig ein Waffle House? Ich könnte jetzt ein paar überbackene Kartoffelpuffer mit gebratenen Zwiebeln gut vertragen.«

Als Antwort warf ihm der Mann auf dem Beifahrersitz einen Müsliriegel zu. Er prallte gegen seine Brust.

»Danke«, erwiderte Tommy sarkastisch.

Draußen vor dem Truck stieg die Sonne hell über die Berge in den frühen Morgenhimmel. Er war froh, dass die Fenster des Wagens getönt waren.

Der Söldner, der das SUV fuhr, hielt auf einem Parkplatz in der Nähe einer offenen Wiese, die bergauf bis zu einem Wald reichte, der sich mehrere Hundert Meter den Hang hinaufzog.

Ulrich entriegelte die Fondtür. »Bewegung«, befahl er.

Tommy drückte die Tür auf und fand sich in einer völlig anderen Welt wieder. Ringsum leuchteten die Hügel der Blue Ridge Mountains in warmen Herbstfarben. Zu dieser Tageszeit waren außer dem weiß-grünen Truck des diensthabenden Rangers keine Autos auf dem Parkplatz zu sehen. Eine leichte kühle Brise kam auf. Hier oben war die Temperatur um einige Grad niedriger als in der Stadt. Tommy war froh, dass er an dem Morgen, an dem er entführt worden war, seine Jacke angezogen hatte.

Eine einzelne Wolke schwebte hoch über ihnen am Himmel, als die Gruppe vom Parkplatz durch das Gras stapfte. Der kleinere Aufpasser trug eine schwarze Henkeltasche über einer Schulter. »Was hat es denn damit auf sich?«, fragte Tommy und zeigte darauf.

Der stämmige Mann im schwarzen Trenchcoat antwortete nicht. Er marschierte, den Blick stur geradeaus gerichtet, einfach weiter. Vor ihnen, vielleicht dreißig Meter vom Parkplatz entfernt, standen am Waldrand vier große Käfige. Die Eisengitter sicherten die Felsen, um Graffitisprayer und Vandalen von der historischen Stätte fernzuhalten.

Tommy dachte an seine Forschungen vom Vorabend und schüttelte den Kopf, als ihm auffiel, dass auch bei diesen vier Felsbrocken wieder die Zahl Vier im Spiel war.

Offenbar hatte sie etwas mit der Lösung zu tun. Oder war es nur ein Zufall? Das konnte er jetzt noch nicht wissen. Er hoffte nur, dass es hier etwas zu finden gab – egal was. Es stand jedenfalls fest, was die Gangster mit ihm machen würden, falls er sich geirrt hatte und die Felsen nichts zur Lösung des Rätsels beitrugen.

Als die kleine Gruppe bei den eingezäunten Steinen ankam, sagte Ulrich etwas auf Russisch zu dem Mann mit der Tasche. Der nickte nur und stellte Tommy die Tasche vor die Füße. Dann drehte er sich um und stapfte mit gesenktem Kopf den Weg zurück.

»Wo will er hin?«, fragte Tommy.

»Das Auto bewachen«, lautete die knappe Antwort. »Und jetzt verraten Sie mir, Mr. Schultz, was uns diese Steine sagen könnten?«

Diese Frage beschäftigte Historiker und Touristen seit Jahrhunderten. Was sie hier vor sich hatten, war mit nichts zu vergleichen, was sie jemals in einem Schulgeschichtsbuch gesehen hatten. In jeden Felsblock waren schlangenförmige Linien geritzt. Neben den Linienmustern gab es Kreise und Ovale, die scheinbar wahllos über die Oberfläche des weichen Specksteins verteilt waren. Es waren auch verschiedene Tierfährten und sogar menschliche Fußabdrücke zwischen den anderen Mustern in den Felsen gemeißelt worden.

Die Cherokee nannten die Stätte *Degayelunha*, was so viel wie »bemalter Ort« bedeutet. Erstaunlicherweise hatten die geheimnisvollen Symbole im Fels über Jahrtausende jedem Versuch getrotzt, sie zu übersetzen.

Tommy ließ den Blick über die Anlage schweifen. Er war zuletzt vor etwa einem Jahr hier gewesen. Die Aussicht vom Berggipfel war absolut atemberaubend. Mit einer

Höhe von 4784 Metern über dem Meeresspiegel gehörte der Gipfel im Winter zu den kältesten Orten im Südosten.

Als Tommy zum ersten Mal davon gehört hatte, dass die historischen Ureinwohner Sternbilder und meteorologische Ereignisse in die Felsen geritzt hatten, war er skeptisch gewesen. Vorgeschichtlichen Völkern wie den amerikanischen Ureinwohnern war kaum zuzutrauen, eine so ausgefeilte Himmelskarte erstellen zu können. Doch beim ersten Besuch dieser Stätte hatte Schultz seine Meinung geändert.

Er hatte Stunden damit verbracht, die Details der Zeichnungen zu untersuchen, sie zu analysieren und zu fotografieren. Nach seiner Rückkehr in sein Büro in Atlanta hatte er Tage damit verbracht, die Fundstelle mit anderen prähistorischen Inschriften und Malereien auf der ganzen Welt zu vergleichen. Er fand nichts, das auch nur annähernd so aussah.

Natürlich hatte Tommy sich vorgenommen, hierher zurückzukehren, um die Steine ausgiebiger zu untersuchen. Er hatte sogar gehofft, dass es eine Verbindung zwischen dieser Stätte und den verschollenen Kammern gab, nach denen er unermüdlich suchte. Aufgrund einer wahren Flut von anderen Entdeckungen, die Vorrang hatten, war es ihm bislang nicht möglich gewesen, zurückzukommen. Doch jetzt stand er wieder an dieser prähistorischen Stätte und zerbrach sich den Kopf darüber, was das alles zu bedeuten hatte und wie alles zusammenhing.

Schließlich riss er sich von seinen Gedanken los. »Haben Sie eine Kamera?«

Ulrich deutete mit dem Kopf auf die schwarze Tasche, die zu Tommys Füßen lag. »Da ist alles drin, was Sie brauchen.«

Tommy hockte sich hin und öffnete den Reißverschluss der Tasche. Darin befanden sich eine kleine Digitalkamera, ein Notizblock und ein Laptop, neben dem eine eingeschweißte SIM-Karte lag. »Wow, waren Sie bei den Pfadfindern?«

Der Aufpasser und Ulrich warfen ihm einen verwirrten Blick zu. Offenbar fehlte ihnen das nötige Verständnis für seinen Sarkasmus.

»Ach, vergessen Sie's«, murmelte er.

Tommy schnappte sich die Kamera und stellte sie nach einigem Herumprobieren so ein, wie er es benötigte.

Zehn Minuten später hatte er auch den letzten Felsbrocken abfotografiert. Ulrich und der Hüne waren ihm auf Schritt und Tritt gefolgt und hatten jede seiner Bewegungen genau beobachtet. »Warum brauchen Sie so viele Fotos?«, hatte Ulrich irgendwann wissen wollen.

Tommy seufzte. »Lassen Sie mich jetzt meine Arbeit erledigen oder nicht?«

Ulrich schob als Antwort seine Jacke zur Seite und zeigte Tommy das Halfter mit der Pistole darin.

Was den Wissenschaftler jedoch nicht sonderlich beeindruckte. »Verstehen Sie, Hunderte von Experten haben in Tausenden von Jahren nicht herausfinden können, was diese Petroglyphen bedeuten, obwohl sie alles versucht haben. Wie soll ich das mit ein paar Fotos schaffen? Wir haben viel bessere Aussicht auf Erfolg, wenn wir die moderne Technik nutzen. Aufnahmen aus allen möglichen Blickwinkeln könnten da sehr nützlich sein.«

Ulrich ließ seine Jacke wieder über die Waffe fallen. Offenbar stellte ihn die Antwort zufrieden.

»Haben Sie zufälligerweise ein USB-Kabel für diese Kamera dabei?« Bisher hatten sie wirklich an alles gedacht.

»Es liegt in der Tasche.« Der Aufpasser machte zum ersten Mal den Mund auf, seit sie die Villa verlassen hatten.

Tommy ging dorthin zurück, wo er die Tasche auf den Boden gestellt hatte.

Zuerst holte er den Laptop heraus und legte ihn auf einen Stein mit einer halbwegs horizontalen Oberseite. Dann kramte er in den Innentaschen herum, bis er das gesuchte Kabel fand. Ein paar Minuten später hatte er die Fotos auf den Computer übertragen.

»Und was haben Sie jetzt vor?«, wollte Ulrich wissen, während er Schultz über die Schulter blickte.

Darauf hatte Tommy eine klare Antwort: »Ich öffne alle diese Bilder nebeneinander. Wenn ich sie alle gleichzeitig sehe, kann ich vielleicht mehr aus der Gesamtdarstellung herauslesen, als wenn wir sie nur einzeln betrachten.«

»Verstehe.« Ulrich nickte.

Tommy öffnete die Fotodateien so, dass er sie nebeneinander auf dem Display sehen konnte. »Das kann eine Weile dauern«, bemerkte er und warf den beiden Ganoven einen genervten Blick zu. Dann schob er die Bilder mit der Maus hin und her.

Zweifel beschlichen ihn, während er die Zeichnungen auf dem Bildschirm genauestens unter die Lupe nahm. Und wenn sie hier doch an der falschen Stelle waren? Es konnte durchaus sein, dass es sich bei den Glyphen auf den Felsbrocken gar nicht um bescheidene Abbildungen von Sternbildern handelte. Aber nein, sie waren bestimmt richtig hier. Es gab keinen anderen Ort, auf den die Beschreibung gepasst hätte.

Minuten verstrichen, ohne dass er auch nur irgendetwas Auffälliges wahrnahm. Tommy wollte gerade wieder zu den Stahlkäfigen gehen, um einen weiteren Blick darauf zu werfen, als ihm auf dem Display endlich etwas auffiel. Sein plötzliches Stutzen ließ seine Bewacher aufmerken.

»Was?«, wollte Ulrich wissen.

»Geben Sie mir noch eine Sekunde«, antwortete er und schob noch mehr Bilder hin und her. »Wow«, sagte er dann. »Das ist wirklich interessant.«

»Was?« Ulrich wurde ungeduldig. »Was sehen Sie?«

»Ich verstehe wirklich nicht, weshalb so viele Leute das bisher übersehen haben – mich eingeschlossen. Vermutlich lag es daran, dass die Symbole so wahllos über den Stein verteilt sind.«

»Was wurde übersehen?«

Der blonde Mann erinnerte Tommy mit seiner Neugier immer stärker an einen Fünfjährigen.

»Okay«, begann Tommy. »Die Cherokee-Nation hatte ein politisches System, das unserem heutigen System ähnelte. Ihre Stammesoberhäupter und die Führer der Cherokee-Nation wurden zwar auf andere Weise ernannt, aber ihr Stammesrat funktionierte so ähnlich wie ein Parlament oder eine Kongressversammlung.«

Die verständnislosen Blicke seiner Zuhörer verrieten Schultz, dass sie nicht recht wussten, was dies mit ihren Fragen zu tun hatte, also kürzte er seine Erklärung ab. »Es gab jedoch einige wesentliche Unterschiede. Im alten Ägypten – und in einigen anderen Kulturen bis heute – war beziehungsweise ist die Bevölkerung in ein Kastensystem eingeteilt. In Gruppen wie Reiche und Arme, Priester und Statthalter, Könige und Bauern.« Ihre Blicke hingen an seinen Lippen, als er weitersprach. »Im Wesentlichen haben die Cherokee in dieser Gegend das gleiche System übernommen, wahrscheinlich weil sie selbst aus Ägypten stammen!«

»Und was hat das mit unserer Suche zu tun?«

»Jede Menge!« Tommy wurde immer aufgeregter. »Die Tier-, Vogel- und Menschenspuren auf diesen Felsen stehen für die verschiedenen Kasten in den Clans der Cherokee-Nation. Das ist echt verdammt cool.«

»Ich verstehe immer noch nicht, was das alles für unsere Suche zu bedeuten hat.« Ulrich wurde immer ungeduldiger.

Seufzend deutete Tommy wieder auf den Bildschirm. »Das ist ganz einfach. Sehen Sie doch. Um das Ganze zu begreifen, muss man zuerst die Mitte finden – anders als man normalerweise bei einem Puzzle beginnt.«

»Und wo ist die Mitte?«, fragte sein Entführer.

»Genau hier.« Tommy deutete mit dem Finger auf ein Symbol, das wie ein Doppelkreis oder ein Kreis im Kreis aussah.

»Was ist das? Warum ist ausgerechnet das so wichtig?«

»Zum einen, weil es keine anderen Glyphen gibt, die so aussehen. Aber wenn ich jetzt die Fotos um diesen Doppelkreis herum anordne, fällt Ihnen bestimmt auf, dass sich ein Muster abzeichnet. Sehen Sie?« Als Tommy die verschiedenen Bilder in der Reihenfolge anordnete, die er für die richtige hielt, dämmerte Ulrich, worauf er hinauswollte. Die Tierfährten und die menschlichen Fußspuren bewegten sich spiralartig nach außen und wechselten sich regelmäßig ab.

Nachdem alle Fotos auf dem Bildschirm angeordnet waren, ergab die gesamte Szene einen Sinn. Der Doppelkreis befand sich im Zentrum aller Dinge, und die anderen Formen entfernten sich immer weiter von diesem Zentrum. Er tippte mit dem Fingernagel auf die Mitte der Spirale. »Hier müssen wir als Nächstes hin.«

»Und wo genau ist das?« Ulrich war noch nicht überzeugt.

Tommy antwortete mit einer Gegenfrage. »Wenn Sie
sich irgendeine Karte von einem Land ansehen, was sticht
dann am meisten hervor?«

Die beiden Ausländer sahen sich kopfschüttelnd an.

»Also wirklich, muss ich hier die ganze Arbeit machen?«
Er seufzte und fuhr fort: »Wenn ich mir eine Landkarte
ansehe, springt mir immer die Hauptstadt eines Landes
oder Staates ins Auge. Richtig?«

Ein Nicken verriet ihm, dass sie ihm so weit folgen
konnten.

»Richtig. Normalerweise ist sie mit einem Stern ge-
kennzeichnet, manchmal sieht sie auch wie ein Punkt in
einem Kreis aus, ähnlich dem, was Sie hier sehen.«

»Sie behaupten also, dass dieses Symbol die Hauptstadt
wovon darstellt? Von Georgia?«, spekulierte Ulrich.

»Nicht die Hauptstadt von Georgia«, korrigierte
Tommy. »Der Staat Georgia wurde erst Ende des 18. Jahrhunderts gegründet. Diese Petroglyphen sind präkolum-
bianisch. Ich würde sogar sagen, noch viel älter, eher prä-
babylonisch.«

»Ägyptisch?«

»So in etwa. Wahrscheinlich wurden sie einige Jahrzehnte nach der ersten Besiedelung angefertigt, aber ja –
eine grobe Form des Ägyptischen. Das würde erklären,
warum noch niemand herausgefunden hat, was das alles
bedeutet.«

Er deutete wieder auf das Display. »Jedenfalls heißt der
Ort, von dem ich gesprochen habe, Red Clay. Das war die
Hauptstadt der Cherokee-Nation, bis der Rat im Jahr 1838
endgültig aufgelöst wurde.«

Ulrich hatte Feuer gefangen. »Wo liegt dieses Red Clay, von dem Sie sprechen?«

»Es ist in der Nähe von Chattanooga, Tennessee.«

»Und wonach suchen wir, wenn wir dort sind?«

Tommy lächelte. »Wahrscheinlich nach etwas, das sehr ähnliche Markierungen aufweist. Ich würde sagen, dass es auf dem Gelände, auf dem der Rat tagte, etwas geben muss, das uns den nächsten Hinweis gibt. Es könnte ein anderer Stein sein oder eine Keramik … Ich weiß es wirklich nicht.«

»Und woher wollen Sie wissen, was die nächste Markierung bedeutet?« Ulrich blieb bei allem Eifer skeptisch.

»Ich glaube, das finde ich heraus«, antwortete Tommy mit einem sarkastischen Grinsen. »Immerhin sind wir ja schon bis hierher gekommen.«

Zwei Gestalten standen an der beschädigten Leitplanke und starrten auf das Autowrack in der Schlucht. Eine von beiden, eine große brünette Frau in einem knöchellangen schwarzen Mantel, hielt sich ein Handy ans Ohr. Ihr schulterlanges kakaobraunes Haar war zu einem Pferdeschwanz zurückgebunden.

»Ja, Sir. Ich bin mir sicher, dass sie tot sind«, sagte sie ohne jede Gefühlsregung. »Nein. Die sind weg. Wir wissen aber, wohin sie wollen.«

Sie hielt einen Moment inne, hörte der Stimme in der Leitung zu und nickte dann. Einen Moment später beendete sie das Gespräch mit einem »Verstanden« und steckte das Handy in eine Jackentasche.

»Was hat er gesagt?« Der Mann, der sie begleitete, war ähnlich gekleidet, aber er wirkte so kräftig wie ein Rugbyspieler und hatte kurzes braunes Haar. Er hatte die Trümmer der Unfallstelle mit einem Fernglas betrachtet.

»Er will, dass wir weitermachen.«

»Was ist mit denen da unten?« Der Mann deutete mit einem Nicken zu dem Autowrack am Fuße des Berges.

»Wir lassen sie liegen.« Sie betrachtete das Wrack mit einem Kopfschütteln. »Es ist nur eine Frage der Zeit, bis jemand diese Schweinerei bemerkt und die Polizei ruft. Dann möchte ich nicht mehr hier sein.«

Er nickte zustimmend. Die beiden stiegen wieder in ihre schwarze Limousine und fuhren weiter die Bergstraße hinauf.

Kapitel 34

Blue Ridge Mountains

Der rote Silverado sah aus, als wäre er in Afghanistan im Einsatz gewesen. Die Heckscheibe war von Einschusslöchern übersät, und die Windschutzscheibe war ebenfalls durchlöchert.

Sean sah Allyson vom Rücksitz aus mit einem fragenden Gesicht an. »Und wann wollten Sie uns Ihr kleines Geheimnis verraten?«

Sie erwiderte lächelnd den Blick. »Ich habe Ihnen doch gesagt, dass ich strikte Anweisungen hatte. Diese Informationen waren nur für den Notfall bestimmt.«

»Was soll's?«, mischte sich Joe ein. »Es könnte nützlich sein, noch jemanden mit einer Waffe dabeizuhaben. Sie scheint verdammt gut damit umgehen zu können.«

Allyson hob eine Augenbraue und grinste den Fahrer an. »Danke, Mac.«

»Es ist nicht so, dass ich etwas dagegen hätte, wenn Sie sich nützlich machen«, erklärte Sean. »Ich mag nur keine Überraschungen. Ich weiß lieber, mit wem ich es zu tun habe. Verstehen Sie?«

»Das kann ich verstehen«, antwortete sie. »Machen Sie sich keine Sorgen. Es gibt keine weiteren Überraschungen.«

»Sind Sie sich da ganz sicher?« Er wirkte skeptisch.

»Ziemlich sicher.« Sie musterte ihn aus zusammengekniffenen Augen.

Sean richtete den Blick für einen Moment auf die vorbeiziehende Landschaft, bevor er sich wieder Allyson zuwandte. »Wie lange arbeiten Sie schon für Axis?«

Sie drehte sich um und schaute nach vorne, als sie ihm antwortete. »Ich arbeite erst seit zwei Jahren für sie. Sie haben mich kurz vor meinem Collegeabschluss angeworben. Es klang nach einer guten Chance. Die Arbeit ist abwechslungsreich, man kommt viel herum und muss sein Studentendarlehen nicht zurückzahlen.«

»Es ist vor allem eine Arbeit, die sehr gefährlich werden kann«, bemerkte er. »Der Job kann einen das Leben kosten.«

»Ich bin mir der Gefahren bewusst, Sean. Und ich weiß Ihre Besorgnis zu schätzen.« Allyson drehte sich um und schaute ihn an. »Aber ich bin ein großes Mädchen und zudem gut ausgebildet. Ich kann auf mich selbst aufpassen.«

Er wurde rot. »Ich bin sicher, dass Sie das können. Aber als Agent lebt man immer auf Messers Schneide.«

»Sind Sie deshalb ausgestiegen?«

»Das war der Hauptgrund«, antwortete er. »Ich war es leid, mich ständig umsehen und fragen zu müssen, ob aus irgendeiner dunklen Ecke jemand auf mich zielt. Ich konnte kaum noch schlafen. Beim kleinsten Geräusch bin ich mit der Waffe in der Hand aufgesprungen.« Er hielt inne. »Ich vermisse diese Zeiten nicht gerade.«

»Ich schlafe wie ein Baby«, erwiderte sie trotzig.

Sean lachte und wandte seinen Kopf wieder zum Fenster. »Nur Geduld, das ändert sich schon noch.«

Die nächsten Minuten verstrichen schweigend. Bäume huschten vorbei, während Joe den Truck durch die Serpentinen des Highways lenkte. »Es ist gleich da vorne«, brach er schließlich das Schweigen. »Ich bezweifle, dass außer dem Ranger um diese Tageszeit jemand hier ist.«

Als der Truck um eine Kurve bog und einen leichten Hügel hinauffuhr, kam ein schwarzer Hummer H2 in Sicht. Vor dem Kühlergrill stand ein stämmig aussehender Mann mit Bürstenfrisur in einem schwarzen Trenchcoat.

»Mac, sie sind hier«, sagte Sean ruhig.

»Was?« Joe blieb nicht so gefasst.

»Ruhig Blut. Fahr einfach vorbei und tu nichts Unüberlegtes. Lass uns in Bewegung bleiben und so tun, als wollten wir zum Besucherzentrum.«

Joe verstand die Situation und fuhr an dem schwarzen SUV vorbei. Der Mann, der davorstand, hatte sie bemerkt, beachtete sie aber nicht mehr, nachdem sie vorbeigefahren waren.

Nachdem der Pick-up die nächste Kurve genommen hatte, ergriff Sean erneut das Wort. »Tommy ist da hinten mit zwei anderen Typen. Sie sehen sich gerade die Steine an.«

»Was machen wir jetzt?«, fragten Allyson und Joe gleichzeitig.

»Bieg da oben ab.« Sean wies auf die Abzweigung zu einer Schotterpiste.

Joe tat, was sein Freund verlangte, und steuerte den Wagen auf die kleine Straße.

»Okay«, fuhr er fort, während er ein neues Magazin in seine Ruger schob. »Ich habe einen Plan.«

Kapitel 35

Cartersville

Der bullige Charger kam knirschend auf der Kiesauffahrt vor der Blockhütte zum Stehen. Trent schaute durch die Windschutzscheibe des Streifenwagens und versuchte zu erkennen, ob sich im Haus etwas bewegte. Sein Partner Will hatte an der Ausfahrt der Interstate 75 auf ihn gewartet und war ihm von dort in den Nationalpark gefolgt, der ein paar Meilen vor Cartersville lag. Er stoppte sein nicht gekennzeichnetes Fahrzeug direkt neben dem von Trent.

Will fuhr sein Fenster herunter. »Glaubst du, dass jemand zu Hause ist?«

Ein carbonschwarzer Nissan Maxima stand neben dem Haus in der Nähe eines Carports. Unter der Überdachung neben dem Holzhaus war ein weißer Subaru Kombi geparkt. Trent deutete auf die beiden Fahrzeuge. »Keine Ahnung, aber wir werden es gleich wissen«, sagte er.

Nachdem sie sich kurz auf der Rückseite des Hauses umgesehen hatten, gingen die beiden Detectives die Treppe hinauf und klopften an die Tür. Drinnen jaulte und bellte ausgiebig ein Hund. Wenige Augenblicke später hörten sie eine Frauenstimme. »Moment.«

Sie bauten sich auf, um professioneller zu wirken, und zückten ihre Ausweise, um sofort ihre Marken vorzuzeigen. Sie hörten, dass ein Riegel zurückgezogen wurde, bevor sich die Tür öffnete und eine kleine, attraktive Frau

Ende vierzig auf die Schwelle trat. Ihr braunes Haar hatte ein paar graue Strähnen, und ihre Kleidung war schlicht: Bluejeans und ein eng anliegendes T-Shirt, das ihre schlanke Figur betonte. Sie lächelte die beiden Fremden an und hielt den Hund zurück, den die unerwarteten Besucher etwas nervös zu machen schienen. »Gentlemen? Was kann ich für Sie tun?«

»Hallo«, sagte Trent. »Ich bin Detective Trent Morris, und das ist Detective Will Anderson. Wir kommen vom Atlanta Police Department.« Die beiden Männer hoben gleichzeitig ihre Dienstmarken. »Wir hoffen, dass Sie uns vielleicht helfen können.«

Sie machte große Augen und legte die Stirn in Falten. »Was gibt's denn? Atlanta PD? Da sind Sie ein bisschen weit weg von zu Hause, finden Sie nicht?« Sie sprach mit einem ausgeprägten Südstaatenakzent.

Will antwortete höflich: »Wir möchten Ihnen nur ein paar Fragen stellen, Ma'am.« Er steckte seinen Ausweis zurück in die Jackentasche. »Ist Ihr Mann auch zu Hause?«

Sie beäugte sie misstrauisch. »Er ist zurzeit unterwegs. Er müsste aber später am Abend zurückkommen.«

»Wissen Sie zufälligerweise, wohin er gefahren ist?«, übernahm Trent das Ruder.

»Das hat er nicht gesagt. Er hat mir nur gesagt, dass er heute Abend zurück sein würde.«

»Macht er das oft?« Trent sah sich um, während er sprach.

»Manchmal. Er könnte auf die Jagd gegangen sein. Das hatte ich jedenfalls angenommen. Ich habe letzte Nacht bei meiner Mutter übernachtet, etwa dreißig Minuten von hier. Als ich heute Morgen zurückkam, war sein Wagen weg.« Sie deutete vage in Richtung Carport. »Sie können gern reinkommen, wenn Sie möchten. Ich wollte gerade eine Tasse Kaffee trinken.«

Sie nickten und folgten ihr in das Wohnzimmer der riesigen Blockhütte. Sie deutete auf einige bequeme Sofas in der Mitte des Raumes und zog die Tür hinter ihnen zu. Das rustikale Ambiente der Einrichtung passte gut zur natürlichen Umgebung des Hauses. »Möchte einer von Ihnen vielleicht eine Tasse Kaffee?«

Trent hob abwehrend die Hand und schüttelte höflich den Kopf. »Nein, Ma'am. Aber vielen Dank.«

Will schüttelte den Kopf. »Ich möchte auch nichts, danke.«

»Ihr Mann geht also viel auf die Jagd, Mrs. McElroy?«, fragte Trent, als sie sich in einen weichen dunkelbraunen Sessel setzte.

»Das hängt von der Jahreszeit ab, aber nicht mehr so oft wie früher.« Sie trank einen Schluck von ihrem Kaffee. »Sie beide sind aber sicher nicht den ganzen Weg von Atlanta hierhergefahren, um über die Hobbys meines Mannes zu plaudern. Also, warum lassen Sie nicht einfach das Herumgerede und stellen mir die Fragen, deretwegen Sie hergekommen sind?«

Trent lächelte über ihre Direktheit. »Gern, Mrs. McElroy. Kennen Sie diesen Mann?« Er zog ein Foto aus seiner Jackentasche und reichte es ihr über den Couchtisch.

Sie lächelte. »Natürlich. Das ist Sean Wyatt. Ein alter Freund von uns. Joe kennt ihn, seit sie Jungs waren. Sean ist etwa acht Jahre jünger, aber sie waren schon immer gute Freunde. Das liegt daran, dass ihre Familien sich schon so lange nahestehen.«

»Ihre Familien?«, unterbrach Will.

»Ja. Sie kennen sich seit Jahrzehnten, das reicht bis zu

ihren Großeltern zurück. Joes Eltern haben früh geheiratet und kurz darauf Kinder bekommen. Seans Eltern wollten die Welt bereisen und alles sehen, bevor sie Kinder bekamen, deshalb liegen die Jungs so viele Jahre auseinander.«

»Haben Sie Sean in letzter Zeit gesehen?«, fuhr Will fort.

»Nein, das kann ich nicht sagen. Er war vor etwa einem Monat hier, aber er ist immer so von seiner Arbeit in Anspruch genommen.« Sie machte eine Pause. »Wo wir davon reden … Es wird allmählich Zeit, dass er seinen Hintern mal wieder hierherschafft, um Hallo zu sagen.«

»Also hat er in den letzten Tagen nicht angerufen?«, drängte Trent sie.

Sie sah ihn an, als hätte er gerade eine dumme Frage gestellt. »Ich habe Ihnen doch gerade gesagt, dass ich seit fast einem Monat nichts mehr von ihm gehört habe.« Sie schaute von Trent zu Will und wieder zurück. »Was will die Polizei von Atlanta überhaupt von Sean Wyatt? Er hat nie etwas Unrechtes getan. Er ist einer der nettesten Menschen, die ich jemals getroffen habe.«

Die beiden Polizisten sahen sich an, als wollten sie einander um Erlaubnis bitten, es ihr zu sagen. Trent ergriff das Wort: »Mrs. McElroy, wir haben Grund zu der Annahme, dass Sean Wyatt in den Mord an Frank Borringer vor zwei Tagen verwickelt ist. Außerdem besteht der Verdacht, dass er gestern in der Wohnung von Thomas Schultz zwei Polizeibeamte ermordet hat.«

Hätten sie sie mit einer Eisenpfanne geohrfeigt, wäre sie nicht mehr überrascht gewesen. »Haben Sie beide den Verstand verloren?« Ihre Stimme klang schrill. »Schon der Gedanke, dass Sean Wyatt in einen Mord verwickelt sein könnte – geschweige denn in drei! Das ist das Lächerlichste, was ich jemals gehört habe. Wie kommen Sie denn auf so eine verrückte Idee?«

»Wyatt ist im Moment unser einziger Verdächtiger. Wir haben Grund zu der Annahme, dass er in die Sache verwickelt ist. Das ist alles, was ich Ihnen im Moment sagen kann.« Trent versuchte, nicht beleidigt zu sein.

Der Blick, den sie ihm zuwarf, hätte Stahl zum Schmelzen bringen können. »Sind Sie noch bei Trost?«

Diese Detectives machten nur ihre Arbeit, das wusste sie, aber die Vorstellung, dass Sean jemanden ermordet haben könnte, machte sie fassungslos. Nachdem sie sich einen Augenblick Zeit genommen hatte, um sich zu beruhigen, fuhr sie fort: »Gentlemen, Sie haben bestimmt Informationen, die Sie vermuten lassen, Sean habe diese Dinge getan. Aber ich sage Ihnen jetzt schon klipp und klar, dass Sie sich irren. Ich habe ihn seit fast einem Monat weder gesehen noch von ihm gehört, wie ich Ihnen bereits sagte. Aber ich sage Ihnen eines: Wenn mein Mann ihm hilft, kann ich ihm das nicht verübeln. Ich hätte dasselbe getan.«

Jetzt war Will wieder an der Reihe. »Würden Sie ihm auch helfen, wenn er seinen besten Freund verraten hätte?«

Sie sah die beiden an und wusste nicht, wovon der jüngere Detective sprach.

»Sehen Sie, Ma'am«, erklärte Will, »Tommy Schultz wurde vor ein paar Tagen entführt, kurz vor einer Pressekonferenz, die er selbst im Historical Center von Georgia angesetzt hatte. Anscheinend hatte er eine neue Entdeckung gemacht, die im Center vorgestellt werden sollte. Aber er verschwand ein paar Stunden vor der Konferenz.«

Als sie das hörte, stand sie auf. »Jetzt weiß ich, dass Sie beide übergeschnappt seid. Sie behaupten, dass Sean drei

Männer getötet und seinen besten Freund entführt hat – den er übrigens seit seiner Kindheit kennt?« Sie schüttelte heftig den Kopf. »Mir reicht es jetzt.« Sie winkte abweisend mit der Hand.

»Mrs. McElroy, wir wollen nur wissen, wo Ihr Mann ist!« Trent Morris blieb hartnäckig. »Ich verspreche Ihnen, wenn Sean unschuldig ist, werden wir seinen Namen reinwaschen. Wir müssen nur wissen, wohin sie gefahren sein könnten.«

In den letzten dreißig Sekunden war sie hinter dem Sofa hin und her gelaufen. Der Hund starrte sie mit großen, schläfrigen Augen an und fragte sich, was los war. Nach ein paar weiteren Schritten blieb sie stehen. »Ich weiß nicht, wo er ist.« Ihre Miene verriet resignierte Ehrlichkeit. »Aber eines weiß ich: Wenn ich es wüsste, würde ich es Ihnen nicht sagen. Mein Mann hat nichts Falsches getan und Sean Wyatt auch nicht.«

»Ihr Mann hilft einem Flüchtigen, sich der Justiz zu ...« Will klang wütender, als Trent es je bei ihm erlebt hatte.

»Mrs. McElroy«, unterbrach er seinen Partner, »wir danken Ihnen für Ihre Zeit. Wenn Sie herausfinden, wo Ihr Mann sein könnte, und Sie Ihre Meinung ändern, lassen Sie es uns bitte wissen.« Er zog eine Visitenkarte aus seiner Brieftasche. »Rufen Sie mich einfach auf meinem Handy an. Wir versuchen nur, Licht in diese Sache zu bringen. Okay?« Will sackte ein bisschen zusammen. Trent hatte ihn gerade vor einer Zeugin zurechtgestaucht.

Trents Worte schienen sie ein wenig zu beruhigen. Sie nahm die Karte mit einem Nicken entgegen.

»Danke«, sagte Trent. »Wir lassen Sie jetzt in Ruhe, Ma'am. Aber wir wären Ihnen wirklich für jede Hilfe dankbar, die Sie uns geben können.«

Die beiden Männer standen auf und gingen zur Tür. Als Will sie öffnete und über die Schwelle schritt, hielt sie sie auf.

»Detectives.« Ihre Stimme klang immer noch entschieden, aber eine Nuance freundlicher. »Ich wollte nicht unhöflich sein. Es ist nur so, dass wir Sean schon sehr lange kennen. Und ich weiß, dass er so etwas wie das, was Sie ihm vorwerfen, nie tun würde. Aber wie ich ihn kenne, würde ich darauf wetten, dass Sean versucht hat, seinen Freund zu finden.«

Die beiden Detectives sahen sich an, dann sagte Trent: »Sie meinen, die beiden versuchen, Schultz zu finden?«

Sie nickte kurz. »Schultz und Sean sind seit dem Tag, an dem sie sich kennengelernt haben, ein Herz und eine Seele. Was dem einen widerfährt, tut auch dem anderen weh, wenn Sie verstehen, was ich sagen will.«

Trent quittierte die Aussage mit einem verständnisvollen Lächeln, dann drehten die beiden sich um und schlenderten die Treppe zu ihren Autos hinunter. Mrs. McElroy stand mit dem schlappohrigen Hund an ihrer Seite in der Tür der Blockhütte und beobachtete, wie die Männer in ihre Autos stiegen und die Einfahrt hinunterfuhren.

Kapitel 36

Blue Ridge Mountains

Joe lenkte den Pick-up wieder zu der Stelle der Straße, wo der Hummer geparkt war. Als sie langsam um die Kurve fuhren, konnte er sehen, dass die drei Männer, die vorher bei den vergitterten Felsbrocken gestanden hatten, ihr Fahrzeug inzwischen fast wieder erreicht hatten.

Sie gingen entspannt darauf zu und schienen sich keiner möglichen Bedrohung bewusst zu sein.

Sean musste sich beherrschen, als er sah, dass Tommy von einem großen blonden Mann, den er auf etwa Mitte bis Ende dreißig schätzte, und einem Kerl begleitet wurde, der zwar kleiner, aber viel breitschultriger gebaut war.

»Ich sehe sie«, sagte Joe. Er wusste, was Sean dachte.

Von hinten kam keine Antwort, als sie sich der Stelle näherten, an der die vier Männer jetzt auf dem Parkplatz standen. Sie wirkten überrascht, als Joe den Truck direkt hinter dem schwarzen SUV stoppte. »Entschuldigt, Leute«, sagte er mit einem deutlich stärkeren Südstaaten-Akzent, als er ihn normalerweise benutzte. »Ihr wisst nicht zufällig, wo das Apfel-Festival ist, oder?«

Tommy verzog keine Miene, als er das Gesicht seines alten Freundes Joe McElroy erkannte. Wo war Sean? Wenn Joe da war, konnte Sean nicht weit sein.

Die beiden muskulösen Aufpasser sahen fragend den großen Blonden an, der hier offenbar das Kommando hatte. Keiner sagte ein Wort. Schließlich schüttelte der blonde Mann den Kopf.

»Vielleicht sind wir ja falsch abgebogen«, fuhr Joe fort und versuchte, ruhig zu bleiben. Er griff nach unten und zog ein Blatt Papier hervor. »Diese Wegbeschreibung ist ein bisschen vage.«

Die vier Männer, die auf dem Asphalt des Parkplatzes standen, starrten auf den Zettel in der Hand des Fahrers, als von der Ladefläche des Trucks plötzlich ein lauter Schuss ertönte. Vier weitere Schüsse folgten fast augenblicklich. Der kleine Mann mit der Bürstenfrisur an der Spitze des Gefolges fiel nach hinten um, drei Einschusslöcher prangten mitten in seiner Brust. Die Überraschung verschwand schnell aus den Gesichtern der anderen drei, als der größere Mann im Anzug die Waffe aus dem Holster zog und die Tasche fallen ließ, die er in der Hand gehalten hatte.

Zwei weitere Schüsse kamen von der Vorderseite des Trucks, einer traf den großen Mann in den Arm. Es schien ihm nichts anzuhaben, weil er gleich mit einer Salve aus seiner Pistole reagierte und damit die Seite des Trucks perforierte.

Joe duckte sich unter das Fenster, und unmittelbar danach pfiff ein Projektil über seinen Kopf hinweg.

Allyson riskierte, hinter dem Kühlergrill des Pick-ups hervorzuspringen und weitere Schüsse auf den großen Aufpasser abzugeben. Der Mann bemerkte sie zu spät, eine Kugel traf seine Brust; er taumelte rückwärts gegen die geöffnete Beifahrertür des großen SUVs und hievte sich auf den Sitz.

Der blonde Mann hatte Tommy um den Hals gepackt, als die Schießerei begann; er hielt ihn wie einen menschlichen Schutzschild und richtete die Waffe auf die Angreifer.

Als er sah, dass seine Helfershelfer zu Boden gegangen waren, feuerte er drei schnelle Schüsse auf den Fahrer des Pick-ups ab. Die Kugeln schlugen in die Tür ein, während der Mann hinter dem Lenkrad in Deckung blieb, um nicht getroffen zu werden.

Sofort wandte sich der blonde Mann zur Ladefläche des Pick-ups, von wo aus die ersten Schüsse abgefeuert worden waren, und erwiderte brutal das Feuer, wobei weitere Kugeln in das Metall hämmerten. Während er rückwärts zur Vorderseite des SUVs ging, feuerte er zweimal auf die Frau, die hastig hinter der Motorhaube des Pick-ups in Deckung ging.

Sean wusste, dass er einen der drei Männer ausgeschaltet hatte, war sich aber nicht sicher, ob es Allyson gelungen war, einen weiteren Mann zu erwischen. Die Schüsse trafen die Seite des Trucks, und er konnte unmöglich einen Blick über den Rand riskieren. Er blickte zur Heckscheibe des Pick-ups und konnte seinen Freund nicht entdecken. Für den Bruchteil einer Sekunde befürchtete er, dass Joe getroffen worden war. Dann ruckelte der Truck vorwärts und drehte sich so, dass sich das Heck auf die Rückseite des Hummers richtete, der jetzt etwa acht Meter entfernt war. Sean streckte den Kopf leicht über die Heckklappe und erhaschte einen Blick auf den blonden Mann, der Tommy auf den Rücksitz des Geländewagens drückte. Erstaunlicherweise stand der kleinere Ganove langsam auf und kroch durch die andere Fondtür in das Fahrzeug.

Nachdem er Tommy in das Fahrzeug gezwängt hatte, schlug Ulrich die Tür zu, lehnte sich aus dem hinteren Seitenfenster und gab vier weitere Schüsse ab. Drei Kugeln krachten harmlos in die Heckklappe, aber eine erwischte den hinteren linken Reifen des Trucks. Luft wich zischend aus dem Gummireifen.

Sean spürte, wie der Truck wegsackte, und wusste sofort, was passiert war. Er hörte, wie der Humvee auf Touren kam und seine Reifen quietschten. Er riskierte einen weiteren Blick über den Rand der Ladefläche und sah, wie die vier Männer im Geländewagen an dem Pick-up vorbeirasten. Er feuerte seine wenigen verbliebenen Kugeln auf die Reifen des flüchtenden SUVs ab, verfehlte sie aber.

Auch Allyson gab den Rest ihres Magazins auf das beschleunigende Fahrzeug ab, das jedoch schon über der Hügelkuppe verschwand, als der Schlitten ihrer Waffe zurückfuhr und signalisierte, dass das Magazin leer war.

Enttäuscht senkte Sean den Kopf. Er musste sich eingestehen, dass er vielleicht gerade die einzige Chance vertan hatte, seinen Freund zu retten.

Kapitel 37

Cartersville

Trent und Will saßen schweigend da und verzehrten ihr Frühstück. Nachdem sie das McElroy-Haus verlassen hatten, waren sie in die nahe gelegene Stadt gefahren und hatten an einem Diner angehalten. Sie hatten Atlanta an diesem Morgen in aller Hast verlassen, und als sie am Tisch saßen, hätten sie am liebsten alles bestellt, was auf der Speisekarte stand.

Das Restaurant war wie ein Lokal der Fünfzigerjahre gestylt. In der Ecke stand die traditionelle Jukebox, es gab Fliesenböden mit Schachbrettmuster und Bilder von Prominenten aus dem Goldenen Zeitalter Hollywoods. Die gepolsterten Sitzkojen waren in klassischem glänzenden Vinyl bezogen, das in der Mitte schwarz-weiße Streifen aufwies. Sogar die Kellnerinnen trugen passende Röcke mit Petticoats und rot-weiß gestreifte Blusen. Die Bluse ihrer Kellnerin war oben offen, und das Namensschild verriet, dass sie *Wanda* hieß.

Keiner der beiden Detectives hatte viel gesprochen, seit sie in dem Lokal angekommen waren. Nachdem sie ihre Mahlzeiten fast beendet hatten, ergriff Will schließlich das Wort. »Es tut mir leid, dass ich vorhin ausgerastet bin, Trent. Ich wollte nicht …«

»Zerbrich dir darüber nicht den Kopf«, unterbrach ihn Trent. »Das ist schon okay.«

»Es ist nur so, dass … Menschen, die das Gesetz nicht respektieren … das macht mich wütend, das ist alles.«

»Glaub mir, Bro', das verstehe ich vollkommen. Was meinst du, warum es so viele Meldungen wegen Polizeibrutalität gibt? Es ist nicht unbedingt so, dass Polizisten von sich aus Schwierigkeiten haben, mit Wut oder Ärger umzugehen. Aber die Art und Weise, wie die Leute uns und das Gesetz missachten … Da kann einem schon mal der Kragen platzen.«

»Also, es tut mir leid. Ich fand es gut, wie du die Situation gerettet hast.« Der jüngere Detective blickte von dem leeren Teller auf. Er zwinkerte Trent zu und lächelte dankbar.

»Wie ich schon sagte, Schwamm drüber. Vergiss es. Ich habe es schon vergessen.«

Will sah ihn fragend an. »Also, glaubst du der Lady?«

Trent sah durch das Fenster einem alten Pick-up hinterher, der an dem Diner vorbeifuhr. Er war mit seinen Gedanken ganz woanders. »Ich weiß nicht.« Dann richtete er seine Aufmerksamkeit wieder auf seinen Partner. »Ich denke schon. Wenn ich McElroy wäre und einem Verdächtigen bei der Flucht helfen würde, würde ich auch nicht wollen, dass meine Frau davon erfährt.«

Er lachte kurz auf, was Will ein Grinsen entlockte.

Trent sprach weiter: »Ja, ich glaube ihr. Bestimmt war sie gestern Abend wirklich bei ihrer Mutter, und als sie heute Morgen nach Hause kam, waren ihr Mann und Wyatt längst unterwegs.«

Ein entschlossener Ausdruck legte sich auf Trents Gesicht. Er war schon sehr lange Polizist. Manchmal dachte er, es wäre schon zu lange gewesen. Und zu den Dingen, die er an der Arbeit als Detective am meisten hasste, gehörte, dass es manchmal so schwer war, an Antworten zu kommen.

»Jetzt müssen wir uns überlegen, wohin wir als Nächstes fahren.« Er ließ die Gabel, die er in der Hand hielt, auf den Teller fallen und legte die zusammengeknüllte Serviette daneben. »Sieht so aus, als wäre die Spur kalt geworden.«

»Vielleicht übersehen wir etwas.« Will rührte seinen Kaffee um, starrte in die braune Flüssigkeit und durchdachte die Situation.

»Jeder Tatort wurde gründlich durchsucht. Jeder mögliche Zeuge wurde befragt. Wir waren in Wyatts Haus und bei Schultz zu Hause. Wir haben nichts gefunden. Ich kann mir nicht vorstellen, wo wir sonst noch auf den Busch klopfen könnten.«

Fünf Minuten verstrichen, während die beiden Detectives stumm und frustriert ihren Kaffee tranken und in Gedanken jeden sprichwörtlichen Stein umdrehten.

Das Einzige, was in dem Diner nicht aus den Fünfzigerjahren stammte, war der Flachbildfernseher, der über dem Küchenbereich hing. Zwei ältere Männer, die mit ihren Trucker-Caps und Warnwesten wie typische Lkw-Fahrer aussahen, saßen am Tresen und verfolgten auf CNN die Nachrichten.

Trent schaute auf den Bildschirm, um zu sehen, was sie gerade so interessierte. Eine Luftaufnahme aus einem Hubschrauber zeigte eine tiefe Schlucht irgendwo in einer Bergkette. Die Schlagzeile am unteren Rand des Fernsehbilds lautete: »*Tragischer Unfall in den Blue Ridge Mountains*«.

Oben am Rand des Abhangs waren Rettungskräfte zu sehen, die versuchten, sich zu den Überresten eines Autos vorzukämpfen, das auf dem Dach am Fuß des Abhangs lag. Trent starrte auf die Szene. Er konnte erkennen, dass es sich bei dem Wrack um einen neueren Mercedes-Benz handelte. Der Nachrichtensprecher schilderte ausführlich die Bemühungen des Rettungsteams, betonte aber immer wieder, dass die Behörden davon ausgingen, dass es keine Überlebenden gab. Weder das Fahrzeug noch seine Insassen hatten bisher identifiziert werden können, und die Behörden rechneten mit dem Schlimmsten.

Will hatte aufgehört, aus dem Fenster auf die Passanten zu starren, und verfolgte mit seinem Partner die Nachrichten.

Neugierig geworden, winkte er die Kellnerin heran, als sie vorbeiging. »Entschuldigen Sie. Wissen Sie, wo genau das ist?« Er deutete auf den Bildschirm.

Sie wandte den Kopf und bemerkte jetzt erst, was alle anderen im Lokal zu verfolgen schienen. »Oh, ja. Das ist oben in der Nähe von Brasstown, etwa vierzig Minuten von hier. Sieht aus, als wäre da jemand durch die Leitplanke gerauscht. Sie versprechen schon seit Jahren, dass sie eine stärkere Leitplanke an der Straße anbringen wollen. Jetzt werden sie es wohl endlich tun, schätze ich. Ein Jammer, dass erst jemand sterben muss, bevor sich in diesem Land etwas bewegt. Aber so ticken die Behörden wohl.« Ihr tiefer Südstaatenakzent war typisch für diese Region. Sie starrte auf das Fernsehbild. »Eine Schande ist das.«

»Sie sagen, der Ort ist etwa vierzig Minuten von hier entfernt?« Wills Interesse an dem Unfall war merkwürdig.

»Ja«, antwortete sie. »Wenn Sie hinter der Ampel auf den Highway abbiegen, kommen Sie direkt dorthin. Aber ich würde da jetzt nicht hinfahren. Man sieht ja, dass sie im Moment keinen durchlassen.«

»Gibt es in dieser Gegend etwas Interessantes? Historische Stätten, Campingplätze …?« Er verstummte. Trent wusste nicht recht, worauf sein Partner hinauswollte.

»Nein … das heißt, irgendwie schon.« Sie war sichtlich ratlos. »Da oben gibt es eine Menge Campingplätze, aber nichts, was einen vom Hocker reißt. Es ist ganz hübsch da, klar. Ich fahre um diese Jahreszeit gerne dort rauf, um mir das bunte Laub anzugucken.«

Hinter dem Tresen räusperte sich jemand vernehmlich und unterbrach sie. Der Koch hatte das Gespräch offenbar mitgehört. »Es gibt in der Nähe der Unfallstelle allerdings eine Sehenswürdigkeit.«

Will und Trent drehten beide die Köpfe zu dem Mann um. »Und welche?«, wollte der jüngere Detective wissen.

Der Koch, ein älterer Mann wahrscheinlich Ende fünfzig, war gerade damit beschäftigt, den Grill zu säubern. Zwischen seiner Papiermütze und seinen Brauen glänzte ein Schweißfilm auf seiner Stirn. Der Bauch, über dem sich sein weißes T-Shirt spannte, ließ darauf schließen, dass er offenbar schon lange in diesem Diner nicht nur arbeitete, sondern auch aß. »Ungefähr zwanzig Minuten hinter der Unfallstelle gibt es eine Sehenswürdigkeit namens Track Rock. Sie liegt unterhalb von Brasstown Bald.« Während er sprach, ließ er sich nicht von seiner Arbeit abhalten und warf ein paar Würstchen und Kartoffelpuffer auf die heiße Platte. Er verteilte die Puffer und wendete dabei einige Frikadellen.

»Track Rock?«, fragte Trent neugierig.

»Ja«, fuhr der Koch fort, der froh war, einen Gesprächspartner zu haben. »Hier in der Gegend ist das eine echte Sehenswürdigkeit. Da, wo der Weg zum Berg hochführt, liegen vier große Felsen. Auf den Steinen sind uralte Schriftzeichen zu sehen, die bisher noch niemand entziffern konnte.«

»Sie meinen, niemand hat sie übersetzen können?«

»Ganz genau. Jedes Jahr kommt bestimmt ein halbes Dutzend Geschichtsexperten und Wissenschaftler, um die Felszeichnungen zu entziffern, aber bisher hat es noch keiner geschafft.«

»Was sind das denn für Zeichnungen auf diesen Felsbrocken?«, fragte Will. Der Koch hörte kurz auf, sich um die brutzelnden Speisen zu kümmern, und legte den Kopf schief, als ob er versuchte, sich etwas ins Gedächtnis zu rufen, das er vor langer Zeit gesehen hatte. »Es ist schon eine Weile her, seit ich da war. Aber ich kann Ihnen sagen, dass ich so was bisher nirgendwo sonst gesehen habe. Alle möglichen seltsamen Linien, Symbole und Tierspuren, die in vier große Specksteinfelsen geritzt sind.«

Trent und Will warfen sich einen vielsagenden Blick zu.

»Einen Versuch ist es wert«, meinte Will. »Wir haben sonst nichts in der Hand.«

Trent überlegte einen Moment und nickte schließlich zustimmend. »Was haben wir zu verlieren? Wo sollte dieser Kerl sonst hin, wenn er hier nach etwas sucht? Außerdem lohnt es sich auf jeden Fall, mal einen Blick auf das Autowrack zu werfen. Vielleicht hatte der Mann es auch nur eilig und ist von der Klippe gestürzt.«

Will schnaubte. »Ich bezweifle, dass wir so viel Glück haben.«

Sie legten ein paar Dollarscheine neben ihre leeren Teller auf den Tisch und standen auf, um zu gehen. »Danke für die Informationen«, sagte Trent zu den beiden Angestellten. Die nickten nur, als die beiden Detectives hastig den Diner verließen.

Kapitel 38

Blue Ridge Mountains

Allyson stand untätig herum, die Hände in den Jackentaschen, und sah den beiden Männern zu, die damit beschäftigt waren, den platten Reifen zu wechseln. Die Arbeit ging langsam voran, was an dem schmalbrüstigen Wagenheber lag, mit dem sie das schwere Fahrzeug heben wollten. Leider hatten sie nichts Besseres.

Der Austausch des alten Reifens gegen den schmalen Reservereifen hatte länger gedauert, als unbedingt nötig gewesen wäre. Jetzt war Joe fast fertig und senkte das Heck des Trucks langsam ab.

Da seine Hilfe zu diesem Zeitpunkt nicht erforderlich war, ging Sean zu dem Parkplatz zurück, auf dem die Schießerei stattgefunden hatte.

»Wo wollen Sie hin?«, fragte Allyson ziemlich direkt und stemmte dabei die Hände in die Hüften.

»Die einzige Möglichkeit für eine zweite Chance zur Rettung Tommys besteht darin, weiterzumachen und die ganze Sache aufzuklären.« Sean biss die Zähne zusammen, und seine Miene unterstrich die Entschlossenheit seiner Stimme. »Vielleicht können wir die Symbole auf diesen Steinen deuten und ihn dann irgendwo einholen.«

»Glauben Sie, dass Tommy das Rätsel gelöst hat?« Sie sah ihn besorgt an.

»Das muss er wohl.« Sean grinste unwillkürlich. »Dieser

Hallodri taucht heute Morgen hier auf und löst mal eben ein Rätsel, das jahrhundertelang als unlösbar galt.« Er schüttelte den Kopf. »Nein, sie wären hier nicht weggefahren, wenn Tommy nichts herausgefunden hätte. Nur wie er es gemacht hat, steht auf einem anderen Blatt.«

Sie gingen nebeneinander zu den Felsbrocken, als sein Blick auf einen Gegenstand fiel, der in der Nähe des Bordsteins bei der Absperrung lag. Das war die Stelle, an der der Hummer während der Schießerei geparkt gewesen war. Neugierig ging er hinüber, um einen Blick darauf zu werfen.

»Was ist das?«, fragte sie und folgte ihm aufmerksam.

»Sieht aus wie eine Kameratasche.« Er bückte sich und hob die kleine schwarze Tasche auf. Seine Vermutung bestätigte sich.

»Ja. Wahrscheinlich hat sie jemand in dem ganzen Chaos fallen lassen.« Sean drehte die Tasche um und betrachtete sie von allen Seiten, dann öffnete er den Reißverschluss und nahm die Digitalkamera heraus. »Tommy muss Fotos von den Steinen gemacht haben.«

»Warum sollte er das tun?«

Joe hatte mittlerweile den Reifen gewechselt und lud das Werkzeug in die große Metallkiste auf der Ladefläche. »Habt ihr etwas gefunden?«, rief er ihnen quer über den Parkplatz zu.

»Ja!« Sean beantwortete zuerst die Frage seines alten Freundes.

Dann ging er auf ihre Frage ein. »Keine Ahnung, warum sie Fotos davon brauchten.« Sein Verstand arbeitete auf Hochtouren, und er fragte sich, was Tommy wohl vorhatte.

Vorsichtig schaltete er die Kamera ein, um sich anschauen zu können, was darauf gespeichert war. Die Aufnahmen zeigten allesamt die vier Felsen aus verschiedenen Blickwinkeln und Positionen. Nichts davon ergab einen Sinn. Jeder Ausschnitt schien nur zufällige Formen und Linien darzustellen.

Joe hatte sie inzwischen eingeholt und schaute neugierig über ihre Schultern auf die Fotos auf dem Display.

»Ich werde daraus auch nicht schlau«, bemerkte er. »Ich war schon ein paarmal hier, aber mir fällt dazu nichts ein.«

Sean nickte und sah sich das letzte Foto an. »Was auch immer das bedeuten soll, Tommy hat es herausgefunden, und er muss es schnell geschafft haben.«

Einige Minuten vergingen, während die drei ratlos herumstanden. Die Morgensonne lugte über die Berggipfel im Osten und tauchte ihre kleine Gruppe in ihre wärmenden Strahlen. Eine Krähe krächzte laut auf einem nahen Ast, während andere Vögel im Schutz der bunten Blätter ihre zwitschernden Gespräche fortsetzten.

Die drei klickten noch einmal die Aufnahmen durch und versuchten zu erkennen, was Schultz aufgefallen sein mochte, das ihm irgendwie als Wegweiser hätte dienen können.

Allyson riss sich aus ihrer Konzentration. »Vielleicht hat er dafür ja einen Computer benutzt.«

»Sie meinen ein Notebook?« Sean versuchte zu erraten, worauf sie hinauswollte.

»Ja.«

»Vielleicht haperte es die ganze Zeit daran, dass jeder, der die Bedeutung der Glyphen herausfinden wollte, sie nur so betrachtet hat, wie sie sich da präsentieren. Tommy hätte die Bilder auf einen Laptop übertragen und sie auf einem Bildschirm neu anordnen können.« Er dachte über die Idee nach. »Mac, wo kriegen wir einen Computer her?«

»Etwa zwanzig Minuten von hier liegt eine Kleinstadt. Die Bücherei hat bestimmt einen Computer, den wir benutzen könnten.«

»Los geht's«, sagte Sean, drehte sich um und ging zum Truck zurück.

Als er bei dem ramponierten Fahrzeug ankam, öffnete er Allyson die Vordertür. »Das war eine gute Idee, Agent Webster«, sagte er mit einem Lächeln.

»Danke.« Sie sah ihn amüsiert an.

»Ich glaube, so langsam haben Sie den Dreh raus«, scherzte er und schloss die Tür hinter ihr.

Als Sean auf den Rücksitz kletterte, ließ Joe den Wagen an. »Ich hoffe nur, dass wir das auch so schnell hinbekommen wie Tommy.«

Kapitel 39

Blue Ridge Mountains

Ulrich hatte an einer Tankstelle in der Nähe einer kleinen Bergstadt angehalten, die aus der Zeit gefallen zu sein schien. Die riesigen SUVs, die sein Auftraggeber zur Verfügung gestellt hatte, verbrauchten einfach viel zu viel Benzin, sodass sie häufig tanken mussten.

Die Aufpasser besuchten nacheinander die Außentoilette, während der andere jeweils den Gefangenen in Schach hielt. Ulrich achtete sorgfältig darauf, dass der Betreiber des Supermarktes in der Tankstelle von der merkwürdigen Konstellation nichts mitbekam.

Der Mann hinter dem Tresen war etwas älter und trug einen grauen Sechstagebart. Selbst wenn der alte Knacker versucht hätte, sich ihnen in den Weg zu stellen, hätte es ihm wenig genützt. Trotzdem war Vorsicht besser als Nachsicht. Sean Wyatt hatte sie vorhin völlig unvorbereitet überrumpelt. Außerdem hatte er offenbar Verstärkung mitgebracht. So etwas durfte nicht noch einmal vorkommen.

Er sah sich wieder um, immer noch verwirrt nach der Schießerei auf dem Berg. Wyatt konnte zwar unmöglich wissen, in welche Richtung sie gerade unterwegs waren, aber da er es bereits einmal geschafft hatte, sie ausfindig zu machen, war nicht auszuschließen, dass es ihm wieder gelang.

Jens Ulrich hatte sich schon eine Weile nicht mehr bei dem alten Mann gemeldet. Bei normalen Kunden wäre so etwas kein Problem gewesen, aber der Alte war für seine unerträgliche Ungeduld bekannt. In diese Operation waren viel Geld und Ressourcen geflossen, und man erwartete Ergebnisse weit schneller, als es vernünftig war.

Warum erledige ich das nicht gleich jetzt?, dachte er und zog das Handy aus der Hosentasche, um anzurufen. Es klingelte nur zweimal, bevor am anderen Ende die Stimme des älteren Mannes mit einem knappen »Lagebericht?« antwortete.

Ulrich stellte sich den geheimnisvollen Mann vor, wie er in seinem riesigen Ledersessel an seinem überdimensionalen Schreibtisch saß und auf das Telefon starrte, weil er den Anruf erwartete.

»Wir machen Fortschritte, Sir. Schultz ist schlauer als gedacht.« Seine Antwort war so kurz und bündig wie die Frage. »Unser nächstes Ziel ist der Red Clay State Park, etwa zwanzig Meilen von Chattanooga entfernt.«

»Ich habe davon gehört.«

Das überraschte Ulrich etwas. »Sie kennen den Park?«

Der ältere Mann klang, als würde er mit einem Kind sprechen. »Natürlich. Dort war über Jahrhunderte die Hauptstadt der Cherokee-Nation – bis zum Beginn der Umsiedlungen in den späten 1830er-Jahren. Für die Cherokee war die Gegend ein geheiligtes Land voller geheimnisvoller Kräfte. Sie glaubten, dass in den umliegenden Wäldern die Toten vergangener Zeiten hausten und ihre Geister sie beschützten.«

»Schultz glaubt, dass wir dort etwas finden werden, das uns den Weg zur ersten Kammer weist«, fügte Ulrich hinzu.

»Hat er genau gesagt, was er da zu finden hofft?«

»Nein. Nur dass es vielleicht das nächste Teil des Puzzles ist.«

»Ist er kooperativ?«

»Ja, im Moment. Er hat uns keine Schwierigkeiten gemacht. Wir müssten dort in etwa einer halben Stunde eintreffen.« Ulrich wartete ein paar Sekunden und überlegte, ob er seinem Auftraggeber von der zurückliegenden Schießerei erzählen sollte.

Bevor er weiterreden konnte, meldete sich der Prophet zu Wort. »Ich mache mir Sorgen, Jens.«

Das kam unerwartet. »Weswegen?«

»Sie werden schlampig«, bemerkte die Stimme kalt.

»Wie meinen Sie das, Sir?«

»Zuerst der Professor. Und dann die beiden Officer? Sie hinterlassen zu viele Leichensäcke in Ihrem Kielwasser. Ich muss Sie bitten, diskreter vorzugehen.«

Ulrich biss die Zähne zusammen und versuchte, seinen Zorn zu kontrollieren. »Ich tue, was ich für notwendig halte, um die Mission zu erfüllen, Sir.«

»Verstanden. Stellen Sie nur sicher, dass Sie sie auch zu Ende bringen.« Dann fügte er hinzu: »Aber es darf nicht so viel Staub aufwirbeln, dass jemand auf unser Vorhaben oder auf mich aufmerksam wird. Habe ich mich klar ausgedrückt?«

»Absolut.« Ulrich würde seinem Gesprächspartner auf gar keinen Fall verraten, was sich an diesem Morgen zugetragen hatte.

»Eine letzte Sache noch, Ulrich«, unterbrach die Stimme seine Gedanken.

»Ja?«, erwiderte er gereizt.

»Gestern wurde in der Nähe einer Kirche eine Leiche

gefunden. Der Beschreibung im Polizeibericht nach zu urteilen, handelte es sich um einen Ihrer Handlanger. Muss ich annehmen, dass das Ihr Werk war?«

Schon die Frage war eine Beleidigung. Er hatte gewusst, dass die Polizei seinen inkompetenten Gehilfen finden würde, den er am Vortag erschossen hatte, aber es war ihm egal gewesen. Der Mann hatte keine Papiere bei sich gehabt, die ihn mit dieser Operation in Verbindung bringen konnten.

Ulrich bildete sich etwas darauf ein, dass er sehr gut in dem war, was er tat. Und jetzt besaß dieser Ignorant die Frechheit, ihm Unfähigkeit zu unterstellen. »Ich versichere Ihnen, Sir, die Situation ist völlig unter Kontrolle. Gibt es sonst noch etwas?« Sein Tonfall war sarkastisch.

»Nein. Aber enttäuschen Sie mich nicht, Jens. Sollte ich mich zu irgendeinem Zeitpunkt gezwungen sehen, jemand anderen hinzuzuziehen, werde ich nicht zögern, es zu tun.«

Dann brach die Verbindung ab.

Närrischer alter Mann, dachte Ulrich. Die Wohlhabenden dieser Welt bildeten sich immer ein, dass Geld automatisch Macht bedeutet. Sie schoben die Leute herum wie Spielfiguren auf dem Schachbrett. »Ich bin keine Schachfigur«, sagte er leise, während er das Handy zurück in seine Tasche steckte.

Ulrich blinzelte gegen die grelle Sonne an und rückte seine Sonnenbrille zurecht. Ein neunachsiger Sattelschlepper rumpelte vorbei. »Du wirst dich wundern, alter Mann. Ich bin kein Bauer auf einem Schachbrett.«

Kapitel 40

Blue Ridge Mountains

Trent Morris ging langsam zum Rand des steilen Abhangs zwischen den Trümmern der zerfetzten Leitplanke. Ein paar Glas- und Plastiksplitter lagen verstreut neben der Straße auf dem unbefestigten Randstreifen.

Will unterhielt sich gerade am Unfallort mit einem der Ermittler, um herauszufinden, was genau passiert war.

Die Rettungskräfte hatten über eine Stunde gebraucht, um zum Grund der Schlucht zu gelangen, wo das Wrack des Mercedes lag.

Dort stellten sie fest, dass die beiden Insassen, wie sie vermutet hatten, tot waren.

Die Leiche des Fahrers war gegen die Windschutzscheibe gepresst worden, und bei dem Aufprall hatte er sich das Genick gebrochen. Etwa acht Meter von dem Wrack entfernt lag die Leiche des Beifahrers. Sein zerschmetterter Körper wies zahlreiche Einschusslöcher auf.

Ihre Identität blieb jedoch völlig rätselhaft. Keiner der beiden Toten hatte irgendwelche Papiere bei sich. Und die Tatsache, dass sie beide Schusswunden hatten, war in der Tat bizarr. Das Auto selbst wies mindestens ein Dutzend Einschusslöcher auf, Türen und Windschutzscheibe waren förmlich durchsiebt.

Trent trat einen Schritt vom Abgrund zurück und ging zu der Stelle, wo sein Partner gerade das Gespräch mit dem

Chef der Spurensicherung beendete. Der kleine grauhaarige Mann in der typischen marineblauen Jacke mit gelber Aufschrift wurde gerade zu einer markierten Stelle gerufen, um etwas in Augenschein zu nehmen.

»Hast du was herausgekriegt?«, erkundigte sich Trent.

»Es ist der Wahnsinn.« Will klang halb ungläubig und halb aufgeregt. »Sie haben auf der letzten Meile auf und neben der Straße überall Patronenhülsen gefunden. Einer der Toten in dem Auto dort unten hat einen Einschuss im Arm. Der andere hat gleich ein paar Schussverletzungen, eine davon im Nacken.« Er schaute die Straße hinunter und stellte sich das Szenario vor. »Es muss hier eine echt wilde Schießerei gegeben haben.«

Trent trank einen Schluck aus der Wasserflasche, die er in der Hand hielt. »Haben die Leute schon eine Ahnung, auf wen oder was diese Typen geschossen haben?«

»Die Officers hier haben nicht den geringsten Schimmer. Sie wissen nur, wer das Shoot-out verloren hat.« Er beendete den letzten Satz, indem er mit dem Daumen zur zerfetzten Leitplanke deutete. Dann wurde seine Stimme leiser: »Aber wenn Sie mich fragen, dann war es Wyatt.«

Das lag auf der Hand. Solche Dinge passierten nicht nur in diesem Teil des Landes selten. Selbst in den schlimmsten Vierteln Atlantas waren Schusswechsel von Auto zu Auto die Ausnahme. Das ganze Geschehen warf mehr Fragen auf, als sie beantworten konnten. Wer außer der Polizei konnte noch hinter Wyatt her sein?

Trent dachte nach. »Wenn Wyatt hier war und er etwas damit zu tun hatte«, sagte er dann, »heißt das, er wurde verfolgt. Aber von wem?«

Will zuckte nur die Achseln.

Trent kratzte sich am Hinterkopf und versuchte zu verstehen, was hier vor sich ging. Die Dinge waren gerade sehr viel komplizierter geworden. Was, wenn Wyatt doch unschuldig war?

Die toten Männer unten in der Schlucht würden keine große Hilfe sein. Und er bezweifelte auch, dass die Waffen, die in der Nähe des Wracks gefunden worden waren, neue Anhaltspunkte geben würden.

Plötzlich plärrte aus dem Funkgerät eines Officers in der Nähe eine Stimme aus der Zentrale.

»Was ist los?«, fragte Trent den Mann, der gerade auf die Nachricht reagieren wollte.

Der Mann gab bereitwillig Auskunft. »Es gab einen Anruf von einer Ranger-Station in der Nähe von Track Rock. Jemand sagte, er habe vor einer Minute Schüsse gehört.« Über Funk teilte er dem Disponenten von der Zentrale mit, dass sofort eine Streife hinfahren würde.

Trent nickte Will kurz zu, um dem jüngeren Detective zu signalisieren, dass es an der Zeit war, zu gehen.

»Was dagegen, wenn wir mitkommen?«, fragte er und folgte dem Officer zu einer Reihe geparkter Streifenwagen.

»Nur zu. Es kann nie schaden, etwas Unterstützung zu haben.« Der Mann öffnete die Tür seines Streifenwagens und fügte hinzu: »Wir müssten es in fünfzehn, höchstens zwanzig Minuten schaffen.«

»Fahren Sie voraus«, antwortete Trent.

Kapitel 41

Blue Ridge Mountains

Sean hatte wegen Joes Truck ein furchtbar schlechtes Gewissen. Das Fahrzeug war nach den zwei Feuergefechten, die es bisher durchgestanden hatte, praktisch ein Totalschaden. Es war ihm ein Rätsel, wieso der Pick-up überhaupt noch fuhr.

»Ach, was soll's, Sean, ich weiß das zu schätzen, doch darüber mache ich mir keine Sorgen«, hatte Joe auf Seans Entschuldigung mit einem breiten Grinsen und einer abweisenden Geste geantwortet. »Aber meine Frau …«

Sie lachten beide und stellten sich die Szene vor, wenn sie mit einem Truck voller Einschusslöcher zur Hütte zurückkehrten. Der Gesichtsausdruck von Joes Frau wäre garantiert rekordverdächtig, ziemlich sicher gefolgt von einem Scheidungsantrag oder zumindest einer wütenden Drohung.

Nein, Sean würde auf jeden Fall dafür sorgen, dass der Truck durch einen anderen ersetzt wurde, der genauso aussah. Je weniger Mrs. McElroy erfuhr, desto besser.

Sie stiegen aus dem Truck und gingen die kurze Treppe hinauf zu dem alten Backsteingebäude. Anscheinend hatte man die Bücherei architektonisch dem Straßenbild angepasst. In dem kleinen Viertel sahen die meisten Gebäude an der Main Street sehr ähnlich aus.

Während des Goldrauschs in Georgia zu Beginn des

19. Jahrhunderts waren Menschen hierhergekommen, die schnell reich werden wollten.

Aber die Goldader, die jemand in der Gegend entdeckt hatte, war nicht lange ergiebig gewesen. Ein bleibendes Andenken an die Vergangenheit der Stadt war die glänzende Kuppel auf dem Rathaus, die mit Gold aus einer nahe gelegenen Mine überzogen worden war.

Nachdem sie die Sicherheitsschleuse passiert hatten, gelangten sie in einen Saal, der viel größer war, als man von außen für möglich gehalten hätte. Zu ihrer Rechten führte eine Wendeltreppe in die erste Etage, in der anscheinend der Großteil der Bücher aufbewahrt wurde.

Im Erdgeschoss gab es einen offenen Bereich vor einem langen Tresen. An einem Ende waren mehrere Computer aufgestellt. Durch große Holztüren hinter dem Haupttresen gelangte man in einen großen Raum mit mindestens zehn Regalen voller Nachschlagewerke. Alle drei Meter gab es große Fenster, die einen Blick in den Lesesaal erlaubten, vielleicht um die Bibliotheksbenutzer während ihrer Arbeit im Auge behalten zu können.

Hinter der Treppe befand sich die Zeitschriftenabteilung mit Dutzenden von Magazinen und Zeitungen. Ein paar Sofas, die so alt aussahen wie das Gebäude selbst, standen unbenutzt vor den Regalen.

Eine schlanke Bibliothekarin, vermutlich Ende fünfzig, stand hinter einem Computer. »Kann ich Ihnen helfen?«, fragte sie.

Ihr Gesicht wirkte hinter der Nickelbrille freundlich und offen.

»Ja, Ma'am«, antwortete Joe. »Wir müssen für ein oder zwei Minuten einen Ihrer Computer benutzen.«

Sie lächelte weiter. »Bedienen Sie sich. Gleich da drüben«, antwortete sie und zeigte auf die Geräte, bevor sie weiterarbeitete. Die drei Besucher gingen schnell zu dem Computer, der der Tür am nächsten war.

Er war bereits eingeschaltet, ebenso wie die anderen sechs Computer, die in dem kleinen Raum aufgestellt waren.

Sean nahm die Digitalkamera aus dem schwarzen Hartschalenetui und legte sie neben den Monitor. In diesem Moment wurde ihm klar, dass die Lady hinter dem großen Tresen ihnen tatsächlich helfen konnte.

»Ma'am«, unterbrach er sie höflich. »Sie haben nicht zufällig ein USB-Kabel für die Kamera, oder?« Ihre Augen hoben sich knapp über den Rand der Brille, die auf ihrer Nasenspitze saß. Die Frau lächelte weiterhin unbeirrt.

»Aber natürlich.« Sie klickte ein paarmal mit der Maus und speicherte anscheinend, was sie auf dem Bildschirm geöffnet hatte. Dann wandte sie sich vom Computer ab und ging gemächlich ein paar Schritte nach rechts.

Sekunden später hatte sie das benötigte Kabel aus einer Schublade unter der langen Theke geholt. »Hier, bitte.« Sie hielt es den Besuchern hin. »Aber geben Sie es mir zurück.«

Die Bitte war überflüssig, denn sie würden nicht unbemerkt aus dem Gebäude entkommen können. Außer ihnen war sie die einzige andere Person, die sich hier aufhielt.

»Danke«, sagte Allyson. Es musste tatsächlich etwas seltsam wirken, an einem Wochentag nachmittags zu dritt in einer Bibliothek aufzutauchen. Auch wenn die Bibliothekarin immer noch lächelte, musste sie doch denken, dass mit dieser Truppe, die da gerade hereingeschneit war, etwas nicht stimmte.

»Gern geschehen«, antwortete die Bibliothekarin freundlich. Sie ging wieder zu ihrem Computer und kümmerte sich um ihre eigenen Angelegenheiten. Sie schienen nicht allzu bedrohlich zu wirken. Eine Minute später hatte Sean die Kamera an den Computer angeschlossen und öffnete die Bilder, die sie sich zuvor angesehen hatten.

»Und was jetzt?«, fragte Allyson.

»Ich werde alle diese Bilder auf den Bildschirm holen und checken, ob sie zusammen einen Sinn ergeben. Falls nicht …«, er war bereits damit beschäftigt, die Bilder von links nach rechts anzuordnen, »… schieben wir sie hin und her, bis etwas dabei herauskommt.«

»Wie ein Puzzle.«

Joe stand hinter ihnen und schaute zwischen ihren Köpfen hindurch, während Sean die Fotos platzierte. Als er fertig war, wirkte die ganze Anordnung noch verwirrender als bei der unmittelbaren Betrachtung der Felsbrocken, sofern das überhaupt möglich war.

»Ich muss schon sagen«, begann Joe, »ich weiß nicht, wie du darin einen Sinn finden willst.«

Er erhielt keine Antwort. Wyatt musste sich eingestehen, dass er nur wenig Hoffnung hatte, die Bilder auf dem Computer zusammenfügen zu können. Leider sah es immer noch wie ein Haufen durcheinandergewürfelter, sinnloser Zeichnungen von Tierspuren, Linien und Kreisen aus.

Nachdem er ein oder zwei Minuten lang darauf gestarrt hatte, begann er, die Bilder auf dem Bildschirm neu anzuordnen. Ein weiteres Problem bestand darin, dass es nicht klappte, die Felsen jeweils als Einheiten zu betrachten. Sean versuchte jetzt, die großen Steine in kleinere Segmente aufzuteilen und die Symbole selbst auseinanderzunehmen. Er verbrachte noch ein paar Minuten damit, die Bilder hin und her zu schieben, und verharrte dann ratlos.

»Ich weiß nicht mehr weiter«, gab er schließlich zu. »Alles ist so willkürlich.« Er fing wieder an, die digitalen Fotoquadrate auf dem Bildschirm zu verschieben, und hoffte, irgendetwas zu finden, das helfen könnte.

Allyson beugte sich näher heran und versuchte zu helfen, aber sie war ebenfalls überfordert.

Joe wirkte ebenso perplex. »Tut mir leid, mein Junge. Aber dieses Geheimnis ist schon ein paar Tausend Jahre alt, weißt du.«

Sean ignorierte die Bemerkung und arbeitete weiter. Nach weiteren zehn Minuten trat er jedoch frustriert vom Computer zurück.

»Ich verstehe, warum es keiner geschafft hat, diese Zeichnungen zu deuten. Ich frage mich, ob der Schöpfer vielleicht nur ein vorzeitlicher Graffitikünstler war, der einen Haufen bedeutungsloser Kunst auf irgendwelchen Felsen hinterlassen hat.«

Er seufzte tief und fuhr sich mit den Fingern durch die Haare. Allyson stand tatenlos vor dem Computer und hätte sich gern mit irgendetwas anderem beschäftigt.

Joes Blicke wanderten nun in der alten Bücherei umher, als ob die alten Backsteinwände eine Antwort geben könnten. Sein Blick blieb an einem großen Gemälde haften, das an einer deckenhohen Säule befestigt war. Auf dem Bild stand ein Stammeskrieger auf einer Bergkuppe und blickte in ein Tal. Seine Augen schauten mit ernstem Blick auf die majestätischen grünen Berge in der Ferne und einen lodernden Sonnenaufgang im Hintergrund.

Auf dem Rücken trug der Krieger einen Bogen und einen Köcher voller Pfeile. Seine Arme waren muskulös, was von den bunten Stoffbändern betont wurde, die eng um seinen Bizeps gewickelt waren.

Joe interessierten jedoch weniger die Ästhetik des Gemäldes oder der beeindruckende Körperbau des Kriegers. Es war etwas Kleines, ziemlich Unscheinbares. Auf dem Arm des jungen Mannes befand sich eine Tätowierung.

Einem flüchtigen Betrachter wäre das Symbol wahrscheinlich nicht aufgefallen. Aber beim Anblick der kleinen Tätowierung auf dem Bild ging dem Park Ranger ein Licht auf.

»Sean«, sagte er und holte damit seinen Freund aus entmutigten Grübeleien. »Das solltest du dir einmal ansehen.«

Er zeigte auf das Gemälde, und Wyatt ging näher heran, um zu sehen, was die Aufmerksamkeit des Mannes erregt hatte.

»Siehst du den Krieger?«

Sean nickte und betrachtete das Bild, ohne recht zu verstehen, was Joe daran so bemerkenswert fand. Allyson ging zu den beiden Männern vor der Säule.

»Sieh dir seinen Arm an«, sagte Joe schließlich, nachdem er seinem Freund eine Minute Zeit gelassen hatte. »Die Tätowierung.«

Seans Miene verriet, dass er den Zusammenhang immer noch nicht begriffen hatte.

»Siehst du es nicht?« Joe schien davon auszugehen, dass ihm die Antwort ins Auge springen würde.

»Ich sehe die Tätowierung. Sieht aus wie eine Vogelkralle. Aber was hat das mit unserem Problem zu tun?«

»Solche Vogelkrallen sind auch in die Felsen geritzt«, rief Joe begeistert. Er war so laut, dass er die stoische Bibliothekarin aufschreckte, die wegen der Lautstärke genervt von ihrem Computermonitor aufschaute.

Jetzt erkannten Sean und Allyson, worauf er hinauswollte.

»Aber was bedeutet das?«, fragte Allyson verwundert.

»Wie in einigen heutigen Kulturen gab es in der Sozialordnung der Ureinwohner viele unterschiedliche Klassen oder Kasten«, erklärte Joe. »Hier in den Vereinigten Staaten haben wir die Ober-, die Mittel- und die Unterschicht, aber sie werden durch ihren sozioökonomischen Status bestimmt. Bei uns gibt es keine Einteilung der Menschen in Gruppen wie Künstler, Ärzte, Militär, Geistliche und so weiter. Doch in den Gesellschaften der Ureinwohner gab es diese Unterteilungen.« Wieder zeigte er auf den Arm des Kriegers. »Der junge Mann, der hier abgebildet ist, war offenbar ein Krieger oder Jäger, wie sich am Bogen auf seinem Rücken erkennen lässt.«

Die beiden anderen nickten. Bis jetzt konnten sie ihm folgen.

»Aber die Vogelkrallen-Tätowierung ist der wahre Schlüssel, wer dieser Mann war. Diese Art von Tätowierung kennzeichnet die Kriegerkaste. Interessanterweise verwenden die Vereinigten Staaten auf vielen Behördenwappen immer noch eine abgewandelte Form dieses Symbols.«

Joe griff in seine Gesäßtasche und holte seine Brieftasche heraus. Er zückte einen Dollarschein und zeigte seinen wenigen Zuhörern die Adlerdarstellung. »Seht ihr das? Die Krallen halten einen Olivenzweig und Pfeile. Adlerkrallen sind ein Symbol der Stärke. Und nur wer stark ist, kann Krieg führen oder Frieden schaffen. So ist es schon immer gewesen.«

Jetzt begriff Sean, worauf sein Freund hinauswollte. »Die Krallen auf dem Felsen stehen also für die Orte, an denen damals Krieger siedelten?«

»Es sieht ganz danach aus. Wenn wir das genauer untersuchen, dann finden wir wahrscheinlich auch die Bedeutungen der anderen Symbole der alten Cherokee-Kulturen.«

Die beiden Männer eilten mit Allyson im Schlepptau zum Computer zurück. Joe nahm die Maus und fing an, einige Aufnahmen zu verschieben. Er führte den Mauszeiger über eine Kralle in einem Foto. »Okay, wir haben eine Kralle, die der auf dem Bild sehr ähnlich sieht.«

Er fuhr fort und kreiste mit dem Mauszeiger ein anderes Bild ein. »Hier haben wir eine Bärentatze. Das steht wahrscheinlich für eine Späher- oder Fährtenleserkaste. Und hier …«, seine Hand bewegte wieder die Maus, »haben wir einen Vogel mit ausgebreiteten Schwingen, wahrscheinlich die Priesterkaste der Gegend.«

Nach und nach analysierten die beiden jedes einzelne Symbol, bis sie die meisten von ihnen einer Ureinwohnerkaste zugeordnet hatten. Als sie fertig waren, sahen sie sich zufrieden an.

»Nicht schlecht, Mac. Gar nicht schlecht.« Sean klopfte seinem Freund auf den Rücken. Joe lächelte und antwortete: »Ja, aber das ist nur die Hälfte des Puzzles. Nichts davon ergibt einen Sinn, solange wir nicht wissen, wo all diese Menschen gelebt haben. Wir wissen jetzt, wer wo gelebt hat, aber diese Siedlung könnte buchstäblich überall sein.«

Ihre Stimmung, die eine Zeit lang positiv gewesen war, schlug wieder ins Gegenteil um.

Wieder verstummten die drei und starrten auf den Bildschirm. Sie verstanden zwar jetzt etwas besser, was sie sahen, aber nicht genug, um zu wissen, wo sie weitersuchen sollten.

Allyson durchbrach die Stille nach ein paar nachdenklichen Augenblicken. Sie streckte den Arm aus und zeigte auf etwas auf dem Bildschirm. »Was bedeutet dieses Symbol?«

Sean und Joe sahen genauer hin, als sie auf ein Symbol an einem der Felsen deutete, das wie ein Kreis in einem Kreis aussah.

»Diese beiden Kreise?«, präzisierte sie. »Wofür stehen die?«

Die beiden Männer sahen sich unsicher an. Es war eines der wenigen Symbole auf dem Bildschirm, die sie bisher nicht deuten konnten.

»Für mich«, fuhr sie fort, »sieht das wie etwas aus, das man auf einer Landkarte finden könnte … eine Stadt oder vielleicht sogar eine Landeshauptstadt. Haben die Ureinwohner damals solche Symbole verwendet?«

Beide Männer starrten ungläubig auf den Bildschirm.

»Unglaublich«, sagten sie gleichzeitig.

»Natürlich«, bestätigte Joe überschwänglich. »Die ganze Zeit hatten wir es hier vor der Nase. Wie konnten wir das nur übersehen?«

Auch Seans Miene hellte sich auf. Er nahm die Maus und fing wieder an, Fotos zu verschieben.

Allyson verstand eindeutig kein Wort. »Hallo? Kann mir jemand vielleicht sagen, was hier los ist?«

»Ich bin mir ziemlich sicher, dass Sie die Lösung gefunden haben«, antwortete Joe grinsend.

»Wirklich?«

»Ja«, bestätigte Sean und schob das Foto mit dem Doppelkreis in die Mitte des Bildschirms. »Die Antwort war vollkommen einfach und die ganze Zeit direkt vor unseren Augen. Ich weiß nicht, warum all diese Experten sie so lange übersehen konnten.«

»Habe ich was verpasst?« Sie war allmählich genervt.

»Die Hauptstadt der Cherokee-Nation«, gab Joe ihr schließlich zur Antwort.

»Die Cherokee-Nation?«

»Mmm-hmm«, brummte Sean, während er Fotos um den Mittelpunkt herum anordnete. »Die Hauptstadt der Cherokee-Nation befand sich in einer Gegend namens Red Clay und wurde als heiliger Bezirk betrachtet. Dort tagte ihr Stammesrat, ihre Regierung, um über wichtige Fragen zu entscheiden.«

Allyson hob eine Augenbraue. »Ein Stammesrat? Meinen Sie etwa eine demokratische Institution? Ich dachte, die Häuptlinge trafen die Entscheidungen.«

»Ja sicher, das taten sie auch. Aber sie regierten eher wie unser Präsident, was die Art und Weise ihrer Herrschaft betrifft.« Sean hörte auf, die Bilder herumzuschieben. Er deutete mit dem Finger auf den Monitor und fuhr fort: »Diese Hauptstadt war der Mittelpunkt ihrer Gesellschaft. Um sie herum befanden sich die Wohn- und Arbeitsstätten der Stammesangehörigen. Ihre Organisation war einfach strukturiert, aber sehr effektiv. Ich kenne mich mit der Rangordnung der Kasten nicht so gut aus und weiß auch nicht genau, wo sie jeweils angesiedelt waren, aber normalerweise befanden sich die religiösen und politischen Führer des Stammes dem Zentrum am nächsten. Von dort aus haben sie sich anscheinend spiralförmig aufgefächert, und es kamen der Reihe nach die Kasten der Medizinmänner, Krieger, Bauern, Jäger und so weiter dazu.«

»Dort werden wir also als Nächstes hinfahren?«

Die beiden Männer sahen einander an und nickten. »Sieht ganz so aus«, antwortete Sean.

»Und wonach suchen wir, wenn wir da sind?«

Sean machte jetzt wieder ein eher ratloses Gesicht. »Ich weiß es nicht. Aber wenn wir da sind, finden wir es heraus.«

Allyson blickte Joe an, doch der reagierte nur mit einem fragenden Achselzucken und verschränkte die Arme.

»Wir fahren also dorthin und hoffen, dass uns der nächste Hinweis einfach so ins Auge springt?«

»Uns bleibt kaum etwas anderes übrig«, bestätigte Sean. Dann fügte er hinzu: »Bisher scheint es doch ganz gut zu funktionieren.« Sein jungenhaftes Lächeln war ansteckend. »Aber Sie müssen uns natürlich nicht begleiten, Agent Webster …«

Sie warf den beiden einen missbilligenden Blick zu. »Verdammt, Sie wollen mich wohl auf den Arm nehmen? Tut mir leid, Leute, aber wie ich schon in Joes Haus sagte: Sie haben mich jetzt am Hals.«

»Es bringt auch nichts, wenn wir sie jetzt noch wegschicken, Sean.« Joe zuckte erneut mit den Schultern.

Sean wusste, dass sein Freund recht hatte. Und immerhin hatte sich Allyson bisher schon ein paarmal nützlich gemacht. Doch insgeheim hatten sich bei ihm ein paar alte Gefühle bemerkbar gemacht. In den letzten Tagen hatte er sich immer wieder dabei ertappt, dass er sie beobachtete. Sicherlich gab es da eine gewisse Anziehung, aber er hatte sich wiederholt ermahnt, solche Gedanken nicht zuzulassen. So etwas hatte ihm damals, vor all den Jahren, das Herz zerrissen. Für einen Moment vergaß er, dass er in der Bücherei einer kleinen Bergstadt in Georgia stand. Plötzlich war er wieder am College und lag auf dem Rasen vor seiner Universität. Er glaubte das Lachen zu hören, während Bilder von einer Person, die er schon so lange nicht mehr gesehen hatte, an seinem inneren Auge vorbeizogen.

»Sean?« Joe riss ihn aus seinen Erinnerungen. »Geht es dir gut?«

»Ja. Tut mir leid. Ich versuche nur, alles zusammenzukriegen.«

»Wir sollten uns auf den Weg machen. Red Clay liegt mindestens eine Stunde von hier entfernt. Wir müssen uns ansehen, was sie im Museum haben, und vielleicht ein paar Worte mit dem dortigen Ranger wechseln. Vielleicht kann er uns irgendwas sagen, das uns weiterbringt.«

Sean nickte zustimmend. Er trennte die Kamera vom Computer und gab der freundlichen Lady hinter dem Schalter das geborgte Kabel zurück. »Nochmals vielen Dank für Ihre Hilfe«, sagte er zum Abschied, als sie schon die Metalldetektoren passierten.

Die Bibliothekarin lächelte nur, als sie das Kabel wieder so kreisförmig aufwickelte, wie es sich gehörte. »Gern geschehen.«

Als die drei die großen Türen durchquert hatten und die Stufen des Backsteingebäudes hinuntergingen, wandte sich Sean an Allyson.

»Allyson, Sie haben uns bisher noch nicht gesagt, warum sich Axis so sehr für das alles hier interessiert.«

»Stimmt«, sagte sie mit stoischer Miene. »Das habe ich nicht.«

Mehr war nicht aus ihr herauszubekommen, als sie auf den Beifahrersitz des Trucks kletterte.

Sean blieb nur übrig, grinsend den Kopf zu schütteln, während er um den Truck herum zur Fondtür ging.

Kapitel 42

Südöstliches Tennessee

Der schwarze Hummer hatte für die Fahrt durch die sanften Hügel und an den Farmen vorbei bis zum Red Clay State Park nur fünfzig Minuten gebraucht. Das ehemalige Siedlungsgebiet der Ureinwohner befand sich in einer sehr ländlichen Region an der Grenze zwischen Georgia und Tennessee. Auf den von den heiligen Wäldern umgebenen Wiesen sah man Nachbauten von Einraum-Blockhütten, Scheunen und Versammlungshallen.

Während der Fahrt hatte Tommy die unglaubliche herbstliche Farbenpracht jedoch kaum registriert. Er hatte sich gefragt, wann sich das Glück gegen ihn wenden würde. Bis jetzt war zwar alles gut für ihn gelaufen. Dennoch konnte er sich einer gewissen Untergangsstimmung nicht erwehren. Es war zwar ermutigend, dass Sean ihnen auf der Spur war, aber wie sollte Sean den Code auf den Felsbrocken entziffern?

Ulrich lenkte das riesige SUV auf einen leeren Platz direkt vor dem Museum des Parks. Rechts daneben standen zwei andere Autos. Das Museum passte sich architektonisch der rustikalen Ästhetik der Region an. Holzbalken gingen schräg von den Außenbalken ab, und der Putz des Gebäudes war braun gestrichen. Das Dach war mit Zedernschindeln gedeckt. An der Vorderseite des Gebäudes befand sich eine große Terrasse, die an der rechten Seite des Gebäudes weiterlief. Auf der langen Veranda standen altmodische Schaukelstühle.

Krähen krächzten laut in den hohen Bäumen, die einen Picknickplatz überragten, während vier Jugendliche im College-Alter auf einem Feld in der Nähe sorglos mit einer Frisbeescheibe spielten. Die frische Luft war vom Duft der vielen Kiefern hinter dem Museum erfüllt.

»Was nun?«, wollte Ulrich wissen, als die vier Männer gleichzeitig ausstiegen.

Tommy deutete mit dem Kopf zum Museum. »Ich denke, wir sollten da mal einen Blick hineinwerfen. Die haben sicher eine Menge Infos über diese Gegend. Vielleicht finden wir dort etwas.«

Die Gruppe stieg die vorderen Stufen hinauf. Als sie ins Gebäude traten, schlug ihnen ein Geruch entgegen, der Tommy angenehm vertraut war. Alle Museen, so unterschiedlich sie auch sein mochten, schienen einen ähnlichen Geruch zu haben. Es war nur natürlich, dass Schultz den Geruch, den er jetzt einatmete, mit dem Anblick antiker Relikte, Töpferwaren, Waffen oder gewöhnlicher, alltäglicher Gerätschaften und Utensilien verknüpfte, die die Menschen vor Tausenden von Jahren benutzt hatten.

Hinter dem Empfangsschalter stand ein Mann mit gebräunter Haut und langen schwarzen Haaren in einem kurzärmeligen hellbraunen Button-up-Hemd und einer grünen Park Ranger-Hose. Er war eifrig an einem Computer beschäftigt, der auf dem Informationsschalter stand. Das Namensschild an seinem Hemd wies ihn als *Cooper* aus. Sein Job musste ziemlich langweilig sein.

Tommy vermutete, dass der Ranger eine Runde Solitär bestimmt schon in Rekordzeit spielen konnte. Er war es wahrscheinlich nicht gewohnt, werktags Besucher zu empfangen, die nicht zu einer Schulgruppe gehörten oder auf einer Bildungsreise waren.

»Kann ich Ihnen helfen?«, fragte der Mann, riss sich vom Computer los und wandte sich den vier Männern zu, die er mit strahlend weißen Zähnen angrinste.

Ulrich stieß Tommy nach vorn. Der räusperte sich und versuchte, sich nicht anmerken zu lassen, dass er in der Hand von Gangstern war. »Ja«, erwiderte er. »Ich zeige nur ein paar Freunden die Gegend. Sie sind nicht von hier«, fuhr er fort und deutete auf die anderen drei, die sich etwas überrumpelt anschauten. »Ich dachte, es könnte doch cool sein, ihnen ein bisschen von der Geschichte dieser Region näherzubringen.«

Der Ranger schien sich damit zufriedenzugeben. »Da sind Sie bei uns genau richtig. Schauen Sie sich ruhig in unserem Museum um. Die Ausstellungsräume sind gleich hinter der Tür da. Da finden Sie alle möglichen Informationen über unsere interessante Vergangenheit, außerdem viele Fundstücke, die im Laufe der Jahre hier auf dem Gelände entdeckt wurden.« Nach einer kleinen Pause fügte er hinzu: »Wenn Sie möchten, können Sie sich auch ein zwanzigminütiges Video ansehen, das in wenigen Minuten anfängt.«

Warum sollten sie zu festgelegten Zeiten einen Film zeigen, wenn niemand da war, um ihn zu sehen? Tommy sprach die Frage nicht laut aus. Der Typ brannte offenbar darauf, Informationen an Personen weiterzugeben, die nicht mit einem gelben Schulbus vorfuhren.

»Danke. Wir wollen uns nur ein bisschen umsehen und danach vielleicht im Park spazieren gehen.«

»In Ordnung. Sagen Sie mir einfach Bescheid, wenn Sie etwas brauchen oder Fragen haben.« Zufrieden damit, dass er seinen Job erfüllt hatte, widmete sich der Ranger wieder seinem Computer.

Tommy nickte, dann führte er die beiden Aufpasser und Ulrich durch die Doppeltür in den kleinen Museumsbereich. Drinnen wurden sie von zwei Meter hohen Plakaten begrüßt, auf denen amerikanische Ureinwohner mit vollem Kopfschmuck dargestellt waren. An den Wänden hingen kleinere Bilder mit Namensschildern und kurzen Beschreibungen. Unter Bildern, die Cherokee dabei zeigten, wie sie eine alte Form von Lacrosse spielten, standen kleine Vitrinen mit Originalbällen und -schlägern, die vor Hunderten von Jahren benutzt worden waren.

Das Museum war eigentlich nur ein großer Raum, der durch eine Zwischenwand geteilt worden war. Vielleicht dachte die Parkverwaltung, dass das Ganze größer wirkte, wenn es in zwei Bereiche aufgeteilt war. Überall standen Vitrinen mit einer Vielzahl alter Artefakte. Im ersten kleinen Raum waren Essgeschirre, Scheren, kleine Schüsseln, Nähnadeln und einige andere interessante Gegenstände ausgestellt.

Auf ihrem Rundgang durch den Raum sah die Gruppe Behälter mit Pfeilen und Speerspitzen aus Feuerstein. Bogen, Pfeile, Pistolen, Gewehre und verschiedene andere Waffen zierten die Regale der Vitrinen. Ein paar rostige Messer hingen neben dem Bild eines Cherokee mit gelblichen Augen in einem Anzug, wie ihn um das Jahr 1900 Anwälte getragen haben mochten. Unter dem Bild stand ein Name: *James Vann.*

Tommy lächelte, als er das sah.

Die Männer, die ihn bewachten, bemerkten die privaten Gedanken ihres Gefangenen wohl nicht oder interessierten sich nicht dafür.

Ulrich riss ihn aus seinen Gedanken. »Wonach suchen wir eigentlich?«, fragte er ruppig.

Tommy warf ihm einen vernichtenden Blick zu. »Momentan sehen wir uns einfach nur um. Red Clay war einer der wichtigsten Orte der Cherokee-Nation. Wenn diese Kammern wirklich existieren, wäre es nur logisch, dass es hier etwas gibt, das mit ihnen in Verbindung steht.«

Als Antwort auf seine Bemerkung spürte er den Lauf einer Pistole, die ihm in die linke Niere gedrückt wurde. »Ich schlage vor, dass Sie Ihre Suche beschleunigen, Mr. Schultz. Die Zeit drängt.«

Ein Schauer lief durch Tommys Körper, aber er blieb äußerlich gelassen. »Nur die Ruhe«, erwiderte er und ging ein paar Schritte zu einem großen Standbild von John Ross. Neben dem Bild hing eine Tafel mit Ross' Lebensgeschichte. Schultz kannte sie gut.

John Ross war der wichtigste Führer der Cherokee-Nation gewesen, bevor sie aufgelöst und nach Oklahoma zwangsumgesiedelt wurde. Er und viele weiße Mitglieder der US-Regierung hatten sich jahrelang gegen die Vertreibung der Ureinwohner aus ihrem angestammten Land gewehrt, bevor sie von einer Minderheit, die im Namen aller Cherokee zu handeln vorgab, verraten wurden und sich fügen mussten.

Im Gang hingen die Porträts anderer großer Cherokee-Führer an den Wänden. Weitere Vitrinen präsentierten eine bunte Mischung verschiedenster Artefakte: darunter Zeichnungen, Gemälde, Tassen und andere Töpferwaren.

Die beiden Aufpasser wirkten etwas verloren. Tommy war sich nicht sicher, ob Desinteresse oder Unverständnis die Ursache für den leeren Gesichtsausdruck seiner Entführer war, aber das war ihm auch gleichgültig. Seine Blicke wanderten durch den Raum über alle aufgehängten Bilder. Irgendwie hoffte er, dass das Gesuchte sich plötzlich materialisieren würde wie eines dieser 3-D-Bilder, die in den späten Neunzigerjahren so beliebt gewesen waren.

Nach einigen Minuten des Suchens sah er es schließlich. Im Schatten neben den Ausgangstüren stand ein kleines Glaskästchen auf einem Sockel. Es wurde von einem seitlich angebrachten Spot angestrahlt. Mit wenigen langen Schritten erreichte Tommy das Exponat. Das Staunen stand ihm ins Gesicht geschrieben, als er mit den Fingern neben dem Schild *»Berühren verboten«* über den Rand des Glases fuhr.

Die Männer, die ihn beobachteten, schreckten kurz hoch, als Schultz sich schnell in Richtung Ausgang bewegte, aber als er in der Ecke stehen blieb, steckten sie die Pistolen wieder ein, die sie sofort gezückt hatten.

Fasziniert von dem Exponat, das vor ihnen stand, starrten die vier Männer in die Vitrine. Im fahlen Licht stand ein unscheinbares Tongefäß von der Größe einer normalen Blumenvase.

Tommy ging in die Hocke, um das Gefäß genauer zu betrachten. Es sah aus, als entstamme es einer antiken griechischen Zivilisation, aber keiner Kultur der amerikanischen Ureinwohner. Fließende schlangenartige eingeritzte Symbole zierten die Vorderseite des Tongefäßes. Als er zur Rückseite des Podestes ging, sah er die Darstellung zweier Vögel, die denen auf der Steinscheibe, die er entdeckt hatte, fast aufs Haar glichen.

»Das ist es«, flüsterte er.

Ulrich wirkte unbeeindruckt. »Was bedeutet das?«

Tommy hatte genug von diesen ungebildeten Männern. Nichts ärgerte ihn mehr als ignorante Schatzjäger, die nur der Ruhm und das Geld lockte.

Er erhob sich aus der Hocke und seufzte: »Das hier ist wirklich ein sehr seltenes Stück Geschichte. Soweit ich weiß, wurden bisher nur zwei davon entdeckt. Eines davon wurde vor etwa fünfzig Jahren gefunden und wird Gefäß Nummer eins genannt. Bis jetzt habe ich noch nie etwas gesehen, das dieser Vase auch nur annähernd ähnelt.«

»Und wie soll uns dieses Tongefäß helfen?« Ulrich wirkte verwirrt.

Tommy zeigte zuerst auf die Vorderseite. »Sehen Sie, auf dem ersten Gefäß, das gefunden wurde, waren fast identische schlangenartige Symbole eingeritzt. Aber auf der Rückseite gab es keine Vogelzeichnungen wie hier.« Er deutete auf die Einkerbungen auf der Rückseite des Gefäßes.

Offenbar hatten die drei Männer immer noch keine Ahnung, worauf er hinauswollte.

»Auf dem Stein, den ich in Chatsworth gefunden habe, befanden sich genau die gleichen Vogelsymbole. Begreifen Sie das nicht?«, fragte er eindringlich und breitete die Hände aus. »Das heißt, wir sind auf der richtigen Spur. Auf dieser Vase und dem Steinmedaillon sind die gleichen Motive. Das bedeutet, die Hinweise stehen miteinander in Verbindung!« Tommy war von seiner Entdeckung begeistert.

»Also, was machen wir jetzt? Nehmen wir die Vase mit?« Ulrich trat einen Schritt näher an die Vitrine heran und zog die Pistole aus seiner Jacke.

»Nein, nein! Einen Moment.« Tommy stellte sich dem blonden Mann in den Weg und hob die Hände, um ihn zurückzuhalten, was seinem Entführer nicht sonderlich zu gefallen schien, wie sein warnender Gesichtsausdruck verriet. Tommy wich rasch einen Schritt zurück und sprach vorsichtiger weiter: »Wir brauchen es nicht mitzunehmen. Geben Sie mir nur eine Minute.« Ulrich steckte seine Waffe wieder ein. Anscheinend war er bereit abzuwarten, was der Archäologe als Nächstes vorhatte.

Tommy trat einen Schritt von dem Ausstellungsstück zurück und sah sich um. Ihm fiel sofort auf, dass es kein Namensschild und auch keine historische Erläuterung gab, aus der hervorging, woher das Gefäß stammte. Er ging ein paar Schritte durch den Korridor zurück, um nachzusehen, ob es dort irgendwelche Informationen zu dem Gefäß gab, aber er fand nichts.

»Ich muss den Mann vom Informationsschalter herholen«, sagte er schließlich.

Ulrich sah ihn bei diesen Worten misstrauisch an und überlegte, was er tun sollte. Dann nickte er zustimmend.

Tommy ging zurück zu den hohen Ausgangstüren und drückte eine davon vorsichtig auf. Die Scharniere benötigten wohl etwas Öl, denn die Tür knarrte laut. Er steckte den Kopf hinaus und stellte fest, dass der Park Ranger zu ihnen herübersah. Der Mann musste das Quietschen gehört haben und aufmerksam geworden sein.

»Schon fertig?«, erkundigte er sich freundlich.

»Nein, eigentlich nicht. Wir haben eine Frage zu einem Ausstellungsstück. Würde es Ihnen etwas ausmachen, uns zu helfen?« Tommy winkte den Mann heran.

Der Ranger sah sich um. Tommy fragte sich, was er wohl suchte. »Sicher«, sagte er dann. »Was möchten Sie denn wissen?« Er ging zur Tür, zog sie auf und sah gleich die drei Männer, die in der Ecke um die Vitrine herumstanden.

Der Anblick dieser Gruppe schien den Ranger kurz zu irritieren, aber er fing sich gleich wieder und ging weiter. »Also, wie kann ich Ihnen helfen?«

Die drei Entführer blieben stumm. Sie wollten das Reden anscheinend Tommy überlassen. »Wir haben uns über dieses Stück hier gewundert.« Er deutete auf die Vase. »Wie kommt es, dass hier keine Informationen darüber zu finden sind? Das ist doch irgendwie seltsam. Dabei ist es doch mit Sicherheit ein spektakuläres Stück.«

Der Stammesangehörige betrachtete sie mit einem prüfenden Blick. »Was genau wollen Sie denn darüber wissen?«

Der Tonfall des Mannes hatte sich verändert. Er klang nicht mehr hilfsbereit, sondern fast drohend. Vielleicht war es nur Tommys Einbildung, aber das Lächeln, mit dem er sein joviales Benehmen unterstrichen hatte, war ebenfalls verschwunden.

Tommy zögerte. »Ja, also ...«, begann er schließlich, »woher die Vase kommt, zum Beispiel. Und wie alt sie ist, wer sie angefertigt hat. Sie wissen schon, solche Sachen eben.«

Das Lächeln kehrte in das wettergegerbte Gesicht zurück, aber irgendetwas war jetzt verändert. Er musterte die anderen drei Männer mit einem Blick, der fast verächtlich wirkte. Als sein Blick zu Tommy zurückkehrte, lag eine Warnung in seinen Augen, obwohl seine Stimme wieder entgegenkommend klang. »Das ist ein zeremonielles Gefäß, das hier in der Cherokee-Hauptstadt über einen sehr langen Zeitraum verwahrt wurde. Wer es angefertigt hat, weiß niemand genau. Aber es ist ein hervorragendes Beispiel für die Handwerkskunst der Ureinwohner des frühen neunzehnten Jahrhunderts.«

Tommy sah ihn skeptisch an. Irgendetwas stimmte da nicht. »Entschuldigen Sie ...« Er machte eine kleine Pause. »Sagten Sie, es stammt vom Anfang des neunzehnten Jahrhunderts?«

»Ja, das ist richtig. Die Cherokee waren ein sehr künstlerisches Volk. Es gab eine ganze Kaste von Kunsthandwerkern, Bildhauern und Malern. Kreativität wurde in der Cherokee-Kultur immer gefördert und ...«

»Gewiss«, unterbrach Tommy ihn. »Aber ich glaube nicht, dass die Vase wirklich aus dem neunzehnten Jahrhundert stammt. Das kann nicht sein.«

Der Mann wirkte für einen kurzen Moment verärgert. »Ich versichere Ihnen, wir haben das Stück von den besten Experten der Region untersuchen lassen. Sie sind sich bei der zeitlichen Einordnung alle einig.«

»Ich weiß nicht, wer diese Experten sind, aber eines kann ich Ihnen versichern: Diese Vase ist mindestens tausend Jahre älter als aus dem neunzehnten Jahrhundert.«

Der Ranger blinzelte kurz. Er schien Tommys Bemerkungen eher als Beleidigung denn als Neugier aufzufassen. »Wirklich? Und wie kommen Sie darauf, wenn ich fragen darf?« Er verschränkte seine kräftigen Arme.

»Wie ich den Gentlemen hier bereits erklärt habe, ist dies ein Beispiel für die Keramik der Weeden-Insel. Sie stammt aus der frühen Mississippi-Kultur und ist keinesfalls jünger. Aber dem Ausdruck der Linien und dem verwendeten Ton nach zu urteilen, würde ich sagen, dass dieses Stück viel älter ist. Tatsächlich ähnelt es einigen Gegenständen, die ich an einer Ausgrabungsstätte im Libanon gesehen habe. Die Phönizier stellten Gefäße her, die diesem hier sehr ähnlich sehen. Und das war vor etwa dreitausend Jahren.« Er bemühte sich, nicht so zu wirken, als würde er den Mann belehren wollen, aber auf diesem Gebiet hielt sich Tommy für einen der weltweit besten Experten.

Wieder veränderte sich der Gesichtsausdruck des Cherokee. Diesmal wirkte er jedoch anerkennend. »Sehr beeindruckend, Sir.«

Tommy war sich nicht sicher, wie er reagieren sollte. Doch bevor er etwas erwidern konnte, fuhr der Ranger fort: »Sie ist in der Tat viel älter. Wie alt genau, weiß ich nicht. Da Sie anscheinend viel mehr über unsere Geschichte wissen als der Durchschnittsbesucher, ist Ihnen bestimmt bekannt, dass es ein Gegenstück zu dieser Vase gibt.«

Die letzte Bemerkung verlangte eine Antwort. Tommy nickte. »Gefäß Nummer eins. Ja, ich habe es gesehen.«

Das schien den Mann zufriedenzustellen, während die beiden Muskelmänner und der Blonde sich nur verständnislose Blicke zuwarfen. »Dieses besondere Stück hat eine interessante Geschichte. Ursprünglich wurde es vom Ältesten der Cherokee hierhergebracht. Es hieß, dass darin die Knochen eines großen Stammesführers aufbewahrt wurden. Der Legende nach war dieser Mann eher ein König als ein Häuptling. Er herrschte über ein riesiges Gebiet und war ein großer Krieger. Als er starb, glaubten seine Nachfolger, wenn sie seine Gebeine verwahrten, wäre das Königreich für alle Ewigkeit gesegnet, und er würde von seinem Platz im Jenseits aus darüber wachen.«

Der Ranger hielt einen Moment inne und betrachtete das unscheinbare Gefäß, während seine Gedanken durch die Zeit schweiften. »Dieses Land, auf dem wir stehen, galt den Cherokee jahrtausendelang als heilig. Aber dann nahm uns die amerikanische Regierung im Jahr 1838 alles weg. Ihre Gier nach den Schätzen und den alten Stammesgebieten war dafür verantwortlich, dass der Stamm nach Westen, nach Oklahoma, umgesiedelt wurde.«

»Aber die Vase wurde hier zurückgelassen?« Tommy

nutzte eine nachdenkliche Pause des Mannes für eine Zwischenfrage.

»Nein«, lautete die Antwort. »Sie wurde an einen sicheren Ort in der Nähe gebracht.«

»Ein sicherer Ort?«

»Ja. Von John Ross, dem Anführer der Nation.« Er deutete auf die Holzskulptur des alten Stammesoberhauptes. »Ross wusste, dass unser Volk von einigen Männern aus den eigenen Reihen verraten worden war und dass die Regierung der Vereinigten Staaten sie bald zwingen würde, ihr Land zu verlassen. Also brachte er ihre heiligste Reliquie an den einzigen Ort, den er für sicher hielt: in eine Kirche.«

Tommy zog bei dieser Enthüllung die Augenbrauen zusammen. »Eine Kirche? Das verstehe ich nicht. Warum haben sie sie nicht einfach nach Oklahoma mitgenommen?«

Der Mann, vermutlich ein Nachfahre der Cherokee, lachte leise. Für ihn lag die Antwort auf der Hand. »Diese Vase ist genauso Teil dieses Landes wie die Bäume und die Erde, in der sie wachsen. Hierher wurde sie von einem großen Stammesführer gebracht, und hier soll sie bis in alle Ewigkeit bleiben. Auch wenn im Laufe der Jahre viele Traditionen verloren gegangen sind und manches von den Europäern übernommen wurde, gibt es dennoch Gebräuche, die bis zum Ende aller Zeiten bestehen werden.«

»Aber woher wusste Ross, dass er einer Kirche der Weißen vertrauen konnte, da man den weißen Siedlern doch keineswegs trauen durfte?« Das war eine gute Frage, vorausgesetzt, es hatte sich tatsächlich um eine Kirche weißer Menschen gehandelt.

»Es gab in der Regierung der Vereinigten Staaten – aber

auch unter den Durchschnittsbürgern – viele Personen, die diese Umsiedlung befürworteten. Sie bildeten zweifellos die Mehrheit. Aber es gab auch Menschen, die es für ein großes Unrecht hielten und die Zwangsumsiedlung mit allen Mitteln bekämpften. Davy Crockett war einer der berühmtesten Streiter gegen die Vertreibungspläne der Regierung. Was ihn schließlich seine politische Karriere kostete. Aber auch hier gab es Menschen, die sich für die Sache der Cherokee einsetzten. Einer von ihnen war der Pastor einer nahe gelegenen Kirche. Dieses Gotteshaus gibt es heute noch. Es heißt Beacon Tabernacle. Ross schloss im Lauf der Zeit Freundschaft mit diesem Prediger und vertraute dem Mann, als wären sie Brüder. Es ging sogar das Gerücht um, dass der Reverend die Blutzeremonie durchlaufen hatte, um für immer mit seinem neuen Freund verbunden zu sein.« Der Cherokee machte wieder eine Pause und schaute durch die Doppeltür, um sich zu vergewissern, dass niemand am Empfangstresen wartete. Die beiden Russen wirkten dadurch kurz alarmiert.

Er ignorierte ihre Nervosität und redete weiter. Tommy hörte gespannt zu. »Ein paar Tage vor dem Einmarsch der Unionstruppen stattete Ross der Kirche einen Besuch ab. Er ging während eines Gottesdienstes hinein und händigte seinem Freund das Gefäß aus. Es wurde über hundert Jahre lang dort aufbewahrt, bis dieser Park gegründet wurde. Das Wissen um die Bedeutung dieser Vase für die Cherokee war von Pfarrer zu Pfarrer weitergegeben worden. Als bekannt wurde, dass Red Clay ein geschützter Nationalpark werden sollte, brachte das damalige Kirchenoberhaupt das Gefäß dankenswerterweise dorthin zurück, wo es seiner Meinung nach am besten aufgehoben war.«

»Und was ist mit den Gebeinen dieses Herrschers passiert?«

»Die Überreste des großen Königs sollen an einem sicheren Ort begraben worden sein, aber wo genau, bleibt ein Geheimnis, genau wie die Geschichte selbst.«

So faszinierend die ganze Erzählung auch gewesen war – nichts davon half ihnen bei der Suche nach den Kammern wirklich weiter. Tommy wurde den Verdacht nicht los, dass dieser einfache Park Ranger mehr wusste, als er zugeben wollte. Aber wie konnte er es ihm entlocken?

Der Cherokee unterbrach seine Gedanken mit einem Flüstern, das so leise war, dass nur Tommy es hören konnte. »Sie werden nicht finden, was Sie suchen. Obwohl Sie weitergekommen sind als alle anderen zuvor, wird die Kammer ein Geheimnis bleiben.«

»Wie bitte? Warum?« In einem Atemzug zugleich bestätigt und abgewiesen zu werden, verwirrte ihn.

Ulrich beugte sich vor, um den Wortwechsel der beiden Männer mitzuhören.

Der Ranger trat mit entschlossener Miene einen Schritt zurück. »Sie sind nicht der, von dem die Prophezeiung sagte, dass er uns nach Hause führen wird.« Er zeigte mit dem Finger auf den blonden Mann, der mittlerweile ziemlich wütend aussah. »Sie werden die Kammer nicht finden. Auf Sie und Ihre Verbündeten wartet nur der Tod.«

Ulrich zog seine Waffe aus der Jacke, stellte sich vor den Ranger und presste ihm die Glock auf die Stirn. Offenbar war seine Geduld erschöpft. »Sagen Sie mir, wo die Kammer ist, Sie Narr, dann lasse ich Sie vielleicht am Leben.«

Ein unheimliches Grinsen breitete sich auf dem Gesicht des Rangers aus. Dann folgte ein tiefes Lachen, das immer weiter anschwoll, bis es den ganzen Saal erfüllte. »Der Tod macht mir keine Angst. Die Kammer wird nur denen offenbart, die reinen Herzens sind. Ihr Herz ist schwarz wie die Nacht. Ich sehe es in Ihren Augen. Sie werden nicht dorthin gelangen.«

Tommy wollte dazwischengehen und trat näher an Ulrich heran.

»Ulrich, nicht! Er ist der Einzige, der uns helfen kann. Wenn Sie ihn umbringen, finden wir die Kammer nie. Wir brauchen ihn.«

Der Blonde neigte den Kopf ein wenig zur Seite. »Ach? Tatsächlich?« Dann richtete er seinen abschätzenden Blick wieder auf den Park Ranger. »Gut, wenn der Tod Sie nicht umstimmen kann, tut es vielleicht der Schmerz.« Einen Sekundenbruchteil später hatte er die Waffe auf das Bein des Rangers gesenkt. Der laute Knall hallte von den Museumswänden wider.

Der entschlossene Gesichtsausdruck des Rangers verzerrte sich vor Schmerz und Entsetzen, und er sackte zu Boden.

Ulrichs Stimme wurde lauter und fordernder. »Sagen Sie mir, wo die Kammer ist, dann erlöse ich Sie aus Ihrem Elend!«

Der Mann sagte nichts, er hielt sich nur das Bein und versuchte, die Blutung der Schusswunde einzudämmen.

»Raus damit!«, brüllte Ulrich erneut. Er richtete die Waffe auf das andere Knie und drückte noch einmal ab.

Die Kniescheibe explodierte in einem Schwall von Blut und Knochen. Dennoch schrie der Mann nicht auf, sondern biss nur die Zähne fester zusammen, obwohl seine Miene sich vor Schmerzen verzerrte.

Unter ihm auf dem Boden breitete sich eine kleine Lache roter Flüssigkeit aus.

Tommy konnte nur entsetzt zusehen, aber nichts tun, weil die Aufpasser ihre Arme um ihn geschlungen hatten.

»Sind Sie wahnsinnig, Ulrich? Hören Sie auf! Wir brauchen ihn!«, schrie er erneut.

Der Blick des Blonden richtete sich für einen Moment auf Tommy, bevor ein weiterer Schuss durch das Gebäude hallte. Diese Kugel ging durch die Schulter des Rangers und zerschmetterte das Gelenk. Blut tropfte aus der Wunde auf den hellbraunen Uniformärmel des Mannes.

Seine beiden Handlanger, die Tommy festhielten und aus ein paar Schritt Entfernung zusahen, wirkten beunruhigt. Sie blickten sich nervös um, um sich zu vergewissern, dass niemand den Saal betrat. Die Paranoia stand ihnen ins Gesicht geschrieben.

Ulrich ging in die Hocke und schob sein Gesicht ganz nah an das des Cherokee. Dann drückte er ihm die Pistole an die Schläfe. »Sie sagen mir jetzt, wo die Kammer ist, dann höre ich auf. Das ist Ihre letzte Chance.«

Die schmerzverzerrte Miene des Rangers bekam wieder einen trotzigen Ausdruck. »Ich bin schon tot«, zischte er durch zusammengebissene Zähne. »Meine Ahnen warten auf mich. Und Sie werden den Schatz, den Sie suchen, niemals bekommen. Ich habe meine Aufgabe erfüllt.«

»Wie Sie wollen«, sagte er und senkte die Waffe auf den Unterleib des Waldläufers. Ein weiterer Knall durchbrach die Stille.

Mit blutigen Händen griff der Ranger nach den Jackenärmeln des Mannes, der seinem Leben gerade ein Ende bereitete. Dann ließ er die Ärmel los und die Hände sinken. Er fühlte das warme, zähflüssige Blut, das aus der Wunde in seinem Bauch sickerte. »Keiner wird die Kammer finden«, keuchte er.

Ein Moment verging, dann lag er still da und starrte an die Decke, die Hände auf dem Bauch, bedeckt von Blut.

»Nein!«, schrie Tommy. Vom Adrenalin überflutet, riss er sich von den Aufpassern los und stürzte sich auf den knienden Ulrich.

Er überrumpelte den Mörder, traf mit der Schulter den rechten Arm des Mannes und schlug ihm die Waffe aus der Hand. Sie landete mit einem Knall auf dem Teppichboden und rutschte ein Stück weiter. Ebenfalls von Tommys Ausbruch überrascht, gingen die beiden Aufpasser dazwischen und rissen den wild um sich schlagenden Wissenschaftler von dem Blonden weg, bevor er erneut zuschlagen konnte.

Einer der Muskelmänner legte die Arme um ihn, damit er sich nicht wehren konnte, und der kleinere versetzte ihm einen heftigen Schlag in den Bauch. Tommy bekam keine Luft mehr, und die natürliche Reaktion seines Körpers war es, sich zusammenzukrümmen. Doch starke Arme hielten ihn aufrecht, so konnte sein Körper keine Schutzposition einnehmen. Der nächste Faustschlag krachte gegen seinen Kiefer, und alles schien sich um ihn zu drehen. Der Aufpasser lockerte seinen Griff. Tommy verlor kurz das Bewusstsein und sackte zu Boden.

Ulrich hatte sich von der Attacke erholt und stand nun über ihm. Durch die Beine seines Entführers konnte Tommy den zusammengekauerten Körper des Park Rangers sehen, der an der Wand lehnte. Der Brustkorb des Mannes hob sich noch unter flachen Atemzügen, aber um seinen Körper herum sammelte sich eine große Blutlache. In seiner rechten Hand hielt er etwas, das die Angreifer nicht sehen konnten. Es sah aus wie ein Mobiltelefon.

»Das war dumm von Ihnen, Mr. Schultz«, sagte Ulrich, der immer noch über Tommy stand. »Was hindert mich daran, das Gleiche mit Ihnen zu machen?« Er deutete mit

einer beiläufigen Handbewegung auf den zusammenge-
sackten Mann in der Ecke.

Tommy hustete, sein Atem kehrte zurück. Blut tröpfelte
von seiner Lippe, als er auf die Knie ging. Er wischte es sich
mit dem Handrücken ab. »Sie wissen genau, warum. Ich
bin der Einzige, der Ihnen helfen kann, die Kammern zu
finden.« Ein Hustenanfall schüttelte seinen Körper und
zwang ihn, weiter auf dem Boden zu knien.

Ulrich hatte die Waffe vom Boden aufgehoben und hielt
sie nun Tommy vor die Brust. »Fürs Erste, Mr. Schultz,
fürs Erste.« Er warf einen Blick auf den blutigen Ranger
neben den Doppeltüren. »Los, verschwinden wir.«

Ulrich blieb neben dem Ranger stehen und drehte sich
um. »Wir fahren zur Kirche. Vielleicht finden wir da einen
Anhaltspunkt.«

»Vielleicht sollten wir uns hier noch etwas umsehen«,
schlug Tommy vor, um die Sache hinauszuzögern, weil er
hoffte, dass der Cherokee mit der Polizei telefoniert hatte.

»Und warten, dass die Cops kommen? Nein, daraus
wird nichts. Vorwärts.« Er wedelte mit der Waffe Richtung
Tür.

Am Ausgang streckte Ulrich zuerst den Kopf heraus,
um sich zu vergewissern, dass die Luft rein war. Niemand
stand in der Lobby. Das Einzige, was sich in dem Saal bewegte, war ein Ventilator, der von der unverputzten Holz-
decke hing. Sie schoben sich durch die Tür und achteten
darauf, ob nicht plötzlich andere Museumsbesucher auf-
kreuzten. Jetzt durften sie sich keine Sorglosigkeiten mehr
erlauben.

Kapitel 43

Blue Ridge Mountains

»Hier ist nichts.« Will betrachtete mit besorgter Miene die vergitterten Felsen.

Ein paar Meter entfernt betrachtete auch Trent Morris eingehend die Specksteinbilder. Er hatte keine Ahnung, was er da vor Augen hatte, und wusste noch viel weniger, wonach er eigentlich suchte. »Ja, hier auch nicht«, antwortete er.

Kurz nachdem sie die Unfallstelle verlassen hatten, an der das Auto den Berghang hinuntergestürzt war, waren die beiden Detectives hier eingetroffen.

Gleich nach ihrer Ankunft waren sie zum Park Ranger gegangen, dessen Büro etwas weiter die Straße hinauf lag, und hatten ihm einige Fragen gestellt.

Der Mann war alles andere als hilfreich gewesen. Auf die Frage, ob er an diesem Morgen jemanden in der Gegend gesehen hatte, hatte er geantwortet: »Nein. Ich habe heute niemanden hier oben gesehen, aber ich bin auch erst vor etwa einer Stunde ins Büro gekommen. Ist ja nicht so, als ob es hier eine Stempeluhr gäbe.« Die schlaffe Haut des alten Rangers zitterte, als er über seine letzte Bemerkung herzhaft lachte. Dann brach er sich ein Stück Kautabak ab und schob es sich vorsichtig hinter der Unterlippe. Die beiden Detectives hatten einen angewiderten Blick gewechselt.

Jetzt standen sie im Schatten des höchsten Gipfels des Staates und hatten keine Ahnung, warum. Der Ranger hatte ihnen zähneknirschend die Geschichte und ein paar Hypothesen über die großen Steine erzählt. Aber nichts davon war aufschlussreicher als das, was ihnen die Leute im Diner schon erzählt hatten.

»Glaubst du, es könnte vielleicht nur der uralte Streich einiger Cherokee-Teenager von vor dreihundert Jahren sein? Du weißt schon. Sie saßen irgendwann herum, rauchten irgendein Kraut, bis sie high waren, und kamen dann auf die Idee, ein paar große Felsen mit Graffiti zu bekritzeln? Sie hielten es für eine tolle Sache, und voilà, da haben wir es.« Wills Hypothese sollte eher ein Scherz sein, und selbst das war hilfreich, denn es lockerte die Stimmung auf. Denn wohin sie sich auch wandten, sie schienen immer wieder in Sackgassen zu landen.

Bis auf ihre Fahrzeuge war der Parkplatz leer. »Schätze, hier oben ist werktags nicht viel los.« Trents Bemerkung war so überflüssig wie wahr.

Will antwortete nicht. Er betrachtete weiterhin seltsam fasziniert die Felsen.

»Falls sie überhaupt hier waren, haben sie das, was sie suchten, entweder schnell oder gar nicht gefunden«, erklärte der ältere Detective.

»Was ist, wenn sie hier überhaupt nicht vorbeigekommen sind?«

Auch das war durchaus möglich. »Okay. Gehen wir es noch einmal durch«, begann Trent und drehte sich um, weil er zu den Fahrzeugen zurückgehen wollte. Will verstand das Signal zum Aufbruch und begleitete ihn über den Rasen. »Welchen Grund hätte Sean Wyatt haben können, Schultz loszuwerden?«

»Geld«, erklärte Will. »Er hätte die alleinige Kontrolle über die IAA und ihre Finanzen. Die haben einen Haufen Geld.«

»Richtig. Aber ist das Timing nicht etwas merkwürdig?«

»Inwiefern?«

Trent blickte in die Bäume. Der Wind wirbelte die Blätter durcheinander. Der dichte Wald war von allen möglichen Tierarten bevölkert, die jetzt eifrig damit beschäftigt waren, Wintervorräte zu sammeln.

»Ich habe darüber nachgedacht, seit wir das Haus der McElroys verlassen haben. Schultz wollte gerade eine Pressekonferenz geben. Worum ging es dabei?«

»Das weiß keiner so genau. Aber es wird gemunkelt, dass er einer großen Sache auf der Spur war. Es wurde spekuliert, dass er das Gesuchte gefunden hätte, oder zumindest etwas, was damit zu tun hat.«

Trent blieb stehen. Sie befanden sich am Rand des Parkplatzes in der Nähe eines Lichtmastes. »Also, was genau war das, wonach er gesucht hat?«

Sein jüngerer Partner dachte nach. »Ich weiß es nicht«, antwortete er schließlich mit einem Schulterzucken. »Weißt du etwas darüber?«

Trent nickte bedächtig. »Nicht viel. Angeblich hat Schultz nach einem riesigen Schatz gesucht, der etwas mit goldenen Räumen oder Ähnlichem zu tun haben soll. Ich habe keine Ahnung von solchen Mythen, aber jedenfalls habe ich das gehört.«

»Goldene Kammern?«, wiederholte Will ratlos.

»Ja. Ich weiß nicht … Für mich klingt das so, als suchte mal wieder jemand nach El Dorado. Aber nach dem, was ich gehört habe, wäre das die Entdeckung des Jahrhunderts gewesen. Und außerdem soll es sich dabei um einen alten Schatz der Ureinwohner handeln.«

»Du meinst also, es geht darum?«

»Schultz findet etwas und setzt eine Pressekonferenz an. Plötzlich verschwindet er. Ein Professor, ein Freund und Fachkollege, wird umgebracht. Und jetzt sieht es so aus, als würde sein bester Freund – und unser Hauptverdächtiger – mit einem Experten für die Geschichte der amerikanischen Ureinwohner deren historische Stätten abklappern. Dann liefert sich Wyatt während einer wilden Verfolgungsjagd im Auto eine Schießerei mit zwei nicht identifizierten Ganoven. Wenn ich wetten würde, würde ich sagen, dass Wyatt auf der Suche nach dieser Sache ist, hinter der Schultz her war, und jemand nicht will, dass er sie findet.«

»Ja, das ergibt Sinn«, antwortete Will. »Aber was bedeutet das? Willst du damit sagen, dass jemand anders als Wyatt hinter alldem steckt?«

»Nein. Er steht immer noch ganz oben auf meiner Liste.« Trent grinste. »Okay, er ist der Einzige auf der Liste. Aber irgendetwas an dieser ganzen Sache stinkt zum Himmel.« Er stützte sich mit der Schulter an den Lichtmast und bückte sich, um einen Schnürsenkel zu binden, der sich gelöst hatte.

Als er den Knoten fertig gebunden hatte, fiel ihm etwas ins Auge, das auf dem Boden lag. Trent bückte sich tiefer und hob den Metallzylinder auf. Er betrachtete das Objekt und fing dann an, den Parkplatz abzusuchen, wobei er immer wachsamer wurde.

»Ist das eine Patronenhülse?«, fragte Will, als er näher herantrat, um zu sehen, was Detective Morris gefunden hatte.

Trent nickte und warf den kleinen Zylinder seinem Partner zu, der ihn mit einer Hand auffing. »Neun Millimeter.«

Es dauerte nur eine Sekunde, bis sie auch die anderen auf dem Bürgersteig herumliegenden Geschosshülsen entdeckten. »Hier liegen überall welche herum.«

»Noch eine Schießerei?«, fragte der jüngere Polizist.

»Sieht ganz danach aus.« Detective Morris ging in die Knie und betrachtete den Lichtmast genauer, an dem er noch vor wenigen Augenblicken gelehnt hatte. Er holte einen Stift aus seiner Jacke und ritzte eine Markierung in das Metall. Dann sah er nach unten und entdeckte eine weitere Schussspur, diesmal auf dem Betonsockel des Metallpfostens.

Will kam zu ihm, um zu sehen, was sein Partner gefunden hatte. »Diese Schüsse kamen von dort drüben«, sagte er und zeigte zur anderen Seite des Parkplatzes.

Trent nickte, richtete sich auf und ging mit ihm etwa zehn Meter weiter, wobei beide den Boden akribisch nach weiteren Hinweisen absuchten. »Da sind noch mehr«, sagte er. Die Patronenhülsen schienen genau dort zu liegen, wo sie hingehörten.

Beide Detectives bückten sich, um die Überbleibsel des Feuergefechts zu betrachten. »Kaliber vierzig«, bestätigte Will.

»Ja«, stimmte Trent zu. »Hier gab es definitiv einen Schusswechsel.«

»Die Frage lautet: Wer hat auf wen geschossen? Es muss eine zweite Partei beteiligt gewesen sein, die nicht bei der Schießerei auf der Straße mitgemischt hat«, meinte Will.

»Das können wir noch nicht mit Bestimmtheit sagen, aber jetzt haben wir jedenfalls die Bestätigung, dass sie hier waren.« Er blickte die Straße entlang, die von dem Weg aus, den sie wenige Minuten zuvor gegangen waren, den Hügel hinaufführte. An zwei Stellen lag eine größere

Menge leerer Patronenhülsen. Falls Sean Wyatt in die ganze Sache verwickelt war, wollte ihn jemand anders ganz augenscheinlich nicht dabeihaben.

»Wir müssen herausfinden, was genau Thomas Schultz gesucht – und was er gefunden hat.«

»Der Kerl war äußerst verschwiegen. Er hat außer Wyatt und Borringer niemandem gesagt, womit er sich beschäftigt. Und von den beiden kann uns momentan keiner weiterhelfen.«

Trent nickte. »Es muss doch noch jemanden geben, der weiß, was er vorhatte. Mir will nicht in den Kopf, dass er auf seiner Schatzsuche durch den ganzen Staat gereist ist und niemand wusste, worauf er aus war.«

Allmählich kochte er vor Wut. Er atmete ein paarmal tief durch und fuhr sich mit den Händen über den Kopf, erst von vorne nach hinten und dann nach oben, bis er plötzlich innehielt und die Arme genervt herabsinken ließ. »Jedes Mal, wenn wir etwas gefunden haben, das danach aussieht, als könnte es uns weiterhelfen, tauchen sofort neue Fragen auf.«

Will schwieg und ließ seinen Partner reden. Sie waren zwar noch nicht sehr lange ein Gespann, aber der junge Detective wusste bereits, dass er besser die Klappe hielt, wenn Trent frustriert war.

Der ältere Detective war mit seiner Weisheit am Ende. Er drehte sich resigniert um. »Verschwinden wir hier.«

»Wo soll's denn hingehen, Boss?« Will hob die Handflächen, er wollte die Suche noch nicht aufgeben.

»Zurück nach Atlanta«, sagte Trent entschlossen. »Wir werden jeden Schauplatz noch einmal absuchen. Vielleicht stolpern wir ja über irgendwas.«

»Trent«, wandte Will ein, »vielleicht sollten wir lieber

hier genauer nachsehen. Es muss doch irgendeinen Hinweis geben, der uns verrät, wo sie hingefahren sein könnten.«

Trent schüttelte den Kopf. »Ich weiß deinen Enthusiasmus zu schätzen, aber wir jagen jetzt lange genug hinter Wyatt her. Er ist abgetaucht. Wir sind keine Experten für Archäologie oder alte Mysterien. Du hast den Park Ranger gehört. Seit Jahrzehnten kommen Menschen aus aller Welt hierher und versuchen, die Abbildungen auf den Steinen zu deuten. Kein einziger dieser Experten hat es geschafft. Wir zwei könnten wahrscheinlich nicht mehr aus diesen Symbolen herausholen als ein Dreijähriger.«

Ein stichhaltiges Argument, dachte Will. »Wir fahren also einfach zurück und gehen alles noch einmal durch?«

»Es sei denn, du hast eine bessere Idee oder kennst jemanden, der uns sagen kann, wo die Typen hingefahren sind …«

Darauf wusste Will nichts zu erwidern. Er schüttelte nur den Kopf.

»Also fahren wir zurück.« Trent zog seine Schlüssel aus der Hosentasche und stapfte wütend zu seinem Wagen. Will war auf der anderen Seite der Fahrzeuge und öffnete seine Tür, als das Handy in Trents Tasche klingelte.

»Mein Gott, was ist denn jetzt schon wieder?« Er griff in seinen Mantel und zog das silberfarbene Handy heraus. Nach einem kurzen Blick auf das Display nahm er das Gespräch an. »Morris am Apparat.« Er klang genervt.

»Detective Morris?«, fragte der Mann am anderen Ende der Verbindung.

»Ja. Hier ist Trent Morris. Wer spricht da?«

Den Geräuschen nach zu urteilen, die durch den Lautsprecher drangen, musste der Anrufer in einem fahrenden

Auto sitzen. Doch trotz der Hintergrundgeräusche konnte er die Antwort deutlich verstehen. »Hier spricht Sean Wyatt.«

Kapitel 44

Blue Ridge Mountains

Detective Morris stand fassungslos neben seinem Auto.

Wyatt war vor über vierundzwanzig Stunden verschwunden, was ihn als Hauptverdächtigen immer stärker belastete. Und jetzt rief ihn dieser Mann doch tatsächlich von sich aus an.

»Sean«, Trent schlug einen übertrieben freundlichen Ton an, während seine Gedanken rasten. »Man bekommt Sie wirklich schwer zu fassen. Ich muss Ihnen noch ein paar Fragen stellen.«

Die Stimme am anderen Ende wirkte unbeeindruckt. »Tut mir leid. Jemand hat es mir ziemlich schwer gemacht, in der Nähe zu bleiben.«

»Und wer könnte dieser Jemand sein?«

Will hatte seine Tür geschlossen, als Trent ihn mit Gesten aufforderte, näher zu kommen. Er war schnell um das Auto herumgegangen, um zu checken, was los war. »Es ist Wyatt«, flüsterte Trent ihm zu.

Er notierte die Nummer des Handys, die auf dem Display angezeigt wurde, und reichte sie dem jüngeren Polizisten. Will wusste genau, was er zu tun hatte, und ging ein Stück zur Seite, damit Wyatt nicht hören konnte, dass er über sein Handy mit der Dienststelle telefonierte.

Sean sprach kühl weiter: »Schauen Sie am Fuß des Berges bei Brasstown nach. Die sollten da noch liegen.«

»Ach?«

»Tun Sie doch nicht so harmlos, Morris. Sie haben bestimmt schon von dem Unfall gehört.«

Er hielt es für das Beste, darauf einzugehen. »Gut. Was waren das für Männer?«

»Woher soll ich das wissen? Sie haben sich nicht vorgestellt, bevor sie auf uns geschossen haben.«

»Warum treffen wir uns nicht einfach, Sean? Wir können das sicher alles klären. Ich komme gern zu Ihnen. Wo sind Sie jetzt gerade?«

Am anderen Ende der Leitung entstand eine Pause. »Hören Sie, Detective. Heute Morgen wurde zweimal auf uns geschossen. Das sind insgesamt drei Angriffe, seit ich neulich mit Ihnen gesprochen habe. Nichts für ungut, aber ich weiß nicht, wem ich im Moment noch trauen kann.« Seine Stimme klang entschieden.

»Ja, ich weiß. Das kann ich Ihnen nicht verdenken. Aber wenn Sie sich mit mir treffen, kann ich Ihnen vielleicht helfen. Wir können der Sache auf den Grund gehen …« Er zögerte. »Wie sahen sie denn aus, die Typen, die hinter Ihnen her waren?«

Trent hörte unterdrückte Gesprächsfetzen, als würde Sean jemandem eine Wegbeschreibung geben.

»Wie bitte?« Er hatte die Frage des Detectives anscheinend nicht mitbekommen.

»Ich habe gefragt, wie die Männer aussahen, die Sie angegriffen haben.«

»Ganz ehrlich, Trent. Ich habe mir nicht die Mühe gemacht, mir die Jungs in der Schlucht genau anzusehen. Wahrscheinlich hätte ich dafür ein paar Stunden Zeit und eine Menge Seil gebraucht.« Offensichtlich hielt Sean es für gerechtfertigt, die beiden Insassen des anderen Wagens ins Jenseits befördert zu haben. »Aber die anderen Typen später … ja, die konnte ich gut erkennen. Zwei von denen sahen wie Zwillinge aus, nur dass der eine größer als der andere war. Beide hatten einen Bürstenhaarschnitt und trugen ähnliche Anzüge wie die Bodyguards eines Popstars.«

Auf einem Zettel notierte Trent hastig die Beschreibungen der Männer, die angeblich seinen Hauptverdächtigen angegriffen hatten. »Sonst noch jemand?«

»Der Mann, der Tommy festhielt, war groß, wahrscheinlich fast einen Meter neunzig. Er hatte blondes Haar und war gekleidet, als wollte er einen schicken Nachtclub besuchen. Sehr europäisch.«

Diese letzte Information war ein kleiner Schock für Trent. »Sie sagen, ein großer blonder Europäer?«

»Ich weiß nicht, ob es ein Europäer war. Ich habe nur gesagt, dass er so angezogen war. Ich bin nicht nah genug an ihn herangekommen, um ihn zu fragen, woher er kommt und was ihn nach Amerika verschlagen hat.«

Immer dieser Sarkasmus, dachte Trent. »Uns liegen Meldungen über einen Kerl namens Joergenson vor, der überall herumschnüffelte und sich als einer von uns ausgab.«

»Ja, Mrs. Borringer erwähnte, dass er sie besucht hat.«

Der nächste Schock. »Sie waren bei den Borringers zu Haus?«

»Ja.« Sean hielt es für das Beste, dem Detective nichts von dem Drama der vorangegangenen Nacht zu erzählen, als sie sich im Badezimmer versteckt hatten, während die beiden Polizeibeamten unten im Haus waren.

»Wann war das?«

Sean überging die Frage. »Hören Sie, Detective, ich weiß nur, dass dieser Typ ein übler Bursche ist. Ich weiß nicht, ob er die Fäden zieht, aber das wäre durchaus möglich. Wenn ich wetten müsste, würde ich sagen, dass er Frank auf dem Gewissen hat.«

»Was ist bei der anderen Schießerei passiert?«, fuhr Trent fort, auch um das Gespräch in die Länge zu ziehen.

»Ich habe Pat und Patachon ein paar Kugeln in die Brust verpasst.«

»Sind sie tot?«

»Nein.« Sean klang angefressen. »Ich bin mir ziemlich sicher, dass sie Schutzwesten trugen. Ich frage mich, wie es sein kann, dass heutzutage jedermann an solche Ausrüstung kommt?«

Es war ein weitverbreitetes Gerücht, dass ein paar korrupte Cops auf dem Schwarzmarkt Teile ihrer Ausrüstung an Drogendealer und Gangster verkauften. So was kam in fast jeder größeren Stadt vor. Trent überging diese Andeutung. »Ich werde das überprüfen. Aber es gibt heutzutage viele Möglichkeiten, so etwas illegal zu kaufen. Was ist mit dem Blonden, Joergenson?«

»Weiß ich nicht. Ihn habe ich jedenfalls nicht getroffen. Er hat sich hinter Tommy verschanzt und ihn als menschlichen Schutzschild benutzt.«

»Wie sind sie entkommen?« Trent hatte das Gefühl, dass er zu viele Fragen stellte, aber je länger er Wyatt in der Leitung hielt, desto einfacher wurde es, sein Handy zu orten. Er konnte nur hoffen, dass derjenige, den Will mit der Ortung beauftragt hatte, schnell arbeitete.

»Sie sind weggefahren.«

»Natürlich.« Trent hatte sich mit der Frage selbst reingelegt. »Aber Sie wissen nicht, wo sie hinwollten?«

»Schwer zu sagen. Wir versuchen gerade, das herauszufinden.« Es war eine halbe Lüge.

Trent hielt einen Moment inne, um zu überlegen, was er als Nächstes fragen sollte. Er sah zu Will hinüber, der ihm durch ein Kopfschütteln zu verstehen gab, dass sie das Signal noch nicht geortet hatten.

»Hören Sie, Sean. Warum treffen Sie sich nicht mit mir, dann finden wir es gemeinsam heraus? Ich kann schnell bei Ihnen sein.« Er klang mittlerweile unsicher und fing an, sich zu wiederholen.

Am anderen Ende der Telefonverbindung gab es einige Sekunden lang keine Reaktion. »Das ist nicht möglich, Detective«, sagte Wyatt dann. »Wir sind jetzt zu weit von der Stadt entfernt, und wir können es uns nicht leisten, noch mehr Zeit zu verlieren. Diese Killer könnten Tommy inzwischen genauso gut getötet und in den Straßengraben geworfen haben. Ich glaube zwar nicht, dass diese Leute ihn ermorden würden, bevor sie haben, wonach sie suchen. Aber ich kann das Risiko nicht eingehen.«

»Wonach suchen sie überhaupt?«

»Tut mir leid, Detective. Mein Handy ist … was haben Sie …?«

Die Verbindung brach ab. »Sean. Können Sie mich hören? Sean?«

»Wir … Berge …« Dann war die Verbindung endgültig tot.

Trent schüttelte wütend das Telefon in seiner Hand. »Haben sie das Signal geortet?« Er sah seinen Partner fast flehentlich an.

Will schüttelte den Kopf. »Nein.«

»Warum nicht? Ich hatte ihn doch lange genug in der Leitung.« Trent war auf hundertachtzig.

»Ich weiß nicht, Mann. Vielleicht hat er eine Art Signalblocker auf seinem Handy. Aber die Zentrale sagt, es ließ sich nicht orten.« Er stand mit ausgebreiteten Armen neben seinem Auto, als bäte er um Vergebung.

»Du kannst nichts dafür«, seufzte der ältere Detective.

Sie standen in der Sonne neben ihren Autos und überlegten, was sie als Nächstes tun sollten. Plötzlich klingelte wieder Trents Handy. »Sean?«, fragte er, ohne vorher auf die Nummer zu schauen.

»Spricht da Detective Morris?« Es war eine Frauenstimme.

»Ja«, sagte er niedergeschlagen und schüttelte den Kopf, um seinem Partner zu signalisieren, dass es nicht Wyatt war.

»Ich heiße Marla Tinsley. Ich arbeite in der öffentlichen Bücherei in Dahlonega.«

Trent schaute mit einer hochgezogenen Augenbraue zu Will hinüber und fragte sich, was die Frau wollte.

»Ja, Ma'am«, antwortete er höflich. »Was kann ich für Sie tun?«

»Also …«, begann sie, »vor etwa einer Stunde ist hier eine seltsame kleine Gruppe in der Bibliothek aufgetaucht. Sie wollten den Computer benutzen. Wir sind eine öffentliche Bücherei, wissen Sie. Also habe ich ihnen die freien Computerplätze gezeigt, damit sie dort erledigen konnten, was sie vorhatten. Ich dachte mir, dass sie das Internet nutzen wollten. Es kommen kaum noch Leute her, die für ihre Recherchen Bücher benötigen.«

Mit ihren nostalgischen Reminiszenzen verplemperte sie nur seine Zeit.

Trent übte sich jedoch in Geduld, bis er genau wusste, worauf das hinauslaufen sollte. »Ma'am, Sie sagten, eine Gruppe sei in Ihre Bücherei gekommen? Wie sahen die Leute aus?«

Der Frau war anzuhören, dass sie sich vor den Kopf gestoßen fühlte, weil er nicht mit ihr in Erinnerungen an die gute alte Zeit schwelgen wollte. »Also, es waren eine junge Frau und zwei Männer. Sie war ziemlich groß und hatte lockiges braunes Haar. Einer der Männer war vermutlich Ende zwanzig oder Anfang dreißig. Der andere Mann circa vierzig. Schwer zu beschreiben, wie er aussah.«

Trent war jetzt ganz Ohr. Sollte ihm wirklich endlich das Glück hold sein? »Was wollten diese Leute?«

»Sie sagten, sie müssten nur einen Computer benutzen. Ich habe ihnen erlaubt, einfach loszulegen. Sie wirkten eigentlich ganz harmlos. Aber irgendwie auch verdächtig.«

»Wozu brauchten sie einen Computer?«

»Das haben sie mir nicht gesagt. Aber sie hatten eine Digitalkamera, die sie mit dem Gerät verbunden haben. Ich habe gehört, wie sie über Steine und alte Symbole der Cherokee gesprochen haben.«

Er hatte auf den Boden gestarrt und sich auf das konzentriert, was ihm die Frau berichtete. Aber als er diesen letzten Halbsatz hörte, zuckte sein Blick zu seinem Partner hoch. *Wir haben etwas*, formulierte er lautlos mit den Lippen.

»Können Sie mir sagen, ob die Leute etwas gefunden haben?«, fragte er die Lady am anderen Ende.

In der Verbindung herrschte für einen Moment Stille, dann antwortete sie: »Ja, der ältere Mann hat sich dieses Gemälde von dem Cherokee angesehen, das wir aufgehängt haben. Er hat es minutenlang lang angestarrt, bis ihm etwas daran auffiel. Sie unterhielten sich eine Weile darüber, was es zu bedeuten hatte. Das Bild muss sehr alt sein, es hing schon hier, als ich in der Bibliothek angefangen habe. Irgendetwas an diesem Bild hat sie jedenfalls sehr interessiert. Sie kehrten dann für ein oder zwei Minuten zum Computer zurück und fingen schließlich an, sich über die alte Cherokee-Hauptstadt zu unterhalten.«

»Die Hauptstadt der Cherokee?«

»Ja. Sie sagten, sie wollten zu einem Ort namens Red Clay. Hörte sich jedenfalls so an. Ich selbst habe noch nie davon gehört. Als sie aus der Tür gingen, habe ich Sheriff Jenkins' Büro angerufen. Es könnten natürlich auch nur ganz harmlose Reisende gewesen sein, aber wie gesagt, irgendetwas kam mir an ihnen komisch vor. Der Sheriff hat mich an die Polizei in Atlanta verwiesen, und die haben mich zu Ihnen weitergeleitet.«

Trent hatte eifrig mitgeschrieben, was die alte Dame gesagt hatte. Er musste sich wegen ihres starken Südstaatenakzents sehr konzentrieren, damit er alle Details richtig verstand. »War der Mann in den Dreißigern groß mit aschblondem Haar und blauen oder grauen Augen?«

»Ja, genau. Das war er«, kam es sofort wie aus der Pistole geschossen. »Stecken die in irgendwelchen Schwierigkeiten?«

»Wir wollen ihnen nur ein paar Fragen stellen, Ma'am«, sagte er höflich, ohne zu verraten, worum es ging. Er musste unbedingt vermeiden, dass sich in Dahlonega das Gerücht verbreitete, ein paar Verbrecher liefen frei herum. Wenn das Wyatt zu Ohren kam, würden sie ihn vielleicht nie finden.

»Haben Sie sich zufällig die Namen dieser Leute gemerkt?« Er wollte absolut sichergehen.

»Ja. Den Älteren nannten sie Mac. Ich glaube, der Jüngere hieß Sean.« Sie dachte einen Moment lang nach. »Den Namen der Frau habe ich nicht verstanden.«

»Vielen Dank für die Informationen, Ma'am. Sie waren eine große Hilfe.«

Er legte auf, als sie sagte: »Gern geschehen.«

Dann schob er das Handy wieder in seine Tasche. »Wir fahren zu einem Ort namens Red Clay«, verkündete er.

»Was gibt es da?« Will hatte nichts von dem Gespräch mitbekommen.

»Es gibt eine Zeugin in Dahlonega, die sagt, dass Wyatt und McElroy dorthin unterwegs sind. Ich weiß nicht, wo das ist, aber früher war das anscheinend mal die Hauptstadt der Cherokee-Nation.«

»Wie weit ist es von hier?« Will öffnete die Tür seines Wagens.

»Ich weiß es nicht. Aber das werden wir gleich herausfinden.«

Trent stieg in seinen Charger und suchte im Navigationssystem nach Red Clay. Eine Minute später sagte er: »Wir könnten es in einer Stunde schaffen.«

Der Streifenwagen legte, gefolgt von Wills Fahrzeug, einen Kavalierstart hin und ließ dabei die Patronenhülsen hinter sich durch die Luft wirbeln.

Kapitel 45

Blue Ridge Mountains

»Sehr gut. Sie können jetzt auflegen.«

Marla Tinsley stand hinter ihrem Schreibtisch. Sie ließ die beiden Fremden, einen Mann und eine Frau, nicht aus den Augen, als sie vorsichtig den Hörer auf die Gabel legte. »Was soll das?«, fragte sie erschrocken. »Wir haben hier kein Geld. Was wollen Sie?«

»Nichts.« Die kalte Antwort der Brünetten wurde von einer Rauchwolke aus der Mündung eines Schalldämpfers begleitet.

Die Angst im Gesicht der Bibliothekarin verwandelte sich zu Entsetzen, als sich zwei weitere Kugeln in ihre Brust bohrten. Ihre Beine knickten unter ihr ein, und sie sackte zu Boden.

Die Frau mit der Waffe trat hinter den Tresen und stellte sich vor das Opfer. Tinsleys Bluse färbte sich schnell rot, und aus den schwarzen Löchern blühten Blumen aus Blut. Ein rotes Rinnsal lief zwischen ihren Lippen hervor.

Mit beunruhigender Kaltblütigkeit hob die Frau in Schwarz noch einmal ihre Waffe und gab einen letzten Schuss in den Kopf der Bibliothekarin ab. Dann wandte sie sich an den Mann, der sie begleitet hatte. »Rufen Sie den Propheten an, und geben Sie ihm ein Update.«

»Ja, Ma'am.« Er holte sein Handy aus der Jackentasche, hielt dann kurz inne und wandte sich ihr wieder zu. »Soll ich ihm von dem hier erzählen?« Ein behandschuhter Finger deutete auf die Leiche.

Sie warf ihm einen Blick zu, der, wie er wusste, »Nein« bedeutete. »Sagen Sie ihm nur, dass wir immer noch beobachten. Sonst nichts.«

Er nickte und drückte die Ruftaste.

Sie machte einen Schritt über die Leiche und ging zur Fensterfront der Bücherei. Vor dem Fenster sah man in der kleinen Stadt nur ein paar umherstreifende Passanten, von denen offenbar keiner mitbekommen hatte, was sich in der Bibliothek abspielte.

Sie hörte, wie ihr Assistent das kurze Gespräch mit ihrem Boss beendete. Er wäre sicher nicht erfreut gewesen, wenn er erfahren hätte, dass sie die Bibliothekarin umgebracht hatten, und deshalb brauchte er es auch nicht zu wissen. Sie war zwar eine ahnungslose Fremde gewesen, aber auch eine potenzielle Gefahr. Und potenzielle Gefahren waren nie gut.

Ihr Assistent kam zu ihr, stellte sich neben sie und steckte das Handy wieder in seine Jackentasche.

Sie schaute unverwandt aus dem großen Fenster. »Was hat er gesagt?«, fragte sie, obwohl sie die Antwort schon kannte.

»Wir sollen weiter beobachten.« Er blickte sie an. Offenbar rätselte er darüber, was ihr durch den Kopf ging.

»Wir wissen, wohin sie als Nächstes fahren werden. Wir müssen nur dafür sorgen, dass es zwischen hier und dem Ziel weniger zufällige Begegnungen mit irgendwelchen Leuten gibt. Ich würde es vorziehen, keine Blutspur zu hinterlassen.« Sie warf einen kurzen Blick über die Schulter zu der Stelle, wo die Leiche lag.

Er nickte zustimmend.

»Okay«, sagte sie nach einem Moment. »Dann los. Ihr Vorsprung darf nicht zu groß werden.«

Die beiden traten über die Schwelle und auf den Bürgersteig hinaus. Die Sonne schien, es wurde ihnen warm in ihrer schwarzen Kleidung trotz der kühlen Herbstluft.

Keiner der Passanten achtete auf sie, als sie in ihre schwarze Limousine stiegen und davonfuhren.

Kapitel 46

Südöstliches Tennessee

Sean und Allyson standen am Infoschalter im Besucherzentrum des Red Clay State Park und warteten. Seit ihrer Ankunft hatte sich kein Parkangestellter blicken lassen. Joe war im Eingangsbereich geblieben und checkte Textnachrichten, die höchstwahrscheinlich von einer wütenden Mrs. McElroy stammten.

Die Zeit war äußerst knapp, und wenn sich niemand finden ließ, der nützliche Informationen liefern konnte, wäre das sicherlich von Nachteil gewesen.

Allyson durchbrach die Stille. »Sollen wir uns ein bisschen umsehen? Wir stehen hier schon seit fünf Minuten.« Ihre Geduld war offensichtlich am Ende.

»Klingt nach einem guten Plan«, stimmte Sean zu. »He, Joe, lass uns mal sehen, was wir finden können.«

McElroy nickte, klappte sein Handy zu und schob es in eine Hosentasche.

Sean deutete auf zwei große Doppeltüren in der gegenüberliegenden Wand. Über dem Museumseingang hing ein blaues Schild mit der Aufschrift *Ausstellung*.

»Versuchen wir es zuerst da drin.«

Als sie den Ausstellungsraum betraten, bemerkten sie einen beißenden Geruch, der den Raum erfüllte. Er unterschied sich deutlich von dem Geruch, der normalerweise in einem Museum herrschte.

»Irgendetwas stimmt hier nicht.« Instinktiv griff Sean nach seiner Waffe. Er war froh gewesen, dass Joe einen Munitionsvorrat in der Werkzeugkiste des Pick-ups aufbewahrte.

Vorsichtig hielt er die Pistole an seiner Seite, während er an den Schaukästen und Bildern vorbeischlich. An der Ecke der Trennwand zwischen den beiden Ausstellungsräumen blieb er stehen und gab den anderen ein Zeichen, es ihm gleichzutun.

Joe und Allyson hatten den Geruch ebenfalls wahrgenommen, konnten ihn aber nicht einordnen, also blieben sie kurz vor der Stelle stehen, an der Sean stand.

Sean spähte vorsichtig in den Gang des kleinen Museums. Da sah er es.

Die Leiche des Park Rangers lag in der Nähe des Ausgangs in einer Ecke. Eine große Blutlache hatte sich unter seinem Körper ausgebreitet. Die Flüssigkeit versickerte langsam in dem dünnen Teppich.

Sean eilte zu dem Toten. Allyson und Joe folgten ihm verwirrt. Als sie um die Trennwand kamen, sahen die beiden, was Wyatt schockiert hatte.

»Sieht aus, als wären sie uns immer noch einen Schritt voraus«, kommentierte Joe finster.

»Ja«, nickte Sean seufzend. Er bückte sich und tastete am gebräunten Hals des Mannes nach seinem Puls, aber er spürte nichts. »Er ist tot.«

Allyson hatte schon öfter Leichen gesehen. Damit musste man umgehen können, wenn man für die Agentur arbeiten wollte. Trotzdem hatte sie sich nie richtig daran gewöhnt. »Warum haben sie das getan?«, fragte sie laut.

Beide Männer schüttelten den Kopf. »Entweder fand dieser Joergenson, dass der Ranger zu viel wusste, oder der

Typ ist ihm in die Quere gekommen.« Sean ging in die Hocke und betrachtete, auf ein Knie gestützt, die vielen Schusswunden. »Oder er hätte sie identifizieren können, was ihn zu einer potenziellen Gefahr machte, die ausgeschaltet werden musste. Die Polizei war jedenfalls noch nicht hier.«

»Was bedeutet, dass wir besser aus Dodge City verschwinden sollten«, beendete Joe seinen Gedankengang.

»Genau.« Sean wollte gerade aufstehen, als er bemerkte, dass der Ranger mit einer Hand etwas umklammerte. Ein Mobiltelefon. Vorsichtig griff er hinunter und wand dem Toten das Gerät aus den steifen Fingern. Er befürchtete, dass jeden Moment die Polizei oder ein Parkbesucher hereinplatzen konnte.

Dann erregte etwas anderes seine Aufmerksamkeit: ein kleines Podest in der Ecke des Raumes mit einer Vitrine, in der eine Vase stand. Rasch eilte er dorthin und betrachtete das Gefäß. Irgendwas daran kam ihm bekannt vor.

Auch Joe begann sich für das Ausstellungsstück zu interessieren. »Weißt du, wie das aussieht?«

»Es kommt mir vor, als hätte ich es schon einmal gesehen, aber ich kann es nicht einordnen.«

»Für mich sieht das aus wie Gefäß Nummer Eins.«

»Du meinst die Weeden-Island-Keramik?«

»Ja. Aber ich wusste nicht, dass sie so etwas in diesem Museum haben.« Joe betrachtete stirnrunzelnd das Objekt.

»Es gibt hier auch keine Informationen darüber, woher es stammt oder wer es gefunden hat.«

»Leute«, mischte sich Allyson ein, »ich möchte nicht stören, aber hier liegt ein Toter. Also, wenn es euch nichts ausmacht, eure Diskussion ein wenig zu straffen …«

Sean ignorierte sie. »Ich frage mich«, fuhr er an Joe gewandt fort, »ob diese Vase der nächste Hinweis ist.«

»Das wäre durchaus denkbar«, stimmte Joe zu. »Es ist das einzige Ausstellungsstück im Raum, das nicht zu den anderen Objekten passt. Wirklich seltsam. So viel kann ich sagen.«

Selbst nach eingehender Betrachtung wusste Sean aber immer noch nicht, welchen Hinweis die Vase liefern könnte. Leider blieb ihnen nicht genug Zeit, um das Keramikgefäß zu analysieren. »Ich wünschte, es gäbe hier irgendwelche Information über dieses Ding.«

Sean sah Joe an, schüttelte den Kopf und richtete seine Aufmerksamkeit wieder auf das Handy. Sie fragten sich, ob der Ranger vielleicht Hilfe rufen wollte, bevor er starb. Aber wahrscheinlich nicht. Wenn es so einen Anruf gegeben hätte, wäre die Polizei längst eingetroffen.

Er drückte eine Taste, die den kleinen Bildschirm aufleuchten ließ. Es öffnete sich jedoch nicht die Startseite, stattdessen war auf dem Display etwas zu sehen, das wie eine nicht abgeschickte Textnachricht aussah. Eine seltsame Nachricht, dachte Sean. Sie lautete *Beacon*.

Joe kam näher, um zu sehen, was sein Freund gefunden hatte.

»*Beacon*?«, fragte der sich laut. »Was soll das denn bedeuten?«

Allyson war verblüfft. »Warum sollte der Ranger so eine Nachricht auf dem Handy hinterlassen, wenn er im Sterben liegt? Er hätte doch wohl eher den Notruf gewählt.«

»Ich weiß es nicht, aber wir können nicht so lange hierbleiben, bis wir es herausfinden«, antwortete er mit wachsender Besorgnis, gestikulierte dann in Richtung Tür und legte das Handy wieder in die verkrümmten Finger des Park Rangers.

Die drei machten sich auf den Weg aus dem Ausstellungsraum in die Lobby und zum Haupteingang. Sean erreichte als Erster die Außentür des Gebäudes und wollte sie gerade öffnen, als er urplötzlich erstarrte. Draußen auf dem Parkplatz hatten zwei Polizeiautos etwa zehn Meter von ihrem eigenen Fahrzeug entfernt auf zwei leeren Plätzen angehalten.

»Was ist?«, fragte Allyson.

»Die Cops sind da«, antwortete er.

»Aber wie haben sie …?«, wollte Joe fragen, aber Sean unterbrach ihn und ließ die beiden wieder ins Gebäude gehen. Glücklicherweise waren die Glastüren zum Informationszentrum getönt, sodass es fast unmöglich war, vom Parkplatz aus Menschen im Inneren zu sehen. Sean sah sich nach einem alternativen Ausgang um.

Rechts vom Informationsschalter gab es eine Treppe, eine Option, die ihm nicht sehr zusagte, weil sie dort in der Falle sitzen würden, ganz egal, was sich im Obergeschoss befinden mochte.

Auf der linken Seite gab es eine Tür, darüber das Schild *Kino*. Sean fiel ein, dass die meisten Kinos Notausgänge hatten. »Da rein«, befahl er schnell.

Die Tür zum Kinosaal schloss sich hinter ihnen. Einen Sekundenbruchteil später erreichten die beiden Polizisten das Ende der Veranda.

Nach einem richtigen Kino sah es jedoch nicht aus. Es gab vier Reihen mit Bestuhlung im Hörsaalstil und an der Wand davor eine mittelgroße Leinwand. Sean blieb für einen Moment bei den Türen stehen und lauschte aufmerksam. Als er hörte, wie sich die innere der zwei Eingangstüren zum Gebäude öffnete, führte er die beiden leise zur ersten Reihe. Wie er vermutet hatte, gab es an der Frontseite des Raums einen weiteren Ausgang.

Mit schnellen Schritten gingen die drei an den Sitzen vorbei zu der einzelnen Tür mit dem roten *Exit*-Schild darüber. Als sie die Tür erreichten, zögerte Sean einen Moment. Manche Türen waren mit automatischen Alarmsystemen ausgestattet. Er hoffte, dass dies hier nicht der Fall war, als er die Klinke drückte.

Das Schloss klickte und ließ sich mühelos öffnen. Sie traten ins Licht der frühen Nachmittagssonne. Kein Alarm schrillte, als sie unbemerkt aus dem Gebäude schlichen und um die Vorderseite herum zurück zu dem Truck gingen.

Kapitel 47

Südöstliches Tennessee

Die Suche nach dem Beacon Tabernacle war dank des Navigationssystems im Hummer sehr einfach.

Fünfzehn Minuten nachdem sie den State Park verlassen hatten, brachte der große Aufpasser das SUV auf dem Parkplatz vor der Kirche zum Stehen.

Das Beacon Tabernacle lag in einem Tal mit sanften Hügeln direkt auf dem Kamm einer leichten Anhöhe. Vom Parkplatz aus hatte man einen herrlichen Blick auf die umliegenden Berge und Hänge. Die Landschaft war von Waldgebieten durchzogen, in denen die Blätter der Bäume der Jahreszeit entsprechend in Orange-, Rot- und Gelbtönen zu glühen schienen. Inmitten der dichten Wälder waren überall kleine Farmen zu sehen.

Tommy betrachtete die Landschaft. Die haben sich einen schönen Platz ausgesucht, dachte er bei sich. Seit sie das Museum verlassen hatten, hatte er kein Wort mehr gesagt. Er war immer noch fassungslos darüber, wie brutal Ulrich den unschuldigen Park Ranger ermordet hatte.

Dennoch hatte der Cherokee so gewirkt, als sei er vorbereitet gewesen, als habe er all dem geradezu entgegengesehen, weil es Teil eines größeren Plans war.

Ulrich und die beiden Aufpasser stiegen aus dem SUV und sahen sich ebenfalls kurz um. Sie wollten sich jedoch eher vergewissern, dass ihnen niemand gefolgt war, als den atemberaubenden Anblick genießen.

Ein einsamer grauer Pick-up stand verlassen vor dem Eingang. Er nahm an, dass das Fahrzeug dem Küster der Kirche gehörte. In den meisten Kirchen musste unter der Woche niemand arbeiten, was vor allem an der geringen Besucherzahl lag. Dieses Gebäude bot jedoch mehr als dreitausend Besuchern Platz. Und trotz ihrer Größe war die Kirche gezwungen, vormittags drei Gottesdienste anzubieten, um alle unterzubringen.

Vorsichtig näherten sich die vier Männer dem Gebäude. Im Gegensatz zu vielen Kirchen im Süden und Nordosten der Vereinigten Staaten, die meistens wie Kästen mit Spitzdächern und einem Kirchturm an der Vorderseite gebaut waren, stellte das Beacon Tabernacle ein einzigartiges Stück Architektur da. Dennoch wirkte es nicht wie eine Kathedrale. Das Dach stieg an einer Seite des Gebäudes allmählich in die Höhe und fiel dann steil ab. Und es gab keinen Kirchturm, sondern nur drei Stahlträger unterschiedlicher Höhe, die neben dem Eingang kühn in die Höhe ragten.

Ein weiteres interessantes Detail war das Fehlen von Kreuzen. In den meisten christlichen Kirchen, die er bisher gesehen hatte, zierten Kruzifixe Fenster, Türöffnungen und so ziemlich alles andere. Es kam Tommy merkwürdig vor, dass hier keine zu sehen waren.

Überhaupt schien das Gebäude auf typische christliche Insignien zu verzichten. Zwei Reihen schmaler Buntglasfenster schmückten die hellen Ziegelwände der Außenfassade. Doch obwohl die schiere Größe des Gebäudes beeindruckend war, wirkte die Konstruktion selbst eher einfach, schien bewusst auf Schlichtheit abzuzielen.

Der kleinere Aufpasser erreichte als Erster die große Holztür der Kirche und griff nach der Messingklinke. Offenbar war die Tür schwerer, als er erwartet hatte, und er musste viel Kraft aufwenden, was ihn für eine Sekunde aus dem Gleichgewicht brachte. Leicht verlegen hielt er die Tür auf, damit die drei anderen zuerst hineingehen konnten.

Als die vier Männer das Innere betraten, fanden sie sich in einem Raum wieder, der sich von der Außenansicht des Gebäudes dramatisch unterschied. Gleich hinter der zweiten hohen Doppeltür stieg die Decke zu einem fünf Stockwerke hohen, schrägen Glasdach an, das sich über die gesamte Länge des Raumes erstreckte. Am anderen Ende des riesigen Atriums führte vor Fahrstühlen eine gekachelte Treppe nach oben.

Selbst die sonst so stoischen Aufpasser wirkten beeindruckt. Der verblüffte Ausdruck auf ihren Gesichtern ließ darauf schließen, dass sie so etwas noch nie gesehen hatten. Das Kirchenfoyer war nicht beeindruckender als die Sixtinische Kapelle oder eine der anderen großen Kathedralen der Welt, aber die Schönheit des Inneren bildete einen wirklich erstaunlichen Kontrast zum unauffälligen Äußeren des Gebäudes.

Als sie tiefer in den riesigen Saal vordrangen, sahen sie am anderen Ende des Zwischengeschosses hinter einem Empfangstresen einen älteren Mann mit weißem Haarschopf. Er musste sie gehört haben, denn er war schon dabei, seine Zeitung zusammenzufalten.

Ulrich brachte offenbar nicht mehr die Geduld auf, Tommy das Fragen zu überlassen, und wandte sich direkt an den Kirchendiener. »Wir sind von außerhalb und haben von unserem Freund hier von Ihrer Kirche erfahren. Dürften wir uns hier umsehen?«

Es war unfassbar. War das derselbe Mann, der vor nicht einmal einer halben Stunde einen unschuldigen Park Ranger niedergeschossen hatte? Jetzt hatte sich sein Verhalten um hundertachtzig Grad gedreht. Er sprach sanft und höflich mit dem alten Mann und schien nicht im Entferntesten mit dem Gedanken zu spielen, ihm ein Leid zuzufügen. Er war wie eine Schlange, die ruhig im Gras auf ihr Opfer wartet.

»Gewiss«, antwortete der Küster. »Schauen Sie sich ruhig um. Die Räume und Büros auf der anderen Seite sind heute allerdings geschlossen.« Seine Hand, die nur aus Haut und Knochen zu bestehen schien, wies in die Richtung, die er meinte. »Aber Sie können mit dem Aufzug nach oben fahren, um den Chor zu sehen, oder sich im Hauptgeschoss des Gotteshauses umschauen.« Die schmalen Lippen verzogen sich zu einem einladenden Lächeln.

»Danke«, erwiderte Ulrich knapp.

Fünf Treppen führten sie in den Hauptsaal. Darüber befand sich im ersten Stockwerk eine kleine Kapelle, deren Außenwand von einem spektakulären Gemälde mit Szenen aus dem Leben Jesu geschmückt war. Die Darstellungen erreichten mit der Wiederkunft Christi ihren Höhepunkt. Dies Bild allein maß mindestens viereinhalb Meter in der Länge und zweieinhalb Meter in der Höhe.

Eilig gingen die vier Männer zur ersten Treppe, die in den inneren Vorsaal der Kirche führte. Von dort aus konnten die Gläubigen durch mehrere Fenstergruppen in den kolossalen Hauptsaal blicken, in dem die Gottesdienste abgehalten wurden. Ganz vorne in der großen Halle, hinter der Kanzel, wartete einer der beeindruckendsten Anblicke auf sie, die Tommy je gesehen hatte. Die Gruppe verlangsamte ihr Tempo und ging durch eine der Türen auf der linken Seite. Fast ehrfürchtig schritten sie den Gang hinunter zu einer gigantischen Kirchenorgel, die vom Boden des erhöhten Podests fast drei Stockwerke hoch bis zur Holzbalkendecke reichte.

Doch nicht nur seine schiere Größe machte das Instrument so beeindruckend. Feinste Holzschnitzereien zierten das Ungetüm von oben bis unten. Bäume, Ranken, Blumen, Vögel und andere Tiere sahen fast so aus, als würden sie jeden Moment zum Leben erwachen und aus dem Holz, in das sie geschnitzt waren, heraustreten.

Über ihnen öffnete sich der Altarraum wie ein riesiger Flugzeughangar. Das Schrägdach erreichte in der Nähe der linken Wand seinen Scheitelpunkt und fiel dahinter auf der rechten Seite viel steiler ab. Ganz hinten ragte der Kirchenchor mit mehreren Hundert zusätzlichen Sitzplätzen und der Steuerzentrale für die Ton- und Videoanlage empor.

Tommy richtete seine Aufmerksamkeit wieder auf die Seitenwände der Kirche und die Buntglasfenster. Von außen wirkten die Fenster der Tabernacle-Kirche sehr dunkel, wenn auch nicht ganz schwarz, und die Farben waren viel blasser. Das machte es schwer, die Details der Fenster zu erkennen. Aber von innen leuchteten die Farben erheblich kräftiger. Vor allem die vielen Blau- und Rottöne, die in den Glasmosaiken verwendet wurden. Und in jedem einzelnen Fenster waren scheinbar willkürlich weiße Elemente zwischen den dunkleren Farben verteilt.

Er ließ seinen Blick über einige von ihnen schweifen, bevor er sich, fast unbewusst, auf das Podest und die vorderen Stufen zubewegte. Aus der Nähe betrachtet, war die Orgel sogar noch größer, als er gedacht hatte, mit Leitern und kleinen Plattformen im Inneren, damit die Wartungstechniker leicht an die entsprechenden Stellen gelangen konnten.

Tommy riss sich von dem Anblick los und wandte sich an Ulrich. »Was glauben Sie, können wir hier finden?«

Ulrich legte den Kopf schief. »Dafür sind Sie hier, Mr. Schultz.«

»Ich weiß nicht einmal, wonach ich suchen soll.« Er war erschöpft. Die Ereignisse der letzten Tage forderten ihren Tribut, und sein Kopf schmerzte von der emotionalen und mentalen Achterbahnfahrt.

»Versuchen Sie es.«

Minuten vergingen. Tommy suchte den ganzen Saal ab und hielt nach etwas Ausschau, das als Anhaltspunkt dienen konnte. Aber er fand nichts. Nirgendwo waren Bilder, Worte oder Symbole zu entdecken, die er interpretieren konnte. Und ein Einfluss amerikanischer Ureinwohner war erst recht nicht erkennbar.

Wie aus dem Nichts erschien der Küster in einer Tür am Fuß des großen Podests. »Haben Sie Fragen, oder brauchen Sie Hilfe?«

»Ich habe wirklich ein paar Fragen, Sir«, antwortete Tommy.

»Ja?« Den Mann schien zu freuen, dass er helfen konnte.

»Ich wundere mich, dass diese Kirche so groß ist. Sie wirkt für eine so dünn besiedelte Gegend ziemlich überdimensioniert. Wie ist das möglich?«

Der alte Mann lächelte. »Ursprünglich hatte diese Kirche nur etwa ein Dutzend Gemeindemitglieder. Das war auch noch Mitte des 19. Jahrhunderts so. Kurz nach der Gründung der Kirche jedoch gelangte der Gründungspastor in den Besitz eines großen Vermögens. Niemand weiß genau, woher es kam. Er sagte, das Geld stamme von einem großzügigen Spender, der an die Arbeit der Kirche glaube, aber anonym bleiben wolle. Im Laufe der Jahre wurde die Kirche immer wieder umgebaut und erweitert, um die wachsende Zahl der Mitglieder aufnehmen zu können. Das Bauwerk, in dem Sie jetzt stehen, ist das Ergebnis der letzten Renovierung in den Fünfzigerjahren. In den Kellerräumen sind der ursprüngliche Bodenbelag und das Fundament bis heute erhalten geblieben.«

»Kann man da runter und sich den ursprünglichen Grundriss ansehen?«

Der Mann lachte amüsiert. »Du liebe Güte, nein! Es gibt nur eine Tür, die da hinunterführt, und die ist verschlossen und verriegelt. Es ist so gut wie unmöglich, da hinunterzukommen.«

»Warum ist die Tür verriegelt?«

»Das weiß ich nicht. Ich finde, es wäre ein interessanter Beitrag zur Geschichte dieser Kirche, wenn man den Keller in die Besichtigungstouren einbeziehen würde, aber aus irgendeinem Grund wurde dieser Teil vor langer Zeit für die Öffentlichkeit gesperrt, noch bevor das Gebäude diese endgültige Gestalt bekam. Wenn ich raten müsste, würde ich sagen, dass es gefährlich ist, dort runterzugehen, und es Bedenken wegen Problemen mit der Versicherung gibt, wenn sich Menschen in diesem Bereich aufhalten.«

Die Antwort klang ehrlich. Dennoch war die mysteriöse Herkunft des Geldes der Kirche noch nicht geklärt.

»Diese Orgel«, fuhr der Küster fort, »ist die größte balggetriebene Pfeifenorgel in der östlichen Hälfte der Vereinigten Staaten und eine der größten der ganzen Welt.« Er musste mitbekommen haben, dass Ulrich und die beiden Aufpasser so taten, als würden sie das gewaltige Instrument bewundern. Sie warfen dem Mann jetzt jedoch desinteressierte Blicke zu.

»Wenn Sie gestatten«, kam Tommy wieder auf sein ursprüngliches Thema zurück, »Sie sagten, niemand wüsste, woher das Geld stammte?«

»Das ist richtig, Sir. Natürlich verzeichnet die Kirche jetzt eine deutlich größere Anzahl von Gemeindemitgliedern in ihren Büchern, weshalb regelmäßig Geld aus Abgaben und Spenden hereinkommt.«

Die Story, die er ihnen auftischte, wirkte allerdings etwas fadenscheinig. Tommy glaubte zwar, dass der Kirchendiener größtenteils die Wahrheit sagte, aber es schien, als wäre die Verbindung zwischen der Geschichte des toten Park Rangers von vorhin und dem Aufstieg dieser Kirche mehr als nur ein bloßer Zufall. Er sah sich noch einmal im Saal um und versuchte, einen Hinweis zu entdecken.

Schließlich blieb sein Blick an einem der Buntglasfenster hängen. Da war noch etwas anderes.

Der Küster schien sich darüber zu freuen, dass er den Fremden bei der Beantwortung ihrer Fragen helfen konnte. Offenbar langweilte er sich bei seiner Arbeit.

Tommy tat ihm den Gefallen. »Ich habe noch eine Frage an Sie. Woher stammen diese Glasfenster in der Kirche?«

»Ich glaube, sie wurden irgendwo in Spanien angefertigt. Eine spezialisierte Glashütte hat sie hergestellt und geliefert. Es war bestimmt nicht leicht, sich mit einem so weit entfernten Unternehmen über die Anforderungen und Details der Fenster auszutauschen, die für die Kirche benötigt wurden.«

Tommy fand die Geschichte der Fenster zwar interessant, aber noch mehr interessierte ihn eine Besonderheit.

»Was mich wirklich beschäftigt, sind die weißen Glasstücke in jedem Fenster. Sind sie nur da, um einen Kontrast zu den dunklen Farben zu schaffen, oder gibt es einen anderen Grund dafür?«

Der alte Mann lächelte. »Es freut mich, dass Sie danach fragen. Sehen Sie«, erklärte er, »diese weißen Glasstücke sind eine Hommage an eine der revolutionärsten Formen der Kommunikation, die jemals entwickelt wurde.«

Tommy und die anderen drei warteten auf eine Erklärung.

»Die weißen Punkte aus rundem Glas in den Fenstern sind in Wirklichkeit Morsezeichen.«

»Der Hinweis ist also in den Fenstern verborgen.« Tommy sagte es ein wenig lauter, als er beabsichtigt hatte.

Seine Bemerkung überraschte den Kirchendiener. »Verzeihen Sie bitte. Ein Hinweis? Welcher Hinweis?«

Er erhielt keine Antwort. Stattdessen begann Ulrich ebenfalls, neugierig die Fenster zu betrachten, weil er selbst herausfinden wollte, wovon die Rede war. Er stellte seine Bemühungen jedoch nach kurzer Zeit erfolglos wieder ein.

»Was bedeutet das? Woher weiß man, wo man anfangen soll?«, fragte Tommy.

Ein neugieriger Ausdruck kam in das faltige Gesicht. »Ich weiß gar nicht, warum Sie das so begeistert. Es ist nur ein Bibelvers. Er fängt an dem Fenster da drüben an«, er zeigte auf ein Fenster in der vorderen rechten Ecke des Altarraums, »und läuft rundherum bis zur nächsten Ebene. Dort hinten endet er.«

Ulrich machte ein Gesicht, als hätte er gerade im Lotto gewonnen. »Der Bibelvers, wie lautet er?«, wollte er wissen.

»Es ist eine Textstelle aus der Genesis. Viele Leute hier kennen ihn. Es ist kein Geheimnis.«

Ungeduldig hakte Ulrich nach: »Ja, aber wie lautet er genau?«

Der Mann schien durch den plötzlichen Stimmungsumschwung etwas irritiert zu sein, aber er antwortete trotzdem. »Er stammt aus Genesis 8, aus den Versen 7, 8 und 20.«

»Zeigen Sie es mir.«

Der Küster deutete auf eine große Bibel, die direkt unter einem erhöhten Taufbecken auf einem Pult lag. »Hier, sehen Sie selbst.« Er schlurfte zu dem riesigen Buch und blätterte eine Seite nach der anderen um, bis er die richtige Stelle gefunden hatte.

»Bitte, sehen Sie.«

Ulrich und Tommy gingen an das Pult, auf dem das große Buch lag.

Vers 7: Und er ließ einen Raben hinaus. Der flog aus und ein, bis das Wasser auf der Erde vertrocknet war. Vers 8: Dann ließ er eine Taube hinaus, um zu sehen, ob das Wasser auf der Erde abgenommen habe. Vers 20: Dann baute Noah dem Herrn einen Altar.

»Was soll das sein? Der Rabe und die Taube? Was hat das zu bedeuten?«

Verwundert antwortete der ältere Mann sachlich: »Also, Sir, das ist so etwas wie der Leitspruch dieser Kirche.«

Ulrich war nicht überzeugt. »Was soll das heißen, der Leitspruch? Was für ein Leitspruch soll das sein?«

»Nun …« Der Mann zauderte. Er verstand nicht recht, warum das für diesen fremden Besucher so wichtig war. »Unsere Kirche heißt Beacon Tabernacle. Ein Leuchtfeuer ist wie ein Wegweiser, wenn man so will. Die Erbauer des Gebäudes fanden diesen Vers passend, weil der Rabe und die Taube dazu dienten, Noah auf das trockene Land zu führen.«

»Das ist alles?« Ulrich trat zu dem alten Küster, packte ihn an Hemd und Krawatte, hob ihn mit beiden Armen hoch und drückte ihn neben dem Taufbecken gegen die

Wand. »Raus mit der Sprache, alter Mann. Ist das alles, was Sie wissen?«

Angst verzerrte das Gesicht des Küsters und vertrieb seine Verwirrung. Seine Stimme krächzte, weil die Fäuste unter seinem Hals ihm die Luft abwürgten. »Ich … weiß … nicht, was Sie … von mir … hören wollen. Die Kirche steht für den Altar, den Noah gebaut hat. Was wollen Sie denn noch wissen?«

Kräftige Hände schlossen sich fester um den dünnen Hals des Mannes, und die blasse, faltige Haut färbte sich leicht rötlich-violett.

»Was machen Sie da? Sie tun ihm weh!«, schrie Tommy, wurde aber von den Aufpassern zurückgehalten.

Ulrich drehte sich um, als wollte er sagen: *Das ist mir egal*, als plötzlich eine markante Stimme den Altarraum erfüllte.

»Lassen Sie ihn sofort runter!«

Die beiden Muskelmänner blickten instinktiv zu einer offenen Tür. Dort stand ein Mann, der eine Pistole auf ihren Boss richtete.

Ulrich wandte den Kopf in die Richtung, aus der die Stimme gekommen war, und starrte auf die neue Bedrohung, die es wagte, sein Verhör zu unterbrechen. Zuerst fiel sein Blick auf die feuerbereite Waffe in den Händen des Mannes, die auf ihn zielte. Nach einem Moment konzentrierte er sich jedoch auf die Person, die die Waffe hielt. Er erkannte sie sofort.

Sean Wyatt hatte sie eingeholt.

Schon wieder.

Kapitel 48

Südöstliches Tennessee

Einen Moment lang standen alle wie erstarrt da. Ulrich und Wyatt fixierten einander, als warteten sie darauf, wer den ersten Schritt machte. Auch wenn es nur einige Sekunden dauerte, fühlte es sich wie eine Ewigkeit an.

Sean wollte keinen Schuss riskieren, da er fürchtete, er könnte den alten Mann treffen.

Die beiden Aufpasser hielten Tommy fest umklammert, was sie ebenfalls zu schwierigen Zielen machte.

»Mr. Wyatt!«, brach Ulrich schließlich das Schweigen. »Sie wollen einfach nicht aufgeben, was?« Dann packte er den Küster mit einer schnellen, fließenden Bewegung, legte dem alten Mann seinen Arm um den Hals und riss ihn herum wie eine Stoffpuppe.

»Die meisten Leute halten das für einen liebenswerten Charakterzug.« Sean zielte weiterhin auf den blonden Verbrecher.

Ulrich lachte. »Das ist wohl kaum der geeignete Zeitpunkt für Ihre Witzchen.«

Mit einer schnellen Bewegung zog er seine eigene Pistole und drückte sie fest an den Kopf des alten Mannes.

Obwohl Sean die Gruppe überrascht hatte, war seine Lage äußerst unvorteilhaft. Er sah aus dem Augenwinkel, wie Joe und Allyson hinter einer der Kirchenbänke auf der anderen Seite des Altarraums weiter nach vorn krochen.

Das glich ihr Zahlenverhältnis zwar aus, aber jetzt hatten die Gangster zwei Geiseln, und das Risiko, eine von ihnen zu treffen, war hoch.

»Erzählen Sie es mir, Wyatt. Wie haben Sie uns hier gefunden?«, erkundigte sich Ulrich.

»Das war wirklich nur ein glücklicher Zufall.« Sean bewegte sich langsam hinter die nächste Kirchenbank. Er wollte kein völlig ungeschütztes Ziel abgeben. »Der Park Ranger, den Sie umgebracht haben, hatte eine Nachricht auf seinem Handy hinterlassen. Da stand: *Beacon*. Als ich aus dem Museum rauskam, habe ich das Wort einfach ins Navi meines Autos eingegeben. Das einzige Ziel im Umkreis von zwanzig Meilen mit dem Wort *Beacon* im Namen war diese Kirche. Ich dachte, einen Versuch ist es wert.«

»Wirklich, was für ein glücklicher Zufall.«

Ulrich zielte aus dem Handgelenk und gab zwei schnelle Schüsse ab, die direkt vor Wyatt in die Kirchenbank einschlugen. Schon beim ersten Schuss des blonden Mannes war Sean hinter die Sitzbank auf den Boden gehechtet. Ein weiterer Schuss dröhnte aus einer anderen Richtung, und über seinem Kopf schlug eine Kugel in das Holz. Einer der Aufpasser musste ebenfalls das Feuer eröffnet haben.

Auf Ellbogen und Knien kroch Sean über den Teppich zum Ende der Bankreihe. Mit gezückter Waffe spähte er um die Bank und sah, dass der größere Aufpasser Tommy festhielt, während der kleinere mit vorgehaltener Waffe dorthin schaute, wohin er gerade geschossen hatte.

Auf der anderen Seite des Ganges hockten Joe und Allyson zwischen zwei Bankreihen. Sean forderte sie mit einer schnellen Handbewegung auf, ihm Feuerschutz zu geben.

Allyson reagierte auf die Bitte und überraschte die beiden Anzugträger mit einer Salve, wobei sie darauf achtete, die Geiseln nicht zu treffen. Ihre Kugeln verfehlten den stämmigen Ganoven nur knapp.

Joe war mit Langwaffen ein guter Schütze, wie seine Erfolge als Großwildjäger bewiesen. Aber Handfeuerwaffen waren etwas ganz anderes, und seine Kugeln prasselten wild um die Füße der Männer auf der Bühne, einige prallten vom Metall der Rohre hinter ihnen ab.

Allyson warf ihm einen tadelnden Blick zu, als sie ihn unter die Kirchenbank zurückzog. »Lassen Sie mich das lieber erledigen.«

»Das ist wahrscheinlich eine gute Idee.«

Ulrich und der Aufpasser blickten zu der Stelle, von der die neuen Schüsse gekommen waren.

»Wie ich sehe, haben Sie ein paar Freunde mitgebracht, Mr. Wyatt.« Ulrich feuerte in ihre Richtung.

So schlecht Joe auch schießen konnte, die Ablenkung war genau das, was Sean gebraucht hatte. Beide Feinde wirkten etwas konfus, so als wüssten sie nicht, worauf sie ihr Feuer konzentrieren sollten.

Sean kam wieder hinter der Ecke der Kirchenbank hervor, kniete sich hin und gab drei schnelle Schüsse ab. Eine Kugel bohrte sich ohne Schaden anzurichten in die Kevlar-Weste des kleineren Aufpassers, eine andere verfehlte ihn um einiges, aber die dritte grub sich in seinen muskulösen Oberschenkel.

Der Ganove schrie vor Schmerz auf, sank blutend auf ein Knie und ließ kurz die Waffe sinken.

Von seiner Position aus konnte Ulrich niemanden sehen, also gab er vier Schüsse in beide Richtungen ab, die Allyson und Sean hinter den Kirchenbänken Deckung suchen ließen. Stechender Geruch von Schießpulver und Rauch erfüllte die Luft.

Der kleinere Muskelmann hockte immer noch auf einem Knie und versuchte aufzustehen, während Blut aus der Wunde in seinem Bein sickerte. Er hob langsam seine Waffe, um das Feuer zu erwidern, sobald Wyatt sich wieder blicken ließ.

Doch statt um die Kante der Bank herumzublicken, schob sich Sean darunter, zielte und drückte nur einmal ab.

Der Aufpasser bemerkte Wyatts neue Position zu spät. Für eine Sekunde hatte der stämmige Mann einen überraschten Ausdruck im Gesicht. Seine Augen starrten ausdruckslos nach vorn. Dann sickerte Blut aus dem schwarzen Loch in seiner Stirn und tröpfelte über seine Nase. Im nächsten Moment kippte er nach vorne und fiel die Treppe hinunter.

Ulrich warf einen kurzen Blick zu seinem toten Komplizen, der am Fuß des Podests liegen blieb. Dann richtete er seine Waffe auf die Stelle, von der der tödliche Schuss gekommen war, und gab eine weitere schnelle Salve von Schüssen ab.

Der größere Aufpasser, der zuvor Tommy in Schach gehalten hatte, war nun gezwungen, sich dem Kampf anzuschließen. Mit einer Hand hielt der massige Mann Tommy fest und feuerte mit der Waffe in der anderen. Sein .45er dröhnte lauter als die Pistolen der anderen, und das Donnern der Schüsse wurde von den Wänden zurückgeworfen.

Ein Gangster weniger gestaltete den Kampf etwas ausgeglichener, aber für die Geiseln blieb es nach wie vor brandgefährlich. »Lassen Sie die Männer gehen, Joergenson, oder wie auch immer Sie heißen!«, rief Sean aus der Deckung hinter der Kirchenbank. »Es ist vorbei! Die Polizei ist schon auf dem Weg hierher! Und Sie haben nicht mehr viele Patronen im Magazin.«

»Ich glaube kaum, dass Sie die Polizei rufen würden, Mr. Wyatt. Außerdem sind *Sie* derjenige, nach dem sie suchen.« Sein Blick fiel auf zwei geschlossene Türen in etwa sechs Metern Entfernung, über denen ein *Exit*-Schild angebracht war. Der Aufpasser bemerkte, dass Ulrich mit dem Kopf zum Ausgang deutete.

Der große Mann nickte stumm und feuerte schnell zweimal hintereinander auf die Verstecke von Allyson und Sean. Dann zerrte er Tommy am Hals über das Podest und hinter dem großen Blonden die Treppe hinunter.

»Was machen wir jetzt?«, fragte Joe am anderen Ende des Ganges.

»Keine Ahnung«, antwortete Sean. »Ich kann keinen sauberen Schuss abgeben.«

Allyson schüttelte den Kopf. Sie hatte auch kein freies Schussfeld.

Plötzlich krachte an einer anderen Stelle des Gebäudes ein gedämpfter Schuss. Es klang, als käme es von der vorderen Ecke des Altarraums.

Sean riskierte einen Blick über die Kirchenbank, hinter der er sich versteckt hatte, und sah das leere Podest. Bei diesem Anblick drehte sich sein Magen um.

Er kam aus der Deckung und suchte mit der Waffe im Anschlag die Ecken und Winkel der Kirche nach ihnen ab. Sie waren verschwunden.

Allyson erhob sich ebenfalls. »Wo sind sie hin?«

Durch die gespenstischen Rauchschwaden hindurch bemerkte Sean die Türen an der Vorderseite des Kirchengebäudes.

Sie sprinteten zum Ausgang und blieben kurz stehen, um einen Blick durch ein kleines quadratisches Fenster am oberen Ende der dicken Türen zu werfen. Durch die Öffnung erkannte Wyatt auf der anderen Seite ein kleines Vorzimmer. Er sah eine kurze Bank, einen Wasserspender, ein mit Blümchenstoff bezogenes gepolstertes Sofa und zwei Beine mit schwarzen Schuhen, die aus einer Ecke hervorlugten.

Sean stieß die Tür auf und ging mit gezückter Waffe voran. Er lief um die Ecke des kleinen Raumes und fand den Küster. Der Mann lag auf dem Boden, und sein weißes Hemd war bereits blutgetränkt. Gleich hinter der Stelle, wo er lag, endete der kurze Flur abrupt an zwei Türen, die nach draußen auf den Parkplatz führten.

Joe kniete sich neben Sean, der sich über den alten Mann beugte. Allyson rannte zu den Außentüren und hielt die Waffe gezückt, während sie aus dem Fenster spähte.

»Sie … dürfen nicht … zulassen, dass sie die Kammer finden!«, keuchte der Küster.

»Halten Sie durch, Mann«, antwortete Joe. »Das wird schon wieder.«

Allyson griff nach ihrem Handy und wählte den Notruf.

Der alte Mann redete weiter: »Wir haben das Geheimnis lange genug bewahrt.« Sein Körper wurde von einem Husten geschüttelt, und ein kleines Fädchen Blut sickerte aus seinem Mundwinkel. »Sie sind jetzt zu nahe. Sie müssen … dorthin gehen, wo sich Rabe und Taube begegnen. Es darf denen … nicht gelingen.«

Allyson sprach in ihr Handy: »Ja, wir haben hier in der Beacon-Tabernacle-Kirche einen Mann mit einer Schussverletzung. Schicken Sie sofort einen Rettungswagen. Er befindet sich im vorderen Teil des Gebäudes in einem Raum in der Nähe des Aufgangs. Adresse? Ich weiß die Adresse nicht. Sie finden die Kirche! Beeilen Sie sich einfach.« Sie beendete das Gespräch und ging zur Gruppe zurück.

»Wo der Rabe und die Taube sich begegnen«, fuhr der alte Mann fort. »Dort werdet ihr sie finden. Die erste Kammer … sie …« Seine Augen weiteten sich vor Angst, und er klammerte sich an Seans Arme. »Sie dürfen nicht zulassen, dass sie den nächsten Stein finden.«

»Aber wo ist er? Wo ist der Stein?«

»Der Rabe … und die Taube stehen sich gegenüber. Lassen Sie sich von ihren Steinen leiten … sie treffen sich in der Mitte. Der Altar … Sie müssen den … Schlüssel finden. Die Himmelstreppe … besteigen.«

Dann sank der Kopf des Mannes schlaff herunter, und seine Augen schlossen sich. Joe legte den grauen Kopf sanft auf dem Boden ab.

»Der arme alte Mann.«

»Er ist nicht tot.« Sean deutete auf den knochigen Brustkorb, der sich langsam hob und senkte. »Nur bewusstlos. Wir können jetzt nichts für ihn tun. Die Cops sollten bald hier sein. Wenn wir hier nicht sofort verschwinden, werden wir die Kerle vielleicht nie erwischen.«

»Wir können ihn doch nicht einfach liegen lassen, Sean.«

»Allyson hat einen Rettungswagen gerufen. Der wird jeden Moment da sein. Wenn die Polizei hier eintrifft, bevor wir verschwunden sind, werden wir verhaftet und haben keine Chance mehr, Tommy zu retten.«

Joe schien eine Sekunde lang darüber nachzudenken.

»Hör zu, Mac. Du hast gehört, was der Mann gesagt hat. Er will, dass wir die Kammer finden. Wir müssen gehen.«

Seans Freund nickte und stand mit entschlossener Miene auf. »Dann los, schnappen wir sie uns!«

»Genau.«

Die beiden Männer eilten zur Tür, Allyson blieb dicht hinter ihnen.

Sean öffnete vorsichtig das schwere Tor. Der asphaltierte Platz war leer bis auf den verbeulten Silverado und das, was sie für das Auto des Küsters hielten.

Die Männer, die Tommy entführt hatten, waren ihnen wieder einmal durch die Lappen gegangen.

»Haben Sie eine Ahnung, wo sie abgeblieben sind?«, fragte Allyson, als sie ihre Waffe einsteckte.

»Ja, das weiß ich jetzt.«

Kapitel 49

Nevada

Eine Handvoll Gäste plauderte an dem angenehmen Nachmittag angeregt auf der Veranda des palastartigen Anwesens. Es ging um Investitionen, um die Lage der Wirtschaft und verschiedene Immobilien, die sie in den letzten Wochen erworben oder veräußert hatten.

Es war alles andere als eine Hotdog-und-Bier-Meute. Die meisten nippten an altem Scotch, erstklassigem Wodka oder lange gereiftem Bourbon. Der Rauch einiger Zigarren würzte die Luft und stieg in die Abenddämmerung empor.

Der Gastgeber der Party stand an der Außenbar und nippte an einem zwölf Jahre alten Jameson Irish Whiskey. Es war nicht das teuerste Getränk, aber mit Abstand sein Favorit. Weich und warm und immer seine erste Wahl. Er hatte mit seinen Kollegen geplaudert, aber irgendetwas machte ihn nervös. Wahrscheinlich hatte er schon ein paar Drinks zu viel intus, und das Glas in seiner Hand leerte sich auch nicht gerade langsam.

Seit einigen Stunden hatte er nichts mehr von seinen Kontaktleuten gehört, und die Anspannung machte ihn verrückt.

Zehn Jahre lang hatte er nach Hinweisen gesucht, die ihm den Weg zu den Goldenen Kammern wiesen. Nach einem Jahrzehnt Frustration und Fehlschlägen hatte er fast alle Hoffnung aufgegeben.

Doch dann kam ihm ein unglaublicher Zufall zu Hilfe. Ein Archäologe entdeckte in Georgia den ersten Stein, den Anfang des Weges …

Er hatte sich vor einigen Wochen mit dem Mann getroffen und ihm für das Stück ein großzügiges Angebot unterbreitet. Thomas Schultz war jedoch alles andere als entgegenkommend gewesen. Mochte es dummer Stolz oder überheblicher Trotz gewesen sein, jedenfalls war er nicht bereit gewesen, sich von dem Objekt zu trennen.

Der Mann hatte ein zweites Angebot gemacht – eine exorbitante Summe, selbst für jemanden, der so vermögend war wie Schultz, und dennoch hatte der seinen Vorschlag erneut zurückgewiesen.

Also hatte er Schultz' Büro aufgebracht und mit leeren Händen verlassen. Aber er hatte zu hart gearbeitet, hatte zu viel Zeit und Geld investiert, um sich von einem impertinenten Archäologen abwimmeln zu lassen.

Wahrscheinlich kannte Schultz nicht einmal die gesamte Geschichte der Goldenen Kammern. Es gab nur wenige Menschen auf dem Planeten, die den ersten Teil der Legende kannten. Aber wirklich interessierte den alten Mann nur das Ende. Das Gold an sich war nur ein kleiner Teil der wahren Belohnung, die am Ende wartete.

Die meisten seiner Gäste hatten gar nicht bemerkt, dass er sich entfernte, als das Handy in seiner Smokingtasche klingelte.

»Hallo?«

»Ulrich ist völlig außer Kontrolle, Sir. Er zieht eine Blutspur hinter sich her, und ich fürchte, dass sein Leichtsinn zu viel Staub aufwirbelt. Ich empfehle Ihnen, uns eingreifen zu lassen.« Die Frau am anderen Ende redete nicht lange herum und kam gleich auf den Punkt.

Der alte Mann sah sich um, wollte sich vergewissern, dass niemand zuhörte. »Wo ist er jetzt?«

»Auf der Interstate. Er fährt Richtung Süden. Ich weiß allerdings nicht, wohin.«

Er durchdachte die Situation. Ulrich war nachlässig geworden. Allerdings hatte er damit auch gerechnet. Er hätte nie so viel in den Mann investiert, ohne sich vorher gründlich über ihn zu informieren. Der blonde Söldner hatte bisher seinen Zweck erfüllt. »Folgen Sie ihnen weiter. Behalten Sie die Situation genau im Auge. Erst wenn die Lage außer Kontrolle gerät, greifen Sie ein. Sie wissen, was dann zu tun ist.«

»Sir, ich rate Ihnen dringend …«

»Ich weiß, was Sie mir raten«, unterbrach er sie, »aber Ulrich hat etwas vor. Folgen Sie ihm, und finden Sie heraus, was.«

Er hielt einen Moment inne, bevor er hinzufügte: »Sind die anderen Akteure noch im Spiel?«

»Ja, Sir.«

»Gut. Lassen Sie sie weitermachen. Sie können vielleicht nützlich sein, wenn Ulrich noch mehr Ärger macht.«

»Sonst noch etwas, Sir?«

»Nein. Halten Sie mich auf dem Laufenden.«

»Selbstverständlich.«

Er beendete das Gespräch und steckte das Handy wieder in seine Tasche. Ein paar Sekunden lang blieb er neben einem Steinsockel stehen, auf dem eine Bronzeurne stand. Die Dinge liefen gut, fast genau wie geplant.

Ein neuer Gast kam durch die Seitentür des Nebenzimmers herein, und er fand, dass es an der Zeit war, sich wieder unter die Leute zu mischen. Er leerte seinen Whiskey mit einem Zug und ging zurück zu der großen Runde.

Sollten die Bauern das Spiel doch einstweilen allein spielen.

Kapitel 50

Südöstliches Tennessee

»Warum haben Sie den alten Mann erschossen? Sind Sie wahnsinnig?«, schrie Tommy Ulrich an, der das riesige SUV über die Landstraße in Richtung Interstate lenkte.

Der große Aufpasser saß hinten bei dem wütenden Gefangenen.

»Er hat überhaupt nichts gemacht!«, fuhr Tommy mit seiner Tirade fort. »Und Sie haben ihn kaltblütig umgebracht!« Er wollte gerade einen Arm nach vorne in Richtung des blonden Fahrers ausstrecken, als ihn plötzlich ein Schlag an die Schläfe traf. Für einen Moment drehte sich alles, und sein Schädel pochte schmerzhaft, als er sich in der Ecke des Sitzes zusammenkrümmte.

»Ihre Gefühlsduselei ist rührend, Mr. Schultz. Aber übertreiben Sie es nicht. Vergessen Sie nicht, was Ihnen und Ihren Freunden blüht, wenn Sie nicht kooperieren.«

Trotz des Klingelns in seinen Ohren verstand Tommy die Botschaft. Seans Eltern waren womöglich immer noch in Gefahr, ein Aspekt dieser ganzen Geschichte, den er leider immer wieder vergaß.

Der Aufpasser streckte den Arm aus und wollte Schultz ein paar Ohrfeigen verpassen, um ihn aufzuwecken, als Ulrich ihn zurückpfiff. »Das ist genug.«

Er nickte bedächtig.

»Jetzt muss ich nur noch wissen, wohin wir als Nächstes fahren sollen. Also?«

Tommy setzte sich aufrecht hin und sah seinen Aufpasser wütend an. Dann sagte er leise: »Woher soll ich das wissen? Sie haben gerade eben den Mann umgebracht, der es vielleicht gewusst hätte.«

»Aber, aber, Mr. Schultz. Sie wissen doch gar nicht, ob er gestorben ist. Und außerdem sollten Sie sich lieber auf die Dinge konzentrieren, die uns weiterbringen. Sagen Sie mir, was diese Bibelverse mit alldem zu tun haben.«

Eine Weile starrte Tommy aus dem Fenster des SUVs in die hügelige Landschaft, durch die sie fuhren. Er schaute auf die anderen Autos, die vorbeifuhren, und dachte daran, dass die Insassen keine Ahnung hatten, was in dem schwarzen Geländewagen vor sich ging. Seine Gedanken kehrten in die Gegenwart zurück. Jetzt musste er sich konzentrieren.

»Mir fällt nur ein einziger Ort ein, der auch nur im Entferntesten mit den Hinweisen in der Kirche zu tun haben könnte.«

»Und der wäre?«

»Es wird eine Weile dauern, bis wir da sind.«

»Wie weit ist das?«

»Wenigstens vier Stunden, wenn wir gut durchkommen.«

Ulrich schien darüber nachzudenken. »Sind Sie sicher?«

»So sicher, wie ich sein kann. Ich hatte kaum Gelegenheit, genauer nachzuforschen, bei all den Schießereien und meiner Verwendung als menschlicher Schutzschild.«

»Was ist das für ein Ort?« Ulrich ignorierte Tommys Sarkasmus.

»Er heißt Rock Eagle und liegt in Ost-Georgia. Das

scheint der einzige Ort zu sein, der zu den Hinweisen mit dem Raben und der Taube passen würde.« Er lachte. »Eigentlich ärgere ich mich ein bisschen, dass ich nicht früher darauf gekommen bin. Jetzt kommt es mir so logisch vor.«

»Warum?«

»Weil der Rock Eagle und sein Gegenstück, der Rock Hawk, die einzigen Steinskulpturen dieser Art in den Vereinigten Staaten sind. Es sind im Grunde zwei riesige Vögel aus aufgeschichteten Steinen.« Er hielt einen Moment inne und seufzte dann erschöpft. »Sie werden es sehen, wenn wir dort sind.«

Dann legte Tommy seinen Kopf an die Kopfstütze, um sich zu entspannen und den Schmerz zu verdauen, der in seinem Kopf pochte. Ulrich beobachtete Tommy argwöhnisch im Rückspiegel und verfolgte jede seiner Bewegungen.

Kapitel 51

Das Telefon am anderen Ende klingelte nur zweimal, bevor Sean das Gespräch annahm.

»Wyatt, ich hoffe, Sie haben eine gute Erklärung für all das!«

»Ich nehme an, Sie sind in der Kirche, Detective?«, fragte Sean zurück.

»Ja, wir sind in der Kirche. Es ist ein blutiges Chaos hier. Ich habe eine nicht identifizierte Leiche am Podest im Altarraum, und ein Kirchenmitarbeiter liegt schwer verletzt im Krankenhaus. Sie wissen nicht zufällig etwas darüber, oder?«

»Der Tote hat zuerst auf mich geschossen«, antwortete Sean nur. »Wie geht es dem alten Mann?«

»Sein Zustand ist kritisch, aber stabil. Die Ärzte glauben, dass er wieder gesund wird. Er hat viel Blut verloren, aber die Kugel hat kein lebenswichtiges Organ getroffen. Er ist verletzt, aber er wird es überleben.«

»Gut zu hören. Ich schätze, sie haben auf ihn geschossen, um uns auszubremsen. Als wir auf dem Parkplatz ankamen, waren sie weg.«

Trent senkte die Stimme. »Hören Sie, Sean, es gibt nach wie vor eine Menge Leute, die Ihnen ein paar Fragen stellen wollen. Das FBI ist jetzt ebenfalls hier. Und ich bin weit außerhalb meines Zuständigkeitsbereichs. Ich habe hier keinerlei Befugnisse.«

»Glauben Sie immer noch, dass ich derjenige bin, der herumläuft und Leute umbringt?«

»Nein. Ich weiß jetzt, dass Sie unschuldig sind. Wir haben die Überwachungsvideos aus dem Museum gesichtet. Aber Sie müssen sich trotzdem stellen. Wir haben hier einen Toten, der auf Ihre Kappe geht, und mit Ihrer Hilfe können wir vielleicht auch noch die anderen finden und die Sache beenden.«

»Tut mir leid, Detective. Das geht nicht. Uns bleibt nicht viel Zeit. Joergenson und sein Komplize sind auf dem Weg nach Süden. Ich glaube, sie wollen zu einem Ort namens Rock Eagle im südöstlichen Georgia.«

»Wie kommen Sie darauf?«

»Das ist jetzt etwas kompliziert zu erklären. Wahrscheinlich würden Sie es ohnehin nicht verstehen.«

»Hören Sie mir zu, Sean! Diese Typen sind offensichtlich brandgefährlich. Ich kann Ihnen helfen ...«

»Wenn Sie helfen wollen, finden Sie heraus, wer dahintersteckt«, schnitt Sean ihm verbissen das Wort ab.

»Ich arbeite daran. Der Mann auf den Videoaufnahmen aus dem Museum taucht in keiner unserer Datenbanken auf. Dieser Joergenson ist ein Geist.«

Sean dachte darüber nach. Er hatte schon öfter mit solchen Leuten zu tun gehabt, mit Attentätern und Auftragskillern und Söldnern. Es gab viele Bezeichnungen für sie. Manchmal waren sie schlampig. Meistens aber waren sie verdammt gut. Er wusste nicht recht, zu welcher Kategorie dieser Joergenson gehörte. Bisher war sein einziger Fehler gewesen, die Sicherheitskameras im Museum zu übersehen. Vielleicht war er gar nicht auf die Idee gekommen, dass so ein kleiner Laden solche Sicherheitsvorkehrungen eingerichtet hatte. Auf jeden Fall ging der Mann über Leichen. Aber irgendetwas machte ihn ungeduldig, was er, Sean, vielleicht zu seinem Vorteil nutzen konnte. Zumindest hoffte er das. Außerdem legte das Auftauchen dieses mysteriösen Mannes auch eine andere Schlussfolgerung nahe. Wenn er ein Auftragskiller war, wie Sean vermutete, musste jemand anders die Fäden ziehen – was noch eine Spur beunruhigender war. Denn wenn der Auftragnehmer ausgeschaltet wurde, löste sich der Auftraggeber normalerweise einfach in Luft auf und ließ die Spur erkalten. Genau wie bei der Ermordung John F. Kennedys. Niemand würde je erfahren, wer den Anschlag wirklich angeordnet hatte. Eines war jedoch sicher: Lee Harvey Oswald war alles andere als ein kriminelles Superhirn gewesen.

Joe wechselte die Spur und warf einen Blick in den Rückspiegel, um sich zu vergewissern, dass ihnen niemand folgte. Eine weiße Luxuslimousine überholte sie auf der rechten Fahrspur und zog unaufhaltsam davon.

»Sean, sind Sie noch dran?« Die Stimme des Detectives holte ihn in die Gegenwart zurück.

»Ich glaube nicht, dass Joergenson hier wirklich das Sagen hat.«

»Nein?« Trent klang überrascht.

»Nein. So wie die ganze Sache gelaufen ist, glaube ich, dass er nur der Manager des Teams ist.«

»Aber nicht der Auftraggeber, meinen Sie?«

»Genau.«

»Wer ist es dann?«

Sean hörte, dass der Detective mit gedämpfter Stimme sprach. Er konnte sich bildhaft vorstellen, wie im Hintergrund die Spurensicherung ablief. Trent musste irgendwo in einer Ecke der Kirche hocken, damit niemand das Gespräch mitbekam.

»Ich weiß es nicht. Es gibt nur wenige Menschen auf der Welt, die die Legende der verschollenen Goldenen Kammern überhaupt kennen. Bevor diese ganze Sache anfing, wusste ich auch kaum etwas darüber. Und das meiste hatte ich von Tommy.«

»Sie sagten, es sind nur wenige Menschen. Wen würden Sie noch dazu zählen?«

»Keine Ahnung. Ich habe mir schon den Kopf zerbrochen, aber mir fällt niemand ein. Tommy hat nie Vorträge über die Geschichte der Kammern gehalten. Darüber haben er und ich nur unter vier Augen gesprochen. Er war auch immer sehr geheimniskrämerisch, was seine Forschungen anbetraf. Aber ich kann Ihnen eines sagen: Tommy hat dieser Suche sein ganzes Leben gewidmet. Die verschollenen Kammern zu finden, ist sein größter Wunsch. Das hat ihn völlig vereinnahmt.«

»Fällt Ihnen keine einzige Person ein, mit der er in Kontakt gestanden haben könnte?«

Sean blickte aus dem Fenster des Pick-ups und sah zu, wie die leuchtenden Farben des Waldes an ihm vorbeizogen. »Da gab es einen Mann, dem ich einmal begegnet bin, als er Tommys Büro verließ. Das war vor etwa sechs Monaten. Ich hatte ihn vorher noch nie gesehen und glaube, dass ich ihn danach nicht mehr gesehen habe. Es war ein älterer Gentleman mit einem eleganten Spazierstock. Und er trug einen Armani-Dreiteiler mit Nadelstreifen. Ich weiß nicht, warum, aber er hatte einen finsteren Gesichtsausdruck, als hätte ihm jemand gerade sein letztes Bonbon geklaut.«

»Seinen Namen haben Sie nicht mitbekommen?«

»Als ich reinging, saß Tommy mit verschränkten Händen an seinem Schreibtisch. Er dachte wohl noch über das nach, was er mit dem alten Mann besprochen hatte. Aber er hat mir nie gesagt, worüber sie gesprochen haben oder wer der Mann war.«

Der Detective überschlug schweigend die Situation und die wenigen Details, die sie in den Händen hatten.

Sean fuhr fort: »Ich weiß nur, dass ich die Chance habe, diese Typen aufzuhalten, und genau das werde ich auch tun.«

Am anderen Ende machte sich Resignation breit. »Ich schätze, ich kann Sie nicht umstimmen, Sean. Sie wissen, dass ich die Polizeikräfte dort alarmieren könnte, wo Sie hinwollen.«

»Das ist mir klar. Aber Sie wissen so gut wie ich, dass wir Tommy vielleicht nie zurückbekommen, wenn da Cops anrücken.«

Trent dachte über Seans Worte nach. »Okay, Sean. Ich gebe Ihnen noch etwas Zeit: genau vierundzwanzig Stunden. Aber dann ist Ende Gelände! Danach erwarte ich Ihre volle Kooperation. Habe ich mich klar ausgedrückt?«

»Ja. Kapiert.«

»Gut. Und … lassen Sie sich bloß nicht umbringen.«

»Ich tue mein Bestes.«

Damit war das Gespräch beendet.

Kapitel 52

Südöstliches Tennessee

»Bist du sicher, dass es klug war, dem Detective zu sagen, wo wir hinwollen?« Joe warf seinem Freund im Rückspiegel einen skeptischen Blick zu. »Was hindert ihn, jetzt einfach eine Straßensperre zu errichten und uns zu stoppen?«

»Ich glaube nicht, dass er das tun wird.«

»Und warum hast du es ihm dann gesagt?«

Sean lächelte. »Weil wir vielleicht Hilfe brauchen, wenn die Sache schiefgeht, Mac.«

»Mir gefällt das trotzdem nicht.« Joe sah zu Allyson, die in den letzten Minuten geschwiegen hatte. »Gibt es denn niemanden, den Sie anrufen können? Sie arbeiten doch für Axis, oder nicht? Können die denn nichts tun?«

»Ich wüsste nicht, was sie zu diesem Zeitpunkt tun könnten. Das FBI ist bereits involviert. Wie Sean weiß, hält sich unsere Behörde stets eher bedeckt. Ich fürchte, wir sind in diesem Fall auf uns allein gestellt.«

Sean nickte zustimmend.

»Dann bleibt mal wieder alles an uns hängen, was?«, erwiderte Joe. »Na klasse! Aber verrate mir mal, Sean, wie du eigentlich darauf gekommen bist, dass wir als Nächstes nach Rock Eagle müssen?«

»Der Gedanke ist mir schon früher gekommen. Ich habe das Gefühl, als wäre das der einzig logische Ort auf dem Kontinent. Aber erst als der Küster einen Altar erwähnte, war ich restlos überzeugt.«

»Einen Altar?«

»Ja. Rock Eagle und Rock Hawk sind ziemlich geheimnisumwittert, wie du sicher weißt.«

Diesmal nickte Joe. »Ja, es sind zumindest höchst merkwürdige Gebilde.«

Allyson war verwirrt. »Worum handelt es sich da, wenn ich fragen darf?«

»Rock Eagle und Rock Hawk befinden sich in Ost-Georgia, ganz in der Nähe von Augusta«, erklärte Sean. »Die Namen Eagle und Hawk leiten sich von zwei riesigen Steinfiguren ab, die wie Vögel, eben wie ein Adler und ein Falke, geformt sind. Rock Hawk wurde aus einem dunkleren Gestein errichtet, deshalb wirkt er fast schwarz. Ein paar Meilen davon entfernt wurde Rock Eagle aus weißen Steinen aufgeschichtet. Beides sind wirklich beeindruckende Gebilde.«

»Und was hat das mit den Goldenen Kammern zu tun?«

»In dem Rätsel werden ein Rabe und eine Taube erwähnt. Vielleicht wollten diejenigen, die die Gebilde Adler und Falke nannten, nur helfen, das Geheimnis zu bewahren.«

»Klingt einleuchtend«, meinte Joe. »Darüber habe ich noch nie nachgedacht. Und was hat es mit dem Altar auf sich?«

Sean lächelte. »Schön, dass du dich erinnerst. Als dort die ersten Ausgrabungen durchgeführt wurden, glaubten die Forscher, dass es sich bei den Steinhügeln um eine Art Sammelgrab handelte. Sie erwarteten, darunter die sterblichen Überreste von Dutzenden, wenn nicht Hunderten Menschen zu finden.«

»Und? Haben sie das?«, wollte Allyson wissen.

»Nein. Man hat nur zwei Skelette entdeckt, eines an jedem Fundort. Es stellte sich heraus, dass die Knochen, die am Rock Hawk gefunden wurden, von einer Frau stammten, während die am Rock Eagle gefundenen Knochen einem Mann zuzuordnen waren. Was mich allerdings stutzig machte, war ein merkwürdiges kleines Detail in dieser Geschichte.«

Er dachte einen Moment nach. »Es heißt, Ureinwohner wären aus vielen Teilen der Region zu den beiden Stätten gepilgert, um dort Steine abzulegen. Im Laufe der Jahre müssen Tausende von Steinen aus dem gesamten südlichen Teil des Kontinents hergeschafft worden sein, um damit die riesigen Steinvögel zu errichten. Generationen von Ureinwohnern reisten zu dem Altar, wo ›die heiligen Knochen liegen‹, wie es heißt. Also müssen die beiden dort bestatteten Personen sehr bedeutend gewesen sein. Vielleicht waren sie sogar die ersten Ureinwohner, die das Gebiet besiedelten.«

»Aber der neuen historischen Theorie zufolge haben sich hier die ersten Ägypter niedergelassen«, folgerte sie.

»Ganz genau. Sie waren sozusagen Vater und Mutter einer neuen Nation.«

Im Truck breitete sich ein nachdenkliches Schweigen aus, als sie dieses letzte Detail verarbeiteten.

»Sie glauben also, dass uns diese beiden Vögel zu der Kammer führen werden?«

»Mehr als das, Allyson. Ich nehme sogar an, dass diese Vögel über sie wachen.« Joe und Allyson sahen ihn fragend an.

»Denken Sie nach. Auf dem Medaillon, das Tommy gefunden hat, sind zwei Vögel abgebildet, die durch eine Art

Linie oder Pfahl getrennt sind. Ich vermute, diese Linie markiert die Position der ersten Kammer.«

»Weißt du was?«, fragte Joe staunend. »Ich glaube, du könntest recht haben. Aber wie finden wir diese Linie?«

»Darauf bin ich erst gekommen, als ich mich an eine andere Besonderheit in der Gegend erinnerte. Diese beiden Vögel stehen sich nämlich gegenüber, auch wenn sie etliche Meilen voneinander entfernt sind. Fast genau in der Mitte zwischen ihnen wurde eine Reihe von Totempfählen errichtet.«

»Das ist interessant.«

»Noch faszinierender ist, dass diese Totempfähle aus Stein und nicht aus Holz gemacht wurden. Warum haben sich die Ureinwohner so viel Mühe damit gemacht?«

»Sie wollten, dass sie ewig halten«, warf Allyson ein.

»Ganz genau. Aber ein Teil des Puzzles fehlt noch. Und wie ich Tommy kenne, hat er es bereits herausgefunden. Und wenn er schlau ist, wird er die Jungs ohne den Schlüssel zu den Totems bringen.«

»Schlüssel? Welcher Schlüssel?«

»Erinnert euch an das Rätsel«, fuhr Sean fort. »Da stand, dass es einen Schlüssel gibt.«

»Und du weißt, wo dieser Schlüssel ist?«

»Ich glaube schon. Als man die Knochen des Mannes in Rock Eagle entdeckte, fand man bei seinem Skelett nur ein einziges von Menschenhand gemachtes Objekt: eine Pfeilspitze aus Quarz.«

»Aus Quarz?«, erkundigte sich Allyson verblüfft.

»Ja. Das war ein ungewöhnliches Material für die Ureinwohner, da sie in der Frühzeit meistens Feuerstein für ihre Waffen verwendeten. Speerspitzen und Pfeilspitzen wurden fast ausschließlich aus dem weichen grauen Stein gefertigt. Als die Archäologen dann dort eine Pfeilspitze aus Quarz fanden, kam ihnen das natürlich seltsam vor.«

»Und du glaubst, diese Pfeilspitze ist der Schlüssel zur Kammer?« Joes Gesichtsausdruck wirkte wieder hoffnungsvoller.

»Ganz genau. Das ist das Einzige, was einen Sinn ergeben könnte.«

»Und wo ist dieser Schlüssel jetzt?«

»Er müsste sich im Museum von Rock Eagle befinden. Ich vermute, dass er dort ausgestellt wird.«

»Woher wissen wir, dass Joergenson nicht vor uns da ist?«

»Das wissen wir nicht«, gab Sean zu. »Aber Tommy wird sie vermutlich zuerst ohne diese Pfeilspitze zu den Totempfählen bringen, um uns genug Zeit zu verschaffen, den Schlüssel in die Hände zu bekommen.«

»Und wie wollen Sie das anstellen?«, fragte Allyson skeptisch.

Er antwortete mit einem verschmitzten Grinsen: »Das Museum kann für einen seiner wichtigsten Förderer bestimmt etwas arrangieren.«

Kapitel 53

Ost-Georgia

Unter den majestätischen Gipfeln der Blue Ridge Mountains und den Ebenen von Süd-Georgia liegt ein herrliches Vorland: die sanften Hügel von Putnam County. Etwas weiter südlich befindet sich der Golfplatz, der für seine Laubbäume, Azaleen und grünen Jacketts berühmt ist, und wartet gelassen auf das sagenumwobene Wochenende Anfang April.

Einer der Vorzüge des Wohlstands war die Möglichkeit, das Unerreichbare zu erreichen. Und für kein Sportereignis der Welt waren Tickets schwerer zu bekommen als für das Masters in Augusta National.

Als begeisterter Golfer hatte Tommy eine unverschämt hohe Summe gezahlt, um zu dem jährlichen Turnier inmitten von Kiefern und blühenden Büschen pilgern zu dürfen. Sean hatte eher das Erlebnis des Turniers gelockt, aber er war von der makellosen Schönheit des Platzes wie geblendet. Er hatte die prächtigen Farben bestaunt und sich gefragt, wie die Landschaftsgärtner eine so perfekte Landschaft gestalten konnten.

Tommy wurde aus seinem kurzen Tagtraum gerissen, als er und seine beiden Entführer sich dem Welcome Center des Rock Eagle Effigy Mound näherten. Die Fahrt hatte eine gefühlte Ewigkeit gedauert, und seine Beine schmerzten vom langen Stillsitzen.

Braune Schilder wiesen den Weg zu einem Picknickplatz in der Nähe. Ulrich hatte in den letzten Stunden nicht viel gesagt. Das SUV hielt vor dem Gebäude, und die drei Männer stiegen aus und landeten inmitten einer Schar herumwuselnder Schulkinder.

Deren Ausflug hatte offenbar etwas zu lange gedauert. Tommy war sich nicht sicher, ob er lieber in einem der Busse mit den schreienden Kindern zurückfahren oder seine jetzige Situation weiterhin ertragen würde.

»Wohin, Mr. Schultz?«, unterbrach Ulrich seine Gedanken.

Tommy sah sich kurz um und zeigte dann auf einen riesigen Steinhaufen in etwa sechzig Meter Entfernung.

Das Erstaunlichste an Rock Eagle war vielleicht, dass er so aussah, als hätte jemand auf einem zehn Meter hohen Gerüst gestanden und die Platzierung der Steine dirigiert. Und warum jemand das überhaupt erschaffen hatte, war eine ganz andere Frage.

Tommy ging zu einer Schautafel mit geschichtlichen Informationen, die ein paar Meter vor dem Anfang des steinernen Vogelschwanzes stand. Ein älteres Ehepaar hatte die Informationen offenbar gerade zu Ende gelesen und machte sich langsam auf den Rückweg zum Parkplatz.

Er überflog den Text aus erhabenen Metalllettern.

Im Laufe der Jahre hatte er wahrscheinlich Hunderte von solchen Tafeln studiert. Dem Schild zufolge war das Vogelbildnis ursprünglich von einer Art Erdwall umgeben gewesen. Weiter hieß es, dass die gesamte Steinfigur etwa einen Meter zwanzig über dem Erdboden ringsum errichtet worden war. Die Historiker konnten keine logische Erklärung dafür liefern, warum sie ausgerechnet dort stand, aber sie erwähnten ein paar Details, die Tommy interessant fand.

Natürlich kannte er die Geschichte bereits. Die Archäologen hatten angenommen, dass es sich bei den Stätten um Sammelgräber handelte, aber sowohl am Rock Eagle als auch an dem wenige Meilen entfernten Gegenstück Rock Hawk waren jeweils nur die Überreste eines einzigen Menschen gefunden worden. Er wusste auch von der Pfeilspitze aus Quarz, die zwischen den Knochen des männlichen Skeletts in dem Steinhaufen vor ihm entdeckt worden war – ein Detail, von dem seine Entführer im Moment allerdings noch nichts zu erfahren brauchten.

Ulrich ließ die Infotafel offensichtlich kalt. »Was hat das hier zu bedeuten?«

»Nichts. Ich dachte nur, dass es hier vielleicht ein paar nützliche Informationen gibt. Es geht um die Entdeckungsgeschichte dieses Ortes. Vielleicht sollten wir im Welcome Center nachsehen, ob wir dort etwas finden, das uns weiterhilft.«

Ulrich dachte kurz nach, bevor er nickte und sich dicht hinter Tommy hielt, der auf das alte Holzgebäude zuging.

Da Tommy schon ein paarmal dort gewesen war, erinnerte er sich, dass im Informationszentrum nur wenige Objekte ausgestellt waren. Die drei Männer traten durch die Glastür des Eingangs und gingen zu einer Landkarte in der Ecke des Zentrums. Eine Schülergruppe verließ gerade den Raum. Die Kinder beklagten sich lautstark, dass sie wieder zurück zur Schule fahren sollten, obwohl die längst vorbei sein würde, wenn sie dort ankamen.

Ulrich schien sich in der Nähe der Kinder unwohl zu fühlen, und vor allem der Aufpasser wirkte ziemlich verstört.

Tommy amüsierte sich unwillkürlich über ihre Beklemmung und ging zu einem postergroßen Luftbild des Ortes.

»Okay. Wir sind hier.« Er zeigte auf das Gebäude, in dem sie standen und das mit dem üblichen roten »*Sie befinden sich hier*«-Punkt markiert war. Dann zeichnete er mit dem Finger die Umrisse des riesigen steinernen Vogelbildes nach, vor dem sie vor ein paar Minuten gestanden hatten.

»Das ist der Rock Eagle, der Felsadler«, erklärte er. Dann bewegte er seine Hand zu einer einige Meilen entfernten, ähnlichen Formation, die ihr gegenüberlag. »Und hier haben wir Rock Hawk, den steinernen Falken.« Er tippte auf die Stelle und trat einen Schritt zurück, während er die Karte nachdenklich betrachtete.

»Und wo ist die Kammer versteckt?«, wollte Ulrich wissen.

Tommy warf ihm einen genervten Blick zu. »Da bin ich überfragt. Zwischen den beiden Formationen liegt ein großes Gebiet. Rock Hawk ist etwa fünf Meilen von hier entfernt. Die Kammer könnte überall versteckt sein.«

Die Uhr an der Wand zeigte 16:25 Uhr. Wie auf Kommando verkündete eine unscheinbare Frau in der hellbraunen Button-up-Bluse einer Parkangestellten, dass sie in fünf Minuten schließen würden.

Tommy ignorierte die Frau und schaute unverwandt auf die Karte, um einen Hinweis zu finden, irgendetwas, das ihnen den Weg weisen konnte. Die lärmenden Grundschüler direkt vor den Fenstern machten es ihm schwer, sich zu konzentrieren.

Er dachte an die Menschen, die diese Stätten einst errichtet hatten. Die Absicht hinter Fort Mountain war ihm klar. Eine dreidimensionale steinerne Nachbildung des Nils war ein Hinweis auf die geheimnisvolle Vergangenheit der frühen Siedler, aber die riesigen Vogelbilder aus Stein verwirrten ihn. Obwohl Tiere im alten Ägypten verehrt

wurden, war immer noch unklar, welchen Zweck diese Formationen erfüllten, falls sie nicht einfach nur ein Hinweis auf
die Vergangenheit darstellten.

Ratlos zog er die Skizze der Steinscheibe aus der Tasche,
die er gefunden hatte. Er betrachtete seine Notizen. Der
Hinweis auf der Rückseite war jetzt klarer, aber nicht vollständig. Sie hatten zwar die Vögel gefunden, von denen das
Rätsel sprach, aber der letztendliche Schlüssel fehlte.
Tommy betrachtete das Bild der Vögel prüfend und hoffte,
dort etwas zu entdecken, das ihm seine Frage beantworten
konnte.

Seine beiden Entführer standen ruhig nur eine Armes-
länge von ihm entfernt, aber Tommy registrierte die Nervosität in Ulrichs Augen. Der Mann war extrem ungeduldig
geworden, fast schon aufgedreht. Diesen Charakterzug hatte
er im Laufe seines Lebens bei vielen Schatzsuchern beobachtet. Wenn sie ihrem Ziel näher kamen, überkam uner-
fahrene Schatzsucher, die auf unvorstellbaren Reichtum
hofften, das Gefühl, ihre Träume von einem sorgenfreien
Luxusleben wären zum Greifen nah. Und selbst diesen Pro-
fikiller schien das Goldfieber gepackt zu haben. Oder war
der Grund für seine Unruhe vielleicht ein anderer?

Die Frau in der braunen Bluse war dabei, ihre Kasse abzuschließen, und wollte gerade verkünden, dass der Park
jetzt schloss, als Tommy ein Gedanke kam. Sein Blick blieb
an einem Detail auf dem Bild hängen. »Entschuldigen
Sie …?«

»Ja, Sir, kann ich Ihnen helfen?« Die Antwort der Frau
klang mürrisch. Sie hatte wohl den ganzen Tag unter dem
Gekreische der Kinder gelitten. Sie hatte dunkle Tränensä-
cke unter den Augen, und ihre Frisur war zerwühlt, als hätte
sie sich frustriert die Haare gerauft.

»Ich weiß, Sie schließen gleich, aber ich habe nur eine kurze Frage.« Tommys Mitgefühl schien ihre Frustration für einen Moment zu lindern. »Dieses Bild hier, mit den Totempfählen … wo wurde das aufgenommen?«

Er wusste zwar, dass die Ureinwohner aus der Gegend des Mississippi viele solcher Monumente errichtet hatten, aber die auf dem Foto schienen sich von den meisten anderen zu unterscheiden.

»Das Foto wurde nur ein paar Meilen von hier entfernt aufgenommen. Sie müssen nur genau hier in diesem Gebiet suchen«, sie zeigte auf der Karte zu einer Stelle zwischen den beiden Vogelformen. »Es gibt acht Totempfähle an einem Ort, den die Cherokee ›Khan Ug‹ nannten. Sie sind bemerkenswert gut erhalten, und Wissenschaftler haben sie auf die Zeit vor Christi Geburt datiert. Das Interessanteste an ihnen ist, dass sie so ziemlich die einzigen steinernen Totempfähle auf dem ganzen Kontinent sind.«

»Sie sagen also, es gibt dort acht dieser Pfähle, und alle sind aus Stein?«

»Ja, und eine weitere interessante Tatsache ist, dass die Stelle jeweils genau 2,17 Meilen von Rock Hawk und Rock Eagle entfernt ist. Das lässt darauf schließen, dass die Ureinwohner, die hier gelebt haben, schon vor langer Zeit Entfernungen sehr genau bestimmen und messen konnten.« Sie warf einen vielsagenden Blick auf ihre Armbanduhr. Ihre Geduld war offenbar erschöpft.

»Ich will Sie wirklich nicht belästigen …« Tommy konnte seine Aufregung kaum zurückhalten. »Aber wie kommen wir da hin?«

Sie bedachte ihn mit einem verärgerten Seufzer und beschrieb kurz den Weg, bevor sie sich entschuldigte, weil sie jetzt den Laden wirklich schließen müsse.

Tommy deutete mit dem Kopf zur Tür, und die beiden Männer folgten ihm nach draußen. Die lärmenden Kinder waren endlich vom Gehweg verschwunden.

»Wir fahren zu dieser Stelle auf der Karte?«, fragte Ulrich, als sie sich dem Fahrzeug näherten.

»Sieht so aus. Ich würde sagen, die Stelle ist es zumindest wert, einen Blick darauf zu werfen, und es wird bald dunkel. Außerdem ist das momentan die einzige Spur, die ich habe.«

Ulrich betrachtete seinen Gefangenen misstrauisch. Bis jetzt hatte Tommy mit jeder Vermutung richtiggelegen. Und sie waren bestimmt nahe dran, aber das schien fast etwas zu einfach zu sein. Trotzdem hatte er keine andere Wahl.

Die Wegbeschreibung der Frau war sehr präzise gewesen. Es dauerte nur etwa fünf Minuten, bis sie an die Stelle gelangten, die sie ihnen auf der Karte gezeigt hatte. Wie auf dem Foto abgebildet, standen acht große, irgendwie bedrohlich wirkende Totempfähle auf einer kleinen Rasenfläche. Die Kultstätte war ringsum von hoch aufragenden Eichen und schmalen Kiefern umgeben.

Tommy schlug die Tür des SUVs achtlos zu und konnte seinen Blick nicht von den prächtigen Monumenten lösen, als er auf sie zuging. Sieben der acht Pfähle waren gleich hoch – etwa viereinhalb Meter. Der Pfahl in der Mitte jedoch war in jeder Hinsicht anders. Zunächst überragte er die anderen um mehrere Meter.

Die Unterschiede beschränkten sich aber nicht nur auf die Höhe. Viel interessanter war, dass jedes der anderen sieben Totems eingemeißelte Darstellungen von Tiergattungen aufwies. Auf einem waren Vögel zu sehen, auf einem anderen Rinder und andere landwirtschaftliche

Nutztiere, und so setzte es sich bei jedem Monument fort. Auf dem größten Stein jedoch befand sich jeweils ein Tier von den anderen sieben Totems. Das Ganze wirkte wie eine Collage.

Mit seinen beiden Aufpassern im Schlepptau ging Tommy langsam von einem Pfahl zum nächsten und betrachtete die kunstvolle Arbeit. Bei dem größten in der Mitte blieb er stehen und fuhr mit der Hand über das Gesicht einer wild aussehenden Großkatze, eines Pumas, soweit er das beurteilen konnte. Dann wandte er sich zu den drei anderen um. Sein Gesicht strahlte vor Bewunderung.

»Erstaunlich«, brach er schließlich das Schweigen. »Es muss ungeheuer viel Mühe gekostet haben, das hier zu erschaffen.«

Der stumme Aufpasser schien ein gewisses Interesse aufzubringen. Ulrich dagegen war weniger neugierig. Er stand nur mit verschränkten Armen da und hatte eine strenge Miene aufgesetzt.

Tommy blieb bei der letzten Skulptur stehen und betrachtete sie genau. Sie zeigte Füchse, Wölfe, Hunde, Kojoten und ein Tier, das wie eine Hyäne aussah. Er fuhr mit dem Finger über die Steinmetzarbeit und war aufs Neue darüber erstaunt, zu welchen Leistungen die Alten imstande gewesen waren.

»Wonach suchen Sie überhaupt, Mr. Schultz?« Ulrichs genervte Stimme holte ihn aus seinen Gedanken.

Er hatte sich leicht vorgebeugt und richtete sich auf die Frage hin wieder auf. »Ich weiß es nicht genau.«

Ulrich gab dem Aufpasser mit einer Geste zu verstehen, dass er sich die andere Seite ansehen solle.

Tommy ging zum nächsten Pfahl, Ulrich immer dicht in seiner Nähe. Sie verbrachten mehrere Minuten damit, akribisch die Oberfläche des Steins zu untersuchen, ohne etwas Ungewöhnliches zu bemerken. Er ging um das Mittelstück aus Granit herum, immer noch in der Hoffnung, dass es dort etwas zu finden gab. Hier musste die richtige Stelle sein. Alle ihre bisherigen Funde ließen darauf schließen.

Als er wieder zur Vorderseite des bearbeiteten Steins zurückkam, bemerkte er es. Es war klein und auf den ersten Blick fast unsichtbar, deshalb hatte Tommy es zuvor übersehen, obwohl er genau hingesehen hatte. Eine Eule starrte ihn an. Ihre Augen waren leblos und unheimlich. Das Gesicht des Tiers wies erstaunliche Details auf. Vor allem das Maul erregte seine Aufmerksamkeit, denn anders als bei den anderen Tierskulpturen war der Schnabel geöffnet.

Er legte den Finger an die Öffnung. »Das ist es.«

»Sind Sie sicher?«

»Ja«, antwortete Tommy. »Ich bin mir sicher. Jetzt ergibt alles einen Sinn. Nach den Überlieferungen der Ureinwohner waren Eulen die Wächter zur anderen Welt. Sie beschützten die Geister der Vorfahren, die bereits hinübergegangen waren. Manche glaubten auch, dass der Vogel selbst ein längst verstorbener Verwandter war, der als Führer für eine Person oder ein Volk zurückgekehrt war. Es ist nur logisch, dass der Erbauer hier eine Eule platzierte, um sein größtes Geheimnis zu schützen.«

Ulrich richtete sich wieder auf. »Also gut, und was machen wir jetzt?«

Tommy seufzte und dachte einen Moment nach. »Es muss eine Art Schlüssel geben, den wir hier benutzen müssen. Wenn meine Vermutung zutrifft, passt der Schlüssel wahrscheinlich in den Schnabel dieser Eule.«

»Warum knacken wir nicht einfach das Schloss?«, schlug der Muskelmann in gebrochenem Englisch vor.

»Das geht nicht.«

»Warum nicht?«

»Glauben Sie wirklich, dass die Menschen, die das hier errichtet haben, alles so gut versteckten und es dann mit einem einfachen Schloss verriegelten? Ich vermute, dass es mit so etwas wie einem Manipulationsschutz ausgestattet ist. Wenn wir uns ohne den richtigen Schlüssel daran zu schaffen machen, könnten wir uns für immer aus der Kammer aussperren oder etwas noch Schlimmeres herbeiführen.«

»Wie finden wir dann diesen … Schlüssel, von dem Sie sprechen?« Ulrich schien zu glauben, dass Tommy ihn aus dem Nichts herbeizaubern könnte.

»Sie meinen nicht zufällig diesen Schlüssel?« Die männliche Stimme hinter ihnen unterbrach ihr Gespräch.

Alle drei Männer fuhren überrascht von der plötzlichen Störung herum. Sean, Joe und Allyson standen etwa fünf Meter entfernt und hatten ihre Waffen auf die beiden Schurken gerichtet.

In seiner linken Hand hielt Sean einen kleinen weißen Gegenstand, den er nun vorsichtig zwischen die Finger nahm: eine Pfeilspitze aus Quarz.

Kapitel 54

Ost-Georgia

Die verblüfften Mienen der beiden Gangster waren unbezahlbar. Tommys Blick pendelte hin und her, weil er sich noch nicht sicher war, ob er vielleicht nur träumte. »Mann, bin ich froh, euch zu sehen, Leute.«

»Es ist auch schön, dich zu sehen, Tommy.«

Joe bekräftigte diese Aussage. »Wir wussten ja nicht, ob wir dich jemals wiedersehen würden.«

»Ging mir auch so.« Tommy dachte an die letzten achtundvierzig Stunden.

Der Aufpasser und der blonde Mann standen wie erstarrt da und wirkten vollkommen verdattert.

Sean ging vorsichtig auf die Gruppe zu. »Es war eigentlich gar nicht so schwer, euch zu finden.«

Er blickte Ulrich an. »Den alten Mann umbringen zu wollen, war ein Fehler, aber ihn dann nur schwer zu verletzen, war ein noch größerer Fehler. Denn er hat uns den entscheidenden Hinweis gegeben.« Sean lachte. »Aber ehrlich gesagt, im Namen der IAA diese Pfeilspitze von der Parkverwaltung zur Analyse auszuborgen, war auch schwieriger, als mir lieb war.«

Tommy entfernte sich von seinen Entführern. »Danke, Gentlemen. War unterhaltsam mit Ihnen.« Er lächelte. »Also, Sean, woher wusstest du, dass die Pfeilspitze der Schlüssel ist?«

Wyatt reichte seinem Freund den kleinen Stein. »Mir fiel ein, dass ich vor ein paar Jahren einen Vortrag über diesen Ort gesehen hatte. Der Redner hatte erwähnt, wie ungewöhnlich die Pfeilspitze aus Quarz sei, die zusammen mit der Leiche bei der Vogelabbildung vergraben worden war. Da hat es bei mir klick gemacht: Der Schlüssel liegt bei den heiligen Knochen.«

Jetzt fiel es Tommy wie Schuppen von den Augen. »Ja, natürlich. Wieso ist mir das nicht eingefallen?« Er hob die Pfeilspitze, um sie genauer zu betrachten, und bewunderte die präzisen Details. Jede Kante sah aus wie mit dem Laser geschnitten.

Der rosafarbene und weiße Stein war klein, nur etwa drei Zentimeter lang und halb so breit. »Er muss waagerecht in das Maul gesteckt werden.« Er ging unter den misstrauischen Blicken seiner Entführer wieder zum Pfahl.

Dann sah er zu Allyson. »Wer ist die Frau?« Er richtete die Fragen an Sean.

»Allyson Webster«, antwortete sie.

»Sie arbeitet für Axis«, fügte Sean hinzu.

»Eine Agentin? Ehrlich? Hast du da jemanden angerufen oder was?«

»Ehrlich gesagt, nein. Ich bin mir ziemlich sicher, dass sie dir schon auf den Fersen war.«

Allyson reagierte nur mit einem Lächeln. Sie war offenbar nicht geneigt, weitere Einzelheiten zu verraten.

Wyatt richtete seine Aufmerksamkeit auf Ulrich und den verdatterten Aufpasser. »Und Sie beide treten jetzt beiseite, wenn Sie nichts dagegen haben.« Er machte mit seiner Waffe eine Bewegung, die sie nach links treiben sollte. »Aber zuerst legen Sie die Waffen ab, die Sie unter den Jacketts tragen. Und zwar ganz langsam. Mir fallen viele gute Gründe ein, warum ich Sie beide jetzt auf der Stelle umlegen sollte.«

Sie kamen der Aufforderung nach, griffen vorsichtig in ihre Jacken und ließen die Waffen auf den Boden fallen.

»Gut. Und jetzt weg da.«

Die beiden schlurften zur Seite und entfernten sich von den Pistolen. Der Blick von Ulrichs kalten grauen Augen löste sich nicht einen Moment von Wyatt. Selbst unbewaffnet wirkte dieser Blick Furcht einflößend. Mit der freien Hand griff Sean in seine Tasche und holte ein Handy heraus. Er richtete die Waffe auf die beiden Männer und hielt sich das Gerät ans Ohr. »Detective, wir haben sie.«

»Was soll das heißen, Sie haben sie?«, fragte Trent am anderen Ende.

»Wir haben Tommy und die Typen, die ihn entführt haben. Joe und ich halten sie in diesem Moment mit unseren Waffen in Schach.«

»Wo sind Sie jetzt?«, fragte der Detective drängend.

»Wir stehen ein paar Meilen von Rock Eagle entfernt vor acht großen Totempfählen.«

»Okay, ich schicke so schnell wie möglich örtliche Polizeikräfte dorthin. Will und ich sind ebenfalls unterwegs. Wir sind noch etwa fünfzehn Minuten von Ihnen entfernt.«

»Sie sind ebenfalls hierhergefahren?« Die Beharrlichkeit des Detectives überraschte Sean.

»Wie schon gesagt, ich habe eine Menge Fragen an Sie. Und wenn Sie tot sind, können Sie mir keine Antworten geben. Außerdem dachte ich, Sie könnten etwas Unterstützung gebrauchen.«

»Machen Sie sich um uns keine Sorgen, Trent. Wir haben die Situation unter Kontrolle. Bis gleich.«

Tommy hatte inzwischen die Pfeilspitze und das Maul der Eule genauer untersucht. »Ich hoffe, wir müssen das nicht wieder herausfummeln.«

Mit diesen Worten legte er die Pfeilspitze vorsichtig in das Maul des steinernen Vogels. Sie passte perfekt. Mit dem Zeigefinger schob Tommy die Quarzspitze tiefer in die Öffnung. Als der Stein eindrang, klickte es zuerst einmal und dann noch ein paarmal, bis die Spitze vollständig darin verschwunden war.

Plötzlich begannen der große Totempfahl und die Erde unter ihren Füßen zu beben. Für eine kurze Sekunde wandte Sean seinen Blick von den beiden Männern ab und trat etwas zurück. Seine Waffe blieb jedoch auf die beiden gerichtet. Alle wichen ein paar Schritte zurück, weil keiner wusste, was los war.

Die sieben kleineren Pfähle begannen sich langsam zu bewegen. Auf der linken Seite versanken alle Pfähle in den Boden. Auf der rechten Seite erhoben sie sich in die Höhe, nur der Pfosten in der Mitte bewegte sich nicht. Das Schauspiel dauerte nur eine Minute, aber als die Säulen wieder zum Stillstand kamen, hatten sie ihre jeweilige Höhe verändert und waren nun wie eine Treppe gestaffelt.

Alle fünf Beobachter standen eine Weile stumm da und starrten auf das seltsame Gebilde.

»Also, was jetzt, Tommy?«, brach Sean das Schweigen.

Tommy wirkte perplex. »Damit hätte es erledigt sein sollen. Irgendetwas stimmt hier nicht.«

»Vielleicht hast du es nicht richtig gemacht«, mutmaßte Joe, der etwas abseits stand.

»Nein. Ich bin mir sicher, dass es so gemeint war und dass dies der Schlüssel sein muss.« Er schaute sich um, als würde er ein Zeichen des Himmels erwarten, das ihnen den Weg zu ihrem Ziel wies. Es blieb aus.

»Ich verstehe das nicht.«

Die beiden Gefangenen standen stumm da, während die anderen versuchten, das Problem zu lösen; Ulrich fixierte Joe wie eine Klapperschlange ihre Beute.

Sean betrachtete die Szenerie vor sich forschend. »Mac, behalt die beiden im Auge.«

»Was ist denn?«, fragte Tommy.

Sean warf Tommy die Waffe zu, ließ die Frage seines Freundes unbeantwortet und ging zu dem Totempfahl, der sich so weit gesenkt hatte, dass die Spitze nur noch etwa einen Meter hoch war. »Das hier sind Stufen«, erwiderte er schließlich. »Bei den Ureinwohnern gab es ein Aufnahmeritual für neue Krieger. Es war die letzte Prüfung, die sie zu bestehen hatten. Sie mussten eine ganze Nacht lang auf einem Pfahl wie diesem stehen bleiben. Schafften sie das, ohne herunterzufallen, waren sie aufgenommen.«

Tommy erinnerte sich sofort. »Ja, natürlich. Wie konnte ich das nur vergessen?«

»Keine Ahnung«, sagte Sean und sprang auf den kurzen Pfahl. »Du bist schließlich Experte für die Ureinwohner Amerikas.« Er grinste ironisch auf seinen Freund herab.

»Ich hoffe, du weißt, was du tust.«

»Sie sind nur etwa einen Meter fünfzig bis einen Meter achtzig voneinander entfernt. Das Problem ist nicht der Sprung. Es ist die Landung. Dass die Pfähle von Mal zu Mal höher werden, hilft auch nicht gerade.«

Er suchte sich auf der circa sechzig Zentimeter breiten Plattform eine stabile Position und sprang auf die nächste Säule, was bei ihm gar nicht besonders schwierig aussah. Unten stellte sich Tommy wieder zu Joe und ihren beiden

Gefangenen und beobachtete von dort aus, wie Sean zum dritten Pfahl sprang.

Er schaffte es relativ leicht bis zum mittleren Pfahl.

Er wiederholte das Manöver bis zur fünften Säule. Die Plattform war inzwischen etwa viereinhalb Meter hoch, und der Sprung wurde von Mal zu Mal riskanter. Der letzte Sprung sollte ihn auf eine Höhe von etwa siebeneinhalb Metern bringen, wobei er durchaus Knochenbrüche oder Schlimmeres riskierte. Er versuchte, die Angst aus seinem Kopf zu verbannen, aber sie begleitete ihn, als er die nächsten beiden Sprünge wagte. Eine kurze Konzentrationsschwäche hätte er beim siebten Sprung fast teuer bezahlt, als er um eine Fußlänge zu kurz sprang. Er konnte sich gerade noch an die vordere Kante klammern und blieb so an der Säule hängen.

Tommy sprang vor, um zur Stelle zu sein, falls er fallen sollte. Sean hielt sich oben fest und strampelte mit den Beinen, um sich nach oben zu hieven. Sein rechter Fuß fand die Schnauze eines Wolfskopfes, die vorne aus der hohen Säule ragte. Er fand Halt und zog sich mühsam auf die Plattform.

Seine Verbündeten unten atmeten erleichtert auf, als Sean sich hochzog und zum letzten Sprung bereit machte. »Alles okay!«, rief er zu ihnen herunter. »Ich war nur einen Moment unkonzentriert.«

Er sah sich für eine Sekunde um, weil er hoffte, von seinem jetzigen Standpunkt aus etwas erkennen zu können. Das war aber nicht der Fall. Also trat er zögernd an den Rand des Pfahls. Er war überrascht, dass seine Beine von der Anstrengung bereits brannten.

Sean bildete sich etwas darauf ein, dass er regelmäßig Sport trieb und bei körperlichen Aktivitäten sehr viel Ausdauer hatte. Aber bei dieser Übung hier wurden anscheinend Muskeln beansprucht, die er sonst nicht trainierte.

Mit dem letzten Quäntchen Kraft, das er aufbringen konnte, hechtete Sean über den Abgrund. Diesmal musste das Adrenalin Regie geführt haben, denn er wäre fast über sein Ziel hinausgeschossen. Er landete an der hinteren Kante und ruderte wie ein Turner auf dem Schwebebalken mit den Armen, um nicht das Gleichgewicht zu verlieren.

Als er seine Balance sicher in der Mitte der Säule gefunden hatte, ließ er den Blick über die Landschaft schweifen. Vor seinen Augen erstreckten sich wogende Wälder. Er war überrascht, wie selbst eine so kleine Erhöhung die Sicht auf die Dinge verändern konnte.

Seans Blick schweifte über den Horizont, als er sich um 360 Grad drehte.

»Siehst du etwas?«, rief Tommy von unten.

»Nur viel Wald, die Straße …« Dann blieb sein Blick an etwas hängen. »Warte mal. Da hinten ist etwas.« Er deutete auf etwas, das die Leute am Boden nur für dichten Baumbestand halten würden.

»Was ist da?«

»Ich glaube nicht, dass man es von da unten sehen kann. Aber ich sehe einen anderen Totempfahl, der in dieser Richtung auf einem kleinen Hügel über die Bäume ragt.«

Tommy stellte sich auf seine Zehenspitzen, weil er auch sehen wollte, was sein Freund entdeckt hatte.

Auch Allyson trat ein paar Schritte näher an die Reihe der steinernen Gesichter heran, weil sie einen Blick darauf werfen wollte.

Eine Sekunde wandte Joe den Blick von dem Blonden und dem Aufpasser ab, um ebenfalls in den Wald zu sehen. Aber diese Sekunde genügte Ulrich, um die Waffe aus dem verborgenen Rückenholster zu ziehen und drei schnelle Schüsse abzugeben.

Joe taumelte und ließ seine Waffe fallen, als eine der Kugeln ihn traf. Er sank rücklings und mit schockierter Miene zu Boden.

Mit einer weiteren blitzschnellen Bewegung sprang Ulrich vor, schlang den Arm um Allysons Hals und hielt ihr die Waffe an den Kopf.

Tommy sah hilflos zu. Er stand wie versteinert da, völlig fassungslos angesichts dessen, was sich gerade ereignet hatte.

»Lassen Sie die Waffe fallen, Mr. Schultz. Ich brauche Sie vielleicht noch, also machen Sie keine Dummheiten.«

Sean hockte auf seiner Plattform und betrachtete die Szene unter ihm. Joe lag noch am Boden, sein Hemd war bereits von Blut durchnässt.

»Mr. Wyatt, wenn Sie bitte so freundlich wären, sich zu uns zu gesellen.« Ulrich gab ihm mit einer Geste zu verstehen, dass er wieder heruntersteigen sollte, über denselben Weg, den er hinaufgeklettert war.

Der Abstieg war viel einfacher als der Aufstieg, und in weniger als einer Minute war Sean wieder auf dem Boden. Der Aufpasser hatte sich inzwischen seine Waffe zurückgeholt und richtete sie auf Wyatt.

Zu sagen, dass Sean frustriert war, wäre eine Untertreibung gewesen. Er hatte die oberste Regel seiner Ausbildung ignoriert. Taste einen Gefangenen immer auf andere Waffen ab. Jetzt ging alles wieder von vorn los und noch schlimmer: Allyson war in Gefahr. »Lassen Sie sie aus dem Spiel«, forderte Sean von dem Killer.

Allyson wehrte sich gegen Ulrichs Umklammerung, aber ihre Miene verriet ihr Entsetzen.

»Aber, aber«, flüsterte Ulrich. »Wehren Sie sich nicht. Ich würde Sie nur sehr ungern töten, Liebes.« Auf Seans Bitte reagierte er mit keinem Wort.

Sie brachte die wütenden Worte nicht über die Lippen, die sie dem Mann an seinen blonden Schädel werfen wollte. Sein schraubstockartiger Griff um ihre Kehle ließ ihr kaum genug Luft zum Atmen.

»Lassen Sie sie los!«, rief Sean. »Sie hat nichts mit der Sache zu tun! Die Polizei ist auf dem Weg. Was wollen Sie denn noch tun? Es ist vorbei!«

Der blonde Mann antwortete mit einem kalten Grinsen. »Dann sollten wir uns wohl besser beeilen.« Er wedelte mit seiner Waffe in die Richtung, in die Sean vor ein paar Minuten gezeigt hatte.

»Und zwar sofort! Sonst erschieße ich sie gleich hier auf der Stelle!«

»Wir können den Mann nicht einfach hier liegen lassen.« Wyatt deutete auf seinen Freund, der regungslos am Boden lag.

»Sie tun, was ich sage, oder sie stirbt!«

Tommy und Sean hatten keine andere Wahl. Sie wechselten einen kurzen, verzweifelten Blick, dann stapften sie los in den Wald. Sean ging voran, Tommy neben ihm. Der Aufpasser blieb direkt hinter ihnen und hielt seine Waffe in Hüfthöhe, gefolgt von Ulrich, der seinen Arm immer noch um Allysons Hals geschlungen hatte und sie zwang, vor ihm zu gehen, während er ihr den Lauf der Pistole in den Rücken presste.

»Was sollen wir tun, Sean?«, fragte Tommy. Seine Stimme klang kleinlaut, fast kindlich.

»Ich weiß es nicht, Tommy.« Er sah sich um, während sie sich durch das hohe Gras kämpften, und hoffte, dass die Polizei unterwegs war. »Aber uns läuft die Zeit davon.«

Kapitel 55

Ost-Georgia

Ulrich trieb die Gruppe durch den Wald. Er hatte Seans Gespräch mit der Polizei belauscht und wusste, dass die Zeit gegen ihn lief. Mit einer manischen Entschlossenheit, die an Wahnsinn grenzte, brach der blonde Mann durch das Unterholz. Jedes Mal, wenn jemand auf einen Zweig trat und der geräuschvoll brach, riss er den Kopf herum und sah sich hektisch um.

Auch der Aufpasser wirkte nervös und schwang unaufhörlich seine Waffe hin und her, um einen möglichst großen Bereich abzudecken.

Sean dachte an Joe. Er hoffte, dass die Polizei ihn schnell genug fand, um ihn rechtzeitig medizinisch zu versorgen. Die Wunde hatte nicht gut ausgesehen, und Joe würde in kurzer Zeit bereits sehr viel Blut verloren haben.

Nachdem die Gruppe einige Minuten durch den Wald marschiert war, erreichte sie die Stelle, die Wyatt vorhin gesehen hatte.

Tommys Blick fiel auf eines der beeindruckendsten Monumente, die er jemals gesehen hatte. Es war von einem Wall aus Erde umgeben, was darauf hindeutete, dass das massive Gebilde zu einem großen Teil eingegraben worden sein musste.

Das Gelände war bis zu diesem Punkt flach gewesen. Hier jedoch erhob sich der Waldboden zu einem kleinen

Hügel, und der riesige Totempfahl stand auf seiner Kuppe. Gleich dahinter, am Fuße des Hügels, klaffte die Öffnung einer Höhle.

Ulrich deutete auf den Eingang. »Los, da rein!«

Die drei Gefangenen gehorchten und stolperten zu der Öffnung. Das Loch war etwa zwei Meter hoch und einen Meter zwanzig breit. Daneben lag ein Haufen Gras und Erde, was darauf hindeutete, dass der Eingang seit Jahrhunderten verdeckt gewesen war, bis Sean ihn durch den Mechanismus freigelegt hatte.

Ulrich holte eine kugelschreibergroße Aluminium-Taschenlampe aus der Tasche seiner Cargohose. Der Aufpasser folgte seinem Beispiel.

Am Rand des dunklen Korridors drehte Sean sich um. »Sollen wir im Dunkeln weiterlaufen?«

Der Blonde antwortete mit einem aufgesetzten, mitleidigen Grinsen und warf ihm die kleine Lampe zu. »Sie haben Glück, dass ich noch eine mitgebracht habe. Und jetzt los!« Er schwenkte die Waffe und trieb Sean und die anderen weiter ins Dunkel.

Sean ging voran, Tommy gleich dahinter, gefolgt von dem stämmigen Aufpasser, dann kamen Allyson und Ulrich. Überall hingen Spinnweben, und sie mussten sie alle zwei, drei Meter abstreifen.

Die Wände des Ganges bestanden aus poliertem, mit Laserpräzision gehauenem Stein. Auch die Decke über dem Gang hatte eine perfekt geschliffene steinerne Oberfläche.

Tommy brach die ehrfürchtige Stille, als sie sich tiefer unter die Erde bewegten. »Ist euch bewusst, was wir hier sehen? In diesem Korridor war vielleicht seit Tausenden von Jahren niemand mehr. Wir sind die ersten Menschen, die hier seit Ewigkeiten einen Fuß reinsetzen.«

»Ja«, antwortete Sean nur halb interessiert. Die aktuelle Situation dämpfte seine Bewunderung für die Umgebung.

Der Gang gelangte an eine Biegung und machte eine Neunzig-Grad-Kurve nach links, nach der er steiler abfiel. Nach circa sechs Metern wiederholte sich die Kurve, sodass der Korridor fast wie eine Wendeltreppe ohne Stufen nach unten führte.

Nach einigen Linkskurven, die sie immer tiefer in die Erde vordringen ließen, gelangte die Gruppe an einen Punkt, an dem es nicht mehr weiterging. Vor ihnen befand sich eine Wand aus demselben Stein wie der restliche Korridor. Der Unterschied bestand darin, dass die anderen Wände nicht verziert waren. Diese hier jedoch war es.

Aus dem massiven Felsgestein vor ihnen traten Hieroglyphen von verblüffender Detailtreue erhaben hervor. Die Herkunft der Inschriften war unverkennbar. Verschiedene ägyptische Gottheiten, Tiere, Symbole und andere Zeichen waren selbst für einen Nicht-Historiker leicht zu erkennen.

»Beeindruckend«, flüsterte Tommy.

Sean streckte den Arm aus, langsam, damit die beiden bewaffneten Männer nicht nervös wurden. Er zeichnete die Umrisse einer Glyphe nach, die er noch nie gesehen hatte. Das Piktogramm stellte ein Boot dar, das mit Menschen und Tieren besetzt war.

»Das muss eines der Schiffe sein, mit denen die Ägypter nach Amerika kamen. Sieht aus, als hätten sie eine Menge Tiere mitgebracht. Wahrscheinlich als Nahrungsquelle.«

»Das würde Sinn ergeben«, stimmte Sean zu. Dann richtete er seine Aufmerksamkeit auf zwei Merkwürdigkeiten zu beiden Seiten des Ganges.

In den Stein waren zwei Hohlräume eingemeißelt. In jedem Hohlraum saß ein steinerner Vogel. Die beiden

Tiere standen sich auf beiden Seite des Ganges gegenüber und waren jeweils mit einer kleinen Inschrift versehen.

Das Warten ging Ulrich sichtlich auf die Nerven. »Wo ist die Kammer?«

»Ist er immer so ungeduldig?« Sean wies mit dem Daumen auf den blonden Mann.

»Wenn du wüsstest«, erwiderte Tommy genervt.

»Ich bin froh, dass Sie sich mit der Tatsache abfinden können, dass Sie gleich sterben könnten«, drohte Ulrich.

Seans unwillkürliches Grinsen über Tommys Bemerkung erlosch, als er dem Mörder in die blaugrauen Augen sah. Dann wandte er sich wieder an seinen Freund. »Trotzdem, ich glaube, die Typen in Peru waren viel schlimmer.«

Tommy lachte bellend auf. »Ja. Wahrscheinlich.«

»Wusste ich es doch!« Allyson warf Sean einen vorwurfsvollen Blick zu. »Ich wusste doch, dass Sie in Peru in eine gefährliche Situation verwickelt waren!«

Ulrich hatte es offenbar satt, dass sie in Erinnerungen schwelgten, und drückte den Lauf seiner Pistole fester gegen ihren Hinterkopf.

Die Gesichter der beiden Freunde wurden wieder ernst.

»Schon gut«, beschwichtigte Tommy den Mann. »Schon gut. Natürlich können wir diese Wand nicht einfach wegschieben. Die wiegt mindestens zwei bis drei Tonnen.« Er suchte die glatte Oberfläche ab.

»Was bedeuten diese Symbole? Können Sie die übersetzen?«, drängte Ulrich.

Tommy nickte unsicher. »So wie ich das sehe, wird da erzählt, wie die Menschen hierhergekommen sind. Anscheinend gab es einen Mann, den sie für den Retter ihres Volkes hielten, jemanden, der sie in ein neues Land führen sollte.«

»Klingt wie die Moses-Geschichte aus der Bibel.« Allyson wollte offenbar auch etwas beisteuern.

Erfreut, dass sie nicht mehr in Schockstarre war, wandte sich Sean ihr zu. »Das kommt ungefähr hin. Aber diese Geschichte hier ist viel früher anzusiedeln. Diese Hieroglyphen hier stammen aus einem viel älteren ägyptischen Königreich. Sie könnten ihren Ursprung in ihrer frühesten Epoche haben.« Er hielt einen Moment inne und dachte nach. »Ich frage mich, wovor sie wohl weglaufen wollten.«

»Ja«, fuhr Tommy fort. »Man kann an der Konstruktion der Zeichen, an den Linien und der Art, wie sie eingeritzt wurden, erkennen, dass es sich um eine sehr viel ältere Form der altägyptischen Schrift handelt.«

Nach einer kurzen Pause fuhr er fort: »Irgendwann gingen die Ägypter zu einer stilisierteren Schriftform über, der hieratischen Schrift. Sie war für ihre Schreiber viel einfacher und schneller zu handhaben als das, was ihr hier gerade seht. Das hier muss aus der Zeit des Alten Reiches stammen, wenn es nicht sogar noch älter ist.«

Während Tommy die Wand inspizierte, war die Aufmerksamkeit des Aufpassers durch den Vogel in der linken Wand abgelenkt worden. In der rechten Hand hielt er die Pistole, aber jetzt streckte der Mann neugierig seine linke Hand zu dem glatten Stein des Vogelkopfes.

Er wollte ihn gerade berühren, als Tommy »Stopp!« schrie.

Der Aufpasser riss erschrocken seine Hand zurück.

»Nichts anfassen«, befahl Tommy. »Es gibt hier ein Rätsel zu lösen. Ich glaube, überall hier gibt es Fallen.«

Ulrich warf seinem Aufpasser einen warnenden Blick zu.

»Es heißt: ›Die Vögel werden dich leiten, den Weg zu finden. Der eine, der zurückkehrt, bringt den Untergang mit sich. Der andere führt dich nach Hause.‹«

»Okay.« Sean verzog das Gesicht zu einem sarkastischen Grinsen. »Das scheint ziemlich einfach zu sein. Um die Wand zu bewegen, müssen wir etwas mit einem dieser Vögel machen.« Er betrachtete zuerst den einen und dann den anderen.

»Ja, aber wenn wir den falschen wählen, kommen wir hier vielleicht nicht mehr lebend raus«, fügte Tommy hinzu.

»Woher wissen Sie, welcher Vogel der richtige ist? Für mich sehen sie beide gleich aus?«, fragte Allyson.

»Ich weiß es nicht.« Tommy kratzte sich am Kopf. »Der, der zurückkehrt … Ich frage mich, was das bedeutet.«

»Es muss etwas mit der Schrift unter den Vögeln zu tun haben. Aber es ist eine andere Sprache als die an der Wand. Sieht sehr nach der Schrift auf der Rückseite des Steins aus, den ich bei den Vanns gefunden habe.« Tommy dachte über das Problem nach.

»Können Sie es lesen?«, warf Ulrich ein.

»Eigentlich nicht. Deshalb hatte ich Frank den Stein ja geschickt.«

Sean griff in seine Tasche. »Du meinst diesen Stein?«

Er öffnete seine Handfläche und zeigte die Scheibe.

»Wo hast du das her?«

»Joe hatte es. Ich schätze, Frank hat es ihm geschickt, damit Blondie hier es nicht in die Finger bekommt.«

Tommy nahm den Stein und betrachtete ihn genau, dann sah er sich einen der Steinvögel an. Er ging zu der Skulptur und zeigte auf das Wort darunter. »Diese Vögel müssen der Rabe und die Taube sein.«

»Und welcher ist was?«

Ulrich schaute stumm zu und richtete seine Waffe auf seine Gefangenen.

»Wir müssen davon ausgehen, dass dieser hier der Rabe ist. Er wird im Rätsel als Erster genannt, und das Wort auf dem Stein stimmt mit der Schrift darunter überein. Aber das ist nur die Hälfte der Lösung.«

»Welcher ist zurückgekehrt?«

»Ich bin mir nicht sicher.« Tommy ging ein paar Schritte zu dem anderen Vogel. »Beide Vögel sehen gleich aus.«

Dann beugte er sich hinunter und betrachtete etwas, das der Vogel in den Krallen hielt. »Sieht wie ein Zweig aus.«

»Das ist es!«, rief Sean.

»Was ist was?«

»Das ist ein Olivenzweig. In der biblischen Geschichte schickte Noah einen Raben und eine Taube aus. Der Rabe kehrte zurück. Dann kam auch die Taube zurück, aber sie brachte einen Ölzweig mit. Etwa eine Woche später schickte Noah die Taube erneut aus; beim zweiten Mal blieb sie fort.«

Sean kniete am Fuß der Steintaube nieder und betrachtete sie genau. Er legte beide Hände um den Kopf des Vogels und zog daran. Die Skulptur gab unter Wyatts Kraftanstrengung nach und neigte sich nach vorne. Ein tiefes, knirschendes Geräusch hallte durch den alten Gang, und der staubige Boden unter ihnen bebte heftig, als sich die riesige Steinwand langsam zu heben begann.

Alle fünf Besucher rissen unwillkürlich die Augen auf, als die schwere Steinplatte angehoben wurde. Sogar Ulrich wirkte schockiert angesichts der Hebelkraft, die nötig war, um ein so großes Gewicht zu bewegen.

Es war nicht verwunderlich, dass eine gewaltige Staubwolke in der Luft stand, als der riesige Stein am oberen Ende des Portals schließlich zur Ruhe kam. Ulrich ließ die Gefangenen auf die andere Seite gehen. Hinter der Staubwolke erwartete sie erneut Dunkelheit.

Sean trat vorsichtig über die Schwelle und hoffte, dass es keine verrückten Fallen gab, wie er sie in vielen Filmen gesehen hatte. Er selbst war im Rahmen seiner Arbeit nur sehr selten auf solche Dinge gestoßen. Die meisten Vorkehrungen, die man vor Tausenden von Jahren zum Schutz gegen Eindringlinge getroffen hatte, waren längst verrottet oder wirkungslos geworden. Aber Vorsicht war besser als Nachsicht.

»Bewegung!«, drängte Ulrich und unterstrich seinen Befehl mit einer Kopfbewegung.

»Wir müssen hier unbedingt vorsichtig sein. Sie wollen doch nicht mit einem Pfeil im Auge enden«, erwiderte Sean spöttisch.

Ulrich ließ sich davon nicht beirren, aber der Aufpasser sah sich sofort entsetzt um.

Als sie alle sicher auf der anderen Seite der Mauer waren, meldete sich Allyson zu Wort. »Riechen Sie das auch?«

»Ja«, stimmte Tommy zu. »Es riecht wie Gas.«

Der Kopf des Muskelmannes zuckte von links nach rechts. Er wirkte immer panischer. Es war unschwer zu erkennen, dass sich der Mann so tief unter der Erde nicht wohlfühlte. Wahrscheinlich war es auch nicht hilfreich, dass sie keine Ahnung hatten, was sie dort unten erwartete.

»Hat jemand ein Streichholz?«, fragte Sean.

»Sie werden hier unten doch kein Streichholz anzünden, oder?« Allyson klang fast panisch. »Sie haben doch gerade gesagt, dass Sie Gas gerochen haben. Wollen Sie uns vielleicht in die Luft sprengen?«

Sean lächelte sie an. »Hier fliegt niemand in die Luft.« Der Lichtkegel seiner Taschenlampe zeigte auf eine Fackel, die an der Wand in einem Halter steckte, der aus demselben Gestein wie die Wand gehauen zu sein schien. »Warum sollte da jemand eine Fackel anbringen, wenn etwas explodieren könnte?«

Sie nahm an, dass er recht hatte. Ulrich warf Wyatt ein kleines Streichholzheftchen zu. Sean schnappte es aus der Luft, bevor es zu Boden fallen konnte.

Wenige Augenblicke später brannten die fest umwickelten Lumpen der Fackel hell. Sean steckte die Streichhölzer ein, weil Ulrich nicht darauf achtete, und reichte Tommy die Taschenlampe. Er ging zielstrebig ein paar Schritte weiter und blieb stehen. Der Korridor, in dem sie die letzten zehn Minuten verbracht hatten, erweiterte sich zu einer riesigen quadratischen Kammer. In der Mitte erhob sich aus einer Vertiefung im Boden ein steinerner Sockel, das einzige Inventar im Raum.

Das Auffälligste an diesem Raum war jedoch nicht das, was in seiner Mitte stand. Sondern dass die Kammer ansonsten vollkommen leer war.

Kapitel 56

Ost-Georgia

»Wo ist es?« Ulrich schrie fast. »Wo ist das verdammte Gold?!« Er packte Tommy am Hemd und drückte ihm die Pistole unters Kinn.

»Ich weiß es nicht«, stammelte Tommy. »Es sollte hier sein.« Seinen Augen war abzulesen, dass er die Wahrheit sagte.

Ulrich löste die Waffe vom Hals seines Gefangenen und stieß ihn achtlos weg. »Ist das alles, Mr. Schultz? Ist das Ihre Goldene Kammer?«

»Ich weiß nicht, wo das Gold ist. Vielleicht war jemand vor uns da. Es sollte genau hier sein. Schauen wir uns einfach um. Wenn wir Glück haben, finden wir vielleicht einen Hinweis darauf, wohin es verschwunden ist.«

Sean trat in die Mitte des Raumes und senkte sein Licht, um den Sockel genauer zu betrachten. Er war schlicht gestaltet: ein perfekter, rechteckiger Steinwürfel. Anders als die leeren Wände, die ihn umgaben, war der Sockel von Hieroglyphen bedeckt, die denen ähnelten, die sie vor wenigen Augenblicken auf der gewaltigen Tür gesehen hatten. Als Sean näher kam, bemerkte er einen Gegenstand, der auf der Spitze der Plattform ruhte. Seine Augen weiteten sich, als es ihm dämmerte.

»Tommy.« Es gelang ihm, sich seine Aufregung nicht anmerken zu lassen. »Das solltest du dir vielleicht mal ansehen.«

»Ist es das, wofür ich es halte?«, platzte Tommy heraus und wäre fast über die letzte Stufe in den unteren Teil der Kammer gestolpert.

»Ja.«

Sie starrten beide auf eine Steinscheibe, die fast genauso groß wie die war, die Sean in der Tasche hatte. Eine seltsame Spinne war darauf eingraviert. Die beiden Freunde sahen sich verwundert an. Sie wussten nicht, was sie von dem Stück halten sollten.

Ulrich und der Aufpasser dirigierten Allyson dorthin, wo Tommy und Sean standen.

»Was ist das?«

»Ich glaube, das ist der Hinweis auf die nächste Kammer«, antwortete Tommy.

»Aber wo ist das Gold?« Ulrich hatte genug von den Spielchen und den Rätseln. »Das hier sollte eine verdammte Goldene Kammer sein. Keine leere!« Seine Stimme hallte von den massiven Wänden wider.

Tommy zuckte mit den Schultern. »Ich weiß nur, dass diese Scheibe wahrscheinlich das nächste Teil des Puzzles ist und …«

Während er sprach, griff er mit der rechten Hand nach der Steinscheibe und nahm sie vom Sockel. Er hatte sie kaum angehoben, als der Boden unter ihnen zu vibrieren begann. Ulrich und sein Begleiter stabilisierten sich, indem sie die Knie beugten und die Arme zur Seite streckten. Sean griff Tommys Handgelenk und schaute schnell dorthin, wo eben noch der Stein gelegen hatte. Ein kleiner Knopf ragte aus der Mitte des Sockels heraus.

»Nicht gut!«, rief Sean.

Schon knirschte Stein auf Stein im ganzen Raum, und der Boden hob sich langsam in Richtung Decke.

»Leg den Stein zurück, Tommy!«, überschrie Sean den Lärm.

Tommy gehorchte sofort, als er merkte, was geschah. Schnell legte er die Scheibe wieder auf den Sockel. Wie erwartet, bewegte sich der Boden nicht mehr. Er hatte sich inzwischen knapp einen Meter Richtung Decke angehoben.

»Machen Sie das ja nicht noch einmal!«, forderte Allyson ihn auf.

Ulrich und der Aufpasser sahen sich hektisch um, weil sie fürchteten, der Boden könnte sich wieder bewegen. Dann wären sie auf die Hauptebene gesprungen, wo es sicherer war.

Verblüfft betrachteten Tommy und Sean den Steinblock vor ihnen und versuchten, die Hieroglyphen zu deuten.

»Es ist immer gut, die Anleitung zu lesen, bevor man eine dreitausend Jahre alte Todesfalle aktiviert«, kommentierte Tommy mit einem Seitenblick auf seinen Freund. »Das muss ein ausbalancierter Mechanismus mit Gewicht und Gegengewicht sein.«

Sean nickte. »Ja. Sieht ganz so aus.« Er strich mit dem Finger über den Stein.

»Zwei Männer der Wahrheit bringen der Großen Gottheit ein Geschenk«, sagte Tommy. »Anscheinend gaben sie etwas her, was sie besaßen, und dafür offenbarte sich ihnen die Herrlichkeit der Götter.«

Sean trat auf die andere Seite des Sockels. Jetzt begriff er. »Die andere Scheibe. Wir müssen sie hier in dieses Ding legen.«

Tommy drehte sich um, um sich anzusehen, was sein Freund entdeckt hatte. In den Stein war ein circa drei Zentimeter tiefer Kreis geschnitten worden. »Jetzt ergibt die Geschichte einen Sinn. Also muss derjenige, der den Weg hierher findet, die erste Scheibe mitbringen und sie hier ablegen, bevor er finden kann, wonach er sucht.«

Ulrich beugte sich dicht zu ihnen, um das Gespräch zu verfolgen, während der Aufpasser sich zurückhielt. Die ganze Sache bereitete ihm sichtlich Unbehagen.

Sean kramte die ursprüngliche Steinscheibe aus seiner Jackentasche. »Mann, bin ich froh, dass du sie mitgebracht hast«, seufzte Tommy und betrachtete erleichtert das Artefakt.

»Ja.« Sean ging in die Hocke und kniete sich hin. Die kreisförmige Vertiefung im Steinsockel war wie ein Spiegelbild der eingravierten beiden Vögel, nur dass die Vögel hier erhaben waren und nicht eingekerbt wie auf dem Medaillon. Schnell nahm er die Spinnenscheibe vom Sockel, schob das Medaillon an seinen Platz und drückte es fest an. Irgendwo in der Höhle gab es ein paar Klickgeräusche. Danach wurde es wieder still.

Nichts geschah.

»Was ist jetzt das Problem?«, fragte Ulrich.

Sean ignorierte die Frage. Er nahm die Scheibe mit der Spinne und legte sie auf die, die Tommy gefunden hatte.

Der Boden begann erneut zu beben, und das knirschende Geräusch der alten Steine setzte wieder mit voller Lautstärke ein. Doch statt sich anzuheben, sank der Boden diesmal langsam hinab.

»Das ist ein antiker Aufzug!«, rief Tommy über den Lärm hinweg, während der riesige Mechanismus weiter nach unten glitt.

Sean wirkte zwar skeptisch, war aber gespannt, wohin der Aufzug sie bringen würde.

Die Ebene über ihnen schwand aus ihrem Blickfeld, als

sie einen perfekt in den Sandstein geschnittenen Schacht hinabsanken. Dann öffnete sich am Rand des sich bewegenden Bodens ein Spalt, der immer größer wurde, bis der uralte Mechanismus mit einem dumpfen Schlag zum Stehen kam. Vorsichtig suchten die Blicke der Passagiere die dunklen Ecken des Raumes ab. Auf beiden Seiten des steinernen Aufzugs standen zwei riesige goldene Obelisken, deren Spitzen majestätisch zur Decke des Raums emporzeigten. Die Wände reflektierten den Schein ihrer Fackeln und Taschenlampen.

Sean verließ die Plattform und ging zu einem Gegenstand, der wie eine bronzene Vogeltränke aussah. Mit einem Nicken befahl Ulrich seinem Handlanger, Wyatt zu folgen.

An der großen Schale angekommen, warf Sean einen kurzen Blick hinein und berührte dann mit seiner Fackel das darin befindliche Material. Das sich mit einem Fauchen entzündete. Flammen loderten auf und erhellten den gesamten Raum.

Der Anblick übertraf alles, was sie sich jemals hätten träumen lassen. Sean machte unwillkürlich einen Schritt zurück und stieß dabei mit dem Aufpasser zusammen, der kurz taumelte und dann das Gleichgewicht wiederfand.

Vor ihnen befand sich eine Wand aus quadratischen goldenen Tafeln.

»Wir haben es gefunden«, flüsterte Tommy ehrfürchtig.

Kapitel 57

Ost-Georgia

Tommy sprang von der steinernen Plattform und lief zur Wand. Er fuhr mit dem Finger über die Platten aus dem gelben Metall. Es war faszinierender als alles, was er jemals gesehen hatte.

Auch Ulrich schien der Anblick in Staunen zu versetzen. Er trat wie gebannt von der Fahrstuhlplattform auf den Boden der Kammer und näherte sich der schimmernden Fläche mit offenem Mund.

Die Wand aus purem Gold maß von Ecke zu Ecke über zwölf Meter und war circa dreieinhalb Meter hoch. Ihre glänzende Oberfläche war mit Hieroglyphen und seltsamen Schriftzeichen überzogen, die dem Text auf der Originalscheibe ähnelten, die Tommy gefunden hatte. Vier weitere Schalen zierten die Ecken des Raumes. Zwischen den Schalen standen vier Kästen aus Stein auf dem Boden. Sie sahen wie Sarkophage aus, aber Tommy war sich nicht sicher. Auf den Flächen der großen Behälter waren dieselben seltsam aussehenden Schriftzeichen eingemeißelt.

»Das ... das ist unglaublich. Ich hatte keine Ahnung, dass es so ... spektakulär sein würde.« Seine Stimme klang erstickt.

Sean lächelte. Er war aufgewühlt, aber auch gestresst, weil er ihr Überleben sichern wollte. Er wusste, dass ihnen nur ein paar Minuten blieben, um zuzuschlagen. Mit dem

Aufpasser im Schlepptau steuerte er die Wand zu seiner Linken an und ging zu der nächsten großen Feuerschale. Diese bestand aus Silber. Wieder tauchte er die Fackel in den uralten Brennstoff, und die Wand vor ihm erwachte im Feuerschein zum Leben.

Er wiederholte dasselbe an einer dritten Schale, die aus einem Stein bestand, der wie Onyx aussah.

Allyson beobachtete Seans Schritte vom sicheren Aufzug aus und staunte über den Glanz des Raums.

Als er die letzte Schale erreichte, warf Sean ihr einen kurzen Blick zu.

Was will er?, fragte sie sich.

Jetzt sah er kurz auf ihre linke Seite und richtete den Blick auf den Sockel im Aufzug.

Die Scheibe. Sean wollte, dass sie die Scheibe wegnahm, damit der Aufzug wieder nach oben fuhr. Sie schüttelte den Kopf.

Er formte mit den Lippen die Worte: »Das ist okay. Tu es.«

Sie sah zu Ulrich hinüber, der direkt hinter Tommy stand und seine Waffe auf Tommys Hinterkopf richtete. Sean war fast bei der letzten Schale angelangt. Ihr Blick schoss zurück zu Tommy und wieder zu Sean. Die Ermordung Tommys wäre das Signal für den Aufpasser, Sean zu töten. Dann würde sie als Nächste drankommen.

»Ich muss Ihnen für Ihre Hilfe bei der Suche nach alldem hier danken, Dr. Schultz. Es war wirklich ein Abenteuer«, sagte Ulrich.

Tommy drehte sich um, und die Mündung eines Schalldämpfers drückte sich zwischen seine Augen. »Bedauerlicherweise werden Ihre Dienste jetzt nicht mehr länger benötigt.«

Sean nickte ihr kurz zu und entzündete den Brennstoff der letzten Schale. Der Aufpasser stand direkt hinter ihm und hob ebenfalls seine Waffe. Sein rundes Gesicht war völlig emotionslos.

Allyson biss sich auf die Lippe, griff nach unten und nahm die Steinmedaillons vom Sockel. Sofort setzte sich der alte Aufzug wieder in Bewegung und hob sich langsam vom Boden. Weder Ulrich noch der Muskelmann hatten Allysons plötzliche Bewegung gesehen. Als sich der riesige Mechanismus wieder bewegte, drehten sich beide instinktiv um.

Ulrichs Reaktion war weniger schockiert, weil er schnell begriff, was geschah. Er zog seinen Arm von Tommy herunter und feuerte zwei schnelle Schüsse ab, die Allyson knapp verfehlten, die sich hinter den Sockel gekauert hatte. Als er sich auf sie stürzen wollte, packte ihn etwas am Knöchel.

Tommys Griff war fest, und Ulrich verlor das Gleichgewicht und kippte mit einem dumpfen Schlag um.

Er prallte unerwartet mit beiden Ellbogen auf den festen Steinboden. Sofort schoss der Schmerz durch seine Arme, und die Waffe fiel ihm aus der Hand.

Der Aufpasser auf der anderen Seite des Raums reagierte ungeschickter. Er schien verwirrt zu sein. Dann jedoch folgte er Ulrichs Beispiel und zielte auf die Frau.

Doch bevor er auch nur einen Schuss abfeuern konnte, schoss ihm ein scharfer, brennender Schmerz durch den Kopf und über das Gesicht. Funken stoben dicht an seinen Augen vorbei.

Sean hatte das Überraschungsmoment genutzt und so schnell zugeschlagen, wie er konnte. Die Fackel krachte feuer- und funkensprühend an die Schläfe des Mannes.

Für einen Augenblick taumelte der Aufpasser. Instinktiv ließ er die Waffe fallen, schrie vor Schmerz und schlug sich beide Hände vors Gesicht. Sean holte zum nächsten Schlag aus.

Doch der stämmige Aufpasser hatte sich von dem ersten Schlag halbwegs erholt und hob seinen anderen Arm gerade noch rechtzeitig, um einen zweiten Treffer mit der lodernden Fackel abzuwehren.

Jetzt war Sean überrascht. Er hatte nicht damit gerechnet, dass sich der Gangster so schnell wieder sammeln könnte. Nachdem er seinen Angriff vereitelt hatte, griff der Mann mit einer Hand nach der Fackel und mit der anderen nach Wyatts Kehle.

Sean versuchte, die Finger zu lösen, die ihm die Luft abwürgten, aber der Kerl war zu stark. Er schlug wild auf das Gesicht des Aufpassers ein, landete aber nur ein paar schwache Treffer, die wenig ausrichteten. Alles begann sich zu drehen, weil ihm allmählich die Luft ausging. Seine Lunge wollte unbedingt atmen, aber er konnte die Hände des Mannes nicht von seiner Kehle lösen. Er griff zu einem letzten verzweifelten Mittel und riss sein Knie hoch. Es landete in den Lenden des Mannes. Der Trick funktionierte, der Aufpasser ließ Sean mit einem schmerzerfüllten Schrei los, und der stieß ihn rückwärts gegen eine der brennenden Schalen.

Wyatt krachte auf den Boden und landete auf der Seite. Er rang keuchend nach Luft. Ihm blieb jedoch nur ein kurzer Moment, bevor der Aufpasser sich wieder fing und wie ein Stier auf ihn losstürmte. Sean erhob sich auf ein Knie und stützte sich mit einer Hand auf dem Boden ab. Nur ein paar Meter hinter ihm loderte eine andere Schale hell auf. In dem Moment kam ihm eine Idee.

Der Schläger rannte mit voller Geschwindigkeit auf ihn zu und schob die Schulter vor, um Wyatt zu Boden zu schmettern. Aber unmittelbar vor dem Aufprall warf sich Sean zur Seite und stellte dem Kerl ein Bein. Der Mann stolperte, taumelte unkontrolliert vorwärts und prallte gegen die brennende Schale, die sofort von ihrem Sockel stürzte. Im Fallen streckte er die Hände vor, aber die griffen nur ins Feuer, das sich jetzt auf dem Boden ausbreitete. Der Mann schrie auf und zog die Hände zurück, aber dann landete sein Körper in den Flammen. Sein schwarzer Anzug entzündete sich.

Der Mann schrie und versuchte, sich aus den Flammen zu wälzen, die inzwischen seinen ganzen Körper erfassten. Schließlich gelang es ihm, sich auf einen Teil des Steinbodens zu retten, den das Feuer noch nicht erreicht hatte, und er wälzte sich im Staub. Ein paar Sekunden später waren die Flammen erstickt. Die Haut in seinem Gesicht und an den Händen war von den Verbrennungen aufgeplatzt und hatte Blasen bekommen, und seine Bürstenfrisur war bis auf die Kopfhaut versengt.

Als er die Augen öffnete, stand Sean Wyatt mit seiner Waffe über ihm. Ohne zu zögern, zielte Sean und drückte ab. Die Kugel traf das Knie des Kerls und zerfetzte das Gelenk zu einer blutigen Masse von Gewebe und Knochen.

Heulend sackte der Mann auf die Seite und umklammerte mit beiden Händen die blutige Stelle, an der seine Kniescheibe gewesen war.

»Rühr dich nicht von der Stelle«, befahl Sean ungerührt, während er sich von dem Mann wegdrehte, der sich voller Qualen auf dem Boden wand.

Wyatt konzentrierte sich jetzt auf die andere Seite des Raums, wo der Aufzug immer noch nach oben fuhr.

Tommy umklammerte Ulrichs Fuß, aber der kräftige blonde Mann schleifte ihn hinter sich her, um an die Waffe zu gelangen, die nur wenige Schritte von ihm entfernt lag. Die beiden Männer sahen nur das orange-gelbe Flackern auf der anderen Seite des Raums, gefolgt von schmerzerfülltem Geheul und einem Schuss. Keiner von beiden konnte an der riesigen Säule vorbeisehen, die die Plattform nach oben schob.

Ulrich war nur noch wenige Zentimeter von der Waffe entfernt, seine Finger kratzten über den harten Boden, als er versuchte, sie zu erreichen. Er trat ein paarmal zu, einmal traf er Tommy im Gesicht. Doch der ließ nicht los.

Tommy merkte, dass er Ulrich nicht aufhalten konnte. Sein Kiefer schmerzte, als der schwarze Schuh ihn traf. Ihm blieb nur noch eines übrig. Ganz plötzlich ließ er den blonden Mann los, der überrascht weiterstolperte und sich erst knapp hinter der Waffe wieder fing. Tommy konnte nur noch hinter einem der Steinkästen in Deckung gehen, bevor Ulrich das Feuer eröffnen konnte.

Der unerwartete Schwung hatte Ulrich nur für ein paar Sekunden ins Straucheln gebracht. Er fing sich, schnappte sich die Waffe und gab drei schnelle Schüsse in Richtung Tommy ab. Die Kugeln prallten von dem Sarkophag ab und heulten als Querschläger durch den Raum.

»Sehr clever, Mr. Schultz!« Seine Stimme hallte unheimlich durch den Raum. Dann stand Ulrich auf und feuerte einen weiteren Schuss ab, der knapp über Tommys Rücken von der goldenen Wand abprallte.

»Aber jetzt ist Ihr kleines Spiel zu Ende«, fuhr Ulrich fort. Er machte einen Schritt nach vorne, um ihm den Todesschuss zu verpassen, als irgendwo im Raum eine andere Waffe krachte.

Ulrich erstarrte mitten in der Bewegung. Als er an sich herunterschaute, bemerkte er das Blut, das aus seiner Brust langsam in sein Hemd sickerte. Er drehte sich schnell um, wollte das Feuer erwidern, aber seine Reaktion kam zu spät.

Aus der anderen Waffe folgten vier weitere Schüsse, die alle den Torso des blonden Mannes trafen. Seine Beine zitterten einen Moment, dann gaben sie nach, und sein schwerer Körper stürzte schlaff zu Boden.

Sean ließ die Waffe sinken und ging zu dem Mann, der auf dem kalten Steinboden lag. Blut tropfte aus Ulrichs Mundwinkeln über sein Gesicht. Seine eisblauen Augen waren vor Schreck geweitet. Unter dem blutgetränkten Hemd kämpfte seine Lunge gegen die verheerenden Verletzungen, die die Kugeln angerichtet hatten.

In einer letzten trotzigen Aktion versuchte Ulrich, seine Pistole zu heben.

Ein lauter Knall aus Seans Waffe ertönte, und ein dunkles Loch erschien in der Stirn des Mannes. Die Hand, die die Waffe hielt, sackte leblos zu Boden.

Tommy lugte hinter einem Ende des Steinkastens hervor. Er sah seinen Freund vor Ulrichs Leiche stehen. Sean ließ die Pistole neben den Toten auf den Boden fallen.

»Das war verdammt knapp, was?« Tommy starrte auf seinen toten Entführer hinunter.

»Tut mir leid. Ich war etwas abgelenkt«, sagte Sean und deutete mit dem Daumen hinter sich auf den stöhnend am Boden liegenden Handlanger.

»Was hast du mit ihm gemacht?«, fragte Tommy, obwohl er es eigentlich gar nicht so genau wissen wollte.

»Sagen wir einfach, er wird keinen Tanzwettbewerb

mehr gewinnen ... niemals.« Sean zwang sich zu einem Lächeln.

»Sollen wir Allyson wieder nach unten rufen?« Der Aufzug war inzwischen bis ganz nach oben gefahren.

»Einen Moment noch, Tommy.« Er klopfte seinem Freund auf den Rücken. »Das hier ist doch genau das, wonach du dein Leben lang gesucht hast.«

Beide genossen voller Ehrfurcht den unvorstellbaren Anblick, der sich ihnen bot.

Dann drehten sie sich einmal ganz um ihre Achse und ließen den Raum und alles darin auf sich wirken.

»Erstaunlich«, sagte Tommy. »Ich kann noch gar nicht fassen, dass wir sie tatsächlich gefunden haben. Ist dir klar, dass wir vermutlich die ersten Menschen seit Tausenden von Jahren sind, die das hier zu Gesicht bekommen?«

»Du hast es dir verdient, alter Freund«, erwiderte Sean.

Tommy drehte sich mit einem breiten Lächeln zu Wyatt um.

»Danke, Sean, für alles. Du bist immer für mich da gewesen. Ich wusste, dass du irgendwann auftauchen würdest.«

»Irgendjemand muss dir ja deinen dummen Arsch retten«, erwiderte der mit einem breiten Grinsen.

Kapitel 58

Ost-Georgia

Detective Trent Morris starrte ungläubig auf das Bild vor seinen Augen. Die Wände der Kammer bestanden aus rund sechzig Metern purem Gold. Die Deckenplatten waren ebenfalls aus Gold gefertigt. So etwas hatte er in seinem ganzen Leben noch nicht gesehen.

Es wimmelte mittlerweile von FBI-Leuten, und auch die Spurensicherung war kurz nach den anderen Einsatzkräften eingetroffen. Ein Gerichtsmediziner war ebenfalls vor Ort, um die Leiche des mysteriösen Jens Ulrich zu identifizieren und in einen Leichensack zu verpacken.

»Er war ein weltweit operierender Söldner«, sagte Will und deutete mit dem Finger auf den schwarzen Leichensack. »Interpol hat diesen Mann schon vor Jahren zur Fahndung ausgeschrieben. Ihm werden rund um den Globus mehrere Attentate und Morde zur Last gelegt. Aber niemand hat ihn jemals in die Finger gekriegt.«

»Mit einer Handvoll Decknamen und genügend Geld ist es nicht allzu schwer, einfach unterzutauchen«, bemerkte Trent Morris.

Sean nickte und sah zu dem von Brandwunden übersäten Handlanger, der auf einer Trage herausgefahren wurde und immer noch unter unerträglichen Schmerzen stöhnte. Sein erster Stopp würde das Krankenhaus sein.

Danach wartete eine Zelle auf ihn – wahrscheinlich für den Rest seines Lebens.

»Die Ärzte sagen, Ihr Freund McElroy wird wieder gesund. Er hatte zwar schon eine Menge Blut verloren, als die Sanitäter ihn fanden, aber die Kugel hat keine lebenswichtigen Organe beschädigt.«

»Das spielt auch keine Rolle mehr. Seine Frau wird ihn sowieso umbringen, wenn er nach Hause kommt, da bin ich mir sicher.«

»Okay, dann halten wir die Mordkommission in Alarmbereitschaft«, erwiderte Trent Morris grinsend.

Sean ließ den Blick durch den Raum gleiten. Tommy war damit beschäftigt, die goldenen Kacheln an den Wänden zu studieren und gleichzeitig mit der IAA zu telefonieren. Mindestens ein Dutzend Forscher und Archäologen waren bereits auf dem Weg zur Fundstelle.

Schultz war vollkommen in seinem Element, und die Aufregung über die Entdeckung verdrängte alle Erschöpfung, die ihm vielleicht in den Knochen steckte.

Tommy hat es wirklich verdient, dachte Sean.

Sein Blick blieb auf jemand anderem haften. Allyson saß nicht weit von ihm auf einem der Steinkästen und trank aus einer Wasserflasche.

Sie bemerkte, dass er sie ansah, und schenkte ihm ein zweifellos einstudiertes, schüchternes Lächeln. Es war die Art Lächeln, für das ein Mann über ein Becken mit heißen Kohlen laufen würde, ohne es überhaupt zu bemerken.

Einen Moment richtete Sean seine Aufmerksamkeit wieder auf die Detectives und Cops, die über die Ereignisse sprachen. »Falls Sie nächste Woche auf meinem Revier vorbeikommen könnten, würde mir das beim Abfassen meines Berichts sehr helfen«, sagte Trent an Sean gewandt.

»Was? Oh, sicher. Kein Problem. Ich rufe Sie nächste Woche an.« Seans Aufmerksamkeit richtete sich auf ein schwarz gekleidetes Paar, ein Mann und eine Frau, die allein in einer Ecke saßen. Die Frau telefonierte mit einem Handy, aber was sie sagte, war nicht zu hören. »Wer sind die beiden?«

Will sah sich nach dem Paar um. »Das sind die Agenten Sewell und Yates. Sie sind vom FBI. Anscheinend sind sie auch schon seit einer Weile hinter Ulrich her. Ich traue ihnen nicht. Sie sind beide nicht sehr gesprächig. Seit sie hier eingetroffen sind, haben sie kaum den Mund aufgemacht.«

»Interessant.«

Trent nickte seinem jungen Partner kurz zu. »Lass uns von hier verschwinden, Will.« Doch bevor sie sich auf den Weg machten, drehte er sich noch einmal zu Sean um. »Also nächste Woche, okay?«

»Geht in Ordnung.«

Die Detectives bestiegen zusammen mit den Leuten vom Rettungsdienst die riesige Aufzugplattform. Will nahm die Scheibe aus dem Sockel, und der uralte Aufzug begann seine langsame Fahrt nach oben.

Seans Blick wanderte wieder zu Allyson zurück. Sie hörte Tommy zu, der seine Telefonate beendet hatte und ihr gerade einen Vortrag über die verschiedenen Sprachen hielt, die hier vertreten waren. Es waren insgesamt vier, und an jeder Wand war eine benutzt worden. Allyson war offensichtlich nur mäßig interessiert.

Er ging zu ihnen hinüber und stellte sich neben seinen Freund und die junge Journalistin und Agentin. »Entschuldige, dass ich deine Geschichtsstunde unterbreche, Tommy, aber Miss Webster hat mit mir ein Interview vereinbart, und ich möchte diesen Termin unbedingt einhalten.« Er warf seinem Freund einen vielsagenden Blick unter einer hochgezogenen Braue zu.

Tommy sah erst Sean und dann Allyson an und lachte.

»Mein Fehler! Ich will die brave Leserschaft des *Sentinel* natürlich auf gar keinen Fall länger warten lassen.«

Dann stand er auf und ging zu den Leuten, die bereits begonnen hatten, einige der Tafeln mit Post-it-Zetteln zu versehen, um die Katalogisierungsarbeiten zu koordinieren.

»Also, Miss Webster, wie steht es mit dem Interview?« Seine Miene war ernst, aber seine Augen lächelten.

»Sie wissen schon noch, dass ich eigentlich gar keine Journalistin bin, oder?«

»Klar, aber wir können ja so tun, als wären Sie's.«

Kapitel 59

Nevada

Der alte Mann humpelte eilig zu seinem Schreibtisch, um den Anruf entgegenzunehmen. Das nervtötende Klingeln störte seinen abendlichen Schluck Brandy am Kamin des Arbeitszimmers.

Er lehnte seinen Stock gegen den wuchtigen Schreibtisch und nahm den Hörer ab. Er nannte weder seinen Namen, noch begrüßte er den Anrufer. Der weißhaarige Mann wartete einfach ab.

»Alles erledigt«, sagte eine junge Stimme am anderen Ende der Leitung.

»Beide sind tot?«

»Ulrich. Der Russe, den er angeheuert hatte, hat noch gelebt, als ich dort ankam, wenn auch mit schweren Verbrennungen. Wyatt hat ihm zudem ins Knie geschossen.«

»Sie sagten, er *hat* noch gelebt?«

»Richtig. Aber jetzt ist er kein Problem mehr.«

»Ausgezeichnete Arbeit. Ich wusste, dass ich mich auf Sie verlassen kann. Ulrich ist zu schlampig geworden.«

»Am Ende hat er seinen Zweck erfüllt.«

»In der Tat.« Der alte Mann stand auf und legte sich seine nächste Frage zurecht. »Haben Sie den nächsten Hinweis gefunden?«

»Ja, Sir. Die junge Frau hatte ihn, aber ich habe ihr klargemacht, dass er als Beweismittel am Tatort benötigt wird.«

»Diese lästigen Agenten der IAA werden sich bestimmt darum reißen, das Artefakt für ihr Museum in die Finger zu bekommen.« Er hustete, nachdem er den Satz beendet hatte.

»Das ist kein Problem. Ich habe mich bereits mit dem besten Steinmetz des Landes in Verbindung gesetzt und den Auftrag gegeben, ein Duplikat anzufertigen. Bis diese Dummköpfe ihr Artefakt wiederhaben, sind wir längst zur nächsten Kammer unterwegs.«

»Gut. Ich wusste, dass ich mich auf Sie verlassen kann. Gott sei mit dir, mein Sohn.«

»Ich danke Ihnen, Prophet.«

Der alte Mann legte den Hörer auf die Gabel und zog sich in seinen gemütlichen Ledersessel am Kamin zurück. Zufrieden hob er das Glas mit dem Brandy, dessen vielschichtiger, wärmender Duft seine Nase erfreute. *Seltsam*, dachte er, während er den halb gefüllten Tumbler betrachtete, *dass die Kirchen Alkohol untersagen.* Aber schon bald würden sie seinen Lehren folgen und mit ihnen die ganze Welt. Er trank den Brandy in einem Zug aus und stellte das Glas auf einer Ablage neben dem Sessel ab.

»Mit wem hast du gesprochen?«, fragte Trent, als er zu Will ging, der an ihrem Auto wartete.

»Ach, das war nur meine Freundin. Ich habe ihr gesagt, dass es heute Abend später wird.«

»Alles klar, Bro', fahren wir zurück nach Atlanta. Das war gute Arbeit, Will.«

»Vielen Dank, Sir.« Der junge Detective blieb einen Moment stehen, während sein Partner in den Wagen stieg. »Danke«, wiederholte er fast unhörbar und blickte sich noch einmal nach den Totempfählen um.

Alles läuft nach Plan, dachte Will. Schon bald würden die Bösen ausgemerzt werden, und dann konnte die Welt wieder neu beginnen.

Anmerkungen des Autors

Bei jedem guten Roman, den ich gelesen habe, stehen am Ende immer die Anmerkungen des Autors. Deshalb dachte ich mir, dass ich es so halten will, wie meine Lieblingsautoren es getan haben, und einige Details über *Das Geheimnis der Steine* verrate.

Gold war tatsächlich einer der Hauptgründe, warum die Regierung der Vereinigten Staaten die Stämme der Ureinwohner umsiedeln wollte. An verschiedenen Orten in Nord-Georgia wurde dokumentiert, dass die Ureinwohner Gold besaßen. Die Gespräche über das *Indianerproblem* begannen bereits unter der Regierung Jefferson und endeten mit dem »Trail of Tears«, dem *Pfad der Tränen*, der die letzten großen Stämme in den Westen führte. Die Regierung fand die erhofften großen Reichtümer jedoch nie.

Die IAA und das Georgia Historical Center sind beide fiktiv. Am Dalton State College, etwa eine Stunde nördlich von Atlanta, wurde jedoch das *North Georgia Historical Center* eröffnet, das eine enorme Fülle von Informationen und Ausstellungsstücken präsentiert.

Das Haus von Häuptling Vann und die Geschichte, die in dem Buch erzählt wird, sind real. Sein Haus liegt in Georgia in der Kleinstadt Chatsworth. Das zweihundert Jahre alte Plantagengebäude ist immer noch eine der am besten erhaltenen historischen Stätten in den Vereinigten Staaten.

Der Etowah Indian Mounds State Park, Fort Mountain, Track Rock und der Red Clay State Park sind ebenso wie Rock Hawk und Rock Eagle allesamt sehr real. Die Rätsel, die diese Orte umgeben, sind wirklich erstaunlich, und ich empfehle allen dringend, sie einmal zu besuchen. Die ursprüngliche Cherokee-Hauptstadt befand sich früher in der Nähe von Cartersville, Georgia.

Das Rätsel und die Hypothesen über die Ankunft der ersten indianischen Siedler sind ganz und gar meine Erfindung. Es war jedoch äußerst interessant, bei meinen Recherchen viele Ähnlichkeiten zwischen den Kulturen Altägyptens und den Stämmen der amerikanischen Ureinwohner zu entdecken. Auch die Ähnlichkeit der Mauer von Fort Mountain mit dem Nil ist faszinierend, auch wenn der Zweck dieses Monuments für die Historiker weiterhin ein Rätsel bleibt.

Ein historisches Detail, das ich ändern musste, betraf die Beziehung zwischen den mormonischen Siedlern und der Migration der amerikanischen Ureinwohner. Alle Details sind wahr, bis auf eines. Die Mormonenkirche wurde erst fast ein ganzes Jahrzehnt nach dem *Pfad der Tränen* gegründet. Das bedeutet jedoch nicht, dass die Mormonen den Stämmen später nicht doch geholfen haben könnten. Und ihre Wege kreuzten sich viele Male im Mittleren Westen und darüber hinaus.

Im Verlauf der Geschichte gelangen die Figuren zu einer Kirche namens Beacon Tabernacle. Diese Kirche gibt es tatsächlich in der kleinen Stadt Collegedale in Tennessee. Ich habe den Namen geändert, damit er besser zur Geschichte passt, aber alle Details sind so nah an der Wahrheit, wie es mir nur möglich war. Die Buntglasfenster mit den Morsezeichen existieren auch, aber ich habe mir die Freiheit genommen, den angezeigten Bibelvers zu ändern.

Was die Goldenen Kammern selbst anbetrifft, so muss ich zugeben, dass sie nur eine Theorie von mir sind. Bei meinen Nachforschungen bin ich jedoch oft auf die Zahl Vier in Verbindung mit der Existenz eines Schatzes der Ureinwohner gestoßen. Und je intensiver ich nachforsche, desto mehr beginne ich zu erkennen, dass auch das Vorhandensein dieser Kammern eine sehr reale Möglichkeit sein könnte.

Ich hoffe, Ihnen hat die Geschichte gefallen, und Sie werden auch die anderen Sean-Wyatt-Bücher lesen, die ich geschrieben habe. Falls Ihnen dieses Buch gefallen hat, empfehlen Sie es gern einem Freund.

Es gibt viele Bücher da draußen, und ich weiß es zu schätzen, dass Sie sich die Zeit genommen haben, meines zu lesen.

Wenn es Ihnen nichts ausmacht, nehmen Sie sich eine Minute Zeit, schauen Sie dort vorbei, wo Sie das Buch gekauft haben, und hinterlassen Sie eine Rezension. Rezensionen sind sowohl für Leser als auch für Autoren sehr hilfreich. Vielen Dank also, wenn Sie dadurch allen helfen.

Ein Dankeschön

Ich möchte mich nur dafür bedanken, dass Sie diese Geschichte gelesen haben. Das weiß ich wirklich zu schätzen, und ich hoffe, dass Sie diese Geschichte genauso gern gelesen haben, wie ich sie geschrieben habe.

Ich hoffe, Sie bei der nächsten Geschichte wiederzusehen. Sie wird schon bald auch auf Deutsch erscheinen.

Ihr freundlicher Autor von nebenan,

Ernest

Die ganze Welt des

CLIVE CUSSLER

Isaac Bell:
Der beste Detektiv
seiner Zeit

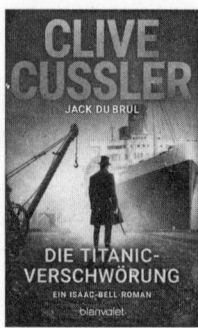

Sam & Remi Fargo:
Auf der Jagd nach den Schätzen der Welt

Dirk Pitt:
Abenteuer auf
allen Weltmeeren

Kurt Austin:
Action unter
Wasser

Juan Cabrillo:
Mit Hightech gegen Superschurken

Lesen Sie mehr unter: **www.blanvalet.de**

Wenn die Natur zurückschlägt ...

608 Seiten. ISBN 978-3-7341-1094-8

Im Kongo wird ein humanitäres Hilfscamp von Tieren angegriffen. Doch nicht nur von einer einzigen Spezies, sondern
von allen auf einmal. Alle Tiere der Wildnis haben sich gegen
die Menschen verbündet. Commander Grayson Pierce und
sein Team vom wissenschatlichen Geheimdienst Sigma
Force werden zur Hilfe gerufen. Doch auch korrupte Militär-
angehörige sowie der skrupellose Multimilliardär Nolan De
Coster sind bereits vor Ort. Was kann diesen Amoklauf der
Natur ausgelöst haben? Und wie kann man es aufhalten?
Die Antwort findet sich im Königreich der Knochen ...